Toutes les vies mènent à Rome

JACQUELINE MONSIGNY — *ŒUVRES*

FLORIS, MON AMOUR	
FLORIS, LE CAVALIER DE PÉTERSBOURG	
LA BELLE DE LA LOUISIANE	
LES AMANTS DU MISSISSIPPI	
LE MIROIR AUX PINGOUINS	
FREDDY RAVAGE	
DIVINE ZÉPHYRINE	
L'AMOUR DINGUE	*J'ai lu* 1833/3*
MICHIGAN MÉLODIE (Un mariage à la carte)	*J'ai lu* 1289/2*
LES NUITS DU BENGALE	*J'ai lu* 1375/3*
PRINCESSE RENAISSANCE	
LA ROSE DE SANG	
LE PALAIS DU DÉSERT	*J'ai lu* 1885/2*
LE ROI SANS COURONNE	*J'ai lu* 2332/6*
TOUTES LES VIES MÈNENT À ROME	*J'ai lu* 2625/5*
LES LIONNES DE SAINT-TROPEZ	

Jacqueline Monsigny

Toutes les vies mènent à Rome

Éditions J'ai lu

A mon père, qui était un « Romain »

Tant que durera le Colisée, Rome durera;
quand le Colisée tombera, Rome tombera,
et avec Rome, le monde.

LORD BYRON
Le Pèlerinage de Childe Harold

Naître, mourir, renaître et progresser
sans cesse, telle est la loi.

Allan KARDEC

PROLOGUE

La nuit cosmique

Une nuit, à New York, allongée au côté de mon mari, flottant dans un demi-sommeil, je me suis élevée au-dessus de notre lit... Après avoir franchi le plafond, j'ai plané sur l'immeuble et je me suis offert le luxe d'en observer avec curiosité la toiture verdâtre et arrondie. Je ne l'avais jamais vue. Les formes biscornues des vieilles cheminées de ce quartier 1900 de Central Park me surprirent et je cherchai l'antenne de télévision, pour m'assurer qu'elle était en bon état. Je la trouvai renversée sur la droite, et compris ainsi pourquoi notre récepteur fonctionnait si mal.

Je savais bien, j'étais sûre que je ne rêvais pas.

Je n'avais plus de corps, pourtant je donnais des coups de talon comme si je m'étais trouvée dans une piscine. Abandonnant la toiture, je m'élevai facilement dans les airs.

Le spectacle était superbe. La « Big Apple[1] » brillait, avec ses buildings dressés, bijoux d'or enchâssés de diamants électriques. Les bras levés tel un plongeur à l'envers, je continuai de percer l'atmosphère. J'étais ivre d'immensité, « nageant dans le cosmos »...

1. En français, « Grosse Pomme »; appellation familière par laquelle les New-Yorkais désignent leur cité.

Jaillissant de la nuit, j'ai vu soudain la Terre arrondie, sous moi, comme par le hublot d'une fusée. Parmi les couleurs fabuleuses, violine, bleu azur, je reconnaissais océans verts et continents ocre, « mon » Europe et « mon » Amérique ! Voici l'Asie, la pointe de l'Inde, l'Afrique...

Quelle extraordinaire sensation de liberté, avec toujours cette certitude que je ne dormais pas, que j'évoluais dans un monde d'harmonie ! Ce qui me rattachait à la Terre, surtout les êtres chers, n'était pas oublié, mais cette escapade ressemblait à un merveilleux voyage où l'on pense : « Il faudra que je téléphone ce soir à la maison »... et, le soir venu, on oubliera : on a été si occupé par la visite de la vallée du Nil !

... Je me trouvais bien à des centaines de milliers de kilomètres de la planète. Sans aucune crainte. Je pouvais toucher la Lune, sauter dans ses cratères ! Je ne ressentais que joie, plénitude et lumière. J'étais seule, entourée pourtant de présences et d'amour.

Je donnai un coup de talon plus fort pour m'élever encore plus vite, plus loin, plus haut... Et soudain, brutalement, je me suis sentie redescendre, à une vitesse vertigineuse.

C'était comme si « on » m'avait renvoyée. Sans méchanceté, « on » me disait : « Retourne d'où tu viens, le moment n'est pas venu pour toi ! »

Je tentai de m'accrocher, d'arrêter cette descente. Je ne pouvais me rattraper à rien. Je glissais, glissais. Le souffle me manquait. J'ai revu la Terre, les océans, New York montant vers moi ! Comme attirée par un aimant, j'ai retrouvé la toiture verdâtre de mon immeuble... je l'ai traversée à grande vitesse, pour atterrir avec une molle violence dans... mon corps !

Essoufflée, parfaitement réveillée, à la fois déçue et soulagée, je me suis pelotonnée contre mon mari. Son corps était chaud, paisible, endormi. C'était bon, cet homme que j'aime, près de moi... Je soupirai, heureuse d'avoir retrouvé ma vie...

Le lendemain matin, je racontai mon voyage cosmique à Edward, tout en lui faisant part de mes doutes. Avais-je vraiment vécu cette expérience ou n'était-ce qu'un rêve ?

Avec sa logique et son humour, il me conseilla : « Appelle donc le réparateur d'antennes, chérie, ainsi tu sauras si tu as réellement grimpé au ciel ! »

À New York, tout est rapide. Le technicien vint dans l'après-midi. Je lui demandai : « Pouvez-vous vérifier l'antenne sur le toit, je crois qu'elle est brisée – du côté droit ! » précisai-je.

En redescendant, l'homme me lança avec un sifflement admiratif :

– On peut dire que vous êtes extralucide ! Comment saviez-vous qu'un « râteau » était brisé à droite ? On ne peut rien voir de vos fenêtres. Tout est caché derrière les cheminées. Z'êtes quand même pas allée là-haut, m'am ?

– J'ai simplement deviné ! déclarai-je, troublée par le regard brillant d'Edward.

Ainsi, j'avais ma preuve : J'ÉTAIS VRAIMENT MONTÉE LÀ-HAUT !...

*

* *

Un silence dubitatif accueillit la fin de mes paroles. Nous étions dix convives, prenant le café sur une terrasse de Santa Cruz de Tenerife, aux Canaries, après le dîner. L'odeur des vignobles, des orangers et des bananiers montait par effluves jusqu'aux jardins en espaliers de nos hôtes, Peter, un peintre anglais, spécialiste des portraits de la gentry internationale, et Pamela, son épouse. Ils avaient quitté les brouillards de la Tamise pour venir trouver ici lumière et soleil.

Accompagnant Edward qui tournait un film, j'étais venue y écrire en paix.

Alors que la conversation « roulait » sans problème sur le football et le golf, pourquoi avais-je eu la sotte idée de livrer dans ce dîner mondain une expérience si personnelle ? Ah, oui ! L'industriel argentin avait dit à la journaliste de Washington : « Moi, je ne crois qu'à ce que la science démontre. » Cela m'avait énervée ! Comme si la science expliquait tout de la vie, de la mort, de l'amour, du courage.

Une charmante actrice espagnole, dont j'avais déjà admiré le talent sur les écrans, me lança avec son accent musical :

– En fait, vous supposez que vous êtes morte, et que vous avez réintégré votre corps ?

Je me hâtai de rectifier :

– Non, je veux simplement dire que j'ai vécu « quelque chose » me faisant croire qu'il y a bien une autre dimension. Je pense avoir eu la chance de « pousser une barrière » interdite...

Cette fois-ci, tout le monde (l'industriel argentin, l'actrice espagnole, un chirurgien brésilien, la journaliste de Washington, un pilote de course finlandais et sa petite amie égyptienne) parla en même temps :

– C'était un rêve ! Du bluff !

– ... Elle a pourtant vu l'antenne sur le toit !

– ... Il y a peut-être un « monde photons[1] ».

– ... Je n'en crois rien ! Une vie parallèle ?

– ... J'ai lu un livre là-dessus ! *La mort après la mort* !

1. Les photons sont des particules élémentaires de lumière.

– … Non, *La vie après la vie.*

– … Et si nous faisions tourner les tables ?

De l'autre côté de la table, Edward allumait un biddie indien – une cigarette roulée à la main – à l'eucalyptus. Ses yeux bleus semblaient me dire : « Tu parles trop, chérie ! Tu vois ce que tu as déclenché ? »

Mon agacement dut être remarqué par Peter.

Déposant sa tasse de café sur la nappe brodée, il fit un signe à Pamela :

– Passons à côté, Honey, je voudrais montrer à nos amis mon exposition romaine !

Nous nous installâmes dans le salon blanc devant la vidéo tristandard de nos hôtes. Par les baies grandes ouvertes, une légère brise de l'Océan nous apportait l'odeur des embruns. Satisfaite que l'on ait enfin changé de sujet, j'étais également ravie de voir les derniers tableaux de Peter.

Le film était très bien fait : après avoir montré l'arrivée à Rome de Peter et de Pamela, à l'aéroport Leonardo da Vinci, et les journalistes qui les attendaient, on apercevait les principaux monuments romains, vus par nos amis : les arcs de triomphe, le Colisée. Puis vinrent les images du jour du vernissage. Une foule élégante se pressait dans la galerie, sise via Veneto. Peter nous désignait les célébrités romaines, hommes d'État, acteurs, écrivains… La caméra montrait les tableaux. Peter avait fait un travail superbe. Chacun de ses portraits (belles créatures en robe Renaissance, grecque, romaine; hommes en pourpoint, kilt ou toge) se situait dans un paysage stylisé : le château Saint-Ange, le Capitole, la statue de Marc Aurèle, la louve de Romulus et Remus, les forums, et la colonne de Trajan !

Dans ce dernier décor, un double portrait m'attira irrésistiblement.

Une lumineuse jeune femme brune était « appuyée » à la colonne Trajane. Ses cheveux mousseux étaient retenus par une bandelette aux plis pourpres. Elle était vêtue de la *stola*[1] des patriciennes et d'une tunique de soierie azur, ornée de franges d'or. Son visage était tourné vers un bel homme aux mèches blondes ramenées sur le front, à la Cicéron. Il se tenait de profil, vêtu d'une toge blanche enrichie de broderies.

Ces deux personnages se regardaient l'un l'autre avec une sorte de force nostalgique. Une vraie magie se dégageait du tableau.

– Quelle belle peinture, Peter ! Il y a tant de puissance dans çette toile qu'elle dépasse toutes les autres !

– C'est votre préférée ? m'interrogea Peter d'un ton brusque.

Je craignis de l'avoir vexé :

– Oui, mais, bien sûr, j'aime aussi beaucoup les autres !

– Ne vous excusez pas. C'est normal que vous ayez une préférence pour ce tableau, car il raconte une histoire.

Peter arrêta la vidéo. Il remonta en arrière pour repasser plus lentement les images de la foule qui se pressait dans l'exposition. Le couple du portrait se trouvait bel et bien dans le public. Elle portait un tailleur beige sur un chemisier orange, lui, un complet bleu avec une cravate à pois. Bien qu'elle eût les cheveux flous sur les épaules, et bien qu'il présentât, lui, une coupe en « brosse » impeccable, on les reconnaissait parfaitement.

Pendant un instant, la caméra s'était attardée sur eux : semblant oublier qu'ils se trouvaient au milieu de la foule, ils scrutèrent le tableau

1. Longue robe à plis des Romaines.

qui les représentait en patriciens romains. Puis ils échangèrent un regard étrange, complice, ou méfiant, je ne sais... Ils semblaient ailleurs.

Ensuite, Peter s'approchait d'eux. La jeune femme embrassa le peintre. L'homme serra Peter dans ses bras. Enfin, le couple se perdit dans la foule.

Notre ami stoppa de nouveau sa vidéo. Il alla se verser un scotch et, revenant s'asseoir à mon côté dans le canapé club, il lança tout de go :

– Qui, ici, croit à LA RÉINCARNATION ?

C'était reparti... Tout le monde se remit à parler en même temps.

– Jamais !

– ... Oui !

– ... Non !

– ... Foutaises !

Devenue prudente, je m'imposai le silence. Peter, du coup, se tourna vers moi.

– Et vous, Jacqueline ? J'aimerais connaître l'opinion de l'écrivain que vous êtes.

Je me réfugiai dans l'exemple même de la réponse intelligente :

– ... Cela dépend !

Peter me poussa dans mes retranchements.

– Allons ! Après l'expérience métaphysique que vous venez de nous raconter, vous devez bien avoir une idée précise sur la question... Est-ce que je me trompe ?

– Bien sûr... Je pense, par exemple, que la photo, la télé, la voiture ou l'avion auraient semblé de la magie à un homme du XVIIIe, même raffiné intellectuellement... Aujourd'hui, à travers la science, nous découvrons la puissance formidable de nos cerveaux – oui, peut-être sommes-nous immortels ?

– Vous croyez donc à la réincarnation ! insista Peter.

– J'aimerais y croire. Mais je n'ai jamais rencontré de réincarné qui puisse me raconter son expérience !

– Et si je vous en présentais un, vous y croiriez ?

– Je le suppose, si ce n'était pas un petit plaisantin !

Peter vida son verre et remit en route son magnétoscope. Il remonta la bande pour l'arrêter sur le tableau magique, « isolant » le visage en gros plan de l'inconnu à la coiffure de Cicéron.

– Cet homme, commença Peter en allumant un cigare, n'était pas à proprement parler un petit rigolo : célèbre archéologue, professeur de Harvard, c'était un vrai scientifique, incrédule, incroyant, agnostique, sceptique, blasé, n'admettant que la vérité d'une science expérimentée et démontrée. Il s'appelait LARRY... LARRY LOVEBERRY...

1

L'arrivée

La voix de l'hôtesse réveilla Larry Loveberry.

– Nous allons atterrir dans quelques minutes à Rome-Fiumicino Leonardo da Vinci. La température au sol est de 78° Fahrenheit. Vous êtes priés d'attacher vos ceintures et d'éteindre vos cigarettes.

Larry étira ses longues jambes ankylosées par le vol transatlantique. Surpris d'avoir si bien dormi, il passa la main dans ses cheveux coupés en brosse.

Le Jumbo de la TWA traversait de blancs cumulus pour piquer sur Rome. Les passagers étaient un peu secoués.

Larry Loveberry rangea les revues scientifiques qu'il avait lues pendant le voyage. Il ajouta à la hâte quelques notes au brouillon de l'exposé qu'il devait faire, à son retour à Harvard, sur « *l'Épistémologie, voulant entrer dans la théorie de la connaissance, face à la sigillographie des cartes médiévales* ». Après avoir glissé son dossier dans sa serviette noire, il s'aperçut qu'il avait oublié de remplir sa fiche pour la police de l'air. Cette corvée terminée, il enfila la veste de son costume prince de galles, essuya ses lunettes cerclées d'or, lissa sa moustache et se détendit. Il ne pensait plus qu'à ce merveilleux séjour romain qu'il avait eu la faiblesse d'accepter.

Les roues de l'avion touchèrent la piste.

Une fois passé la douane, son imperméable Burberrys sur l'épaule et sa serviette à la main, Larry Loveberry se dirigea vers le hall de réception des bagages tout en regardant autour de lui.

Derrière une barrière vitrée, un petit bonhomme rondouillard, coiffé d'une casquette à pompon rouge, brandissait une pancarte sur laquelle était écrit : « *Dottore Loveberry* ».

Après avoir récupéré sa valise sur le tapis roulant et passé la dernière douane, l'archéologue se dirigea vers l'homme. Celui-ci s'enquit aussitôt :

– Vous êtes le *dottore*[1] Loveberry ?

– *Si.*

– *Buongiorno, come sta ?* Je suis Raffaello.

L'homme tendit la main, l'archéologue la serra avec urbanité.

– La princesse m'a chargé de vous emmener, continua Raffaello tout en posant la valise de Larry sur un chariot.

– Elle m'avait prévenu en effet qu'elle ne pourrait pas venir elle-même.

Loveberry et son guide traversaient l'aéroport en direction de la sortie.

– Eh non, *dottore*, c'est qu'elle a beaucoup de travail, la pauvre !

Raffaello dodelinait du pompon.

– *Prego !* C'est très aimable de votre part d'être venu, mais j'aurais pu prendre un taxi.

Larry Loveberry se sentit satisfait : il s'exprimait toujours correctement en italien.

– On ferait n'importe quoi pour la princesse ! Quand elle m'a dit : Mon cousin arrive à *mezzo-*

1. « Docteur », en français; appellation courante en Italie de quiconque possède un titre universitaire.

giorno[1], Raffaello a « fait présent », d'autant que j'avais une livraison par ici. Nous y voilà ! *Benissimo, grazie*[2], ajouta-t-il à l'adresse d'un carabinier qui « gardait » une camionnette de fruits et légumes en stationnement interdit devant une bouche d'incendie.

En Amérique, ces hommes-là iraient en prison ! songea Larry, amusé. Il avait quitté Washington sous une tempête glacée, le soleil romain était doux sur le trottoir, une vraie caresse.

– *Arrivederci*... à la prochaine, Raffaello !

Le carabinier s'éloigna pour aller « monter la garde » ailleurs.

– *Ciao, amico !*

Et sur ces mots, Raffaello jeta la valise de l'archéologue au milieu de ses tomates et de ses poireaux et il démarra sur les chapeaux de roues. Larry Loveberry n'était pas revenu à Rome depuis longtemps. Il avait oublié que les Italiens conduisent leur véhicule comme Paganini jouait du violon – *molto vivace,* avec une virtuosité diabolique. Raffaello avait placé sa camionnette sous la protection de la Madone, dont l'effigie souriante trônait sur le pare-brise. Malgré son incroyance notoire, Larry Loveberry espéra que la « bonne Vierge » allait les protéger du daltonisme dont semblait atteint son chauffeur. Celui-ci présentait en effet une indiscutable propension à ralentir aux feux verts pour ne foncer qu'aux feux rouges... En outre, par instants, Raffaello lâchait son volant tout en discourant. Il « picorait » alors le ciel de ses dix doigts réunis, pour prendre les dieux ou son passager à témoin de l'incompétence des autres conducteurs à qui il ne cessait de couper la priorité.

1. « À midi. »
2. « Très bien, merci. »

Après quelques minutes d'angoisse, Larry accepta les fantaisies de Raffaello, se rendant compte que, pour survivre, cet homme devait posséder d'étonnants réflexes et une rare maîtrise du volant. Celui-ci ne cessait de discourir :

– ... J'ai un beau-frère à « Nouve Yorque » ! C'est le mari à ma sixième sœur. Il est épicier comme moi. Oh ! dans un bon quartier avec les Portoricains ! 22e Strite, comme vous dites ! Entre Huitième et Neuvième Avenue ! C'est tout des numéros, chez vous ! Quand vous retournez là-bas, *dottore,* allez donc lui faire le bonjour de Raffaello !

Larry promit très sérieusement de ne pas y manquer.

– Mon beau-frère s'appelle... M... ! Non mais, vous avez vu, ce c... qui m'a coupé ? *Sto male*[1], hurla Raffaello avant de reprendre : Mon beau-frère, il s'appelle Agnello ! Il m'a toujours dit : « Viens donc ici faire le taxi, tu ferais fortune ! »

Larry Loveberry estima qu'Agnello était un fin psychologue : Raffaello avait en effet toutes ses chances de battre les taxis new-yorkais.

Après avoir zigzagué sur l'*autostrada,* la camionnette pénétrait dans Rome par la via Ostiense. En un éclair, Larry Loveberry eut le temps d'apercevoir la pyramide de Caius Cestius. Déjà l'enragé engageait sa *macchina* dans la via Cestia, puis dans le viale Aventino. Larry Loveberry se souvint que les thermes de Caracalla devaient être par là, quelque part à droite, mais il ne put rien voir : Raffaello doublait en troisième position un camion crachant de la fumée noire.

Dire que Larry put détailler l'arc de Constantin serait très exagéré.

1. « Je me sens mal. »

Comme au manège, Raffaello tournait sur deux roues devant le Colisée, passait au-dessus du Forum, empruntait, en manquant écraser une congrégation de bonnes sœurs, la via dei Fori Imperiali. Tout près de là, se dressaient des échafaudages autour de l'admirable colonne Trajane en réfection.

Larry Loveberry ferma les yeux.

… Deux mères de famille traversaient avec leurs voitures d'enfants. Raffaello pila sur place et il repartit de plus belle. Du ton d'un guide érudit, l'épicier annonça :

– *Alla sinistra*[1], le balcon de la Sofia Loren !

Larry Loveberry comprit qu'il fallait admirer cette dernière information beaucoup plus que les monuments millénaires.

– Nous sommes encore loin ? interrogea-t-il timidement.

– Ah ! Impatient d'arriver, *dottore* ! Je vais accélérer ! promit l'enragé.

C'était bien la seule chose qu'aurait voulu éviter Loveberry.

– La princesse habite, comme moi et ma famille, au sud de la piazza Navona et du Panthéon, juste après le corso Vittorio Emmanuel. Nous ne sommes pas loin du palais Farnese et de la via Giulia, c'est bon pour le commerce !

Après cette dernière précision, Raffaello engagea sa camionnette dans un réseau de petites rues délabrées, où du linge pendait aux fenêtres, et qu'encombraient marchands à la sauvette, piétons, vélos, motos et voitures klaxonnant avec rage.

Larry Loveberry aperçut au passage quelques fontaines et d'admirables églises Renaissance, cachées dans des culs-de-sac. Après avoir hurlé

1. « À gauche. »

force insultes, Raffaello arrêta enfin son engin devant une minuscule impasse appelée pompeusement via Fabio Alessandro Balatresi.

– Nous voici arrivés, *dottore* ! *Come sta*[1] ?

– *Benissimo, grazie !*

Le teint bronzé de l'archéologue avait pris la couleur marmoréenne des statues romaines.

– Voici mon entreprise !

Tout en s'emparant de la valise, Raffaello désignait avec grandeur sa minuscule baraque de fruits et légumes. Une robuste matrone, les poings sur les hanches, était plantée devant l'étalage. À la vue de Raffaello, elle se mit à brailler.

– Dépêche-toi, espèce de paresseux. J'ai besoin de lentilles.

– Mon épouse, Loretta... présenta gracieusement Raffaello.

Loveberry salua la *signora* avec urbanité.

– ... Je suis avec le cousin à la princesse ! reprit l'épicier en criant aussi fort que son épouse. Les lentilles, elles sont dans la cave, sous les petits pois ! (Puis, à l'intention de Loveberry, il ajouta avec orgueil :) Voici le palazzo Balatresi !

Raffaello désignait, au fond de l'impasse, un grand mur rongé de mousse. Des corniches de toitures, marquées de larges plaques de lèpre jaune, dépassaient de la muraille aux pierres disjointes.

Assez surpris, Larry Loveberry suivit son guide. Celui-ci poussait un portail aux gonds oxydés et criards. Les deux hommes passèrent sous une voûte dégradée dont certaines pierres en saillie jonchaient le sol.

Dans la cour envahie par les mauvaises herbes, quelques gamins jouaient au ballon. Des chats faméliques se disputaient les restes d'une

1. « Comment ça va ? »

gamelle. Toujours aussi fièrement, Raffaello expliqua :

– Il y a aussi le jardin, derrière, *dottore* ! C'était un vrai parc au siècle dernier !

Larry Loveberry leva la tête. Le palazzo le dominait de ses quatre étages : l'édifice se composait de trois corps de bâtiments en rectangle. Le plus ancien, à gauche, avait sans doute été commencé, avec sa tour, au XIIe siècle; puis venaient, au centre, les constructions Renaissance; sur la droite, enfin, se trouvaient les façades baroques, des XVIIe et XVIIIe siècles, presque rococo. Larry Loveberry était trop amateur d'art pour ne pas être sensible à la beauté vermoulue de cet édifice si composite.

Sur les vingt-deux fenêtres des rez-de-chaussée (Larry les compta), dix-huit étaient bouchées par des planches de bois déjeté et fendu. Au premier étage, les moellons s'effritaient. À certains endroits, on avait jeté du crépi qui tombait par écailles. Près du toit, des chevrons pourris menaçaient de s'effondrer.

L'archéologue suivit Raffaello qui s'était engagé sur le perron de pierre « défendu » par deux lions lépreux. Des statues de condottieri gisaient sur le sol. Larry Loveberry était si étonné qu'il ne pouvait parler. Sa cousine, la princesse Pia Balatresi, l'avait invité à venir passer des vacances dans son « palais » romain... Sans s'attendre à un luxe effréné, l'Américain ne pensait certes pas découvrir une telle ruine dans ce qui avait dû être encore, au début du siècle, la splendeur des splendeurs. Ce palais aurait dû « vivre » avec cinquante domestiques en livrée. Larry Loveberry se sentait gêné, craignant de trouver la pauvre Pia dans la misère.

– *Permesso*[1] *!* dit une femme accompagnée d'une ribambelle d'enfants.

1. « Avec votre permission. »

Elle sortait de la chapelle, un panier de linge à la main.

– La princesse m'a chargée de vous installer, *dottore* ! Tu peux t'en aller, Raffaello !

Malgré les protestations de Larry, la solide créature se saisit de sa valise. Raffaello prit congé non sans inviter l'archéologue à venir manger du *prosciutto* et de la *mozzarella*[1] le soir.

– Tout à votre disposition pour vous conduire quand vous voulez où vous voulez, *dottore* ! assura l'épicier.

Larry remercia ce brave homme en se promettant bien de ne jamais remonter dans sa *macchina*. Il suivit la femme qui, déjà, grimpait gaillardement l'escalier de marbre blanc et noir, tout ébréché. Les murailles étaient dévorées par l'humidité. Des tapisseries décolorées pendaient partout lamentablement.

Au cours de ses fouilles archéologiques, Larry avait souvent dormi à la belle étoile, mais dans la vie privée, il appréciait le confort. Très inquiet, il se demandait si on allait l'installer dans une mansarde à nids de chauves-souris.

– Je m'appelle Giuletta, *dottore,* j'habite sous la voûte !

La concierge, pensa Larry.

– La princesse Pia est si gentille, elle m'a donné l'ancienne loge et la chapelle pour vivre avec les enfants. Mon mari Giuliano est au chômage. Il est très bricoleur. Il peut réparer tout ce que vous voulez !

Loveberry songea que Giuliano devrait exercer sans tarder ses talents sur le palais. Il avait de quoi faire ! La ribambelle d'enfants se nichaient dans les jupes de leur mère en regardant l'archéologue avec de grands yeux curieux.

1. Jambon et fromage italiens.

– C’est ici que demeure le *signore* Altmayer. C’est un poète, chuchota Giuletta en passant sur le palier du premier étage.

Elle désignait une porte piquée de vers qui n’avaient rien à voir avec des rimes.

Une grande ombre voûtée sortait d’un couloir sombre. Giuletta salua :

– *Buongiorno, signore* Altmayer ! Je suis avec le cousin de la princesse.

Sous sa masse de cheveux hirsutes, le « poète » jeta un regard perçant vers l’archéologue. Sans saluer, il entra dans son antre en claquant la porte. Larry ne put s’empêcher de penser : Quelle mine patibulaire ! Voici un homme à qui je ne confierais ni ma vie ni mes économies... si j’en avais !

– Il vient de chez la cantatrice, Giulia Lorquetta. La pauvre, en ce moment, elle ne chante pas beaucoup...

– Elle a une extinction de voix ?

– Elle a eu les oreillons ! Le *signore* Altmayer lui porte des tisanes.

Larry songea encore qu’il aimerait mieux être soigné par un scorpion que par ce maudit poète.

Au deuxième étage, Giuletta continua, un doigt pointé vers une porte entrebâillée :

– Ici, c’est Raimondo, le peintre. Il a « fait » les enfants à l’huile, mais on ne les a pas trop reconnus ! Il est quand même très gentil ! Là-bas, c’est la *signora* Galia Zorra. Elle se met en transe et lit dans l’avenir, *dottore.* Faudra lui demander pour vous ! Elle nous a prédit la fortune.

– Et c’est venu ?

– Pas encore, *dottore,* mais j’ai confiance.

Ils étaient arrivés au palier du troisième étage. Larry avait l’impression d’escalader l’Empire State Building. Chaque étage du palazzo en valait au moins trois d’immeuble normal.

– Là, c'est Mazzini.
– Qu'est-ce qu'il fait, celui-là ?
– De la gravure. (Giuletta soupira.) Giuliano dit que si Mazzini voulait, il pourrait fabriquer tout, même des dollars !
– Quoi ?
Larry s'en étranglait.
– Oh ! Giuliano dit ça pour rire !
Larry Loveberry s'arrêta un instant. Où était-il donc tombé ? Un poète à la tête de vampire, une voyante hystérique et maintenant un faux-monnayeur !
– Là, quelqu'un va arriver bientôt...
Giuletta désignait une porte basse recouverte de toiles d'araignées. Le prochain serait-il un assassin ? se demanda Larry.
– Tous ces gens sont des locataires ?
Larry était de plus en plus tourmenté quant à la tranquillité de ses vacances romaines. La fatigue des derniers jours et le décalage horaire lui faisaient perdre son sens de l'humour.
– Si on veut, *dottore,* ils habitent ici. Nous voilà arrivés ! déclara Giuletta sur le palier du quatrième étage.
Elle passa, avec sa marmaille, sous le portrait gondolé d'un grand seigneur en costume Renaissance, pour s'arrêter devant une porte cramoisie dont le velours élimé était retenu par des clous dédorés. Giuletta fit tourner la clé dans la serrure.
Larry Loveberry ferma les paupières. Il ne voulait pas voir le taudis de sa malheureuse parente et cherchait déjà un moyen poli d'annoncer qu'il allait filer à l'hôtel.

2

Quand les Balatresi rencontrent les Loveberry

Un ravissant appartement blanc, tapissé de soieries, décoré de tableaux délicats, meublé de canapés colorés, eux-mêmes parsemés de coussins pastel, s'ouvrait aux regards incrédules de Larry. Sur des tables basses, des candélabres d'argent et des gravures sur cuivre du XVIIIe siècle rivalisaient avec des bouquets de fleurs artistiquement déposés. Deux commodes en marqueterie supportaient des sculptures de bois anciennes. Ces objets devaient provenir des « restes » du palais. Tapis, porcelaines, meubles rares, poteries – tout, dans ce mélange de moderne et d'ancien, dénotait un goût des plus raffinés. Les portes-fenêtres donnaient sur des terrasses verdoyantes.

– Vous êtes chez vous, *dottore* ! La princesse rentre vers sept heures. Voilà le téléphone, la télé. Si vous avez faim, c'est par là.

Giuletta et sa marmaille faisaient visiter l'appartement. Après le salon et la salle à manger, la brave femme entraîna le visiteur vers une cuisine ultramoderne « à l'américaine », revue par une décoration italienne de mosaïques jaunes et bleues. Elle ouvrit le « frigo » garni de boissons, *vino bianco* et *rosso*, fromage de brebis, melon, salami, prosciutto, pizza, minestrone.

Dans le couloir, Giuletta montra à Larry la chambre bleue des « invités » avec sa salle de bains « particulière ». Lui indiquant l'autre bout de la galerie, elle déclara sans ouvrir les portes :

– Ici, c'est l'appartement de la princesse. Là-bas, celui des princes.

Il y avait aussi un bureau-bibliothèque et une lingerie.

C'était un *penthouse* de huit pièces, aux jolis volumes reconquis sur les combles, et entouré de terrasses, invisibles de la via Fabio Balatresi.

– *Grazie mille, signora*[1] *!*

– Gardez la clé, *dottore* ! Si vous avez besoin de quoi que ce soit, par exemple que je vous fasse cuire des spaghetti, proposa Giuletta, comme si c'était la panacée, criez par la fenêtre, je vous entendrai !

Et sur ces mots, la solide créature se retira avec ses enfants.

Complètement rassuré et honteux de ses pensées, Larry Loveberry sortit sur les terrasses. Il en fit le tour, admirant les décorations en céramique, les rosiers, les lauriers, les géraniums, les bougainvillées et les magnolias qui s'entrelaçaient dans les treillages. Des cyprès plantés dans de grands bacs formaient tonnelle. Si, en bas, le parc était abandonné, le jardinier, en haut, avait la main verte ! S'approchant d'une balustrade, Larry découvrait, au-delà du Tibre, la ville de Rome miroitant sous le soleil. Il apercevait la masse importante du château Saint-Ange, plus loin la majestueuse basilique Saint-Pierre, la Cité du Vatican... Revenant sur ses pas, l'archéologue distingua encore le Quirinal, la Villa Borghese, le Capitole. À droite, c'étaient les

1. « Mille mercis, madame ! »

vestiges romains antiques : le Colisée, la colonne Trajane, le Forum.

Larry murmura pour lui-même les mots de don Quichotte :

– « On n'a pas bâti Rome en un jour ! » (Sur la plus haute terrasse, il compta les sept collines :) Voyons, voici le Palatin, le Quirinal, le Capitole, hum… là, ce doit être l'Aventin… l'Esquilin… le Viminal et… le Cœlius !

Satisfait, estimant à l'inverse de certains collègues que Rome, comme l'affirmaient la légende et de récentes fouilles, avait bien été fondée en 753 avant Jésus-Christ par des bergers, donc pourquoi pas Romulus, sur la rive gauche du Tibre, Larry Loveberry redescendit dans la cuisine.

Il se fit un thé, s'installa dans sa chambre, vida sa valise, suspendit méticuleusement ses trois vestons et ses pantalons, rangea chemises, pull-overs, papiers, livres et revues. Il prit une douche puis, dans le peignoir de bain rose que l'on avait préparé à son intention, il s'assit sur le lit capitonné pour lire un journal italien.

*
* *

– Ne faites surtout pas de bruit… Il doit se reposer…

C'était la voix de Pia. Larry avait dormi tout l'après-midi.

– Tu es sûre qu'il est arrivé, *chérie* ? interrogeait un jeune homme.

– Raffaello et Giuletta me l'ont dit. Il paraît qu'il avait l'air bien fatigué !

Allons bon, un « ramolli », c'était l'impression qu'il avait donnée, se dit Larry.

– Lorenzo, descends des ravioli à Altmayer, et toi, Cosimo, mets la table !

– À la cuisine, *chérie* ?

– Dans la salle à manger, avec les chandeliers ! Nous avons un invité de marque !

– Un Ricain, il doit avoir l'habitude de bouffer à la *kitchen*[1] !

– Tu ne pourrais pas dire « manger » ! Allons, Cosimo, fais ce que je te dis !

L'« invité de marque » avait envie de rire. De mauvaise grâce, le nommé Cosimo faisait tinter assiettes et verres.

– Attention, tu vas tout casser !

Larry Loveberry passa une chemise propre, un pantalon gris et une veste bleue. Il noua sa cravate, essuya ses lunettes et sortit dans le couloir. Le salon était désert. Il se dirigea vers la cuisine.

– Larry !

La princesse Pia se jetait à son cou... Moins expansif, Larry lui donnait de petites tapes dans le dos. Les premières effusions terminées, ils se regardèrent. Pia était une jeune femme toujours mince, d'environ trente-sept ans, aux grands yeux noirs pailletés d'or. Ses cheveux bruns tombaient souplement sur ses épaules. Elle ôta le tablier qu'elle avait mis sur sa robe de soie jaune pour entraîner Larry vers le salon. Pia présenta ses jumeaux :

– Voici mes fils, Lorenzo et Cosimo, vous ne les connaissiez pas ?

C'étaient deux superbes garçons bouclés, bruns, sportifs. À dix-sept ans, ils étaient aussi grands que Larry. Ils s'inclinèrent cérémonieusement avec un ensemble parfait.

– *Buona sera, signore.*

– Je les ai déjà vus, mais ils devaient avoir six mois ! Vous me les avez présentés à Denver.

1. À la « cuisine ».

Vous souvenez-vous, Pia ? Mais vous avez un peu changé, les gars, je ne vous aurais pas reconnus dans la rue ! admit Larry en leur tapant sur l'épaule.

Les jumeaux, conquis, rirent de bon cœur. L'atmosphère, un peu guindée, devint plus familière.

Le dîner pris dans une vaisselle fine, face aux terrasses, portes ouvertes, fut très gai. Dès le *prosciutto con melone*[1], les jeunes princes appelaient l'archéologue par son prénom. Celui-ci, amusé, se rendit compte qu'ils nommaient leur mère *Chérie* !

Les jumeaux se montraient très intéressés par ce cousin lointain, curieux de connaître les origines de leur parenté et la façon dont leurs familles s'étaient retrouvées.

Larry et Pia se lancèrent dans de grandes explications généalogiques : l'archéologue et la princesse s'étaient retrouvés l'année précédente à Paris lors d'un congrès sur la Joconde. L'archéologue faisait une conférence. Pia, qui était éditrice d'art, participait aux débats.

– En fait, notre cousinage remonte assez loin, expliqua Larry, tout en dégustant de délicieux cannelloni. Hou hou...

Larry se brûlait. Pia vint à son secours.

– Ce sont nos deux grand-mères irlandaises, les Doyle, qui étaient cousines germaines, l'une, Ederna, est partie pour les États-Unis. Elle a épousé votre grand-père, Larry, qui était... ?

– Maçon ! Il construisait les maisons de ses mains.

– Il a fait fortune !

– Oui. La ville de Jackson lui appartenait, mais, rassurez-vous, mon père a tout perdu avec

1. Jambon cru – melon.

le krach de 1929 ! ajouta Larry avec le sourire.

– Et l'autre grand-mère, la nôtre, quoi ? firent Cosimo et Lorenzo d'une seule voix.

– Belinda, venue en Italie, a épousé mon grand-père, répondit Pia, le prince Mario Coletti, elle en a eu une fille, Clotilda, ma mère, puis le mari de Belinda ayant été tué en duel...

Lorenzo s'étonna :

– C'était autorisé ?

– Non ! Cela a fait une histoire terrible. Ma mère était toute petite, Belinda s'est remariée avec le prince Fabio Balatresi qui était veuf avec un fils, Urbain...

Cosimo claqua la langue :

– Chapeau ! Elle s'em... ait pas, la grand-mère ! Elle allait de prince en prince !

Avec un rien d'agacement, Pia lança :

– Vous voulez connaître la suite ou pas ?

– Tu parles, *Chérie* !

– Fabio Balatresi éleva ma mère comme sa propre fille. Elle épousa mon père, le marquis Horace Sallustini, tandis qu'Urbain se mariait avec Olimpia. Ils eurent un fils, Silvio, mon aîné de cinq ans. Nous passions les vacances ensemble à Ostie. Ma mère avait gardé des relations privilégiées avec les Balatresi, surtout avec Urbain. Il n'avait aucun lien de sang avec elle, mais elle le considérait comme son propre frère, ayant été élevée avec lui. Elle fut folle de joie lorsque votre père, Silvio Balatresi, me demanda en mariage...

– Ben, fallait le dire, c'est tout simple !

Les jumeaux se levèrent joyeusement pour desservir et aller chercher le dessert à la cuisine. Larry Loveberry les suivit du regard. Ils étaient charmants, avec juste le zeste d'impertinence qu'il fallait. Bien élevés, sans affectation, gais, spirituels, bref, parfaits, ces « petits » ! Pour la première fois de sa vie, Larry Loveberry regrettait de n'avoir jamais trouvé le temps de se marier, ni d'avoir d'enfants.

Lorenzo et Cosimo vivaient avec leur époque, refusant titre et passé trop lourds à porter. Pia les encourageait à choisir un métier dans le « présent ». Ils faisaient leurs études. Lorenzo voulait devenir avocat, Cosimo, très musicien, chanteur rock. Véritables jumeaux, ils se ressemblaient beaucoup, n'ayant comme réelle différence que les yeux. Lorenzo possédait les iris noir et doré de sa mère. Cosimo présentait la particularité, étrange et charmeuse, d'avoir des yeux vairons : l'un brun et l'autre bleu-vert.

Les garçons revenaient de la cuisine en portant une tarte aux fraises.

– Nos familles ont continué de correspondre ? interrogea Lorenzo.

– Chaque année pour Noël ! On est si fiers, en Amérique, d'avoir des cousins européens, surtout lorsqu'ils sont princes ! répondit Larry avec humour. (Il se tourna vers Pia :) Je crois que c'est mon père qui, faisant l'arbre généalogique de nos familles, a contacté votre beau-père, Pia ?

– En effet, Urbain, allant en Amérique, a été accueilli par vos parents qui eux-mêmes sont venus en Italie. J'étais petite fille. Ils ont été reçus à Florence quand les Balatresi y avaient encore un palais et une domesticité.

Larry hocha la tête.

– Mes parents en ont toujours gardé un souvenir ébloui.

– Mais ils ne se sont pas revus, mon beau-père est mort peu après votre père, les garçons...

Il sembla à Larry que la voix de Pia s'était légèrement voilée. Se pouvait-il qu'après tant d'années, elle en éprouvât encore de l'émotion ?

Larry Loveberry se rendait compte soudain que la vie n'avait pas dû être facile pour la jeune femme. Son époux, le dernier Balatresi, était donc le beau Silvio. À l'âge de dix-huit ans, Pia en était tombée follement amoureuse en le retrouvant à Ostie après quatre ans d'absence.

Silvio sillonnait le monde, comme pilote de course d'une grande écurie italienne. Il était devenu une vedette adorée du public et commençait à gagner beaucoup d'argent... Après un mariage fastueux, béni par le pape (Larry avait vu les photos dans la presse), Silvio et Pia avaient connu trois ans de bonheur, voyageant au gré des courses. C'était au cours de l'une d'elles que Larry les avait connus, jeunes et sympathiques, à l'hôtel Hilton de Denver, avec leurs beaux bébés. Larry ensuite n'avait plus eu de leurs nouvelles que par les journaux. C'était ainsi qu'il avait appris que Silvio Balatresi s'était tué au cours d'essais à Indianapolis : les jumeaux avaient alors deux ans !

Un télégramme, une longue lettre et des fleurs pour l'enterrement du prince-pilote – tout cela lui avait semblé bien dérisoire. C'était pourtant tout ce que Larry, pris par des fouilles au Mexique, avait pu faire pour montrer sa sympathie à la jeune veuve.

Ce qu'il ne savait pas, c'est que Silvio était joueur. Il avait non seulement perdu la vie, mais aussi de grosses sommes au baccara.

Le dernier des Balatresi ne laissait à Pia que des regrets et des dettes. La jeune femme s'était courageusement installée avec ses enfants dans le palais délabré. Comble de malchance, son père et sa mère étaient morts la même année. Vendant les derniers tableaux et objets d'art, elle avait pu se faire construire cet appartement, puis elle avait monté sa petite maison d'édition d'art qui lui assurait de quoi vivre. Trois mois après le drame, Pia avait remercié son cousin américain pour ses chaleureuses pensées. Ils s'étaient ensuite écrit régulièrement des vœux de bonne année et Larry n'avait pas revu Pia… jusqu'à ce colloque de l'an passé.

Elle avait dû le marquer autrefois à Denver ! Il l'avait aussitôt reconnue dans la foule des congressistes.

*
* *

Après le dîner, tandis que les jumeaux bien dressés mettaient les assiettes dans le lave-vaisselle, Pia et son invité passèrent au salon.

Debout devant la porte-fenêtre ouverte, Larry Loveberry alluma une cigarette. Il regarda un instant Rome brillant de mille lumières, puis ses yeux revinrent vers Pia. Fine et gracieuse, la princesse servait le café, avec des gestes méticuleux et précis.

Elle a quand même bien dû avoir des amants, songea soudain Larry. Je me demande combien…

3

La prédiction de Galia Zorra

– Ah ! Voici ce cher Altmayer !

Sur cette affectueuse exclamation de Pia, le poète hirsute, maigre, dégingandé, faisait une entrée digne d'un cabotin de la *commedia dell'arte*. Vêtu d'une houppelande noire et chaussé de hautes bottes, il était coiffé d'un chapeau à plume mousquetaire. Il l'ôta pour balayer la moquette devant les escarpins de son hôtesse, tout en déclamant :

– L'art de faire des vers, dût-on s'en indigner,
Doit être à plus haut prix que celui de régner.
Tous deux également portons couronnes
Mais princesse, la Beauté vous reçûtes, moi
[poète, je la donne !

Pia, souriante, battit des mains.

– Bravo, Altie !

– Mon poème, princesse, à la gloire du roi Tyndare, sera plus grand que l'ode minuscule de Pindare !

Au moins, cet Altmayer n'avait pas de complexes, pensa Larry.

– Mais j'en suis certaine ! Venez, mon cher Altie, que je vous présente à mon cousin Larry. Altmayer écrit actuellement une ode de cinq mille vers... expliqua Pia.

Espérant que le poète ne les réciterait pas tous le soir même et un peu agacé par ses rodomontades, Larry Loveberry lui serra la main avec urbanité.

– Aaah ! Nous vivons d'une ombre, *signore* venu de l'autre monde ! Du parfum d'un vase vide, de la fleur de l'Atlantide... perdue dans le tonneau des Danaïdes !

Il ne pouvait parler qu'en vers. Sur ces mots définitifs, le poète alla se servir à boire.

– Ah ! Mazzini ! Galia ! Venez que je vous présente à mon cousin...

Cela recommençait. Larry, qui s'était rassis sur le canapé blanc, se releva pour serrer la main du « faux-monnayeur » et de la cartomancienne. Celle-ci agita sa masse de cheveux rouges, vexée du shake-hand. Elle lança avec force ses doigts vers la bouche de l'archéologue pour l'obliger à lui faire un baisemain. Après un coup de faux diamants sous le nez, Larry s'exécuta avec la maladresse d'un Américain peu rompu à ces « bonnes manières européennes ».

Ce fut ensuite le tour du peintre Raimondo et de la Lorquetta miraculeusement guérie. Larry Loveberry ne s'approcha pas trop. Il ne tenait pas à attraper les oreillons, mais, un foulard de « panthère » noué autour de ses cheveux de jais, elle lui expliqua en lui soufflant dans la figure qu'elle avait simplement eu une amygdalite... si bien soignée par ce cher Altmayer !

Ils venaient tous, ce soir-là, faire la connaissance de l'« invité ». Mais Larry comprit qu'ils étaient habitués à ne pas payer le loyer et à monter souvent discourir après le dîner.

Assis sur les tapis, renversant les cendres, vidant les bouteilles de leur propriétaire, ils refaisaient le monde. D'ordinaire, Larry Loveberry aimait un peu trop l'ordre et la discipline. Il croyait trouver ces marginaux très antipathiques. À son grand étonnement, il ne s'était jamais autant amusé. La Lorquetta s'était installée au piano. Elle chantait un rondeau pour montrer aux jumeaux que sa voix était redevenue de cristal.

Ces bohémiens étaient en fait ce qu'il restait de « famille » à Pia et à ses fils.

– ... Ààààà ! Réveille-toi ! Tu deviendras àà mon ami iii ô petit papillon endormi iiiii !

C'est ainsi que Larry Loveberry se retrouva mêlant sa voix à celle des jumeaux et de la Lorquetta.

– *Signore* cousin, vous avez *oune organe magnifico* ! s'exclama la Lorquetta.

On n'avait jamais dit une chose pareille à l'archéologue.

Flatté, il chanta seul *My Darling Clementine* et obtint un franc succès. Pia, épanouie, allait de l'un à l'autre. Elle prenait Larry par le bras, remplissait son verre, allait discuter avec Mazzini, proposait à Raimondo d'organiser son exposition dans les salles du rez-de-chaussée, écoutait Altmayer, tête penchée sur le côté. *Chérie* était jolie, touchante. Ses fils lui prenaient la taille, la taquinaient, pinçaient ses joues. Ils la traitaient comme une sœur, une amie, un copain.

Il n'y avait qu'une personne dont Larry se tenait éloigné : c'était la Galia Zorra. Avec ses cheveux rouges et son coup de faux diamants sous le nez, celle-là le rendait méfiant. Pourtant, au troisième whisky, Larry, sans savoir comment, se retrouva assis sur la moquette, jambes croisées devant la cartomancienne. Malgré ses dénégations, la Zorra lui avait saisi les mains. Il prévint :

– Vous savez, *signora,* je n'y crois pas !

Penchée sur ses paumes, elle marmonnait :

– Hon ! hon ! Comme c'est curieux ! Comme c'est étrange !

Pia s'approcha. Mettant un doigt sur ses lèvres, elle chuchota :

– Galia est en voyance directe !

Comment une femme aussi intelligente pouvait-elle croire à ces sornettes ?

– … Je vois… beaucoup de choses étonnantes pour toi, Larry ! psalmodiait la Zorra sans relever la tête.

– Oh ! Dites vite, Galia ! Mon cousin en meurt d'envie ! affirma Pia.

– Je vois… l'amour… un amour extraordinaire… une femme brune, belle, qui a besoin de ta protection. Ta vie va changer et tu vas, oui… tu vas trouver un trésor ! Un vrai trésor !

Larry éclata de rire.

– Merci, *signora,* à défaut de dent de dinosaure, qu'est-ce que ce sera ? Un galion de pièces d'or ou la caisse de perles des Frères de la Côte ?

La Zorra secoua ses cheveux rouges.

– Il ne faut pas plaisanter avec le destin ! Je vois un énorme trésor, qui va bouleverser ta vie, et celle des autres… Tu ne crois à rien ! Ni à Dieu ni au diable…

– Pardon, *signora,* je crois à la science.

– C'est bien ce que je veux dire !

La Zorra releva la tête. Elle était livide, comme vidée par l'effort. Quelle bonne comédienne ! songea Larry. Regardant Pia, la voyante répéta :

– Je l'affirme, ton cousin va découvrir un trésor.

– *Grazie mille, signora,* fit Larry en se redressant, voilà une excellente nouvelle !

Et il se frottait les mains en riant. Pia cependant le considérait d'un air si grave que Larry chercha un appui du côté des jumeaux. À son grand étonnement, les jeunes princes avaient le même regard sérieux que leur mère. Les « invités » faisaient cercle autour de lui. Ils se rapprochaient tous en le dévisageant avec stupeur. Pointant un doigt crochu, Altmayer déclama :

– C’est lui ! Qui luit et reluit
Au cours de la nuit !
Construit et détruit pour apporter sans bruit
Le fruit des perles de minuit !

Un murmure approbateur salua les rimes du poète. Larry avait la pénible impression d’être tombé chez des fous. Avec finesse, Pia devina ses pensées. Posant une main sur son bras, elle murmura :

– Galia ne se trompe jamais, Larry. C’est vous qui allez trouver LE TRÉSOR DES BALATRESI !

*
* *

Il était minuit déjà bien passé quand Pia et ses fils, entourés de leurs amis, mirent Larry au courant de ce qu’on attendait de lui : un prince condottiere, Luigi Balatresi, échappant au sac de Rome par les troupes impériales, sous le commandement du connétable de Bourbon, en 1527, aurait dissimulé la fortune de joyaux des Balatresi dans une cache secrète. Luigi serait mort en défendant le pape enfermé dans le château Saint-Ange, sans avoir pu révéler l’endroit de la cachette à son fils Paolo âgé de quinze ans.

Le prince aurait seulement murmuré au moment d’expirer dans son armure : « Ma barque vogue vers la plus verte heure de la nuit. Bientôt ma vie, mon trésor... atteindra les rives de minuit ! »

... Et il avait rendu l’âme dans les bras de son fils.

De génération en génération, les Balatresi avaient cherché le trésor de Luigi. Ils avaient démoli des pans de mur, sondé tour, toitures, combles, cheminées, cherché partout quelque mécanisme secret... Certes, ils avaient bien trouvé des caches : l'une n'était qu'une oubliette du XIe siècle sous la tour; l'autre, dissimulée par le linteau d'une cheminée, s'était révélée vide !

Au XIXe siècle, les Balatresi étaient encore relativement riches. Ils avaient quelque peu oublié cette histoire de trésor. C'était Silvio qui l'avait racontée en riant à sa jeune épouse. Écrasée après son veuvage, Pia avait mis cette légende de côté. Un soir de Noël, trois ans plus tôt, elle l'avait répétée pour amuser les jumeaux et ses « locataires »...

À sa surprise, ils y avaient tous cru, s'emballant pour chercher le trésor. On avait même démocratiquement décidé du « partage ». Pia et ses fils auraient la moitié. L'autre moitié serait répartie entre « la bande » à laquelle il fallait ajouter Giuletta, son mari chômeur Giuliano et, bien sûr, l'épicier Raffaello ! Mais à ce jour, les chercheurs n'avaient rien trouvé.

– ... Voilà, vous savez à peu près tout, mon cher Larry, acheva Pia. Acceptez-vous de nous aider de votre science ?

Elle joignit les mains, la tête penchée sur le côté, prenant un air suppliant. Larry observa qu'elle avait eu la délicatesse, devant tous ces dingues, de ne pas lui promettre sa part de butin. Les jumeaux se mirent de la partie :

– Dites oui, Larry ! Si on trouve le trésor, on aura une moto... *Chérie* l'a promis ! Avec vous, on est sûr que ça va « gazer » ! On sera pleins aux as !

Larry fit quelques pas vers la terrasse. La cloche d'un couvent sonnait une heure du matin. Larry Loveberry regarda la ville endormie et il fit face à l'aréopage.

– Vous vous trompez ! Je ne suis pas un chasseur de trésors. Je ne suis qu'un modeste archéologue. Je ne peux rien faire pour vous !

Un concert de lamentations lui répondit.

Au fond de lui, Larry était vexé. Il croyait comprendre maintenant les vraies raisons de l'invitation de Pia à venir à Rome...

Il s'était naïvement persuadé que c'était pour son charme personnel. Il avait été ému, troublé, de la retrouver si belle après tant d'années. Et elle ne s'était pas remariée : Larry Loveberry avait refusé une tournée de conférences aux États-Unis pour ce voyage à Rome. Il s'était vu flânant avec Pia dans les forums romains, admirant musées, fontaines et monuments. Ils allaient boire des espressos, via Veneto... Et voilà qu'à la place de tout cela, on lui faisait cette proposition stupide : « fouiller » un vieux palais tout juste bon pour la pioche des démolisseurs... Eh bien, s'ils croyaient qu'il allait, lui, Larry Loveberry, s'épuiser pour une légende invérifiable, ils se trompaient bien !

De toute façon, s'il trouvait le trésor, il le remettrait aux Musées nationaux italiens. Et puis il était venu ici en vacances, et personne ne l'empêcherait de profiter de son séjour romain... Il irait, dès le lendemain, en bon touriste, à la fontaine de Trevi et il jetterait sa pièce, comme tous les badauds. Il ne se laisserait pas faire par ces hurluberlus ! Et tant pis pour les beaux yeux de Pia !

La clarté faite dans son esprit, Larry Loveberry voulut calmer son auditoire :

– Je suis navré de ne pouvoir vous aider. Ce n'est pas de ma compétence, d'ailleurs je n'aurais pas le temps, car il me faut partir demain. (Il hésita, n'aimant pas mentir.) J'ai un congrès, à Genève. Voilà, bonne chance à tous ! Merci pour cette soirée et... *buona sera !*

Sans se laisser attendrir par le murmure de désolation, Larry quitta le salon. Il fila vers le couloir et rentra dans sa chambre.

Par un reste de bienséance, il évita de claquer la porte. Mais, pour se calmer, il passa dans la salle de bains, but un verre d'eau, fit quelques ablutions, mit un pyjama bleu et enfila une robe de chambre indienne, souvenir de fouilles à Jaipur.

Il revint dans sa chambre pour se coucher, s'apprêtant, comme tous les soirs, à lire au lit avant de dormir.

Il s'arrêta, stupéfait. Pia était debout, de dos, face à la fenêtre.

4

Ce que femme veut

– Vous ne m'avez pas entendue frapper ? s'excusa Pia en se retournant vers Larry.

– Non, je n'ai rien entendu.

Il voulut rattraper la sécheresse de sa réponse et tenta de plaisanter :

– Vous auriez pu me trouver aussi nu qu'un ange de Botticelli !

Pia eut un geste assez vague pouvant signifier : « Cela ne m'aurait pas dérangée. » Puis elle s'assit au pied du lit en croisant ses jambes gainées de bas fumés. De plus en plus suffoqué, Larry Loveberry serra machinalement le cordon de sa robe de chambre autour de sa taille et resta prudemment debout devant la fenêtre.

– Ce sont de bons amis, commença Pia.

– Hon !

Larry ne voulait pas se compromettre.

– Ils peuvent sembler bizarres.

– Oh ! À peine !

– Ce sont des gens qui ont le cœur sur la main…

– Ah ah…

– Ils m'ont beaucoup soutenue.

– Hon !

– Ils vous ont trouvé très sympathique, intéressant, simple, merveilleux, quoi !

– Hon !

– Je vous assure, Larry, ils voulaient tout savoir de vous ! Je leur ai dit que vous aviez commencé par la préhistoire... c'est bien ça, n'est-ce pas ?

Larry se décida à s'asseoir dans un fauteuil en face du lit.

– Oui, la paléontologie m'intéressait. J'ai fait ma première thèse sur « la Naissance de la civilisation ».

– Oh ! Comme c'est passionnant ! Est-ce Neandertal ?

Tout en posant cette question, Pia s'allongeait sur un bras. Les chevilles élégamment nouées, elle ôta une chaussure avec une petite grimace. Larry se demandait si elle était venue parler de la préhistoire toute la nuit.

– Non, Neandertal est très proche de nous, à peine cent mille ans ! Pour le moment, la science admet que le tout premier pré-humain remonte, à peu près, à trois millions d'années. C'était un gars très sympathique : il grimpait aux arbres avec sa petite femme que l'on a retrouvée elle aussi. On l'a appelée Lucie.

Tout en parlant, Larry, perplexe, regardait Pia. Elle s'étirait. Devait-il cesser de discourir pour la rejoindre ? Cette rapidité le gênait. D'un naturel distant, Larry Loveberry détestait être brusqué. De toute façon, il préférait garder l'initiative.

– Fa-bu-leux ! Et quand descendra-t-il de ses branches, votre petit mec ?

Voilà que, à présent, elle parlait comme ses fils.

– Environ 2 700 000 ans. Ce sera l'*Homo faber* et l'*Homo erectus*... Il va fabriquer ses propres outils.

– Des outils ? répéta Pia.

– Oui, il y a de cela un million et demi d'années, il a taillé le silex, puis il captera le feu, qu'il ne sait d'aillcurs pas allumer... Sur ce point, certains paléontologues penchent pour 500 000 ans. Moi, je suis quasiment certain que cela pourrait remonter à un million d'années ! Cet *Homo erectus* va finir il y a 200 000 ans, mais c'était déjà un grand bonhomme !

– Génial, tout ça !

Pia se laissa aller en arrière.

Bon, j'y vais ! décida Larry en se levant du fauteuil. Pia se redressa.

– Et alors ?

Arrêté dans son élan, Larry se rassit.

– Qu'est-ce qui vient après ? soupira Pia.

Larry tenta de reprendre ses esprits :

– Heu... L'*Homo sapiens* ! L'homme de Neandertal dont vous parliez ! Ce n'était pas un primitif. Il enterrait ses morts avec des fleurs. Il avait déjà une religion, mais on ignore les raisons de sa disparition.

– Et ensuite ?

Pia se montrait telle une petite fille à qui on raconte *le Petit Chaperon rouge*.

– ... C'est nous, *Sapiens-Sapiens*. Ce brave Cro-Magnon ! Songez, il est si évolué qu'il invente l'aiguille. Vous lui coupez les cheveux, vous lui mettez un costume, et il passe inaperçu via Veneto !

– Oooh ! J'adore ! (Pia remit sa chaussure et s'assit sur le bord du lit.) C'est passionnant de vous écouter, Larry ! Vous racontez la préhistoire comme un roman policier.

Larry se leva. Ayant grand besoin d'air frais, il s'approcha de la fenêtre, et reprit son discours :

– La naissance de l'humanité est la plus fabuleuse des histoires, qui n'a rien à voir avec les légendes d'Adam et Eve ! Tout ce qui est sur cette Terre est science, et sera expliqué au cours des générations. Rien n'est mystère... Tout a une explication !

– Même la vie et la mort ? interrogea Pia avec douceur.

– Surtout la mort ! Il n'y a rien avant. Rien après. En tout cas, ce n'est pas démontré. Personne n'est revenu pour le raconter ! Les hommes sont les innocentes victimes des superstitions et des charlataneries ! (Il se retourna vers Pia.) Je vous choque ?

Elle s'était levée et lui faisait face.

– Non, Larry, vous êtes athée, c'est votre droit.

Elle sortit sur la terrasse et, levant la tête vers les étoiles, elle murmura :

– Je suis sûre, quant à moi, qu'il y a une autre vie, une vie cosmique ! La nôtre est trop courte ! Une dimension spirituelle doit nous permettre de survivre !

Larry rejoignit Pia sous la voûte céleste.

– Tant qu'aucune théorie sérieuse ne sera démontrée par la science, je ne peux croire à rien !

– C'est notre différence, Larry... Je crois à tout, sans rien savoir !

Était-il idiot de parler métempsycose avec cette très jolie femme, qui attendait certainement autre chose de lui ! Larry se rapprocha de Pia. Il allait poser son bras autour de ses épaules, mais elle s'éloigna pour couper une rose fanée.

– J'ai été si heureuse de vous retrouver à Paris, Larry ! Quand je vous ai demandé de venir ici, c'était uniquement pour le plaisir de vous avoir en vacances avec nous. Vous m'avez toujours écrit des lettres exquises. J'avais envie que vous connaissiez les jumeaux. À leur âge, ils ont besoin d'une amitié masculine, des conseils d'un homme tel que vous...

Bien que Larry vît très bien où Pia voulait en venir, il ne pouvait s'empêcher d'être ému.

– Votre confiance m'honore !

Elle revenait vers lui, la rose fanée à la main, un sourire sur les lèvres. Larry jugea qu'elle était exquise, volontaire, « dangereuse » de douceur et d'habileté.

– Je suis si désolée, Larry ! Je comprends que vous ayez été choqué de la demande de ce soir. Vous savez, l'histoire du trésor est venue comme un sujet de distraction. Et nous nous sommes piqués au jeu... Je n'ai jamais voulu vous transformer en héros de Stevenson.

– Mais je n'ai jamais pensé cela ! protesta Larry avec mauvaise foi.

Pia secoua ses cheveux flous. Larry remarqua que ses mèches brunes avaient, comme ses yeux, des reflets mordorés.

– Cher Larry, oubliez tout cela, revenez sur votre décision ! Passez de bonnes vacances avec nous ! Restez la semaine comme vous l'avez promis. Demain, je ne travaille pas, nous irons nous promener où vous voulez. Je vous emmènerai en voiture.

– Hem...

– Téléphonez à Genève !

– À Genève ? répéta Larry sans comprendre.

– C'est bien là que votre conférence doit être présentée ?

– ... Ah oui, c'est là !

– Dé-com-man-dez-vous ! murmura Pia du ton d'Eve pour Adam.

Elle le frôlait.

– Hem !

Larry ne pouvait plus parler.

Elle se haussa sur la pointe des pieds. Le prenant par surprise, elle déposa deux baisers sur ses joues.

– Je suis si heureuse que vous soyez ici, Larry, et les jumeaux vous adorent !

Sur ces mots définitifs, Pia, légère et gracieuse, s'enfuit vers la porte. Elle l'ouvrit. Au moment de refermer le battant, elle passa la tête.

– Vous restez ?

Larry plissa les paupières. Pas dupe, mais vaincu, il hocha la tête. Elle lui envoya un baiser du doigt et disparut.

Il l'entendit marcher dans le couloir. Les jumeaux chuchotaient.

– Alors ?

– Il reste !

– Au poil !

Les lumières s'éteignirent.

*

* *

Larry Loveberry entendit sonner deux heures, puis trois heures. Il ne pouvait plus dormir. Parfaitement réveillé, à cause du décalage horaire, il revoyait les événements de la journée et de la soirée. Au fond, il avait été stupide et odieux : « la bande de Pia » était aussi originale que « folklorique. »

Larry fit son examen de conscience : il avait trop longtemps vécu seul, entièrement accaparé par ses recherches. Il ne prenait plus le temps de vivre. Même Kelly Mayer, qui avait été sa compagne pendant cinq ans, était surtout une « collègue de travail ». Ils avaient fait ensemble des fouilles passionnées dans le Péloponnèse. Après des mois exténuants, ils avaient fini par reconstituer les morceaux d'une main et du bras de la fameuse statue d'Hermès portant Dionysos enfant. Reconstituer l'œuvre de Praxitèle du IVe siècle avant Jésus-Christ était un des plus grands souvenirs de l'archéologue. La statue ayant ensuite pris sa place au musée d'Olympie, Larry et Kelly Mayer s'étaient très naturellement séparés, comme s'ils n'avaient été unis que par la Grèce ancienne.

À quatre heures du matin, Larry Loveberry prit un somnifère. Il entendait des bruits bizarres. On frappait des coups sourds aux étages inférieurs. De plus en plus agacé, il prit un second somnifère et tomba dans un sommeil peuplé de rêves étranges. Il voyait Pia en Amazone poursuivie par une horde de cavaliers. Les jumeaux galopaient au côté de leur mère. Transformé en dragon bienfaisant, Larry les soulevait de son aile... Ils échappaient à leurs poursuivants...

L'odeur du café caressa les narines de Larry Loveberry. Il était neuf heures du matin.

*
* *

Il y a de rares moments privilégiés dans la vie où le temps paraît s'arrêter sur une dimension de perfection et d'harmonie. C'était un tel instant que vivait Larry avec Pia. Les jumeaux étant au collège, Larry et Pia avaient pris le petit déjeuner sur la terrasse, puis ils étaient partis se promener.

Larry, décontracté, n'avait pas mis de cravate et portait une veste sport. Ils ne rencontrèrent personne dans l'escalier. C'était trop tôt, les « locataires » dormaient encore.

– J'ai entendu des coups sourds, cette nuit. Qu'est-ce que c'était ?

Pia se montra confuse.

– Cela ne recommencera plus. J'en ferai la remarque à Altmayer !

– Le poète tape du marteau pour composer des vers ? fit Larry avec un étonnement non feint.

Pia prit un air encore plus gêné.

– Non, mais Altmayer cherche... de minuit à l'aube. Cette histoire lui a un peu tourné la tête. Moi, cela ne me dérange pas car j'ai l'habitude, mais je lui dirai d'arrêter de sonder les murs pendant votre séjour.

Larry imaginait la grande ombre du poète, portée par la lueur d'une lanterne, cherchant dans les tours et les escaliers l'hypothétique trésor !

– Je vous en prie, Pia, ne lui dites rien... J'ai très bien dormi et je m'en voudrais de contrarier le moins du monde un être original et charmant !

Ce matin, Larry Loveberry aimait la terre entière. Il y avait du soleil dehors. Sa compagne, en pantalon et chaussures plates, était bien jolie.

Pia garait sa petite Fiat rouge dans la cour du palais. Mécanique anachronique dans un lieu qui avait dû connaître les plus beaux carrosses. Au passage, sous la voûte, Pia adressa un signe à Giuletta et à Giuliano. Assis à la place du passager, Larry leur fit aussi un salut. Au bout de la ruelle, ce fut plus difficile de filer. Tablier tendu sur le ventre, Raffaello était planté au milieu de l'impasse devant son « entreprise ».

– *Buongiorno,* princesse ! Bien dormi à Rome, *dottore* ? Ah, j'ai votre salami, princesse ! Et votre mozzarella !

– *Grazie tante !* À ce soir, Raffaello.

Pia tentait une sortie. Raffaello ne bougea pas :

– Vous emmenez le *dottore* en promenade, princesse ? Faut aller au Jardin zoologique ! C'est bien, par là, neuf et aéré. Ça lui plaira. Ah ! J'ai là un minestrone fait par la patronne ! Portez-vous bien tous les deux, et à votre disposition, *dottore,* quand la princesse elle sera pas libre pour vous conduire ! Bonne promenade, princesse ! Détendez-vous, *dottore*, et amusez-vous bien !

Toute la rue était désormais au courant. Exactement le genre de situation qui pouvait rendre Larry odieux. Mais, à côté de Pia souriante, il restait détendu. Raffaello daigna enfin s'écarter, et Pia put passer.

– Alors, je vous emmène au zoo ? proposa-t-elle avec un clin d'œil.

– Ce sera pour une autre fois ! fit Larry sans sourciller.

Pia se faufilait au milieu des encombrements romains.

– Sans rire, où voulez-vous aller, Larry ?

– Au Vatican !

– Pour un incroyant, c'est le lieu idéal ! se moqua Pia.

À quoi Larry rétorqua avec une grande dignité :

– Je ne crois pas en Dieu mais en l'Art et j'aimerais revoir à la Sixtine les plafonds de Michel-Ange rénovés.

Ils passèrent le Tibre, sur le ponte Vittorio Emmanuele. Grâce à un suisse pontifical, vêtu de son pittoresque costume jaune et rouge du XVIe siècle, qui reconnut la princesse Balatresi au volant, elle put se garer dans une courette. À pied, ils pénétrèrent dans la Cité papale.

Larry n'aurait pu décrire l'impression qu'il ressentait à se trouver sur l'immense place Saint-Pierre. Il avançait avec Pia entre les ailes de la colonnade du Bernin. Quelle entrée solennelle ! Quatre rangées de colonnes surmontées d'une balustrade, où se dressent cent soixante-deux statues de saints !

Après avoir traversé l'esplanade, ils pénétrèrent dans la basilique Saint-Pierre, la plus vaste du monde. A priori, cet endroit n'était pas la tasse de thé de l'archéologue. Mais il ne pouvait s'empêcher d'être, comme tous les mortels, saisi par les dimensions grandioses, la somptuosité des marbres, des bronzes, de tout ce qui lui tombait sous les yeux. Cette gigantesque coupole faisait partie des œuvres rares où l'homme paraît avoir atteint la perfection.

Pia toucha Larry à l'épaule. Il tressaillit, conscient de ne pas savoir combien de temps s'était écoulé... Elle prit son bras pour l'entraîner vers la *Pietà* de Michel-Ange. Ils demeurèrent encore un moment à admirer cette statue empreinte de désespoir, de douceur et de sérénité. Ils ressortirent de la basilique. Ils tournèrent à gauche et marchèrent longtemps autour du mur fortifié pour se diriger, au milieu de la foule, vers le musée du Vatican dans lequel se trouvait la Sixtine.

Dans cet édifice, parmi les plus fréquentés du monde (à midi, ce serait le métro !), tête levée, ils se gorgèrent de la décoration « toute neuve » de la voûte. Les couleurs des fresques rénovées étaient du Technicolor.

– Incroyable ! Fantastique ! murmurait Larry, transporté. Qui aurait cru que Michel-Ange employait des teintes aussi crues ?

Dans sa joie artistique, il serrait le bras de Pia. Elle ne le retirait pas et chuchota :

– Je vais éditer un livre sur cette découverte ! Depuis des générations, on croyait les couleurs de la Renaissance brunes, ocre. C'était le gras des chandelles qui en avait atténué les coloris. Une vraie révélation !

– Quand on songe qu'il ne lui a fallu que quatre ans pour accomplir cette œuvre...

Larry était aussi subjugué par les fresques de la voûte que par le profil de Pia.

De sa main libre, il lui désignait la Genèse, le péché originel, Adam et Eve chassés du Paradis, le Déluge...

– Michel-Ange, dit Pia, Michel-Ange voulait montrer que pour se racheter du péché, l'homme a besoin de Dieu et de la rédemption !

Elle leva malicieusement la tête vers Larry. Il se perdit dans ses yeux.

– Taratata ! Si l'artiste a donné ses traits à saint Barthélemy écorché vif, c'est parce qu'il en a fait le symbole de ses propres souffrances ! Pour lui, Dieu n'est nulle part ! Croyez-moi, Pia, je connais bien Michel-Ange, dans ce luxe de la Renaissance, il apporte le trouble car il sait que ce monde idéal n'est qu'un idéal rêvé...

– Que vous êtes pessimiste !

– Non, comme lui, je voudrais avoir toujours la volonté de me surpasser !

Des touristes s'étaient rapprochés pour écouter le speech de l'archéologue. Ils pensaient avoir affaire à un conférencier. Un guide à la main, une dame japonaise, avec son groupe du pays du Soleil-Levant, zézaya :

– Et qui est le mieux, Léonard de Vinci ou Michel-Ange ?

Larry Loveberry répondit poliment :

– Ce sont deux génies, mais on ne peut les comparer, madame !

Elle plissa ses yeux bridés. Ses touristes firent de même.

– Nous conseillez-vous d'aller voir les appartements des Borgia ? reprit la dame-guide.

– Certainement, et aussi la pinacothèque, les chambres de Raphaël, la chapelle de Nicolas V, le musée Egyptien, le musée Etrusque, la salle des Muses, la chambre d'Héliodore, celle de Constantin, sans oublier l'Apollon du Belvédère, et la bibliothèque du Vatican ! Bonne journée, madame... messieurs.

Larry salua, imperturbable.

Les Japonais stylés s'inclinèrent en chœur.

Serrant toujours Pia contre lui, Larry sortit de la Sixtine. Ils laissèrent éclater leur hilarité.

– Mais vous allez les tuer, ces pauvres Japonais ! Avec leurs petites jambes, il leur faudra au moins trois jours pour faire ce circuit !

Pia pouffait.

– Tant pis, je ne supporte pas les questions idiotes !

Larry n'avait pas ri ainsi depuis bien longtemps... Le soleil faisait briller les yeux dorés de Pia. Elle se dégagea pour marcher vers la voiture.

– Vous connaissez bien Michel-Ange.

– Aussi bien qu'on peut connaître ce génie ! Si je devais choisir une vie, ce serait la sienne !

– Vous êtes peut-être sa réincarnation ?

Pia était mi-sérieuse, mi-moqueuse.

– Vous croyez à ce genre de bobards ?

– Pourquoi pas ? Vivre, mourir, renaître, cela me plairait !

Ils arrivaient à la Fiat. Pia cherchait les clés dans son sac. Tout en fourrageant dans le fouillis du fond, elle déclara tout de go :

– Pourquoi n'écririez-vous pas mon livre sur Michel-Ange... Oh, zut !

Elle avait laissé tomber son sac. Larry le ramassa.

– Vous permettez ? (Il plongea la main dans le fourre-tout, en sortit délicatement les clés et les tendit à Pia :) Vous me flattez, je ne sais pas si je parviendrais à cerner sa personnalité complexe...

Il lui tint la portière, elle monta dans la voiture. Il l'y rejoignit.

– Alors ? insista-t-elle en démarrant.

– Je ne peux vous donner ma réponse comme ça...

– Non… bien sûr, dit Pia en éclatant de rire. Que visite-t-on, maintenant ? Le château Saint-Ange ? Le Forum ? Le Colisée ?

Larry fronça les sourcils comme sous le poids d'une intense réflexion :

– … Je pense… je suggère… je crois… et si nous allions déjeuner ?

*

* *

– Lorenzo paraît plus dur, mais au fond, c'est lui le plus sentimental. Cosimo a l'esprit mathématique, parfois même froid, cela ne veut pas dire qu'il n'est pas tendre ! Tous deux sont merveilleux. Ils ont toujours été mes deux petits maris. Ils voulaient me protéger !

Pia était intarissable quand il s'agissait de ses fils. Elle s'illuminait, et devenait encore plus belle. Larry écoutait, approuvait, posait quelques questions sur les jumeaux. Ils restèrent longtemps à la terrasse d'une pittoresque *osteria* au cœur du Trastevere[1]. Larry Loveberry comparait ce vieux quartier romain au Marais de Paris où il aimait toujours à se perdre.

Il demanda l'addition. Et ils repartirent se promener, exactement comme il l'avait imaginé, dans les ruelles chantées par Stendhal. Ils flânèrent devant les échoppes de brocanteurs, les marchands des quatre-saisons, regardant de jeunes artistes chevelus de toutes nationalités qui vendaient leurs dessins, ou jouaient du banjo en faisant la manche… Larry savait qu'il commettait une folie. Cette femme l'attendrissait. Elle parlait avec beaucoup de discrétion mais il com-

1. Quartier de Rome situé « de l'autre côté » (*tras*) du Tibre (*Tevere*).

prenait mieux ses difficultés financières. Grâce à son courage et à sa ténacité, elle s'en sortait, mais c'était dur pour une femme seule. Il était en train de tomber amoureux... non, il était déjà amoureux, comme un galopin, de cette séduisante veuve dont, au fond, il ne savait presque rien, sinon les difficultés à joindre les deux bouts.

Avait-elle un homme dans sa vie ? Cette question le tracassait. Malgré ses habiles questions au cours du déjeuner, il n'avait rien pu apprendre de sa vie privée...

En fin d'après-midi, ils montèrent vers le Janicule[1] découvrir la ville du balcon panoramique. Larry Loveberry frôlait Pia accoudée près de lui. Tout en l'écoutant et en la regardant alors qu'elle localisait les principaux monuments de la ville, il songea : C'est idiot, je devrais quitter Rome au plus vite !

Le soir, il l'emmena avec les jumeaux ravis dans une *trattoria* de la piazza Di Spagna. Les « petits » princes Balatresi n'étaient pas des enfants gâtés. Malgré leur titre, ils n'avaient jamais connu le luxe. Ils étaient exactement comme les garçons de leur âge. À table, avec eux, on parla surtout du *calcio*. C'est ainsi que, en rentrant au palais, Larry Loveberry n'ignorait plus rien du football, sport qui fanatise les foules italiennes.

On prit un verre sur la terrasse. Voyant de la lumière chez leur propriétaire, les « locataires » montèrent les uns après les autres.

Pia avait dû tancer ses marginaux. Sans chapeau à plume, Altmayer était plus muet qu'une carpe. La Zorra avait tiré ses cheveux rouges, Mazzini et Raimondo, lavés, susurraient avec

1. Ensemble de collines s'étendant sur la rive droite du Tibre, au-dessus de l'agglomération de Rome.

distinction. La Lorquetta, les yeux baissés, souriait comme la Joconde ! C'était le jour et la nuit avec les cris de la veille au soir. On aurait dit une assemblée de Méthodistes ! Les pauvres semblaient terrorisés par le cousin *dottore* !

Réprimant un sourire, Larry Loveberry se leva. Il donna au passage deux bourrades dans le dos des jumeaux, puis demanda à brûle-pourpoint :

– Avez-vous un plan du palais, Pia ?

Les chuchotements s'arrêtèrent. L'air se chargeait d'électricité. Pia bredouilla :

– Vous voulez dire... Heu... ?

Larry répéta sa question.

– Oui... Disposez-vous de plans détaillés des bâtiments ? (Il se retourna vers le poète.) Altmayer, pouvez-vous m'aider en m'indiquant les lieux où vous avez déjà cherché ?

– Youpi ! hurlèrent les jumeaux, comprenant avant tout le monde.

Pia, qui s'était éclipsée, revenait au pas de course avec une pile de documents poussiéreux. Larry Loveberry les étala sur deux tables. Revenus de leur surprise, les saltimbanques criaient à qui mieux mieux.

– La tour... ! Les combles... ! Fossés... ! Escaliers secrets...

– Du calme ! On va faire les choses sérieusement ! dit Larry en tapant dans ses mains.

5

Le chantier

« *Le Fossoyeur* : Ce fut le jour même où naquit le jeune Hamlet, celui qui est devenu fou et que l'on a envoyé en Angleterre. – *Hamlet* : Et pourquoi donc ? – *Le Fossoyeur* : On ne s'apercevra pas qu'il est fou : tous les gens de ce pays-là sont aussi fous que lui. »

Tout en essuyant la sueur sur son visage, Larry songeait que ce dialogue shakespearien lui convenait parfaitement.

Il fallait être vraiment débile pour se lancer dans cette entreprise avec ces dingues charmants. Cosimo, lui aussi, devait se sentir fatigué. Il posa sa pioche.

– Tu veux boire un coup, Larry ?

– Pas de refus !

L'archéologue s'assit sur un coffre branlant. Lorenzo vint les rejoindre.

– Dis donc, Larry, c'est un rien crevant, l'archéologie !

Chacun but à la régalade un *vino bianco* au citron, préparé par Pia dans une gourde.

… Ça carburait « dur » à tous les étages. Larry avait formé les équipes : Altmayer et la Lorquetta avaient pour mission d'ôter avec délicatesse ce qu'il restait des boiseries. Raimondo et la Zorra devaient sonder les escaliers. Mazzini et Giuliano prenaient les mesures des combles et des sous-sols indispensables à Larry pour découvrir une anomalie pouvant cacher « le » secret. Pia, aidée de la brave Giuletta, allait de l'un à l'autre, faisait des sandwiches, piochait, raclait, grattait, préparait à boire, remontait le moral des troupes. Les jumeaux avaient une semaine de vacances, et leur mère négligeait sa maison d'édition.

Depuis quatre jours, Larry n'avait pas mis le nez dehors. En baskets et vieux jean troué, il tapait, fouillait, creusait. Si cela continuait, il ne verrait rien de Rome, pourtant il était heureux. Son intimité avec Pia ne cessait de grandir. Désormais, elle le tutoyait comme ses fils. Et, chaque soir, elle l'embrassait sur les joues, après la dure journée, en murmurant :

– Je suis confuse de te voir tant travailler, Larry ! Je ne me rendais pas compte de ce que ce serait...

– Tu croyais donc qu'un archéologue ne bosse qu'avec sa tête ?

– Oui, enfin... je veux dire...

Il la tenait contre lui. Troublée, elle ne savait plus très bien ce qu'elle disait.

– Dans mon métier, il ne faut avoir que des bras solides pour piocher, et penser le moins possible !

– Mais qu'est-ce qui te guide dans tes recherches ?

– L'amour... de la découverte, Pia ! Dans une pyramide aztèque, une fois...

Larry se rasseyait et racontait à son auditoire subjugué certaines de ses découvertes passionnantes. Par exemple, Larry et ses assistants avaient rampé pendant un an dans un boyau menacé d'éboulements pour n'y trouver qu'un crâne... Mais quel crâne ! Celui de Tezcatlipoca, représentant le dieu de la Guerre et de la Nuit !... En évoquant ainsi ses souvenirs, il devenait lyrique. À deux heures du matin, on se redisait bonsoir.

Sous le regard acéré des jumeaux, jaloux de *Chérie,* Larry serrait encore Pia contre lui. Cette double présence le gênait. Il avait l'impression qu'il en était de même pour elle. Sans ses fils « dictateurs », Pia, Larry en était sûr, se serait laissée aller... Elle était troublée par lui, il le savait, mais il ne savait comment passer à l'action devant Romulus et Remus !

– ... Allez, on reprend, les garçons ! fit Larry, intraitable.

Lorenzo et Cosimo se remirent au travail. Pleins d'admiration pour Larry, ils s'étaient institués ses assistants et ne le quittaient pas d'une semelle. De son côté, Larry s'attachait à eux. Il aurait simplement aimé être un peu seul avec leur mère, mais c'était chasse gardée !

– Bon. Il faut attaquer la maçonnerie et faire pivoter le linteau. Allez me chercher des madriers solides, les gars, pour servir de points d'appui.

– O.K., chef ! firent les jumeaux.

Larry Loveberry avait remarqué sur les plans une possibilité de vide plus grand que celui du conduit d'aération derrière la cheminée du rez-de-chaussée de la tour. Il s'agissait d'un gigantesque monument de l'aile gauche, commencé au Moyen Âge, remodelé sous la Renaissance. On devait y faire brûler des troncs d'arbres. Tout en essayant de ne pas détruire l'ouvrage, Larry était obligé de desceller les pierres du fond. Il espérait ne pas provoquer d'éboulements.

Cosimo et Lorenzo revenaient déjà avec leurs madriers.

Un sinistre craquement suivi de hurlements retentit au premier étage.

– À moi… Fortune !

C'était la voix d'Altmayer.

– Au secours, vite ! glapissait la Lorquetta.

Des sous-sols aux combles, les chercheurs se ruèrent vers l'endroit qu'exploraient le poète et la cantatrice.

– … Altmayer, tu as trouvé quelque chose ? cria Larry en grimpant quatre à quatre, suivi des jumeaux.

– Aaaah ! Le soleil s'est levé, et je refuse ma mort ! Car les yeux de Salomé me font entrevoir l'or !

– Bon Dieu ! fit seulement Larry en découvrant le spectacle.

Bras en croix, Altmayer gisait sous un colossal buffet de sacristie. La Lorquetta, debout, gémissait en se rongeant les poings :

– Il est mort…

Larry l'interrompit avec brusquerie :

– Mais non… il parle ! Mazzini, Raimondo, allez, tous en même temps ! Giuliano et Lorenzo, au centre. Viens, Cosimo, on attrape ici en haut ! Doucement, ho… hisse !

Les six hommes soulevèrent avec difficulté l'assemblage de bois qui devait peser plus de deux cents kilos… Ils réussirent non sans peine à poser le buffet sur le côté et revinrent vers Altmayer, craignant de découvrir sa poitrine écrasée. Pia, Galia et la Lorquetta l'entouraient déjà. Volubile et sanglotante, la cantatrice expliquait qu'Altmayer avait voulu monter sur le buffet pour sonder les moulures du plafond. Tout s'était écroulé.

– Oh, Altmayer, faisait Pia, entre deux gémissements, c'est ma faute ! Dites-moi où vous avez mal… Mon Dieu, vite une ambulance, un docteur ! Il souffre ! Il faut le transporter !

Pia se redressait pour téléphoner aux urgences.

– Attends, Pia !

Larry s'agenouillait auprès du poète... Les yeux grands ouverts, ce dernier ne bougeait pas. Larry Loveberry, habitué aux accidents du travail, palpait sa poitrine, ses bras et ses jambes. Altmayer ne donnait aucun signe de douleur. Soudain, il remua en se tortillant :

– ... Hi-hi ! tu me chatouilles, Larry. Descends du haut du ciel, auguste vérité !... *J'ai trouvé !*

Altmayer redressa d'un bond sa maigre silhouette dégingandée. À la stupeur de tous, il n'avait pas une égratignure. Le poète avait été protégé par une porte du buffet ouverte qui avait porté sur le sol. Un vrai miracle !

– Regarde bien, l'archéologue !

Altmayer désignait un coin du plafond.

Raimondo et Mazzini apportaient une échelle. Larry suivit le poète qui grimpait prestement. Ceux qui étaient restés en bas regardaient, tête en l'air et bouche ouverte. Altmayer se mit sur le côté pour permettre à Larry de monter à sa hauteur.

– Tu vois ça, l'archéologue ?

Altmayer désignait un minuscule anneau caché dans le téton fissuré d'une cariatide très abîmée.

– Tu as tiré dessus ? s'enquit Larry.

– Non, le paladin des Arts a glissé du rempart ! fit le poète, piteux.

Il ne pouvait jamais parler simplement. Larry glissa son index dans l'anneau. Avec une douceur presque sensuelle, il fit jouer le mécanisme. À quatre mètres du sol, la statue se mit à tourner sur elle-même, découvrant une ouverture haute de soixante centimètres, camouflée entre le haut des boiseries et le plafond entrelacé de guirlandes...

Sur un signe de Larry, Cosimo lui lança une lampe électrique. L'archéologue, suivi d'Altmayer, se glissa dans le trou, éclairant les parois. C'était une cache pouvant contenir trois ou quatre personnes très serrées. Il y avait, scellé dans la muraille, l'autre anneau permettant de faire fonctionner le mécanisme de l'intérieur. Cet endroit avait dû sauver la vie à bien des Balatresi au cours des invasions.

– Ho ! Vous avez trouvé le magot ?

C'étaient les jumeaux impatients qui espéraient la découverte du butin, pour avoir enfin l'engin de leurs rêves !

Le visage plein de toiles d'araignées, les chercheurs redescendirent.

– Cruelle destinée ! Je me croyais le Cid, hélas ce trou est vide !

Altmayer se laissa tomber sur le buffet qui aurait pu le tuer.

– VIDE ! répétèrent les chasseurs de trésor.

La réalité était trop dure. Ils se laissèrent aller sur le parquet défoncé. Adieu, veaux, vaches, cochons, rêves d'expositions, d'opéras, de célébrité, voyages, motos pétaradantes... La tête dans les mains, le dos appuyé au mur, chacun s'apitoyait sur son sort. Pia se reprit la première.

– Ce n'était qu'un jeu, mais cela suffit, maintenant ! Il faut tout arrêter !

– Pas question !

Si incroyable que cela fût, ce cri provenait de Larry Loveberry.

– Voyons, Altie a failli mourir ! protesta Pia.

– Justement ! fit Larry en se redressant. Je veux dire que si Altmayer a découvert cette cache ignorée par des générations, cela signifie qu'il y en a d'autres ! Ce palais doit en être truffé ! J'ai ma douleur dans la nuque. Elle ne me trompe jamais, je l'ai eue au Mexique et en Grèce, avant de trouver le pouce de la statue. J'y crois, maintenant, à votre histoire de trésor...

– Mais c'est très dangereux, Larry. Aujourd'hui, c'est Altmayer, demain ce sera un autre. Il y a des chausse-trapes dans les souterrains, avec des pieux, et si l'un de nous tombait dessus ? Cela le transpercerait ! Je t'assure, il faut tout stopper.

C'était le monde renversé. Pia ne voulait plus chercher le « trésor ». Mais l'archéologue avait reçu un défi : il ferait parler ce maudit palais ! Avec un rien de suffisance, Larry déclara, très sûr de lui :

– ... N'aie crainte, ma petite Pia, je vais prendre des mesures de sécurité extrêmement strictes. Au moindre doute, on m'appelle ! Plus de risques. Pour les souterrains, personne n'y va sans mon autorisation ! Vous savez tous que j'ai une grande habitude. Sur mes fouilles, il n'y a jamais eu d'accidents ! Je vais prendre ici toutes les précautions et même au-delà ! Ce n'est pas à moi ou à mes compagnons qu'il arrivera un pépin. Il faut apprendre, vous autres, à savoir où l'on met les pieds ! Vous ne ferez rien sans m'en avertir ! Ça va comme ça ? On n'a plus peur ?

Larry tenait Pia dans ses bras. Elle leva ses yeux dorés vers lui et murmura :

– Si vous promettez tous d'être très prudents !

Larry la lâcha pour taper dans ses mains.

– Parfait. Au travail !

*
* *

Trois jours plus tard, Larry Loveberry téléphonait à son secrétariat de Harvard : il fallait annuler ses cours et ses conférences du mois suivant... il se trouvait retenu par d'importantes affaires et ne pouvait, pour l'instant, fixer la date de son retour. Sa secrétaire, miss Sybil, flairant un mystère, insista avec la curiosité d'une vieille fille trop dévouée à son patron. Le Pr Loveberry refusa de lui donner la moindre précision, il la rappellerait pour la tenir au courant de ses projets. Miss Sybil, frustrée, resta sur sa faim.

Mais Larry et ses assistants avaient beau piocher, piquer, sonder, soulever les parquets, attaquer les mortiers, creuser des excavations, desceller pierres, statues et ardoises, observer à la loupe le moindre signe, le palais Balatresi se défendait et gardait son secret !

*
* *

Larry avait perdu deux de ses aides les plus précieux. Les jumeaux étaient retournés au collège. Ils ne pouvaient travailler qu'en rentrant en fin de journée. Larry faisait donc équipe avec Mazzini, ou Giuliano.

Cet après-midi-là, le graveur avait reçu la commande d'une médaille; Giuliano était couché avec un tour de reins; la Lorquetta chantait dans un hospice; Altmayer, tombé sur une bouteille, n'était pas réveillé; la Zorra était partie dire la bonne aventure à une cliente turque; Raimondo devait rencontrer un marchand de tableaux... et Pia avait, quand même, dû se rendre à son bureau, s'occuper un peu de ses éditions.

Larry se retrouvait seul dans le palais.

Raffaello, trop curieux, était venu lui proposer du salami et ses services. Craignant ses bavardages, Larry avait poliment refusé. L'épicier racontait à ses clients qu'un *grandissimo dottore* était arrivé des Amériques pour retrouver les joyaux des Balatresi. La veille encore, un reporter du

Messagero était venu rôder dans le coin. Pia et Larry, ne tenant pas à voir déferler les foules, avaient tout nié : les recherches et même la possibilité d'un trésor.

Larry avait oublié, dans sa chambre, un graphomètre à branches mobiles lui permettant de prendre les mesures des angles. Il avait décidé de se rendre sous les voûtes pour vérifier les équerrages de plus de 90 degrés. S'il en trouvait un, il faudrait creuser par-derrière, pour vérifier si cet angle anormal ne dissimulait pas un vide.

Larry monta les quatre étages vers le *penthouse*. La porte était entrouverte. Il s'arrêta, surpris. Pia était dans le salon.

Elle s'excusa presque :

– Je suis venue chercher ces enluminures...

Elle tenait à la main les précieuses lettres peintes, découvertes dans quelque couvent.

– Il faut que je me dépêche. On m'attend ! ajouta-t-elle.

– Moi aussi. Je descends aux caves.

– Surtout, attention, Larry ! recommanda-t-elle.

Son visage délicat offrait à Larry une palpitante coloration rose. Sans la quitter des yeux, il s'approcha. Son cœur battait comme celui d'un adolescent.

– Vous allez composer un livre sur l'art au Moyen Âge ?

Il n'en avait rien à faire, de ces enluminures. Soudain, il ne la tutoyait plus. Leurs mains se frôlèrent. Sous le prétexte de regarder les lettres, Larry se pencha sur la joue de Pia.

– Ce sont... des... poètes du XIe ! murmura-t-elle, essoufflée.

Depuis le premier jour, au Vatican, ils ne s'étaient plus jamais retrouvés seuls.

Larry ne sut pas très bien comment cela s'était

passé… Il crut avoir l'impression que Pia mettait les bras autour de son cou, à moins que ce ne fût lui qui eût enserré sa taille – ou les deux gestes en même temps. Leurs lèvres s'unirent dans un baiser sans fin. Les précieuses enluminures tombèrent sur la moquette. Larry Loveberry se saisit de la jeune femme pour l'entraîner vers sa chambre.

Ce fut aussi parfait que la promenade au soleil dans le Trastevere.

Ils en avaient envie autant l'un que l'autre… Sans se parler, ils s'aimèrent en beauté et harmonie tout l'après-midi. Dévêtus, l'un contre l'autre, ils n'avaient plus aucune notion du temps.

À six heures du soir, ils faillirent se faire surprendre.

– Hou hou… *Chérie !*

… C'étaient les jumeaux qui rentraient du collège. Abandonnant ses vêtements sur place, Pia n'eut que le temps de traverser le couloir enroulée dans une serviette de bain pour s'enfermer chez elle. Larry jeta la courtepointe sur le lit dévasté. Il fit un paquet des affaires de Pia, et les cacha dans un placard. Rhabillé, graphomètre à la main, il rejoignit les jumeaux dans la cuisine.

– Paresseux… Tu faisais la sieste !

Lorenzo et Cosimo se rassasiaient, debout devant le frigo. Larry Loveberry montra son équerre.

– Je réfléchissais !

– *Chérie* n'est pas rentrée ?

– Je ne sais pas.

Il fallait absolument les emmener hors de l'appartement.

– On y va, les gars ? lança Larry.

La bouche pleine, Cosimo et Lorenzo passèrent leurs vêtements de travail et, tout en discutant, suivirent l'archéologue. Des coups sourds résonnaient dans les caves. Larry et les jumeaux descendirent dans cette direction. C'était Altmayer, dessoûlé, qui piochait sur la troisième voûte.

Le poète se trouvait au centre du bâtiment Renaissance. Larry le réprimanda :

– On t'a dit que c'était dangereux de venir seul !

– Le péril est un torrent qui ouvre passage sur l'océan !

– Laisse ça, Altie. Prends ta pioche et viens avec nous, on ne sera pas trop de quatre.

– J'obéis à la force, pour ne pas créer un divorce !

Sans même l'écouter, Larry se dirigeait déjà vers les caves sous la tour. Cette construction moyenâgeuse intriguait l'archéologue. Éclairant les voûtes à mi-hauteur, il prenait ses mesures en suivant l'alignement des pierres. Il était certain que cette tour avait d'abord été bâtie sur une construction plus ancienne.

Munis de puissantes torches électriques, Altmayer et les jumeaux suivaient leur guide. Au fond de la dernière voûte, suintante d'humidité, si basse que les quatre hommes pouvaient à peine se tenir debout, se trouvait un ouvrage de maçonnerie relativement récent. Larry Loveberry le sonda.

– Cela sonne creux ! Avez-vous une idée de ce qu'il y a derrière, les garçons ?

– On n'est jamais venus jusqu'ici, même en jouant avec les copains ! firent Lorenzo et Cosimo d'une voix timide.

L'atmosphère était lugubre.

S'emparant de la pioche d'Altmayer, Larry attaqua la maçonnerie. Il ne s'était pas trompé. Le plâtre vola en éclats, laissant deviner une porte basse.

– Il y avait un passage que l'on a condamné, je dirais au siècle dernier !

Un dernier coup bien appliqué sur la serrure, et le lourd battant s'ouvrit. Un escalier en colimaçon taillé à même le roc apparut. Les jumeaux voulurent s'y engouffrer.

– Pas question ! Vous suivez dans mes pas, sans aller à droite ni à gauche... Hein, pas de fantaisie, ne touchez surtout à rien ! ordonna Larry en s'engageant dans l'escalier.

Il lui était toujours émouvant de faire une découverte. Il se massa la nuque. Sa douleur l'avait repris. C'était bon signe ! Suivi des jumeaux et du poète qui se taisait, quand même impressionné, Larry descendit trente-deux marches. Déformation professionnelle : il les avait comptées machinalement.

Arrivés en bas, ils se trouvèrent non pas dans une salle ronde, comme Larry s'y attendait, mais devant un boyau où il fallait passer à la queue leu leu. Les pierres étaient très anciennes. Larry les éclaira : il s'agissait de briques placées en diagonale, technique de construction qu'il connaissait parfaitement.

– Admirable ! Est-ce possible ? murmura Larry au comble de l'excitation.

Les autres le suivaient, beaucoup moins réjouis. Des rats couraient sur le sol recouvert de blocs triangulaires irréguliers. Au détour du boyau, une chaîne, scellée des deux côtés de la muraille, barrait le chemin.

Au comble de la fièvre, oubliant ses propres conseils et toute prudence, Larry saisit les maillons de fer pour les observer. Un gouffre s'ouvrit sous ses pieds. Happé par le vide, il disparut aux regards horrifiés de ses compagnons.

6

Le trésor des Balatresi

– Ohé ! Larry !... Larry...

À plat ventre au bord du trou, le poète et les jumeaux avaient beau appeler, braquer les rayons lumineux de leurs lampes vers le vide, ils n'obtenaient pas de réponse. Rien ne bougeait dans l'obscurité. Lorenzo et Cosimo, bouleversés, énumérèrent les hypothèses :

– Il est peut-être seulement sonné !

– Et s'il s'est déchiqueté sur des piques ?

– ... Mes petits gars, il faut aller chercher une échelle ! conseilla Altmayer.

Devant la gravité de la situation, il oubliait de faire des rimes.

– On y va ! Tu restes là, Altie !

– Et pourquoi ? Je peux y aller et...

– Non, nous irons plus vite. Il faut que quelqu'un reste ici pour lui répondre s'il appelait.

– Ne me laissez pas seul trop longtemps !

Une fois les jumeaux éloignés, Altmayer appelait de temps en temps.

– Eh ! L'archéologue ! Oh ! Les sales bêtes ! Rhà !...

Sentant les rats glisser le long du mur, il tapait des mains et des pieds pour les éloigner. Afin de se donner du courage, il se mit à chanter :

L'était un palais de jade
Appartenant au roi Joad !
Pour le voir, j'irai à La Barbade !
Et pour ma belle, j'irai...

– ...Viens donc plutôt ici !

La voix d'outre-tombe fit sursauter le poète. De saisissement, il faillit tomber dans le trou.

– Quoi ? Qui a parlé ?

– C'est moi, Altmayer ! Tu es seul ?

– Les jumeaux sont partis chercher du secours ! Corne de buffle, tu es vivant, Larry ?

– ... Une cheville un peu tordue, mais je crois bien que j'ai découvert un truc !

– Tu as trouvé le trésor ?

Accroupi au bord du vide, Altmayer aperçut une lueur. Le petit rire de Larry résonna :

– Patience, l'ami ! Attends-moi. Je reviens !

– Mais tu vas où ?

– Me promener ! Lance-moi ta torche, la mienne va rendre l'âme !

Altmayer s'exécuta. À trois ou quatre mètres au-dessous, il vit l'ombre de Larry qui rattrapait la lampe.

– Comment c'est, en bas ?

– Intéressant !

Larry disparut, laissant le poète dans l'obscurité la plus totale. L'épreuve ne dura pas trop longtemps. Précédée des jumeaux, Pia arrivait au pas de charge. Elle était suivie de sa brigade de secours : Raimondo, Mazzini, Giuliano, que l'on avait sorti du lit. Ils portaient une échelle double.

– Alors ? interrogea Pia, angoissée.

– ... Ulysse a dit d'attendre !

– Larry t'a parlé, Altmayer ?

– Il ne faut pas descendre
Rejoindre le beau Lysandre
Sans esclandre il a dit d'attendre !

Pour une fois, Pia l'aurait tué. Elle ne le ménagea pas.

– Tu ne pourrais pas t'expliquer normalement et nous dire où se trouve Larry ?

Le poète, vexé, se renfrogna.

– Je suis resté ici au péril de ma vie et voilà ma récompense !

Pia comprit qu'il fallait s'y prendre autrement.

– Je sais, Altie.. Tu as été très courageux, mais que t'a dit Larry ?

– Qu'il allait se promener !

– … Se promener ! répéta Pia, incrédule.

– Il m'a demandé ma lampe, il est parti ! Et… je m'en lave les mains !

Altmayer était vraiment ulcéré.

– On y va !

Pia accompagna son ordre du geste d'un général galvanisant ses troupes. Mazzini, Raimondo et Giuliano descendirent l'échelle avec précaution. Au grand dam de Pia, les jumeaux passèrent les premiers.

– Faites bien attention ! recommanda-t-elle.

– T'en fais pas, *Chérie*. Nous, on sera prudents !

Raimondo prit le même chemin. Pia, à son tour, enjamba les barreaux, puis ce fut le tour de Mazzini. Altmayer et Giuliano restaient en haut dans le boyau pour tenir l'échelle.

Arrivés en bas, les jumeaux et leurs compagnons posèrent les pieds avec précaution. Comme Pia l'avait craint, des pieux, pointe en l'air, avaient été disposés pour transpercer l'intrus précipité dans ce cul-de-basse-fosse. Par chance, Larry ne s'y était pas empalé. L'une des pointes menaçantes était tordue, peut-être par le pied de l'archéologue. Pia poussa un cri. Un squelette relié à une chaîne gisait dans un recoin, mais il n'y avait pas trace de Larry.

– Par ici !

Lorenzo et Cosimo avaient découvert un ancien conduit… peut-être une bouche d'aération, assez large pour laisser ramper un homme.

– Il a dû aller par là !

– Tout va s'ébouler ! gémit Pia.

Les jumeaux voulurent s'engager dans le même chemin. Pia rattrapa ses fils par les pieds.

– Je vous interdis d'aller là-dedans ! C'est horriblement dangereux !

Sur un signe de Pia, Mazzini et Raimondo vinrent lui prêter main-forte.

– Larry ! Tu es là ? On voulait te rejoindre, mais on nous en empêche !

Une voix sépulcrale répondit à l'appel de Lorenzo et de Cosimo.

– Noon ! Ne venez pas ! Remontez ! Je rentre par un autre chemin !

– Il est fou ! glapit Pia.

– Larry ! *Chérie* dit que tu es fou ! cria Lorenzo.

– Elle a raison !

Des coups résonnaient dans le lointain.

– Larry, tu as découvert quelque chose ? hurla Cosimo.

Un éboulis répondit. Mazzini, inquiet, se pencha :

– Ça va, l'archéologue ?

Après un silence inquiétant, on recommença à gratter dans le fond. Raimondo se mit à quatre pattes :

– Larry, qu'est-ce que tu as trouvé ?

Le rire, sépulcral, résonna de nouveau :

– Un vrai trésor !

– Youpi ! Il a trouvé !

Les jumeaux se redressaient en hurlant. Mazzini et Raimondo les imitèrent :

– Larry a trouvé le trésor !

Là-haut, Altmayer et Giuliano se jetaient dans les bras l'un de l'autre.

– Il a trouvé le trésor !

Ils en pleuraient. Pia, plus calme, se pencha par l'orifice.

– Mais enfin, Larry, que fais-tu ? Où es-tu ?

– AU PARADIS !

*
* *

Sale, déchiqueté, boitant mais ravi, Larry ressortit où il l'avait supposé : dans le jardin abandonné du palais. Ce qu'il n'avait pas prévu, c'était le massif de ronces qui acheva de l'ensanglanter au passage. Son entrée dans le palais fut saluée par une ovation suivie d'une seule question.

– ...ALORS ?

– Mes amis, j'ai une immense nouvelle à vous annoncer ! Si Pia le veut bien, venez me rejoindre là-haut !

Sur ces mots mystérieux, Larry monta prendre une douche. Il passa un onguent sur sa cheville abîmée, se rhabilla proprement et entra en boitillant dans le salon. Tous les habitants du palais étaient assis autour de Pia et des jumeaux. La Zorra et la Lorquetta, éperdues de curiosité, avaient rejoint leurs camarades. Larry étala les plans des bâtiments sur une grande table, en jouissant du suspense qu'il ménageait :

– ... Ici se trouvent la tour et la construction moyenâgeuse ! Grâce à notre découverte dans le souterrain de la porte murée, je suis en mesure de vous affirmer que tout ceci a été bâti... tenez-vous bien, sur une *domus*[1] !

1. « Maison », en latin.

Un silence circonspect répondit à la déclaration de Larry. Il crut qu'ils n'avaient pas compris.

– ... Nous sommes bel et bien sur la demeure d'un patricien romain !

– Mais Larry, dit la Lorquetta d'un ton plaintif, ici tout est bâti sur du vieux ! Des villas ! Des colonnes ! C'est tout démoli ! Nous, à Rome, on ne sait plus quoi en faire !

– De l'ancien, on en est saturés ! surenchérit Raimondo.

Pia et les jumeaux, perplexes, se taisaient.

– Attendez, fit Larry, vexé, attendez... Le trou dans lequel je suis tombé a été récupéré au Moyen Âge sur une partie des thermes[1] de cette *domus*. C'est à cette époque-là qu'on a dû les transformer en oubliettes. J'ai emprunté ce qui a été les égouts, ou bien était-ce une tuyauterie branchée sur un aqueduc ? L'empereur l'autorisait à certains patriciens. Vous voyez, ce n'était pas la demeure de n'importe qui !

– Aaah ! fit l'auditoire indécis.

Pour se remonter le moral, Altmayer se servit une rasade de bourbon. Du ton d'un conférencier, Larry reprit :

– Après avoir rampé longtemps, je suis parvenu à des grilles, que j'ai eu un certain mal à faire sauter, pour me retrouver à l'air libre.

– Mais où est le trésor dans tout cela ? interrogea Mazzini.

Le graveur osait demander tout haut ce que chacun pensait tout bas.

– Ici ! Sur les plans.

Larry ratissait du même geste la cour et l'ancien parc.

– C'est là qu'il nous faut fouiller... Bien sûr, nous ne pouvons pas démolir le palais tout entier,

1. Bains, chez les anciens Romains.

ajouta-t-il d'un ton de regret, mais je pense qu'en creusant dans le jardin nous pourrions mettre au jour une partie de la *domus*. D'après mes estimations, les *fauces*[1] seraient sous la cour. J'ai dû longer l'*atrium*[2]. Dans ce cas, nous pourrions dégager une partie des thermes, et arriver au séjour proprement dit.

La Lorquetta poussa la Zorra du coude.

– Ben vrai, tu as vu de travers ! Tu me le copieras, ton trésor !

Larry Loveberry avait du mal à communiquer sa fièvre à l'auditoire. Il dut employer les grands moyens.

– ... Je ne vous ai pas tout dit... Arrivé au bout des grilles, dans la direction du séjour, là où les patriciens cachaient leurs richesses, je crois bien avoir aperçu, dans un autre boyau, un éboulis... qui laissait apparaître le couvercle d'un coffre de bronze !

Cette déclaration opéra un véritable miracle :

– ... Fallait le dire tout de suite... Ce coffre, il est gros ? Rebondi ? Très lourd ?

Sous l'avalanche des questions, Larry secoua la tête :

– Je ne sais pas. Il faut aller voir !

– On y va tout de suite !

– On va le rapporter, ce gros gibier plein d'or !

Altmayer, Mazzini, Raimondo et les jumeaux étaient prêts à foncer dans les égouts antiques... Larry les retint.

– Non, ce serait trop dangereux... Tout menace de s'effondrer ! Croyez-moi, il faut défricher les ronces et creuser !

1. Corridor.
2. Emplacement du foyer (l'âtre) puis pièce principale commandant la distribution de la maison romaine.

*
* *

La nuit suivante, quand Larry n'entendit plus la sono chez les jumeaux, il se prépara à rejoindre Pia dans sa chambre. Ce fut elle qui se glissa chez lui. Avant de se laisser tomber sur le lit, Pia soupira en se blottissant contre lui :

– Tu m'as fait tellement peur, Larry !

– Il ne faut pas, ma chérie... Tu sais, je vais t'avouer quelque chose : dans ce souterrain, j'ai ressenti une impression étrange...

Il baisait tendrement la mousse de ses cheveux. Il se tut soudain. Elle leva ses beaux yeux vers lui :

– Dis !

– ... Dur à expliquer. (Il marqua une hésitation.) C'était comme si je connaissais ces lieux parfaitement... Sous terre, sans rien voir, j'aurais pu la décrire, cette demeure romaine !

– Mais tu as bien vu le coffre ?

– Oui... enfin, je le crois !

Larry Loveberry prit les lèvres de Pia et ils oublièrent le passé pour vivre seulement le présent qui leur était offert.

Au petit matin, Pia quitta à regret la couche de Larry. Il dormait. Elle le regarda un instant, à la fois solide et fragile dans son sommeil. C'était bon d'avoir un homme à la maison. Elle déposa un baiser sur sa tempe et regagna sa chambre en frissonnant.

Quelques instants plus tard, elle s'était rendormie, heureuse et calme comme elle ne l'avait pas été depuis bien longtemps.

*
* *

– C'est le bagne ! maugréa Cosimo.
– Eh, les jumeaux, faut me dégager tout ça !
Larry désignait un tas de ronces à enlever du chantier.
Lorenzo et Mazzini revenaient avec leurs brouettes. Un mouchoir noué sur la tête, Altmayer transportait les pierres au fur et à mesure... L'équipe donnait des signes de lassitude. Larry les faisait travailler comme des forçats.
– Courage ! fit Pia, hagarde.
Elle bêchait en compagnie de la Zorra et de la Lorquetta. Raimondo et Giuliano creusaient à côté. Le pompon de son bonnet sur l'œil, Raffaello apportait à boire à toute l'équipe. Ce n'était pas une mince affaire que de nettoyer ce terrain, en friche depuis des générations. Fidèle à sa technique d'« attaque » de tout site archéologique, Larry Loveberry avait d'abord divisé le jardin en « carrés ». Il avait ensuite montré à ses collaborateurs où bêcher et piocher et comment – avec prudence – pour tenter de découvrir, sans les abîmer, les traces de la civilisation passée.
Soudain, Altmayer sentit un contact plus dur sous sa bêche.
– Corne de bique... Je l'ai !
Larry Loveberry accourut. À genoux, avec des gestes amoureux, il commença de mettre au jour une partie de muret éboulé.
– C'est bien ça !
Son excitation se communiqua à l'équipe pourtant épuisée. Maintenant, on arrivait aux choses sérieuses. Courant d'un groupe à l'autre, époussetant la terre avec un petit balai, nettoyant, récupérant les vieilles pierres, Larry voyait peu à peu apparaître le plan d'une maison romaine.
La *domus* était de vastes proportions. Elle

devait se composer d'une quarantaine de pièces dont la plupart se trouvaient sous le palais. Des colonnes brisées respectant malgré tout un certain alignement jaillirent du sol.

– Il a dû y avoir un tremblement de terre... murmura Larry.

Puis le système du tout-à-l'égout fut mis au jour... Larry et son équipe trouvaient un peu partout, en continuant leur fouille, de petits objets : couteaux à lame d'os, tiges d'épingle, poteries, boucles de ceinture. Et aussi des mosaïques... Il pouvait être dix heures du soir. On travaillait aux lanternes. Pia s'approcha de Larry.

– On devrait peut-être arrêter, et s'y remettre demain matin !

Elle était touchante avec son foulard sur les cheveux et son nez maculé. Larry hésita. Il massa sa nuque de plus en plus douloureuse.

– On brûle !... Tu vois, ici, c'étaient les cuisines, les réserves, le four, les bains... Et une chambre à coucher... Nous allons bientôt mettre au jour la salle à manger...

– Comment sais-tu tout cela ?

– Parce que toutes les *domus* étaient construites selon un plan immuable.

– Tu en as déjà découvert ?

– Jamais ! C'est la première fois... Mais j'ai l'impression de connaître tout cela si bien que c'est comme si j'y avais vécu. Tiens, près de l'*atrium,* il y avait six micocouliers.

– Ben ! Vous en savez, des choses, *dottore* Larry ! fit la Lorquetta en se tenant les reins.

Sur quoi renchérit la Zorra avec classe.

– Pour sûr, Arthur !

– ... Nous allons creuser là, déclara Larry. Je dirais qu'il y avait ici un péristyle, puis le bassin traditionnel et ce que nous pourrions appeler le bureau du propriétaire et de son esclave régisseur. Apportez plus de lumière ! Allez, courage !

L'équipe s'était assise pour écouter l'exposé. On se redressa avec des grimaces. Ils avaient tous des ampoules aux mains, des crampes dans les bras et le dos en capilotade. Larry Loveberry donna l'exemple en attaquant le premier. Les jumeaux vinrent lui prêter main-forte. Altmayer, Mazzini et Raimondo les rejoignirent. Les femmes, trop épuisées, tenaient les lanternes.

Le trou s'agrandissait. Rien ne venait plus, ni colonnes, ni muret, ni vestige. Larry s'était-il trompé ? Les piocheurs s'arrêtèrent l'un après l'autre à bout de souffle. Exaspéré, Larry Loveberry sauta dans le trou à peine ébauché... Il était sûr que le maître de maison avait caché ses objets précieux dans cette partie de la demeure. Oubliant toute précaution, Larry creusait avec rage. Il rejetait, derrière lui, d'énormes pelletées de terre. Sa douleur dans la nuque était lancinante... Soudain, sa bêche buta contre un éboulis de pierres.

Larry se mit à quatre pattes, comme un chien flairant un gros os... Malgré la fraîcheur de la nuit, son front transpirait à grosses gouttes. Rassemblés autour du trou, ses compagnons regardaient, fascinés.

– Éclairez-moi mieux ! ordonna Larry.

Six torches et lanternes se tendirent au-dessus de l'archéologue. Des pierres et d'un magma de blocs triangulaires qui, grâce à leur épaisseur, assuraient la solidité et l'isolation des eaux, Larry dégagea une volumineuse masse noire.

Les jumeaux sautèrent à côté de lui. Rejetant les blocs au prix de mille difficultés, Lorenzo et Cosimo aidèrent l'archéologue à exhumer de sa prison un vieux coffre de bronze terni.

7

Vous avez dit trésor ?

Le coffre était si lourd qu'il fallut l'aide de tous les hommes présents, armés de madriers, pour le soulever et le déposer dans le jardin.

De solides barres de bronze en fermaient le couvercle. Larry le nettoya avec amour. Des profils d'hommes casqués, des scènes de bataille, des chars de combat apparurent gravés dans le métal.

– Prodigieux ! Ce sont des *Daces*[1] ! expliqua l'archéologue, à genoux devant sa découverte.

D'un geste tendre qui n'échappa à personne, Pia appuya une main sur son épaule :

– Tu y es donc arrivé, Larry !

Elle était émue par sa persévérance. Elle y trouvait une preuve de l'amour qu'il lui portait. Pourtant, les profils de bronze, qui excitaient tant Larry, laissaient perplexe l'assistance. Déjà Altmayer et Mazzini revenaient au galop, avec un attirail de burins, de marteaux, de tournevis destiné à violer le secret du coffre.

La Zorra gémissait :

– Ah ! Ah ! Je l'avais bien prédit ! Tout cet or... !

Et, d'émotion, la voyante pantelante s'appuyait

1. Peuplades « barbares » qui séjournaient sur le territoire de la Roumanie actuelle.

sur la cantatrice. Heureusement celle-ci était redevenue aphone. Et elle n'était pas la seule ! Tout le monde se taisait. Dans ce silence, à peine troublé par des oiseaux de nuit, on faisait cercle autour de Larry Loveberry. Chacun tenait les yeux rivés sur « la chose »...

Larry s'empara des outils. Avec une précision de chirurgien, il réussit à pousser les tiges de métal et à faire jouer les gonds que des siècles de rouille avaient scellés. Le couvercle émit un léger grincement. Douze têtes se penchèrent en même temps.

De ses doigts, dont il maîtrisait le tremblement nerveux, Larry souleva un tissage ivoire en excellent état de conservation. Il en comprit la raison : le propriétaire avait fait couler de la cire fondue le long des fermetures du coffre, pour en protéger le contenu de l'indiscrétion ou du vol.

De menus objets étaient rangés sur ce tissu datant de l'époque romaine : cuillers à parfum, fibules[1], spatules, étuis de peigne, dés, pyxides[2], palets, manches de couteau en os, sceaux, amulettes, stylets, strigiles[3] de grande valeur archéologique.

– ... Quelle merveille ! s'extasia Larry en les soulevant l'un après l'autre avec passion.

Ses « collaborateurs » se montraient beaucoup moins ravis. Et Altmayer ronchonna :

– Les musées regorgent de ces choses !

– Toutes ces vieilleries ! Ça sert à rien ! surenchérit la Lorquetta.

Pia leur fit signe de se taire. Sans vouloir

1. Épingles de sûreté en métal (antiques) servant à fixer les vêtements.

2. Boîtes à couvercle plus ou moins sphériques.

3. Racloirs courbes servant à la toilette.

écouter ces récriminations, Larry déposait ses trouvailles avec précaution dans un carton.

– Et en dessous... qu'est-ce qu'il y a ? fit Mazzini.

Il voulut ôter le tissu. D'une tape sur la main, Larry l'en empêcha. Avec une lenteur insupportable pour ses spectateurs, l'archéologue acheva de ranger les antiquités. Enfin, il souleva le tissage.

– Dieu du ciel !

Larry, ébloui, contemplait son TRÉSOR ! Des rouleaux de papyrus et des tablettes étaient alignés les uns à côté des autres. À première vue, tout était en parfait état de conservation. Cela était dû, sans aucun doute, au coffre – de bronze – et à la cire qui le scellait, mais aussi à deux éléments d'importance. Le lieu de la cache avait été muré par un éboulis de pierres... Celui-ci avait été provoqué sans doute par un tremblement de terre. Et il avait empêché l'air et l'humidité de filtrer jusqu'aux manuscrits... Deux mille ans se seraient écoulés, conservant ce trésor ! se dit-il.

C'était si fabuleux, c'était tellement le rêve, quasi irréalisable, de tout archéologue, que Larry n'osait croire à sa chance. À Pompéi, on avait retrouvé, dans une maison, mille papyrus carbonisés. Les progrès de la science avaient seuls permis de les décrypter. Larry venait d'accomplir ce que tout chercheur pense impossible de nos jours : découvrir, à Rome même, des textes antiques inédits.

Il pouvait y avoir une cinquantaine de rouleaux. La plupart étaient rangés dans des boîtes cylindriques de cuir martelé. Les tablettes de bois, d'argile ou d'ivoire, gravées au poinçon, étaient réunies par des attaches constituant une sorte de livre. Larry approcha sa lampe.

Il déroula le fil, scellé par un cachet, d'un rouleau de papyrus. Tout était couvert d'une écriture latine sans ratures... Un scribe, songea Larry. Les tablettes semblaient avoir servi de brouillon. Larry lut au hasard : *Non omnia possumus omnes.* Il traduisit : « Nous ne pouvons tous faire toutes choses. » Le lettré romain qui avait écrit ces mots voulait sans doute dire que l'homme n'était pas universel.

– Quelle chance ! balbutia Larry.

Il releva la tête.

La consternation régnait dans les rangs. Larry voulut remercier la Zorra :

– Galia, je n'y croyais pas et vous aviez vu juste ! J'ai trouvé un trésor !

La voyante, agitant sa crinière rouge, se jeta en sanglotant dans les bras de la Lorquetta. La déception de tous était rude... Pour récupérer, Altmayer vidait sa dernière bouteille au goulot. Les jumeaux se vautraient sur le sol. Raimondo et Mazzini rangeaient les outils. Giuletta reniflait sur l'épaule de Giuliano. Raffaello mangeait férocement son salami.

– Avoir tellement bossé pour ÇA ! maugréa Raimondo.

– Et s'il y avait un autre coffre avec ? reprit Mazzini.

– Les diamants de Jules César ! ricana Altmayer.

On n'y croyait plus. Pia prit le bras de Larry pour le forcer à se relever.

– Tu as raison, Larry, c'est un vrai trésor, mais il est tard. Nous devrions tous aller nous coucher !

*
* *

Personne ne dormit beaucoup, cette nuit-là, au palais. Les uns de déconvenue, Larry d'excitation. Aidé « quand même » des jumeaux, il avait monté en plusieurs voyages le précieux chargement dans le *penthouse*.

Avec l'accord de Pia, il avait tout étalé sur les tables. Sans attendre, il avait marqué de numéros chaque tablette et les rouleaux dans l'ordre selon lequel ils avaient été exhumés. Comme Larry l'avait pensé, les tablettes n'étaient que des brouillons, que l'on avait recopiés sur les papyrus. Il les observa à la loupe : toujours la même écriture, en « lettres romaines ». L'écrivain n'avait pas voulu confier son travail à un copiste.

... La sono marcha longtemps chez les jumeaux.

Larry prit les deux premiers numéros des rouleaux et un « livre » de tablettes. Il passa dans sa chambre. En peignoir, devant un petit bureau, il se plongea dans la lecture. Absorbé par sa découverte, Larry n'entendit pas l'arrêt de la musique. Pia se glissait chez lui.

– Alors ? chuchota-t-elle.

– Viens vite ! dit-il en relevant la tête.

Un rouleau à la main, il s'assit sur le lit, tapota l'oreiller voisin.

– Viens ici, répéta-t-il à Pia, en chemise de nuit très décolletée.

Elle s'allongea sur la courtepointe.

– Écoute ça !

Larry déroulait le papyrus. Il prit son souffle et commença d'un ton quelque peu grandiloquent :

– *Scribitur ad narrandum, non ad probandum; nulla dies sine linea*...

Pia secoua la tête.

– Tu n'as quand même pas l'intention de tout me lire en latin !

– Pourquoi ? Cela ne te plaît pas ?

– Je n'y comprends rien !

Cet aveu parut stupéfier l'archéologue.

– … Tu ne comprends pas ? répéta-t-il, abasourdi.

– Mais non, j'ai tout oublié…

Ondulante, elle se rapprocha de lui. Il déposa un baiser dans son cou et admit, conciliant :

– Bon… Je vais te faire une traduction en simultané – … aussi bien qu'à l'ONU ! Si parfois ce n'est pas le mot juste, ne m'en tiens pas rigueur…

– Je t'en voudrai beaucoup, mais…

Pia se tut… elle se sentait troublée. Larry avait déposé le papyrus sur la table de nuit. Il la prenait dans ses bras. Leurs bouches se joignirent. Larry faisait déjà glisser les fines bretelles de la chemise arachnéenne… Ils firent l'amour à la perfection, désunis par le latin, mais unis par la faim qu'ils avaient chaque jour davantage l'un de l'autre. Comme ils reposaient encore dans les bras l'un de l'autre, Pia murmura :

– Attends, je vais aller chercher quelque chose.

Larry la contempla, fine et ambrée, passer sa chemise. Elle sortit de la chambre pour revenir peu après avec un magnétophone. Larry avait remis son pyjama.

– Voilà… comme à l'ONU ! fit Pia en se recouchant.

Il reprit le rouleau sur la table de nuit. Elle tendit le micro dans sa direction.

– Tu es prêt ?

Larry, souriant, déroula le papyrus. Elle appuya sur le bouton « Enregistrement ».

8

Le manuscrit

« ... On écrit pour raconter, non pour prouver. Pas un jour sans une ligne ! Oui, comme d'habitude, à tout instant de ma vie, j'écris !

Ce pourrait être à mes plus proches amis. Ceux-ci reçoivent chaque jour une lettre, portée par un de mes esclaves. J'aime souvent leur écrire en grec. N'est-ce point la langue de nos "pères", qui les premiers ont codifié les lois régissant véritablement notre misérable langue ? Ils nous ont permis de créer une vraie grammaire, de sorte que nous pouvons nous exprimer d'une façon précise, voire élégante, et faire de la littérature. La langue de Romulus n'était qu'un patois de bergers.

Mon cher oncle, qui m'éleva comme son fils, disparut malheureusement trop tôt dans la panique et les vapeurs de soufre. Il m'apprit, avec ce traité admirable sur *les Incertitudes du langage,* à aimer le verbe latin.

Je devins son élève aimant et attentif. J'ai polis notre langage. Je me sers même, maintenant, avec plaisir et sans forfanterie d'un certain art de la rhétorique, pour convaincre mon auditoire ou mes lecteurs selon des règles bien définies.

Mais aujourd'hui, j'écris pour moi seul, afin de témoigner vis-à-vis de moi-même de ce que j'ai vécu. Personne au monde ne lira jamais ces lignes. Peut-être les aurai-je brûlées avant la fin ?

Pour réfléchir, je me retire souvent à la campagne dans ma villa des Laurentes, près d'Ostie. Je m'y rends à cheval par des chemins sablonneux, trop mous pour des attelages, mais rapides et doux à un cavalier. Le paysage, de part et d'autre de la route, est varié. Tantôt ce sont des bois qui rétrécissent le chemin; tantôt celui-ci s'élargit librement entre les prairies. Force troupeaux de moutons, de bœufs, de chevaux, qui ont été chassés de la montagne par l'hiver, s'engraissent dans ces pâturages à la tiédeur printanière.

Loin des assauts de gladiateurs, que je n'apprécie point, loin des amphithéâtres, des combats d'hommes et de fauves qui me répugnent, je suis en paix avec moi-même. Pour la postérité, dans les images que s'en feront nos descendants, Rome restera-t-elle, par excellence, la ville des jeux ? Sa beauté, ses temples, ses palais, sa richesse, sa science, ses immenses places publiques, ses forums, ses portiques, sa civilisation seront-ils oubliés ? La postérité se souviendra-t-elle seulement des courses sanguinaires et de la cruauté d'une plèbe affamée de spectacles nouveaux ?

Je n'aime pas particulièrement les chrétiens, mais les donner aux lions pour qu'ils soient déchiquetés me plaît encore moins.

Nous sommes nombreux à ne point assister à ce genre de spectacles. Ce sont toujours les mêmes qui viennent s'asseoir sur les gradins du cirque. César sait mon dégoût pour ces jeux sanglants. Il se moque de moi et m'a obligé à venir assister aux “Fastes d'Ostie” ! Par Zeus, merci ! Je ne parus dans sa loge qu'une ou deux fois. Cent dix-sept jours consécutifs, où furent “consommés” quatre mille neuf cent douze paires de gladiateurs, c’était trop pour ma nature paisible. Je ne peux que ressentir un douloureux malaise en songeant à la jonchée de cadavres que suppose cette débauche de duels en armes.

Certes, l’Empereur voulut démontrer sa générosité en libérant les survivants, pour la plupart des prisonniers daces, qu’il avait obligés à se battre entre eux. Ce qui me stupéfie, c’est que des milliers de Romains, vaquant paisiblement à leurs occupations, trouvent leur contentement dans ces cruelles immolations. Les femmes sont souvent les plus implacables. Elles ne versent pas une larme sur ces honteux spectacles où léopards et panthères affamés déchirent les chrétiens attachés aux piloris et s’en repaissent...

As-tu raison, cher Decimus Junius, lorsque tu prétends que Rome est devenue de nos jours “la tourbe dégénérée des enfants de Remus” ? N’es-tu point plus pessimiste que moi ? Vers quoi va notre monde ? Que demande le peuple de nos jours ? Du pain et des jeux...

Voilà pourquoi, à l’automne de ma vie, voulant redevenir innocent, comme la brebis, je viens ici dans ma campagne romaine. D’un côté, je vois la mer, de l’autre les collines, qui bordent l’horizon par-dessus la cime des bois de pins. Apollodore m’a construit un domaine de lumière dont le charme réside dans mes jardins. De ma bibliothèque, je vois l’allée destinée aux promenades en litière. Elle est bordée de bois odoriférants et de romarin.

J’aime à me reposer ici, à y réfléchir, sous les mûriers et les figuiers, près de la vigne jeune, en tonnelle ombreuse... Chaque civilisation a sa façon propre d’apprécier la nature. Nous, Romains (car malgré mes réticences, je suis romain de cœur, et je veux le rester), nous apprécions la nature sauvage. Mais nous l'aimons aussi domestiquée en bosquets, fontaines, grottes en rocaille. Ceux-là mêmes qu'affectionnaient nos pères spirituels, les Grecs.

Pourtant, je dois avouer qu'après une longue retraite bucolique j'aime rentrer dans Rome. Mis à part ses jeux ignobles l'*Urbs*[1] offre des agréments tels que le théâtre, où j'aime voir la *Médée* d'Ovide, les œuvres de Plaute et de Térence. Quant aux mimes, c'est un régal. Je prise le talent des pantomimes, celui de Livius surtout. Hors la voix, tout parle en lui : la tête, les épaules, les genoux, les jambes et surtout les mains. Quelle virtuosité !

Ici à Rome, évitant les cris du cirque, je suis heureux. Apollodore a encore bâti pour moi une merveille que même l'Empereur m'envie. Pour me protéger du bruit de la ville, mon architecte – mon ami aussi – a multiplié les portiques, les ouvrant sur mes jardins, pour en fermer d'autres sur les cours et les péristyles. Dans l'*atrium*, près du bassin, sous les six micocouliers, je rêve, me repose l'esprit, je fais le point. Vais-je enfin dire la vérité ?

En fait, toute ma vie j'ai menti, faisant croire à mon entourage que j'étais quelqu'un d'autre... composant épigrammes et panégyriques dont parfois je ne pensais pas un mot. Suis-je un fieffé menteur ? Non... Je ne suis qu'un humain de chair et de sang.

J'aime trop les honneurs, les succès, mais pas plus que toi, Cornelius, qui n'as pas d'illusions sur les grands de ce monde, et m'incites à n'admirer que le détachement suprême.

Discipline, respect, fidélité aux engagements – tel était autrefois l'idéal romain. Qu'en est-il

1. « La Ville », en latin, désignait à peu près uniquement Rome.

advenu de nos jours ? Platon, notre maître à tous, n'écrivit-il pas il y a quatre cents ans que l'amour n'était pas autre chose que le désir pour l'homme de se pérenniser dans, et par la Beauté ? Pourquoi n'ai-je pas été un disciple de Socrate, au lieu de vivre dans ce monde en décadence ? En ce temps-là, Zeus était le plus fort à Olympie. Aujourd'hui, Jupiter est sur le déclin.

Assurément, notre panthéon subsiste, immuable en apparence. Les cérémonies prescrites par les pontifes, sur leur calendrier sacré, continuent de s'accomplir, selon la coutume des ancêtres. Mais l'esprit des hommes l'a déserté. Le temple d'Isis est à la mode. Cybèle, Attis, Baalim, Sérapis, que ces religions viennent d'Anatolie, d'Égypte, de Perse ou de Syrie, peu importe : elles plaisent aux Romains. Les "prodiges" et les présages aussi.

Caius Tranquillus, à cause d'un mauvais songe, est bouleversé. Il se voit déjà en train de perdre le procès dans lequel il est engagé. Mon meilleur ennemi, Regulus, utilise horoscopes et haruspices[1] pour confirmer sa renommée ou capter quelque héritage. Bulmochion, l'ancien esclave que j'ai affranchi, se targue maintenant d'être né "sous l'écrevisse", signe évident qui lui permet de tenir ferme sur ses deux pattes et d'avoir acquis des biens sur terre et sur mer !

Quand je vais partager mon dîner[2] en ville chez mes amis, ce ne sont sur nos lits de table[3] que conversations de loups-garous, chants du coq à minuit, chats noirs et vols de corbeaux. J'incline

1. Prêtres qui regardent dans les viscères des animaux égorgés sur l'autel.
2. *Cena,* en latin, d'où la « Cène » évangélique.
3. *Triclinium,* en latin, lit à trois places, où les hôtes s'installaient pour manger.

à rejeter les puérilités de l'oniromancie[1]. Je ne veux croire qu'à la réalité, j'ai souvent dit que le meilleur des présages était celui qui consistait à défendre la Patrie. (Flatteur ! Cela a plu à l'Empereur !)

… Mais comme souvent je mens : je ne peux m'empêcher de me demander ce qu'il convient de penser des revenants ou des fantômes auxquels les mystiques d'Orient croient si fermement. Comment juger ces chrétiens qui garantissent le salut après la mort ? Leur rédempteur ne leur promet-il pas l'impossible ? Ils y croient, les malheureux, jusque dans le supplice.

Mais combien leur religion est simple et pure à côté des nôtres ! Quelle confiance ils placent en leur dieu unique et en ses promesses ! Comme ils s'entraident et comme ils sont heureux entre eux !

Après bien des années d'interrogation, je crois que je ne crois à rien.

… J'admire Cornelius, il est plus fort que moi. Il veut disposer également du culte de Diane, de Mars et de Terpsichore ! Aimer autant la chasse, la guerre, la danse et les lettres. Moi, je ne suis désireux maintenant que de Vénus ou d'Aphrodite ! La paix, l'amour, la beauté.

Mais peut-on dire une chose pareille de nos jours ? Jamais ! Il faut mentir ! Pourtant, j'espère qu'un jour les Romains, n'ayant plus de sangliers à chasser, lassés de possessions lointaines, resteront tous chez eux à honorer Vénus et à composer pacifiquement des poèmes…

Tu ne crois pas aux dieux, tu es un païen guerrier, cher Cornelius. Moi aussi, je l'étais; mais je suis devenu un païen pacifique.

J'ai vu trop d'horreurs, ton aversion pour les juifs et les chrétiens me choque autant que celle

1. « Science » d'interprétation des songes.

de Decimus Junius. Je suis pourtant votre ami et le resterai, mais nous nous éloignons. Ma chère épouse me regarde et s'inquiète. Depuis le drame, j'ai imperceptiblement changé. Personne, à part elle, ne s'en aperçoit autour de moi.

… Ma toilette est toujours soignée, et le barbier qu'il d'une main experte frise mes cheveux me complimente sur leur épaisseur. Seul avec ma femme, Calpurnia, mon esclave *balneator* sait en pétrissant mes muscles après le bain que je ne vais pas bien. Mes sens sont émoussés. J'ai des élancements dans le bras gauche. Heureusement, je peux écrire de la main droite. Il faut que j'écrive… pour comprendre…

Ai-je agi comme il convenait ? Ai-je fait tout ce qu'il était en mon pouvoir de faire ? J'étais consul… J'étais… mais ce n'est pas mon histoire que je veux raconter. Je n'ai été qu'un spectateur… Comme dans les tragédies grecques, que j'aime tant, je vais m'effacer devant mes héros. Sous les mains imbibées d'huile de mon esclave, je faiblis, je ferme les yeux et revois la Dacie…

Pourquoi suis-je allé là-bas ? Sans doute pour connaître l'aventure de Maxime et de Maxence… Cette histoire, je l'appellerai… *LA COLONNE TRAJANE.* »

*
* *

Le premier rouleau se terminait ainsi. Larry semblait ailleurs, dans un autre monde. Pia lui toucha le bras pour le rappeler à la réalité. Il sursauta.

– Je me demande qui était cet homme, murmura la jeune femme.

– Pline… C'était *Pline le Jeune* !

– Comment le sais-tu ?

– Oh ! Ça, c'est simple ! Il parle de son oncle mort dans les vapeurs de soufre, il s'agit de Pline l'Ancien, qui avait écrit *les Incertitudes du langage* et qui commandait la flotte de Misène. Il fit voile vers Pompéi pour organiser les secours aux habitants. Pline l'Ancien fut une des victimes du Vésuve… Quant au Cornelius auquel il se réfère, c'est sans aucun doute son ami Tacite; Decimus Junius, c'est Juvénal; Caius Tranquillus, c'est Suétone; Apollodore de Damas, le célèbre architecte – tous des contemporains de Trajan, écrivains, poètes. Tous des amis de Pline le Jeune et de Calpurnia, sa troisième femme. Nous sommes donc sur sa propre *domus*… !

Pia leva ses yeux dorés vers Larry.

– Ce qui est incroyable, c'est qu'il parle des six micocouliers que tu nous as décrits, autour du bassin, comme si tu les connaissais !

– Oui… c'est exactement comme si je les avais vus sur un écran de cinéma… Ils étaient bien réels, en fleur !

Larry passa la main sur son front et ses yeux.

– Tu es troublé ?

– Non, très déçu… Je dois te l'avouer, ce manuscrit… Oh ! C'est très lointain – mais j'en ai pris connaissance autrefois lorsque je faisais mes études… Nous n'avons donc pas fait de découverte archéologique extraordinaire : *ce texte a déjà été publié !*

– Mais tu en es sûr, Larry ?

D'un ton étrange, il débita :

– Certain ! Pline y raconte l'histoire des jumeaux Maxime et Maxence.

– Des jumeaux ! répéta Pia.

– Oui, les enfants d'un de ses amis, le proconsul Fabius Marcellus Questus… Tu vois, je me souviens même des noms et… Oh ! il est tard, je ne sais plus… Tout se brouille dans mes souvenirs… Demain, j'irai voir Federico Cappeldoro !

– Qui est-ce ?

– Le plus grand archéologue spécialiste de la Rome antique… J'ai suivi ses cours autrefois. Cappeldoro saura me dire quand l'original a été découvert et qui a déjà traduit cette œuvre de Pline !

Larry éteignit la lumière. Pia se pelotonna contre lui. Quelques instants plus tard, elle dormait.

Mais, dans la nuit, Larry gardait les yeux grands ouverts. Il voyait dans la cour aux colonnades six micocouliers en fleur.

9

Quand un archéologue rencontre un autre archéologue !

Federico Cappeldoro accueillit Larry avec des cris de joie.

– Salut, mon petit ! Tu as belle mine ! Quel heureux vent t'amène ?

À quatre-vingts ans passés, le savant, un vrai géant d'un mètre quatre-vingt-dix, avait gardé bon pied, bon œil. Une épaisse tignasse de cheveux blancs auréolait son visage taillé à la serpe. Il était vêtu d'un jean rapiécé, de baskets et d'un sweat-shirt délavé de l'université de Princeton.

Federico Cappeldoro vivait dans sa maison du Trastevere envahie de dossiers, de statues, de pierres, de paperasses jaunies, de bobines de films. Il fallait enjamber tout ce fatras pour se frayer un chemin dans l'appartement. Seul le vieux savant savait se retrouver dans son désordre. Des malles ouvertes, à demi remplies, occupaient l'entrée.

– Vraiment, tu tombes à pic, Larry ! Je pars demain pour l'Asie Mineure ! Van Bruben m'a invité à des fouilles en Mésopotamie sur les sites de Babylone et dc Sumer... Il ne pouvait me faire plus plaisir ! Mais qu'est-ce qui t'amène, mon petit ?

En voyant la vigueur de Federico, Larry songea que l'archéologie tuait très vite son homme ou le conservait longtemps. Sans un mot, il sortit de sa mallette quelques rouleaux et tablettes emballés.

– Je voudrais savoir ce que vous pensez de cela, Federico.

Tout en se raclant la gorge, le vieux savant chaussa d'invraisemblables lorgnons fêlés à la monture verte. Je me demande bien ce qu'il peut voir avec ça ! songea Larry.

Pendant un moment, Federico se pencha en silence sur les textes. Armé d'une loupe, il examinait les lettres romaines. Et il les comparait à d'autres rouleaux empilés, poussiéreux, sur une étagère, dont il s'était saisi sans attendre... En les prenant, il avait tout fait tomber. Une lampe, dans le faisceau de laquelle il plaçait les manuscrits, lui permettait d'en observer le grain.

Il vérifia les cachets de cire, enfin il releva la tête.

– Où as-tu trouvé ça ? demanda-t-il avec brusquerie.

– Ici, à Rome... dans le jardin d'une amie.

– Arrête de déc... ! je sais que nous voulons tous garder nos petits secrets, mais puisque tu es venu, dis-moi la vérité !

– Je vous dis la vérité, Federico ! Nous cherchions chez cette amie des... souvenirs de famille. Je suis stupidement tombé dans une oubliette moyenâgeuse et après avoir rampé dans une *cloaca*[1], j'ai mis au jour les restes d'une *domus* sous un parc et un palais Renaissance. La conservation des manuscrits a été assurée par un éboulement. Il formait une poche naturelle où l'air et les pluies ne pénétraient pas.

1. Système romain de tout-à-l'égout.

– Incroyable ! Superbe ! Admirable ! glousssa Cappeldoro.
– Je voulais savoir ce que vous pensiez de ce texte, insista Larry.
– Il n'y a pas à se poser de questions, mon petit. Il est de Pline le Jeune ! Mais tu l'avais deviné, j'espère ? fit sévèrement Cappeldoro.
– Bien sûr, j'ai reconnu son style et les noms de ses amis, répondit Larry, un peu vexé.
– Alors, que veux-tu de moi ?
– Savoir quand ceci a déjà été découvert.
– Déjà été découvert ? répéta Cappeldoro.
– Oui... Je dois vous avouer que j'ai été déçu. Je croyais avoir trouvé des documents originaux... Mais je connais cette histoire de Pline, je l'ai déjà lue quelque part, sans doute pendant mes études à l'Université.

Federico Cappeldoro ôta ses lorgnons. Il fit signe à son ancien élève de passer dans la pièce mitoyenne tout aussi encombrée que la première. Il tapa dans ses mains :
– Maria, ma fille... deux *asti spumanti* !

La solide servante qui avait ouvert à Larry passa une tête aussi blanche que celle du vieil archéologue.
– Ça va, criez pas comme ça !

Elle revint avec une bouteille de mousseux et deux verres d'une propreté douteuse. La poussière était maîtresse dans la maison. Après avoir débouché la bouteille, le savant trinqua avec Larry puis, tout en sirotant son verre, il s'assit dans un fauteuil défoncé et déclara :
– Mon cher enfant, je ne comprends pas un traître mot à ce que tu me racontes !
– Mais, Federico, ce texte a déjà été publié ! Si quelqu'un doit le savoir, c'est vous ! Et je voulais...

Le vieux savant coupa Larry :

– C'est moi qui ai quatre-vingts « piges » et c'est toi qui radotes ou quoi ? Tu viens de faire une des découvertes les plus importantes des cinquante dernières années et tu n'es pas content ! Mais te rends-tu compte que ce texte de Pline le Jeune est UNIQUE... Unique ! À part son panégyrique de Trajan en septembre 100, il composa des vers de onze pieds à la manière de Catulle et nous avons les textes de ses célèbres lettres avec Tacite, Martial, Juvénal, Cornutus et même Trajan, mais à part ça, peau de balle !... Tu t'amènes avec un trésor à faire verdir de dépit tous nos emmerdeurs de collègues ! Mais c'est tellement beau, mon petit, que si je ne souffrais pas de mon arthrose, je me mettrais à genoux ! Pline, cet homme exceptionnel, cet humaniste libérant ses esclaves à sa mort, nous livrant le fond de son âme et une histoire inconnue !

Cappeldoro reprit sa respiration avant d'ajouter :

– ... Tu as fait là une découverte grandiose, Larry. Je te félicite ! Traduis et publie ce texte et tu seras le plus grand archéologue contemporain ! Naturellement, pour l'instant, motus et bouche cousue ! Je ne dis rien à personne... C'est une forêt de brigands ici, on te volerait !

Et, sur cette dernière diatribe, Cappeldoro, malgré son « arthrose », se leva d'un bond. Tout en rangeant ses papyrus et ses tablettes, Larry, incrédule, se permit d'insister.

– Vous êtes certain que tout ceci n'a jamais été découvert par personne ?

– Tu doutes de moi, maintenant ?

C'était Cappeldoro qui avait l'air vraiment vexé.

– Non, mais... (Larry se frotta la nuque.) Il faut que je vous explique, professeur !

– Aïe ! Si tu m'appelles « professeur », c'est que cela va mal !

– Pardonnez-moi de douter, mais *je suis certain d'avoir déjà lu ce manuscrit* !

– Impossible, Larry ! Je suis formel, ce texte est inédit ! Écrit de la propre main de Pline ! Ses copistes ne sont pas passés par là !

– Mais je ne suis pas fou ! Je vous jure que je connais cette histoire !

– Tu as tout lu ?

– Pas encore, je n'ai pas eu le temps, mais je sais que...

– Fais-le ! Fais-le vite !

Visiblement pressé maintenant, Federico Cappeldoro poussait Larry vers la sortie. Il fallut encore enjamber les malles.

– ...Excuse-moi, Larry, mais je n'ai pas fini mes paquets. J'ai promis à Van Bruben de lui apporter des glyptiques du IVe millénaire et aussi une petite statue de Di-Outou que j'ai en ma possession, pour la comparer à celle de Lougal-Kisalsi qu'il vient de découvrir. Bien sûr, il faut que je trie tout cela. Au revoir, mon petit, et bravo pour ta découverte, elle fera du bruit ! Tiens-moi au courant... Je repasserai par ici dans un mois, avant de filer sur Carthage !

Le savant ouvrait la porte. Il serra son ancien élève dans ses bras.

– Je suis fier de toi !

– Professeur... je vous jure que je connais ce texte ! Je sais ce que Pline raconte !

Cappeldoro émit un gloussement.

– Alors, Larry, c'est que *tu l'as lu dans une autre vie* !

Et la porte claqua.

*

* *

Il était midi.

À peine rentré au palais déserté de ses habitants, Larry se plongea dans la lecture du deuxième rouleau de papyrus. Il s'y retrouvait totalement… comme s'il l'avait écrit lui-même, visualisant sous les mots des images…

10

Une nuit en Dalmatie

« … Le proconsul général, Fabius Questus, marchait de long en large. Sa tunique courte dégageait les bras et les cuisses musclés d'un soldat. Une cuirasse de poitrail et des chaussures à semelles épaisses, dont les lanières de cuir remontaient sur ses mollets, complétaient son vêtement… »

*
* *

En pleine force de l'âge, il portait d'un air martial le casque à cimier orné d'une aigle, signe de son haut rang. Pour se protéger de la fraîcheur des bois, il avait recouvert ses épaules d'une peau de lion d'Abyssinie. Un cri de bête blessée traversa la nuit.

– Jupiter, sauve-les ! murmura le soldat.

Dominant l'angoisse qui le tenaillait, il reprit sa route vers le campement installé au bord du fleuve.

… Naguère, l'empereur Vespasien avait commis l'erreur de ne pas renforcer l'armée du Danube. Son fils et successeur Titus non plus… Sur l'ordre récent de Domitien, qui avait à son tour succédé à Titus, les légions s'étaient transportées sur cette frontière impériale. Des camps avaient été plantés un peu partout.

Ici et là, les Daces, commandés par leur roi Duras, avaient pris l'initiative d'attaquer les cohortes. Mais les centuries n'avaient pas reculé. En formation de « tortue » (boucliers tenus sur les côtés de la colonne et au-dessus des têtes), les braves Romains avaient résisté aux terribles Daces, comme toujours armés de faux. Ils étaient repliés maintenant au-delà du Danube, dans les vastes plaines de Dalmatie[1] et de Pannonie[2]. Plus loin, à l'est, s'étendait le royaume de Dacie[3] dont personne ne connaissait exactement ni l'étendue ni la puissance. Le camp romain, commandé par le proconsul général Fabius Marcellus Questus, se trouvait à la frontière de l'Illyrie[4].

Un autre cri plus faible retentit, faisant s'envoler à tire-d'aile un oiseau nocturne. Le proconsul hâta le pas vers le camp romain. Un homme sortit de la plus haute tente. Celle qui portait à son sommet le fanion du consul général. C'était un esclave. Il courut se jeter aux pieds du soldat.

– Alors, où en est-on ? interrogea celui-ci d'un ton brusque.

– Seigneur, l'accouchement se passe mal !

La violence était héréditaire dans la noble famille Questus : d'un coup de pied, le proconsul Fabius envoya bouler son serviteur. Puis il pénétra sous la tente.

Son épouse Leponia gisait sur sa couche, ina-

1. Croatie (partie de la Yougoslavie actuelle).

2. Ancienne région de l'Europe centrale actuelle sur le moyen Danube.

3. Roumanie actuelle et une partie de la Hongrie.

4. Région balkanique comprenant aussi l'Istrie, la Carinthie, la Carniole. Aujourd'hui, l'Illyrie est partagée entre l'Italie, la Yougoslavie et l'Autriche.

nimée, exsangue. Le médecin mauritanien El Babour et deux sages-femmes s'affairaient à son chevet. Linges et tapis étaient maculés de sang.

Fabius Questus regretta d'avoir cédé à l'entêtement de la douce Leponia. Elle avait absolument voulu suivre son mari en campagne. Déjà grosse, elle avait réussi à arracher l'autorisation de l'empereur Domitien. Ce despote, qui haïssait pourtant la terre entière, semblait lui montrer une certaine affection.

– Alors ? répéta Fabius, maîtrisant son angoisse avec difficulté.

El Babour joignit ses mains tachées de sang.

– Seigneur... Nous faisons de notre mieux ! Je mets toute ma science à les sauver, mais ta noble épouse est de faible constitution. Elle est trop étroite ! Je crains que l'enfant ne soit déjà mort !

Brutalement, Fabius ordonna :

– Tirez-le de là ! Découpez l'enfant s'il le faut, mais occupez-vous de ranimer ma femme !

L'odeur du sang et du vinaigre était insupportable... Fabius Questus ressortit rapidement pour marcher dans le camp. Depuis que les Romains avaient été entraînés par la volonté de leur pire et génial ennemi, Hannibal, à se battre contre des forces plus considérables que n'en avait jamais connu aucune guerre, les légions, qui n'étaient alors que des milices nationales, avaient dû apprendre l'attaque, le mouvement, la contre-attaque décisive, l'ultime assaut...

Fabius Questus inspecta son camp retranché, dont il avait choisi l'emplacement sur un promontoire élevé. L'un de ses tribuns[1] avait fixé l'emplacement de la tente du général[2] (là où Leponia

1. Officier assistant le général en chef.
2. *Prætorium*.

était en train d'agoniser) en plantant un drapeau blanc sur le sol. Par rapport à ce point de repère, les légionnaires avaient, selon un plan immuable, tracé une voie perpendiculaire nord-sud (la *via Principalis*) et est-ouest (le *decumanus Maximus*).

L'orient était de bon augure. Tous les Romains le savaient. Fabius Questus évita donc la porte décimane, tournée vers l'ouest, qui était la voie maudite par excellence.

Le lendemain, un soldat déserteur emprunterait cette voie décimane pour marcher au supplice. Il avait été condamné à être assommé par ses camarades à coups de bâton et de pierres. Si, par miracle, le renégat ne mourait pas sur-le-champ, il serait jeté hors du camp et abandonné. Telle était la règle.

Fabius Questus s'approcha des palissades qui entouraient le camp. Les sentinelles en armes montaient la garde. Elles saluèrent leur chef, qui franchit le rempart pour respirer au clair de lune dans les bois. Fabius Questus savait la région sans danger. L'ennemi était replié beaucoup plus loin à l'est.

Tout en regardant le ruban miroitant du Danube, le proconsul repensa à sa vie... Toujours au service de Rome, il n'avait, au fond, désiré des dieux qu'une chose : un fils. Mais sa malheureuse épouse, Leponia, ne lui avait donné que des filles, toutes mortes en bas âge. Quelle cruelle destinée que celle de l'homme qui ne peut engendrer de mâle ! Fabius Questus soupira.

L'air de la nuit était frais, mais doux à sa peau durcie par les combats. Il aspira le vent parfumé des bois. Ces senteurs le purifièrent, lui rendant l'espoir. Le Mauritanien était un savant médecin. Peut-être avait-il réussi à mettre au monde son fils. La mère et l'enfant se portaient bien. Les haruspices ne l'avaient-ils pas promis à Fabius Questus avant le départ ?

Le consul voulait se convaincre que les oracles avaient dit vrai.

– Donne-moi mon fils, Jupiter ! Je te ferai bâtir une chapelle sur mon domaine ! Je te sacrifierai un énorme taureau. J'offrirai un veau à Junon et une agnelle blanche à Cérès !

Tout en marchant entre les arbres, Fabius Questus s'était éloigné du camp romain. Il décida de faire demi-tour, mais un bruit l'intrigua. Il croyait entendre des chuintements, des gémissements peut-être... Le général se dirigea vers une grotte d'où venaient ces murmures. Avec prudence, il se glissa dans l'excavation naturelle et s'arrêta, stupéfait...

À la lumière d'une lanterne posée sur le sol, Fabius Questus embrassa la scène d'un seul coup d'œil. L'un de ses esclaves, un Gaulois, vigoureux garçon au poil blond-roux, aux yeux bleus, sanglotait à genoux devant le corps d'une femme à demi dénudée. Celle-ci paraissait morte. Elle avait, entre ses jambes écartées, deux nouveau-nés, des jumeaux – de vrais petits mâles hurlant à qui mieux mieux. Leur cordon ombilical n'était même pas coupé.

Fabius Questus eut une sorte d'éblouissement. Il dut s'appuyer à la roche. Était-ce la réponse des dieux à son offre ? Il se déplaça avec précaution, mais, au bruit de son pas, le Gaulois se retourna... Reconnaissant immédiatement son seigneur et maître, il ne poussa même pas un gémissement d'effroi. Ce n'était qu'un homme désespéré, écrasé par sa douleur.

– Ce sont tes fils ? interrogea brutalement Fabius Questus.

– Oui, Seigneur.

– Comment t'appelles-tu ?

– Syphax, Seigneur !
– Tu appartiens depuis longtemps à ma maison ?
– Mon père était déjà l'esclave du tien, noble Maître...
– Il le prit dans la dernière révolte en Gaule ?
– Oui, Seigneur, en Lugdunesia[1].
– Qui est cette femme ?
– La mienne, Seigneur.
– Je ne la reconnais pas... Appartient-elle aussi à ma maison ?
– Oui, Seigneur... Tes troupes la firent prisonnière il y a cinq ans.
Fabius Questus fronça les sourcils. Il s'en souvenait vaguement. Disposant de huit cents esclaves dans ses diverses propriétés, dont une centaine le suivaient partout, il ne lui était pas facile de s'y retrouver...
– C'était une Dace ?
– Oui, Seigneur... Elle s'appelait Bula.
– Que faisait-elle ?
– Elle était assignée aux cuisines.
– Et toi ?
– Je m'occupe du bois, Seigneur !
– Pourquoi es-tu venu dans cette grotte, au lieu de la faire accoucher dans le quartier des esclaves ? Des femmes auraient pu l'aider !
Le Gaulois, calmé maintenant, baissa la tête sans répondre. Fabius Questus devina sans difficulté la réponse à sa question.
– Elle voulait s'enfuir et tu l'aidais à rejoindre les siens ?
Le Gaulois saisit les genoux de son maître.
– Tue-moi si tu le veux, Seigneur... Écorche-moi vif. Avec elle, j'ai tout perdu.
– Tu as tes fils... et ils vont mourir eux aussi si tu ne t'en occupes pas.

1. Le Lyonnais : centre de la Gaule.

... Très vigoureux, les nouveau-nés gigotaient et hurlaient à l'envi. Fabius Questus repoussa doucement le père, pour se pencher sur les jumeaux. Ils étaient gros et beaux. L'un d'eux, qui ouvrait la bouche sans cesse, avait déjà une dent. C'était là un bon présage... Fabius Questus réfléchit rapidement. Jupiter lui envoyait Romulus et Remus. Il se retourna vers le Gaulois.

– Tu allais t'enfuir et je pourrais te faire mettre à mort... Mais je te fais grâce... Prends tes enfants... Cache-les !

Fabius Questus ôta le manteau de lion qui couvrait ses épaules. Il le jeta au Gaulois pour qu'il y enveloppe ses fils. Puis il ajouta :

– Si tu sais te taire, tu seras récompensé.

Syphax obéit. Au moment de suivre son maître, les bras chargés de son précieux fardeau, il eut un dernier regard pour sa femme, Bula.

– Ne t'inquiète pas... Il n'y a plus rien à faire pour elle. Je vais envoyer deux légionnaires qui brûleront son corps !

– Oh non, Seigneur, pas ça ! Elle aurait voulu qu'on l'enterre !

– Elle était donc chrétienne ?

Syphax hocha la tête.

– Et toi ?

– Non, Seigneur, pas moi ! se hâta d'affirmer le Gaulois.

Fabius Questus lui jeta, pour la forme, un regard soupçonneux. Finalement, il haussa les épaules : après tout, que lui importait ! Ces chrétiens étaient tous des animaux stupides.

– Bon, on l'enterrera... Allons, viens !

Le consul rentra au camp suivi de Syphax portant son précieux chargement : les deux garçons dissimulés sous son manteau. Fabius se dirigea droit vers sa tente. Les deux sages-femmes et le médecin mauritanien s'affairaient toujours autour de la malheureuse Leponia : une tête d'enfant apparaissait entre ses jambes. Leponia, déjà inconsciente, ne respirait plus que faiblement.

Fabius Questus fit sortir les sages-femmes, ne garda auprès de lui que le médecin et l'esclave gaulois.

– Aah ! Je meurs ! gémit Leponia qui, en cet ultime effort, reprit connaissance...

El Babour l'aidait à détacher enfin de son corps martyrisé une fillette bleuie. L'enfant devait être morte asphyxiée : le cordon était enroulé autour de son cou... El Babour saisit l'enfant pour lui donner des tapes. Sans résultat, le nouveau-né ne criait pas.

– Seigneur, j'espère sauver ta femme mais... l'enfant est morte ! déclara enfin le Mauritanien navré.

– Tais-toi ! gronda Fabius.

Prenant le « paquet » des mains de Syphax, il ouvrit la peau de lion. Du geste rituel du *pater familias,* Fabius les éleva vers les cieux pour les consacrer. Puis il déposa les jumeaux entre les jambes de Leponia.

– Voici mes fils... Ils s'appelleront Maximus et Maxencius !

El Babour, stupéfait, resta sans voix en voyant les vigoureux nouveau-nés toujours aussi vifs et agités. Ils avaient faim.

– Mon époux... es-tu là ? gémit Leponia.

– Oui, ma bien-aimée, tu viens de me donner deux fils !

– Aah ! Des fils... Et ils sont... vivants ? balbutia Leponia.

– Oui, gloire à Cérès... Ils sont bien vivants ! assura Fabius.

De bonheur, Leponia s'évanouit une nouvelle fois, épuisée.

El Babour s'affairait déjà auprès d'elle, la tamponnant avec des compresses de vinaigre pour la ranimer… Fabius Questus attendit que sa femme reprît connaissance. Bientôt rassuré de ce côté-là, il prit le médecin et le Gaulois à part, dans un coin de la tente.

– Vous êtes tous deux dépositaires de mon secret… Si l'un de vous parle, je le fais immédiatement castrer, puis empaler…

Devant cette perspective, El Babour s'inclina :

– Seigneur, tu sais ma fidélité à ta noble maison… Permets-moi de me réjouir pour la naissance de *tes* deux fils !

Fabius, satisfait, se retourna vers Syphax.

– Et toi, Gaulois, qu'as-tu à dire ?

– Je ne suis que ton esclave, Seigneur ! Reconnaissant de tes bontés ! Si tu le permets, je serai aussi l'esclave de tes fils… Couchant au pied de leur berceau, je serai leur chien de garde. Nul mieux que moi ne saura les défendre.

Fabius Questus hocha la tête, rassuré. Il empaqueta lui-même le corps de sa fille morte et le tendit à Syphax.

– Va la faire brûler discrètement. Dépêche-toi ! ordonna-t-il.

Il poussa le Gaulois dehors et tapa dans ses mains.

– Venez… Venez tous féliciter Leponia !

Les deux sages-femmes, les esclaves, des serviteurs affranchis, et les légionnaires qui montaient la garde à l'entrée de la tente pénétrèrent sous la toile.

– Voici vos nouveaux maîtres, Maxime et Maxence Fabius Questus ! répéta le consul montrant avec fierté *ses* jumeaux…

Leponia, reprenant tout à fait ses esprits maintenant, recevait déjà les compliments de ses femmes.

– … Qu'ils sont beaux !
– … Tout le portrait du Maître !
– … Il faut offrir du vin à Faunus et à Palès, ces dieux éloigneront les loups de nos petits maîtres !

On glorifia également les augures, Vénus, Junon, les mânes, les faunes et les nymphes généreuses ! Pour aider les dieux, les femmes jetaient des poignées de fèves cuites autour des jumeaux, tout en faisant leur toilette. Fabius Questus fit partir un courrier sur le cheval le plus rapide, vers Rome, afin d'annoncer à l'empereur Domitien l'heureuse nouvelle. Pour associer ses légionnaires à sa joie, il donna l'ordre aux centurions de faire distribuer double ration de farine, de viande séchée, de lentilles et de vin aux épices.

La liesse régna dans le camp pendant trois jours.

… Après avoir disparu toute la première nuit, pour accomplir la sinistre mission dont l'avait chargé son maître, Syphax était revenu à l'aube prendre son poste de chien de garde auprès des nouveau-nés. Quel homme sera plus dévoué à mes fils ? Il sera doublement leur esclave. Il les défendra contre les chacals de Rome. Mais je l'aurai à l'œil ! À la moindre alerte, je lui fais couper la langue ! songeait Fabius Questus. À vrai dire il était aussi inquiet des réactions de l'esclave que des ordres cruels pouvant venir du Palatin[1].

*
* *

« … Car l'époque était dangereuse. Je peux l'écrire aujourd'hui. Domitien, frère et successeur de Titus, ne possédait pas les qualités de

1. Résidence de l'Empereur sur une des collines de Rome.

libéralité de son aîné appelé les “*Délices du genre humain*”. Le cadet était plutôt l’“*Immondice du genre bestial*”. Celui qui plaisait le matin pouvait périr le soir. L’Empereur avait beau réformer notre administration et relever les ruines des incendies des vingt dernières années, ceux de 817 et de 833[1], il n’en instaurait pas moins l’absolutisme. Il faisait régner une terreur semblable à celle de Néron, qui – plaise à Zeus – disparut quand j’avais huit ans. Ses folies me furent racontées par mon oncle Pline l’Ancien, qui, occupant sous Vespasien de hautes fonctions à la cour, en frissonnait encore. »

1. 64 et 80 de notre ère chrétienne. La datation romaine partait de la fondation de Rome, soit 753 avant Jésus-Christ.

11

Le troisième rouleau de papyrus : des enfants mal élevés

« … Pythagore avait écrit, au fronton de son école : "*Homme, connais-toi toi-même.*" Cela est sans doute la plus grande pensée sur l'humanité. Qui d'entre nous se connaît ? Qui d'entre nous sait de quoi il est capable ? Qui d'entre nous sait d'où il vient et où il va ?… J'étais jeune encore, chevauchant vers le Danube, bien content de m'être éloigné de Rome. Malgré "l'amitié du tyran", je me trouvais toujours respirant mieux loin de lui… J'arrivai en petit équipage au camp de mon ami le proconsul Fabius Questus. C'était le solstice d'été, nous avions bien galopé depuis l'aube[1] et il pouvait être midi[2], lorsque je mis pied à terre…

Je saluai Leponia et la félicitai pour la double naissance de ses fils. Fabius me présenta ensuite ses jumeaux qui étaient nés au début de l'hiver, avec la fierté d'un père comblé par les dieux…

Je ne prêtai aucune attention à l'esclave accroupi dans un coin de leur maison de bois. Je congratulai Fabius avec sincérité. Je n'avais pas d'enfants et j'avais curieusement la sensation

1. *Hora Prima* (4 h 27 à 5 h 42).
2. *Hora Septima* (midi à 1 h 15).

que je n'en aurais jamais. Du reste, pourquoi faire naître des enfants dans un monde pareil !

Penchés sur le berceau des nourrissons, Fabius et moi les regardions avec attendrissement. Appuyant soudain un bras fraternel sur mon épaule, Fabius Questus soupira :

– Caius Plinius, mon cher, mon loyal ami, si je disparaissais, peux-tu me jurer que tu aiderais Leponia et que tu servirais de père à mes fils ?

Fabius Questus ne m'avait pas habitué à un tel pessimisme. Je relevai la tête et fus surpris de lui trouver triste mine. Il avait les traits tirés d'un homme tenaillé par l'angoisse.

– Cher Fabius, protestai-je, tes fils ont un père glorieux et son sang vigoureux coule dans leurs veines ! À Jupiter ne plaise que je n'aie jamais à m'occuper de l'éducation des jumeaux ! Mais si cela peut te rassurer, je te jure sur les auspices que Maxime et Maxence seront comme mes propres enfants si par malchance il t'arrivait malheur !

Ces mots semblèrent calmer Fabius :

– Viens, ami Pline, viens boire le vin au miel dont tu raffoles toujours, j'espère ?

J'allais lui répondre que telle était en effet restée ma faiblesse, lorsque les jumeaux se mirent à crier avec un ensemble parfait.

L'esclave qui les gardait se redressa. Les femmes, qui s'étaient discrètement éloignées à notre arrivée, se précipitèrent. C'était l'heure de la tétée : voilà pourquoi ils braillaient à qui mieux mieux. Déjà très éveillés, ils me regardaient, me sembla-t-il, avec curiosité, comme s'ils s'interrogeaient sur ce visage inconnu. Je ne connais rien aux petits enfants, mais ceux-là paraissaient très malins. Ils étaient la copie conforme l'un de l'autre, leur ressemblance était étonnante; à ceci près que l'un des enfants était doté d'yeux bruns pailletés d'or, tandis que son frère possédait des yeux vairons : une pupille noire et l'autre du plus pur bleu turquoise.

– Comme c'est curieux, Fabius, tu sais qu'une pupille noire et l'autre bleue, c'est signe de gloire.

Je croyais lui faire plaisir. Il se contenta de marmonner :

– Oui, nous nous en sommes aperçus il y a peu de temps ! C'est certainement un présage des dieux... Cela nous sert à les reconnaître : Maxime a les yeux bruns, Maxence un œil bleu et l'autre noir !

Est-ce parce que je suis écrivain, plus attentif que les autres à la voix humaine ? Toujours est-il que je sentis comme une imperceptible fêlure dans celle de mon ami. Il me prit le bras pour m'entraîner prendre le déjeuner dans la maison mitoyenne qu'il s'était fait construire pendant l'hiver.

Au passage, l'esclave nous salua. Un Gaulois blond aux yeux bleus... Pourquoi "vis"-je en un éclair la couleur turquoise de ses pupilles, analogue à l'œil du petit Maxence ? Je le vis mais je mentirais si j'affirmais que j'en tirai une conclusion. Sur l'instant, je n'en pensai rien.

Une fois pris notre frugal repas de viande froide et de fruits, nous fîmes la sieste. Allongés sur nos lits de repos, nous dûmes dormir jusqu'au milieu de l'après-midi[1].

La vie dans le camp s'était bien adoucie. Les Daces étaient rentrés chez eux et le seul ordre venant de Rome était de garder la frontière contre leur éventuel retour. Du coup, Fabius Questus avait rendu son camp et sa "demeure" très confortables.

1. *Hora nova,* 3 h 46 (l'heure romaine : 75 minutes en été, 44 minutes en hiver).

Nous jouâmes à la balle, avec quelques tribuns, puis nous prîmes un bain. Fabius, utilisant l'eau du Danube, avait fait construire un semblant d'aqueduc. Nous nous déshabillâmes dans des baraquements très bien agencés. Après l'étuve et le bain chaud, nous nous étrillâmes tout en échangeant des propos anodins.

... Fabius Questus ne cessait d'admirer en moi le fait que j'avais été un brillant élève. Quant à lui, il préférait la chasse à l'étude. Il se souvenait que j'avais, à l'âge de quinze ans, écrit une tragédie grecque ! Cela me faisait rire, car la difficulté pour moi n'est pas d'écrire, mais de vivre !... J'étais un brillant avocat, mais l'Empereur, décidant pour moi, m'avait nommé tribun militaire. Je revenais à peine de Syrie et n'avais fait un crochet à Rome que pour repartir en inspection en Dalmatie.

Comme nous étions courageux, nous nous plongeâmes, Fabius et moi, dans le bassin tiède, puis dans le froid. On se serait crus dans les meilleurs thermes de Rome. Nous cessâmes de philosopher pour livrer nos muscles aux mains enduites d'huile des masseurs nubiens. Ragaillardis par tous ces soins, séchés avec des étoffes de lin par les esclaves, nous étions prêts, pomponnés, frais et sentant bon, pour le dîner.

On dit que le Romain est glouton, mais Fabius et moi étions sobres. Je n'aimais pas les orgies pantagruéliques, ni les vomissements des invités du Palatin. Je cherchais toujours à éviter ces tristes festivités... Leponia étant fatiguée, nous n'étions que deux sur le *triclinium.* J'appréciai les tétines de truie sauvage, le filet de chevreuil et la hure de sanglier qui m'étaient offerts et, pour finir, une crème de farine et des biscuits de figue.

Pendant tout le repas, j'eus la sensation que

Fabius Questus voulait me dire quelque chose. Nous parlions à voix basse des sénateurs, nos amis, que Domitien faisait mettre à mort. J'en conclus qu'il était inquiet pour son retour à Rome qui ne saurait plus tarder. Je le rassurai : tant que je serais bien en cour, il bénéficierait de mon total appui.

Le lendemain matin, dès la première heure, je quittai le camp de Fabius Questus pour gagner une autre région, sans saluer Leponia, qui se reposait, et sans avoir revu Maxime et Maxence... »

*

* *

« ... Il se passa plus de deux ans ! Je voyageais beaucoup, pour mon bonheur, loin de l'empereur Domitien... C'est sans aucun doute pourquoi j'ai la chance d'être encore en vie. J'allai en Thessalie, en Épire, en Arcadie, en Béotie et en Attique, sur les traces de mes héros grecs. C'étaient eux les dieux.

Que sont donc nos forums à côté de l'Acropole d'Athènes ? Que la Grèce de Périclès a donc été noble au cœur de l'homme ! Je trouvais la paix de l'âme en recherchant les grands esprits de Platon, de Socrate, d'Aristote, de Thalès, de Pythagore, de Démocrite d'Abdère... Après ces maîtres, je me posai les questions : "Qu'est-ce que l'univers ?" "Qu'est-ce que l'homme, qui se révèle le seul être capable de se poser des questions sur la vie et sur lui-même ?"

... Monde fluctuant de l'expérience humaine, et monde éternel, immuable des idées... À Rome, je ne crois en rien ! En Grèce, je croyais à tout !

Nous Romains, nous nous trouvons évolués,

grâce à nos connaissances. En découvrant en Ionie la théorie de Démocrite écrite il y a quatre cents ans, je me suis senti rien ! Combien il avait raison, ce génie ! Existe-t-il des espaces vides et des atomes[1], qui composent le monde selon des agrégats actionnés par leurs lois propres ? Hypothèse bouleversante de la pensée grecque, qui nous a précédés : l'être est-il formé d'une infinité de particules ? Son corps terrestre, en mourant, se recomposerait-il ailleurs ?

La connaissance que l'on peut acquérir à l'aide de nos sens n'est qu'illusoire; la seule certitude vient de l'analyse intellectuelle. Le monde entier, y compris l'être humain, serait donc fait d'atomes qui n'ont pas été créés et ne se corrompent pas, mais dont seule change la combinaison.

Je me posais donc toutes ces questions sur la vie et la mort, devant la mer Égée, lorsqu'un courrier me rattrapa : j'étais nommé questeur[2], attaché auprès de la personne de l'Empereur.

Désespéré de quitter Homère pour retrouver Domitien, je rentrai à Rome.

… Je ne m'étendrai pas sur cette période. Ce fut la plus noire de ma vie. Je me dégoûtais de rester auprès d'un être aussi ignoble que l'*Imperator* ! Il ne connaissait le bonheur qu'en faisant régner la terreur. L'opposition sénatoriale devenait de plus en plus forte. Montant tous les jours sur le Palatin au palais Flavien que l'Empereur se faisait construire, je m'y étais fait des amis. À commencer par le plus important : Domitien lui-même ! Je ne saurai jamais ce que ce serpent appréciait en moi ! Peut-être le fait que par une grâce de l'Olympe je n'avais pas peur.

Vespasien, père de Domitien, avait voulu que

1. *Atomos* : qu'on ne peut divisier.
2. Magistrat chargé surtout de fonctions financières.

Rome fût la plus belle ville du monde. “Déesse des continents et des nations, ô Rome que rien n’égale et dont rien n’approche...”, avait écrit mon ami Martial. Il est vrai que, sous le règne de Vespasien, on avait bâti à tour de bras. La ville était devenue colossale, tentaculaire. Elle stupéfiait étrangers et provinciaux. L’inauguration, sous Titus, du plus beau bâtiment, dont je hais l’usage, le Colisée, fut publique. J’y étais !

Mon oncle venait de mourir l’année précédente[1]. J’avais le cœur lourd et sur l’ordre de l’Empereur je devais assister à toutes sortes de spectacles répugnants : chasses, combats d’hommes et d’animaux, batailles navales, duels de gladiateurs ! Cela dura cent jours ! Moi, dès le troisième jour, je demandai à Titus la permission de me retirer. Moqueur et gentil, il m’envoya en Syrie inspecter les troupes.

Domitien, après son frère Titus, ne pensait qu’à une chose : doter Rome d’une résidence impériale digne du pouvoir de droit divin qu’il comptait créer.

C’est en Syrie que j’avais connu Apollodore de Damas, mon sublime ami. Et je le retrouvai à Rome construisant des terrasses et des bassins indignes de son talent d’architecte. Ce qu’il fallait à son génie, c’était une œuvre grandiose, impossible à réaliser sous un tel règne.

Lorsque nous nous retrouvâmes, Apollodore de Damas et moi, c’était la fin de la journée. Je lui proposai de m’accompagner chez mon ami Fabius Questus que je n’avais pas revu depuis mon retour au pays. Comme toujours à Rome avant le coucher de soleil, régnait une animation intense, accompagnée du vacarme infernal des

1. Pline l’Ancien est mort le 24 août 79 de notre ère; le Colisée a été inauguré en 80.

travaux et d'une bousculade échevelée. Le Romain crie fort, et conduit vite ses attelages quand il en a le droit. J'étais un privilégié. À cause des encombrements, chariots, bêtes de somme et chars tirés à toute vitesse avaient été interdits au cœur de l'*Urbs.* Rome était devenue gigantesque : n'y étions-nous pas 1 200 000 habitants, y compris les environs immédiats de la capitale ?

Dans ma litière portée par mes esclaves, Apollodore et moi devisions agréablement.

... Fabius possédait, entre autres domaines, une agréable *domus,* entre le Tibre et le nouveau stade que Domitien achevait de se faire construire[1]. C'était un quartier agréable, aéré, avec beaucoup de parcs et de jardins, descendant vers le fleuve. Je possédais moi-même un terrain avec une demeure derrière le Panthéon. Je les montrai, au passage, à Apollodore. Il fit la moue.

– Ta *domus,* mon cher Caius Plinius, est indigne de toi... Si tu me laisses faire, je te bâtirai le plus beau des palais... à faire pâlir de jalousie l'Empereur lui-même.

– Pas trop, Apollodore, je tiens à ma tête ! Domitien est cupide et envieux. Il me ferait tuer pour me voler ta maison. Mais je serai honoré que le plus grand architecte de l'Orient et de l'Occident s'intéresse à ma demeure !

Sur ces mots nous arrivâmes chez Fabius Questus.

Les esclaves nous aidèrent à descendre de notre litière et nous pénétrâmes dans l'*atrium.* Mon ami Fabius était absent. Mais sa femme Leponia était là, sous sa haute coiffure en cône, posant pour un sculpteur qui s'escrimait à représenter son buste.

1. *Stadium Domitienus* qui devint plus tard la piazza Navona.

Comme toujours faible, fragile, apeurée, elle nous reçut aimablement en renvoyant le sculpteur par un languissant :

– À demain… je suis fatiguée.

Puis elle tapa dans ses mains pour demander des rafraîchissements, appelant d'une voix mourante ses femmes hispaniques affranchies et ses esclaves mauritaniennes pour nous présenter ses fils.

Deux petits bonshommes fiers et solides dans leurs tuniques blanches, découvrant leurs jambes musclées, apparurent devant nous. Je l'ai déjà dit : je ne savais rien des enfants, mais après un calcul rapide, je jugeai que les jumeaux devaient approcher maintenant l'âge de quatre ans.

Ils s'exprimaient fort bien, donnaient des ordres à leurs esclaves, leur distribuaient coups de pied et coups de bâton, manifestaient toutes les exigences, répondaient à leur mère, tarabustaient bêtes et gens, tiraient nos toges – bref ils étaient parfaitement insupportables !

La malheureuse Leponia semblait en adoration devant ces tyranneaux. Elle souriait, indulgente, à toutes leurs bêtises. Je remarquai le Gaulois que j'avais aperçu au camp de Dalmatie. Il suivait les enfants pas à pas. Chargé de leur garde, il ne les quittait pas de son regard bleu. Il n'en prenait pas moins, lui aussi, force claques et pincements. Je plaignis ce malheureux hère, dévoué au service de ces lionceaux.

Ils avaient toujours même taille, mêmes visages de jeunes dieux mâtinés de démons, même regard arrogant, mis à part celui qui me "toisait" de ses yeux vairons, une pupille brune, l'autre bleu glacé.

– Voyons, lequel de vous est Maxime et lequel Maxence ? eus-je la stupidité de demander.

– Moi, je suis Maxence ! Tu ne me reconnais pas ? Voici mon frère Maxime !

C'était Maxence qui avait les yeux vairons.

Sur ces entrefaites, Fabius Questus rentra. Il était en pleine forme, bien en cour auprès du tyran. Je lui présentai Apollodore. Nous tentâmes de deviser au milieu des cris des enfants.

... Je croyais que Fabius saurait, mieux que sa femme Leponia, faire respecter l'autorité des parents. Las ! C'était pis encore ! Fabius Questus idolâtrait ses rejetons. Il les gâtait honteusement, leur passait tous leurs caprices. Il leur offrait ses esclaves pour jouer. Il châtiait de coups de fouet ces malheureux, au moindre signe de mécontentement de ces charmants bambins. Le Gaulois était toujours le premier visé.

En moi-même, je regrettai ces tristes manières car un esclave n'est-il pas, après tout, un homme comme un autre ? Bien sûr, mon cousin Paternus achète les miens comme n'importe quel autre produit au marché. Mais, ensuite, j'essaie de veiller sur leur santé, et je tente de me prêter à leurs légitimes désirs. J'ai banni le fouet. Je ne sépare jamais un couple de ses enfants, et le soir, à la campagne, je prends un grand plaisir à converser avec certains esclaves qui sont plus instruits que nombre d'imbéciles affranchis qui demeurent sur le Palatin autour du palais impérial. Je possède cinq cents esclaves. C'est beaucoup trop pour un homme seul. Au risque de scandaliser, j'en affranchirai bon nombre, je l'espère, au cours de ma vie[1].

... Apollodore, bien que patient, commençait à avoir assez des cris et des bousculades des jumeaux. En père inconscient, Fabius Questus nous fit admirer la volière pleine de merles, de

1. Pline affranchira cent esclaves d'un coup.

rossignols, de perroquets qu'il avait fait construire pour ses fils. Il leur avait également acheté des chiens de toutes races et des poneys gaulois que ces petits sauvages montaient déjà fort bien... À coup sûr, il devait dépenser des milliers de sesterces pour satisfaire le moindre caprice des bambins.

Fabius Questus, c'était évident, ne donnait à ses fils que des habitudes d'orgueil, de luxe, de caprices. Il ne leur imposait aucun principe vis-à-vis de leurs semblables. Avec sa femme, Leponia, ils regardaient tout attendris leurs jumeaux, qui se servaient à pleines mains de dattes fourrées, dans les aiguières. Ils nous bombardaient de pistaches, couraient comme des possédés, renversaient bêtes et gens. Ils mordaient même leurs chiens ! Le comble fut atteint lorsque, pour "jouer", les deux démons poussèrent dans le bassin de l'*atrium* une petite esclave de leur âge que Fabius avait dû leur offrir en "joujou"... Allongés sur les mosaïques, Maxime et Maxence trouvaient très drôle de lui maintenir la tête sous l'eau.

... Fabius et Leponia ne bougeaient pas. Apollodore, l'esclave gaulois et moi-même nous précipitâmes pour bousculer les jumeaux et sortir l'enfant qui se noyait. C'était une petite fille maigrelette, aux longues nattes brunes, aux immenses yeux noirs. Je la tendis au Gaulois.

– Occupe-t'en, elle a surtout eu très peur !

– Non, Seigneur, je n'ai pas eu peur... Maxime et Maxence voulaient juste jouer ! hoqueta la petite fille.

– Comment t'appelles-tu, enfant ?

– Lutèce, Seigneur !

– Lutèce ? m'étonnai-je.

– Oh ! Elle est la fille d'une Gauloise morte, fit Leponia avec un dédain qui montrait bien son aversion pour sa petite esclave.

– Nous l'avons gardée par charité, car ce n'est qu'une fille, n'est-ce pas ! surenchérit Fabius. (Il se retourna vers le Gaulois.) Fais ce qu'on te dit, Syphax ! Occupe-toi de cette idiote qui ne sait que faire des histoires devant nos amis... Je suis trop bon ! Disparais avant que je ne lui fasse donner les verges !

– Bien, Seigneur !

Le Gaulois s'inclina, emmenant vivement la fillette.

– Venez ici, mes mignons ! dit Fabius à ses jumeaux.

Apollodore et moi restions suffoqués. Les "mignons" avaient failli noyer un être humain. C'était à eux que j'aurais volontiers caressé le postérieur de baguettes. Au risque de déplaire à mes hôtes, je ne pus m'empêcher de lancer aux jumeaux :

– Je connais la légende du roi Billius, qui garda sa couronne de perles, car il ne voulait pas opprimer celui qui n'a que la couronne de cendres...

Je m'étais rassis. Les jumeaux me regardaient droit dans les yeux. Maxime de son regard brun, Maxence, l'œil turquoise à demi fermé.

– Ta légende est idiote ! me lancèrent ces charmants enfants.

– Peut-être, rétorquai-je sans me démonter, mais il est beaucoup plus stupide d'user de sa force contre celui qui ne peut répondre. Il est par contre intelligent de garder sa puissance pour prévoir et lutter contre le danger !

Soudain, je les intéressais.

– Qu'appelles-tu le danger ? interrogea Maxence.

– Par exemple... un cheval emballé !

À ma réponse, Maxime fit la moue.

– Mais nos poneys sont très doux !

– Parce que Syphax, votre Gaulois, les dresse pour vous ! S'il n'était pas là, vos chevaux vous désarçonneraient.

Devant les parents étonnés, nous “parlâmes” ainsi, les enfants et moi, un bon moment. Ils s'étaient d'abord assis à mes pieds. Peu à peu, ils montèrent sur mes genoux. Ils étaient intelligents et charmeurs – quand ils le décidaient. Devenus soudain sages comme des images, ils me proposèrent une partie d'osselets. Lorsque je pris congé, ils me supplièrent de revenir.

Fabius Questus et Leponia n'en revenaient pas.

Comme je remontais en litière avec Apollodore, je conseillai à Fabius d'engager un précepteur pour ses fils.

– Tu en connais un bon, Caius Plinius ?

– Bien sûr... Je t'enverrai un grammairien de Pergame, Hérode Atticus. Il a une méthode exceptionnelle... Il fait défiler devant les enfants d'immenses panneaux de bois peints de couleurs différentes, avec les lettres de l'alphabet...

– Ah ! Bah ! Et cela donne des résultats ? s'étonna Fabius.

– Excellents ! Très vite, tes fils recopieront ces lettres sur leurs tablettes de cire avec des roseaux taillés que je leur enverrai. Ensuite, Hérode leur apprendra la littérature grecque et latine, l'histoire, la géographie, la musique et la mythologie, et les mathématiques...

Fabius Questus, comme beaucoup de patriciens, ayant négligé ses études, était ébloui par l'avenir de ses fils. Ce fut ainsi que, un peu grâce à moi, Maxime et Maxence lancèrent une partie de leur énergie débordante dans les études. Nous prîmes congé :

– Je te salue, Caius Plinius.

– Conserve-toi en bonne santé, Fabius Marcellus. »

*
* *

– Alors, que t'a-t-il dit ?

– ...

– Il y avait des embouteillages et je suis tombée en panne d'essence... Mon chéri, tu m'entends ?... Que t'a dit ton vieux professeur ?

Larry Loveberry releva la tête, stupéfait. Il montrait le visage d'un homme que l'on a dérangé pendant la projection d'un film passionnant.

– Je... Excuse-moi... bredouilla-t-il.

Il avait du mal à revenir dans ce monde.

– Tu avais remonté le temps avec ce cher vieux Pline ?

Pia déposa un baiser, léger comme une plume, dans le cou de Larry.

– Tu n'as pas mangé ? s'inquiéta-t-elle.

– Non, mais...

– Je vais te faire une omelette.

– Franchement, je n'ai pas faim...

Larry se leva pour faire quelques pas. Il s'étira puis revint s'asseoir devant ses tablettes et ses rouleaux. Au passage, il avait saisi la main de Pia.

– Quelle heure est-il ?

– Quinze heures ! Je suis rentrée tôt pour savoir !

– Quoi ?

– Mais, Larry, ce que t'a dit Federico... Capel... chose.

Larry secoua la tête. Il se massa la nuque.

– Les jumeaux rentrent à six heures ? interrogea-t-il.

– Oui, je le suppose... S'ils ne rencontrent pas de copains pour jouer au baby-foot ! C'est leur dernière lubie !

– Alors, nous avons le temps. Assieds-toi... et écoute !

Larry relut plus calmement tout le texte pour Pia. Il ne s'arrêta qu'à l'endroit où elle l'avait interrompu.

... Ils se turent un moment, écoutant le balancier d'une horloge Renaissance. Soudain Pia, troublée, murmura :

– ... Comme c'est étrange, Larry ! C'est peut-être parce que tu lis le texte, mais je trouve que souvent Pline s'exprime comme toi... et puis ces jumeaux qui ressemblent à mes fils... Maxime et Maxence... Lorenzo et Cosimo... les yeux vairons de Maxence comme ceux de Cosimo... Que penses-tu de tout cela, Larry ?

– Rien... Je veux ne rien penser.

Il se redressa, courbatu.

– Il faut pourtant que je te dise, Pia... Ce n'est pas tout, Federico m'a affirmé que ce manuscrit de Pline était *inconnu,* or moi, je le connais !

– Tu en es sûr ?

– Certain... Tu veux que je te dise ce qui va arriver ?

– Oui ! Non ! J'aimerais le découvrir peu à peu !

– Bon, alors je t'écris dans une enveloppe cachetée le résumé des prochains rouleaux ! Ça te convient ?

– ... Tu peux tricher, en avoir déjà pris connaissance !

Larry eut un geste de reproche.

– Pia, comment peux-tu penser cela ?

Elle sourit et vint lui passer les bras autour du cou.

– C'est idiot, je voulais plaisanter... Mais je n'y comprends plus rien.

Larry déposa un baiser sur ses lèvres. Il l'attira

devant la terrasse pour regarder les toits de Rome.

– ... Il n'y a que deux solutions, mon amour... Ou bien Federico Cappeldoro se trompe, ce qui est après tout possible vu son grand âge et, en ce cas, il n'y a plus de mystère... ou bien...

Larry hésita.

– Ou bien ? continua Pia en le regardant avec insistance.

Il passait les doigts depuis son front jusqu'à ses yeux.

– Non... c'est tellement fou et peu scientifique que je me refuse à émettre une telle stupidité !

Il s'assit à sa table, écrivit rapidement quelques lignes, les mit dans une enveloppe qu'il cacheta.

– Voilà ce qu'il va advenir, tel que Pline le raconte, du moins autant que je m'en souvienne... Garde ça précieusement. Tu l'ouvriras quand nous aurons lu la suite. Ce sera notre preuve. Moi, je vais aller demain à l'université de Zurich, consulter Westermann; c'est un des maîtres de l'archéologie romaine.

... La soirée fut calme. Lorenzo et Cosimo ne parlèrent que de football. C'était reposant. Altmayer fit une apparition avec Raimondo et la Lorquetta. Mazzini et la Zorra ne se montrèrent point. Personne n'eut le front d'évoquer le « trésor ».

Altmayer, calme pour une fois, s'exprima avec dignité. Tout en sirotant, le poète évoqua un cas de transmigration de l'âme... un cas dont il avait été témoin en Inde, lorsqu'il avait vécu dans un couvent tibétain.

– ... La jeune fille dont je vous parle, une beauté nommée Alya, fille du maharaja de San Burdabu, fut tuée par un tigre... Eh bien, cinq ans plus tard, elle revint en garçon dans une humble famille, donnant toutes les preuves de son souvenir, et portant sur son front le même grain de beauté ayant la forme d'une étoile... Le maharaja convaincu en fit son vizir ! Moi-même, j'ai été grand prêtre en Égypte... Je m'en souviens... J'officiais dans les pyramides et...

C'était là le genre de verbiage qui exaspérait Larry. Il prétexta le voyage éclair, le lendemain, pour prendre congé tôt de ses amis. Les jumeaux toujours bien stylés vinrent lui souhaiter bonne nuit.

Pia vint le rejoindre assez tard. Sans parler, ils s'endormirent vite dans les bras l'un de l'autre. Son précieux chargement dans son sac, Larry prit l'avion de 8 h 30. À dix heures, il était à Zurich. À onze heures, dans le bureau de Conrad Westermann. Il passa la journée avec son collègue et reprit le vol pour Rome en fin de journée. Il avait téléphoné à Pia. Au volant de sa petite Fiat, elle l'attendait devant l'aéroport.

– Alors ? fit Pia.

– Veux-tu venir dîner à Ostie ? répondit-il.

Des mouettes volaient dans le ciel.

Attablés à une terrasse du Lido d'Ostia, en bord de mer, ils commandèrent des calmars et du chianti. La station balnéaire, avec ses immeubles, ses villas blanches, ses restaurants, ses boutiques, sa longue plage, n'avait au point de vue architectural rien de très remarquable... À ceci près pour Larry que, selon la tradition, fuyant Troie en flammes, c'était ici qu'Énée aurait pour la première fois mis pied sur le sol du Latium.

Des Vespa passaient, pétaradant. Loin de Virgile et de *l'Énéide*, Larry alluma une cigarette. Il prit la main de Pia, joua un instant avec ses doigts. Il la regarda assise en face de lui...

– Tu es si belle...

Elle sourit, agitant ses cheveux.

– Ce n'est pas triste.

– Non, ce n'est pas triste, répéta-t-il comme s'il était ailleurs.

Il fit une boulette de pain, la malaxa et, d'une chiquenaude, l'envoya bouler sur le sable. Soudain, il se décida à parler :

– Westermann est formel... Le manuscrit est inédit.

– Tu veux dire que...

– Personne au monde ne connaît ces textes de Pline. Nous avons bien découvert un trésor unique !

Pia arrondit les yeux.

– Mais alors, toi, pourquoi le connais-tu ?

– Ah ! Ça ! C'est une autre histoire !

Et Larry fit un geste d'impuissance du bras.

12

Le vin de Falerne

« … Maxime et Maxence ne grandissaient pas en sagesse, mais en intelligence, en force et en séduction… Ils semblaient doués pour tout. Ils apprenaient vite, que ce fussent les lettres ou les armes, ou l'équitation. Rien ne leur résistait, même pas moi… Je venais les voir souvent et les invitais à passer la journée dans ma nouvelle *domus* construite par Apollodore.

L'esclave Syphax les suivait toujours. L'homme n'était pas muet, pourtant je ne l'entendis jamais répondre à ses jeunes maîtres. Leur compagne de jeux, Lutèce, les accompagnait parfois. Douce, effacée, elle se montrait béate devant eux. Je les regardais tous, sans deviner ce qui pouvait lier ces êtres.

Maintenant, je le sais, j'étais à l'écoute du moindre indice. Je m'attachais trop aux jumeaux. Je le savais aussi. Ma chère tranquillité et mon bel égoïsme étaient en danger. Maxime et Maxence venaient d'avoir dix ans.

Un drame nous frappa tous. La guerre avait repris en Dacie. Ce pays possédait un nouveau chef plus énergique que celui qui l'avait précédé, Duras. Ce dernier, trop vieux, s'était démis de la couronne en faveur de Décébale. Ce jeune roi des Daces, un vrai guerrier, avait décidé d'introduire la discipline romaine dans son armée. Il avait enrôlé des soldats habiles mercenaires. Il avait même recruté des déserteurs romains.

Domitien, exaspéré par cette nouvelle rébellion, avait envoyé ses meilleurs capitaines, Cornelius Palma, Lusius le More, Publius Celsus et, bien sûr, le père des jumeaux, Fabius Questus. Tous ces grands soldats étaient nos amis. Tacite, Martial, Juvénal et moi étions restés à Rome. Mais nous parlions souvent de cette campagne sur le Danube et attendions les nouvelles avec inquiétude. Fabius envoyait régulièrement des messagers à Leponia. Ses fils, écrivait-il, lui manquaient. Il attendait avec impatience l'époque où ils seraient assez grands pour se battre à ses côtés.

Pendant un certain temps, à Rome, la guerre nous apporta la paix : l'empereur Domitien, en effet, s'était rendu en personne sur le front des troupes. Quel soulagement ! La gaieté régnait dans les rues et on pouvait monter au Palatin sans trembler sous sa toge. Puis de mauvaises nouvelles arrivèrent du Danube...

Le général Oppius Sabinus s'était trop avancé en Mésie[1]. Il avait payé cher son imprudence. Il avait péri sur le champ de bataille, fauché par les terribles Daces, comme nombre de ses soldats. Domitien, du coup, avait envoyé au-delà du Danube le commandant de sa garde, Cornelius Fuscus. Mais le malheureux avait payé cher cette manœuvre imprudente... Lui aussi était resté avec ses hommes sur le terrain.

Qui étaient-ils donc, ces Daces invincibles qui semaient la terreur dans les rangs des Romains ?

Enfin, Fabius Questus rassembla ce qu'il subsistait de troupes, franchit de nouveau le Danube

1. Une partie de la Bulgarie actuelle.

et vainquit l'ennemi dans une bataille terrible près de Tapae. Fabius Questus devint un héros national... Et Rome s'apprêtait à le recevoir en triomphe, avec ses prisonniers enchaînés à son char.

Maxime et Maxence attendaient leur père impatiemment... Las ! pendant que notre ami se couvrait de gloire, Domitien avait déclaré la guerre aux Jazyges et aux Marcomans du pays des Boïens[1]. Il leur reprochait, dans sa folie, de ne pas avoir envoyé de troupes pour l'aider contre les Daces. L'Empereur alla jusqu'à mettre à mort les messagers de paix que ces populations lui avaient envoyés pour se disculper. Il y eut donc une nouvelle bataille, que Domitien commandait lui-même... Les Marcomans et les Jazyges taillèrent en pièces nos légions. Domitien dut s'enfuir honteusement, et conclure la paix avec le roi des Daces, Décébale.

... Pendant ce temps, le seul vainqueur, Fabius Questus, rentrait vers Rome, avec ses trois mille prisonniers. Il allait atteindre les portes de la ville, lorsqu'un messager de Domitien le rattrapa. Il devait revenir en arrière, pour attendre l'Empereur.

Fabius Questus savait que désobéir et entrer dans Rome ne le sauverait pas. Bien au contraire, il se condamnait ainsi que sa famille. Il m'écrivit, me confiant ses fils. Il griffonna quelques lignes à sa femme et à ses enfants. Puis, stoïquement, il revint en arrière.

En recevant sa tablette, je compris entre les lignes le drame qui se déroulait. Je fis seller mon cheval et, suivi de mon fidèle esclave numide[2] Carcos, je quittai la ville... Tandis que

1. L'actuelle Bohême.
2. De Numidie, ancienne contrée de l'Afrique du Nord.

nous galopions sur les pavés de la *via Prenestina*, je tentai de trouver une tactique pour sauver Fabius, sans toutefois me mettre en danger… Je regrettais déjà d'être parti ainsi. J'aurais dû prévenir mes amis. À nous tous, nous aurions peut-être trouvé une solution. Si j'avais envoyé un messager à Martial dans sa modeste maison sur le Quirinal, il aurait joint Tacite, lui-même aurait contacté Juvénal et Apollodore…

J'avais agi sans discernement. J'en étais là de mes sombres pensées lorsque, épuisé et poussiéreux, j'atteignis le lendemain le camp de l'empereur Domitien, aux environs de Pérouse. Je fus introduit sous la tente de l'Empereur en ne sachant trop ce que j'allais dire. Ce fut lui qui "attaqua" tout en se goinfrant de raisins de Corinthe.

– Salut à toi, Caius Plinius !

– Sois loué, ô César, toi qui reviens en vainqueur, plus puissant et plus noble que Jupiter ! Que ton auguste front ennobli de lauriers soit rafraîchi de la rosée des dieux !

J'étais ignoble de platitude, face à cet être cruel que je méprisais. Mais je connaissais bien la veulerie de son masque et son regard d'hyène sous la couronne. Cette fois-ci, j'avais peur… Et je songeai, fataliste : Il sait que je me moque de lui. Il va me faire mettre à mort ! Tant pis !

– Tu as donc galopé toute la nuit, Caius Plinius, pour venir me féliciter ? murmura le despote avec un étrange sourire.

– C'est un honneur, auguste Domitien… Je veux être le premier à écrire pour louer ta vaillance et ton courage !

Le monstre tripotait la tignasse crépue d'une esclave de Libye agenouillée à ses pieds. Il eut l'air de me croire.

– César te donne la permission de noter pour

la postérité ses actions d'éclat ! Tu sais que nous avons vaincu les Daces au-delà du Danube ?

Ah ! Le fourbe ! C'est Fabius qui les avait battus ! Dans la foule des capitaines et des sénateurs qui se pressaient autour de l'Empereur, je cherchais mon ami Fabius... Soudain, un centurion de la garde prétorienne, au visage couturé de cicatrices, fendit l'assistance. Il s'approcha du siège de l'Empereur – sans en être prié, comme en terrain conquis. Penché à l'oreille de Domitien, il murmura quelques mots et ressortit de la tente.

J'avais déjà vu cet homme au Palatin. C'était un des hommes de main de Domitien. Je devrais même dire un de ses tueurs... Pas un muscle du visage sournois de l'Empereur n'avait bougé. Domitien passa un doigt mou sur sa lèvre épaisse. Il me regarda longuement et d'un ton apitoyé me lança :

– Notre victoire, ô Caius Plinius, sera attristée par la mort brutale d'un bon serviteur... Fabius Questus n'est plus ! Le malheureux a été sauvagement attaqué par des esclaves daces rebelles que nous ramenions. Ceux-ci l'ont lâchement égorgé dans son sommeil. Mais soyez tous rassurés, les assassins seront châtiés !

Toute la journée, on entendit les hurlements des prisonniers innocents crucifiés aux portes du camp.

Je quittai Pérouse libre. Je ne saurai jamais pourquoi car le tyran était assez malin pour deviner la raison qui m'avait conduit jusqu'à lui... Cela avait dû l'amuser ! La douleur m'étreignait. Carcos, mon esclave, respectait mon silence. Je réfléchissais. C'était clair : le tyran m'avait laissé la vie sauve pour que j'écrive réellement un hymne à sa gloire... Une gloire qu'il avait volée à mon pauvre ami ! Je me sentais incapable de tracer la moindre ligne... Pour me rendre service, Martial, qui avait le stylet facile, pourrait peut-être flatter le cruel Empereur[1] à ma place ! Nous approchions de Rome.

Soudain, Carcos, que je traitais plus en ami qu'en serviteur, me cria :

– Et les petits, Seigneur ?

– Que veux-tu dire ?

– Quand le lion n'est plus à la tanière, les lionceaux se trouvent en danger...

Carcos avait raison. L'Empereur avait tué le père par jalousie. Même s'il avait de l'“affection” pour Leponia, en supporterait-il mieux les fils et leur mémoire ?

Comme pour donner raison à mon Numide, un galop se fit entendre derrière nous. C'était le tueur à gages de Domitien, accompagné de deux de ses âmes damnées. Les trois assassins allaient nous dépasser... Je levai le bras :

– Salut à vous, braves compagnons ! Soyez remerciés pour votre courage ! Permettez à un ami des lettres de vous offrir un rafraîchissement.

Les soldats hésitèrent avant d'accepter. Le centurion décida pour eux :

– Tu es bien aimable, Caius Plinius. Mercucio, c'est mon nom, te remercie !

Nous fîmes halte dans une auberge dont je connaissais le patron. Celui-ci se confondit en salutations. Je l'interrompis :

– Donne-nous du vin ! Et pas de l'ordinaire, du meilleur, pour honorer le vaillant centurion Mercucio et ses légionnaires qui se sont héroïquement battus pour Rome...

Les esclaves nous apportèrent aussitôt des

1. Martial écrira onze « livres » d'épigrammes flatteuses sur Domitien.

amphores pleines du fier vin de Falerne. Les trois tueurs apprécièrent. Ils vidèrent leurs coupes et voulurent prendre congé. Je feignis la consternation.

– Ah ! nobles amis, solide Mercucio au cœur d'airain ! Vous ne refuserez pas à un pauvre humain, ne sachant que manier les lettres, la fierté d'honorer des hommes qui, eux, savent se battre ! Par Minerve, soyez généreux, racontez-moi vos exploits !

Me prenant pour un amateur de sensations fortes, les spadassins flattés se rassirent... Je fis avaler à ces gloutons, après le falerne, un merveilleux vin au poivre, un autre au safran, puis un cru de Setia, un de Tarente – et pour achever ces porcs, un véritable nectar venu de Ligurie.

Je n'arrêtai que lorsqu'ils tombèrent sur le sol... Mercucio hoquetait dans son casque. Sur un signe de ma part, les esclaves les prirent tous trois par les pieds et les épaules pour monter les coucher.

... Mais moi-même, je titubais. Carcos vint me soutenir. Je lançai une bourse de 400 as[1] au patron, enchanté de ma visite, avec cette recommandation :

– Occupe-toi bien de mes braves compagnons ! Mets tes plus jolies esclaves dans leur couche quand ils se réveilleront.

– Compte sur moi et, par Bacchus, sois béni !

... Dans l'état où je me trouvais – aussi ivre que les trois tueurs – je ne pourrais jamais regagner Rome. Carcos intervint.

– Il faut que tu boives cette potion, Seigneur !

Dans ma soûlerie, je savais que le vomitif qu'il avait préparé, un mélange de plantes sauvages, était le seul remède à ma situation... De

1. 100 sesterces, environ 600 francs.

fait, l'effet en fut miraculeux. Je dégorgeai ce que j'avais avalé. Mon Numide me hissa sur mon cheval et nous repartîmes pour Rome au galop, laissant les assassins dormir du "sommeil du juste".

L'air frais de la nuit me dégrisa tout à fait. Au petit matin, nous étions à Rome. Sans prendre le temps de me changer, je me précipitai chez Leponia.

Après l'avoir prévenue, avec le plus de ménagements possible, de son veuvage, je lui conseillai de fuir au plus vite. La folie meurtrière de Domitien risquait de ne pas s'arrêter à Fabius Questus. Il fallait mettre les enfants à l'abri... La pauvre Leponia protesta que l'Empereur ressentait pour elle de l'affection. Elle croyait à cela – comme si un tel monstre pouvait éprouver quelque sentiment humain pour qui que ce fût ! Ce furent les jumeaux eux-mêmes qui emportèrent la décision.

– ... Caius Plinius a raison, mère ! Père l'aurait voulu ainsi, il faut partir !

Je voulais les embarquer pour l'Espagne d'où Leponia était originaire, mais à Ostie les vents étaient contraires... Je les fis donc partir discrètement au nord vers Côme, le berceau de ma famille, où je possédais toujours de vastes propriétés sur les rives du lac. Je doutais que Domitien envoyât ses espions là-bas.

Leponia, sur mes conseils, n'emmena avec elle dans son exode qu'une "maison" réduite... Quelques esclaves furent choisis dont Syphax le Gaulois et Lutèce qui était depuis peu devenue sa femme de chambre et coiffeuse. L'aversion de Leponia pour cette pauvre enfant semblait s'être apaisée.

Mon intuition ne m'avait pas trompé. Le lendemain même du départ précipité de Leponia,

Mercucio et ses deux acolytes se présentèrent à la *domus* de Fabius Questus. Tout était fermé. J'avais fait partir les affranchis et les esclaves pour la campagne. Sur mon ordre, seul le régisseur – un Crétois – était demeuré à son poste. C'était un homme habile. Il sut répondre aux trois tueurs que la digne Leponia bénissait Auguste Domitien de ses bontés, mais que dans sa douleur, elle demandait à l'Empereur de prendre soin des cendres de son époux et la permission de retourner en Espagne.

Le tour était joué ! Domitien était occupé à fêter ses succès guerriers. Pendant trente jours, il obligea les prisonniers daces à se battre entre eux dans le Colisée. Invité dans la loge impériale, je fus bien obligé d'accepter. Tout en regardant les malheureux gladiateurs s'exterminer dans le cirque, je sentais peser sur moi le regard glauque de César. Je feignais de m'amuser follement. Je rencontrai Mercucio ce jour-là et je lui fis beaucoup d'amabilités. Le spadassin me répondit par mille grâces – il avait au moins la reconnaissance de l'ivrogne ! Cet homme-là m'aimait désormais à la vie à la mort. L'Empereur, perplexe, m'observa longuement alors que je plaisantais avec son tueur.

... Sans doute satisfait de mon attitude, Domitien me nomma tribun de la plèbe[1]. Mon travail m'intéressait. Je plaidais de nouveau beaucoup, ce qui avec l'écriture est mon plus grand plaisir. Tacite, Martial, Juvénal se réunissaient souvent chez moi. Apollodore nous rejoignait. Sans le dire expressément, nous attendions tous la fin du tyran.

1. Magistrature inviolable permettant notamment d'opposer un veto à toute mesure n'ayant pas l'agrément de celui qui en bénéficie.

Chaque fois que je le pouvais, je me rendais à Côme. Les jumeaux grandissaient. Je les aimais et, ô merveille, ils m'aimaient aussi, ces petits étalons sauvages ! Ils étaient heureux à Côme. Comme moi, enfant, ils faisaient du bateau sur le lac. Ils nageaient, aussi, longuement... Sous ce règne terrible, c'étaient autant de périodes de bonheur pour moi, que ces brèves incursions à Côme. J'avais pris l'habitude de vivre en ne sachant pas le matin si je verrais le soir tomber.

Mais au fond, me disais-je, n'est-ce pas là la destinée de tout homme ? Il y a, après tout, à Rome des gens qui meurent tous les jours dans les incendies provoqués par les lampes à huile. Celui qui n'a pas ma chance et vit au cinquième étage d'un immeuble[1] est sûr de griller vif avant l'arrivée des vigiles chargés d'éteindre le feu.

... Ce fut à cette époque que m'advint un autre bonheur. Je fis la connaissance de la beauté des beautés... Une déesse, qui semblait planer au-dessus de toutes les turpitudes. Elle vivait au Palatin, attachée à l'Impératrice. Dès que je la vis – elle s'appelait Calpurnia – dans les jardins de l'Empereur, près des jets d'eau qui faisaient miroiter ses yeux pailletés d'or, je sus que j'avais rencontré la femme de ma vie. Mieux, j'avais l'impression de l'avoir déjà connue. Je l'avais aimée dans mes rêves de mort, comme si je l'avais attendue après avoir déjà franchi le Styx[2]... Apollodore me vit pâlir.

Fort égayé par mon trouble, il me chuchota :

– Remets-toi, Caius Plinius ! Après tout, ce n'est qu'une femme !

1. *Insula.*
2. Fleuve des Enfers, dans la tradition religieuse gréco-romaine, que toute âme devait franchir après la mort.

Je restais cloué sur place... Apollodore mut son grand corps maigre. Il pencha son visage d'oiseau de proie vers moi.

– Viens, viens donc... je vais te présenter à Calpurnia.

Pour un avocat, je suis resté totalement muet devant elle... Apollodore, pour mettre de l'ambiance, dut faire des phrases – en bon Oriental... Calpurnia me regardait elle aussi sans parler. Elle m'avoua plus tard qu'elle m'avait "reconnu", elle aussi. J'étais l'homme de ses songes.

... J'avais déjà été marié deux fois. Je préfère n'en pas parler car je ne garde de ces deux expériences aucune chaleur au cœur... J'hésitais encore à me marier une troisième fois. Pourtant, à côté de Calpurnia, j'avais l'impression de renaître à la pureté du nouveau-né. Enfin, je me décidai à sauter le pas. Ce fut avec la "bénédiction" de Domitien et de son épouse que j'épousai Calpurnia dans ma villa des Laurentes, en présence de Tacite, de Martial, de Juvénal et, bien sûr, du parrain de notre amour, Apollodore.

... Elle avait, comme c'est la coutume, emprisonné sa chevelure dans une résille rouge. Quand on ouvre le corps humain et qu'on le dissèque, prétendent les Égyptiens, on trouve un nerf très fin qui part de l'annulaire et va droit au cœur. Je revois Calpurnia, lorsque je lui passai l'anneau d'or au doigt. Relevant le voile orangé qui cachait le haut de son visage, elle me regarda, les yeux mouillés de larmes de bonheur.

Nous partagions tous deux les mêmes idées. Nous acceptâmes les rites de la myrte et de la fleur d'oranger. Mais nous refusâmes l'immolation d'une brebis au grand dam de l'haruspice, qui tenait absolument à voir notre avenir dans ses entrailles palpitantes... Nous préférions garder la brebis à paître sur la pelouse.

Un peu plus tard, car elle savait garder un secret, je la mis dans la confidence de l'exil de mes protégés. Elle voulut aller à Côme faire leur connaissance. Je redoutais cette rencontre. Les jumeaux allaient-ils accepter Calpurnia ?

Nous fîmes tous ensemble du bateau sur le lac... Et au retour de notre première promenade, Maxime et Maxence étaient devenus comme moi les esclaves de ma chère épouse. Elle avait su dompter les étalons sauvages. Quant à Leponia, qui souffrait de son isolement, elle était heureuse de parler à une autre patricienne. Elle soupirait, ayant envie de rentrer à Rome. Calpurnia, avec douceur, lui fit entrevoir tous les dangers qu'aurait présentés pour ses fils un tel retour dans la capitale. Domitien avait une mémoire redoutable.

... Les femmes sont plus fines que les hommes. Calpurnia, un soir, me fit remarquer combien la petite Lutèce ressemblait à Leponia.

– C'est une coïncidence ! murmurai-je, troublé.

– Peut-être, mais que penses-tu de Syphax ?

– Le Gaulois ?

– Oui, l'esclave de Maxime et de Maxence, il ne les quitte pas d'un pouce ! Tu ne trouves rien d'étrange...

– Rien ! Je ne pense rien ! affirmai-je. Mais toi, ma douce Calpurnia, tu as une idée ?

– Oui, mon Seigneur, mais elle est tellement folle que c'en est stupide ! Tu as déjà vu leurs yeux... Enfin, l'œil bleu de Maxence...

– Ma Calpurnia ne peut avoir que des pensées lumineuses !

Elle se moqua de moi :

– ... D'ailleurs, j'ai bien eu l'idée de tomber amoureuse d'un maître de la rhétorique !

C'en était assez. Je m'empressai de lui prouver

que je pouvais être aussi un maître des sens... Le lendemain, malgré mon bonheur, j'étais soucieux. Calpurnia avait fait ressurgir en moi des doutes, qui au tréfonds de moi-même ne m'avaient jamais quitté. En homme, je n'avais pas voulu voir la réalité en face ! Effectivement, Lutèce ressemblait beaucoup à Leponia. Cette dernière la traitait toujours avec rudesse, bien qu'une certaine intimité, due à leur retraite, fût née entre la maîtresse et la jeune esclave.

Maxime et Maxence avaient maintenant atteint l'âge de dix-sept ans.

Comme un “père”, Syphax leur avait tout appris. À se battre d'abord : à l'épieu, à la lance, au poignard, au glaive, au tir à l'arc. Selon les vieilles méthodes gauloises, il leur avait montré également comment se défendre avec des tisons enflammés, exciter un taureau avec des étoffes rouges, sauter à la perche, fuir au galop pour revenir en tirant une flèche... Syphax leur avait enseigné l'agilité, la ruse, la feinte, la prestesse devant l'attaque. Il leur avait montré comment dompter des chevaux emballés et maîtriser des molosses...

Pendant toutes ces années passées dans l'isolement, Maxime et Maxence s'étaient révélés les bons élèves d'un bon maître, Syphax. Quant à moi, j'avais fait nourrir leur esprit par un précepteur avisé. Les jumeaux étaient prêts, mais à quoi ? Ils ne pouvaient rester toute leur vie cachés à Côme. Qu'allaient devenir ceux dont j'avais reçu la charge de leur père ?

Je me posais cette question lorsqu'une merveilleuse nouvelle nous atteignit dans notre retraite...

L'empereur Domitien venait d'être assassiné ! »

13

Rêve ou réalité

Il était quatre heures du matin. Après le dîner qu'ils avaient pris en « amoureux » à Ostie, de retour au palais, dans une ambiance des *Mille et Une Nuits,* Larry venait de finir de lire pour Pia la suite de l'histoire. Il resta un instant silencieux, avant de demander :

– … Tu as gardé le papier que je t'ai remis ?

Sous le regard amoureux de Larry, Pia se dirigea dans sa chemise de nuit transparente vers sa chambre. Elle revint sur la pointe des pieds en lui tendant l'enveloppe cachetée.

– Ouvre et lis tout haut, s'il te plaît ! demanda Larry.

Pia obéit et débita d'une voix monocorde :

– « Fabius est égorgé sur l'ordre de Domitien… Pline sauve les jumeaux en soûlant le tueur Merkachio… Il cache les enfants dans sa maison de Côme. Il tombe amoureux de Calpurnia, l'épouse… Domitien est à son tour assassiné… Maxime et Maxence reviennent à Rome sous le règne de Nerva, successeur de Domitien… Les jeunes patriciens deviennent la coqueluche de la ville. » (Pia se mordit un poing et changea de ton pour admettre :) C'est vrai ! Tout est exact mis à part Mercucio, que tu écris Merkachio. Tu connais bel et bien ce manuscrit… et tu n'arrives vraiment pas à te rappeler… *où* et *quand* tu l'as lu ?

Larry secoua la tête :

– C'est bien pis que cela, Pia… J'ai l'impression, au fur et à mesure que je le découvre, de le savoir par cœur ! En fait, c'est comme si j'en étais l'auteur… Oui, exactement comme si je l'avais écrit moi-même. J'en devine les mots, les rebondissements à l'avance… Je sais les pensées les plus intimes de Pline ! Mieux, depuis ce soir, comment t'expliquer… il suffit que je ferme les yeux et je me dessine les personnages !

– Tu les rêves ?

Pia se montrait incrédule.

– Si tu préfères, je les imagine nettement… Je les distingue aussi bien que toi en ce moment.

– À quoi ressemblent-ils ?

– À toi… Enfin, Calpurnia, c'est toi, et Apollodore… tu vas trouver cela ridicule, mais il a la longue figure d'Altmayer !

Pia ne put s'empêcher de sourire.

– Altie !

– Tu vois. Tout cela est si bizarre… Comme si mon cerveau était détraqué. Maxime et Maxence sont, trait pour trait, Lorenzo et Cosimo. Le consul Fabius Questus a le visage de Giuliano…

– Le mari chômeur de Giuletta ?

– Oui, et Giuletta, c'est Leponia. Carcos, l'esclave de Pline, je le vois comme Raffaello…

– Notre épicier ? répéta Pia, abasourdie.

– Tacite, c'est Raimondo, Domitien le tyran, c'était Federico Cappeldoro plus jeune, mais quand même, c'était lui… Tu vois, c'est dingue !

– Et Syphax le Gaulois ?

– Il ressemble à Mazzini, mais parfois tout se brouille dans ma tête ! Autrefois, en Afrique, j'ai eu le paludisme, c'est à se demander si cela ne recommence pas...

Pia appuya une main fraîche sur le front de Larry.

– Tu es un peu chaud, mais je ne crois pas que ce soit la fièvre.

Il embrassa ses doigts au passage.

– ... Je pense que... je devrais partir ! décida Larry. Je n'ai pas le droit de t'imposer mes élucubrations. Je vais rentrer à Harvard, avec mes assistants, nous allons trier ces textes. Si mes hallucinations continuent, je consulterai un psychiatre.

Pia protesta :

– Je ne suis pas d'accord, Larry ! Pour la première fois de ta vie, tu es confronté à un problème que ta science ne résout pas encore... Que fera ton psychiatre ? Il te donnera le dernier tranquillisant à la mode pour te calmer... Moi je crois, au contraire, qu'il faut continuer l'expérience, la pousser plus loin ! Du reste peut-être que tout va s'arrêter, tu vas te rendre compte que ce n'était qu'une forme de rêve, ou que tu as manifesté une sorte de don... de double vue.

– Tu crois à ça ?

– Je te l'ai déjà dit, mon amour, je suis prête à croire à tout... Même que nous avons vécu ensemble dans une autre vie !

Elle ronronnait en lui mordillant la base du cou.

– Eh bien, moi, je ne suis pas du tout prêt à avaler ces fumisteries ! Enfin, je ne suis quand même pas devenu « garou-garou » le passe-muraille de l'éternité ! Il y a sûrement une explication aussi scientifique que logique.

Nerveux, il donnait de grands coups de poing dans le matelas.

– Alors, en ce cas, tu la découvriras ! (Pia

regarda la pendulette de voyage sur la table de nuit.) Miséricorde, il est cinq heures... et nous n'avons pas dormi une minute ! (Elle sauta hors du lit.) Écoute, Larry, je t'assure qu'il faut persévérer ! C'est trop excitant. Écris-moi ce qui va arriver à Pline et à ses protégés ! Allez, fais vite, il faut que je rentre dans ma chambre. La nuit prochaine, on continue !

Secoué par l'enthousiasme de Pia, Larry s'exécuta. Il traça rapidement quelques lignes sur une feuille de papier qu'il enferma dans une enveloppe qu'il cacheta...

Après un baiser, Pia s'enfuit dans le couloir.

Elle ne vit pas Cosimo qui revenait de la cuisine, une bouteille d'eau minérale à la main.

Le jeune homme s'aplatit contre le mur. Il attendit que sa mère fût rentrée chez elle... Puis il rejoignit la chambre qu'il partageait avec son frère. Lorenzo dormait à poings fermés. Cosimo s'assit sur son lit, les jambes repliées en tailleur. De la mimique qui lui était habituelle, il réfléchissait en fermant à demi son œil bleu, tandis que le brun restait ouvert.

– Salaud de Ricain, pas foutu de trouver le trésor et il vient nous voler *Chérie*... ! dit-il à mi-voix.

Lorenzo, dans le lit jumeau, s'étira et demanda :

– Tu en fais une tête, qu'est-ce qu'il y a ?

Cosimo partageait tout avec son frère. Il le mit au courant de la « turpitude » qu'il venait de découvrir. Lorenzo ne réfléchit pas longtemps.

– Bon ! On va trouver un truc pour le foutre à la porte, ce Ricain de mes fesses !

– Comment procède-t-on ? interrogea Cosimo.

– On va organiser une conjuration, décida Lorenzo du ton d'un condottiere Balatresi.

*
* *

Inconscient du « drame » qu'il avait déclenché, Larry s'était endormi d'un profond sommeil. Il ne fut troublé par aucun rêve. Aucun personnage du manuscrit ne vint lui tirer les pieds. Il se réveilla, rasséréné, à neuf heures. L'appartement était vide. Il traîna un peu, résistant à l'envie de se plonger de nouveau dans sa lecture. Soudain, il avait presque oublié ce qu'il allait advenir de ses personnages. Il décida d'attendre le retour de Pia le soir pour se remettre au texte de Pline.

Il faisait beau. Larry se sentait mieux. Les « fantômes » étaient loin. Il sortit prendre l'air... Il marcha longtemps dans Rome. Ses pas le portèrent machinalement vers la colonne Trajane. Il tourna autour de l'édifice que l'on avait « emballé » dans du plastique et entouré d'échafaudages, pour sa réfection. On ne pouvait rien apercevoir des admirables reliefs en spirales narrant la guerre contre les Daces, pas plus que la statue de saint Pierre qui au cours des générations avait remplacé au sommet celle en or pur de Trajan... Des seaux anachroniques en bakélite bleue servaient à tremper les brosses et les éponges des ouvriers.

Ce fut la pause pour le *pranzo*[1]... Larry ferma les yeux. Soudain, comme sous l'illumination d'un flash, il vit en contrebas les somptueux marchés de Trajan bruissant d'un peuple en toge... La colonne brillante, neuve, peinte des couleurs vives de l'Antiquité, dominait la scène... La statue d'or massif du plus grand des Césars réverbérait les feux du soleil... Apollodore de Damas, tête levée à côté de Pline, admirait son œuvre...

1. Repas de midi.

– *Attenzione ! Pericolo !*

Sa pizza terminée, l'un des ouvriers venait de laisser tomber le contenu de son seau aux pieds de Larry. L'archéologue sursauta, tout éclaboussé, et prit le chemin du retour.

En rentrant dans l'impasse Balatresi, Larry échangea quelques mots avec Raffaello. Soulagé, il ne vit rien d'autre que l'épicier pérorant, mains jointes sur son tablier, devant son étal de légumes. En remontant dans son *penthouse*, Larry rencontra Altmayer. Le poète le salua très civilement.

– Salut, l'archéologue ! Veux-tu venir désaltérer ton gosier asséché en ma grotte d'un verre d'hydromel ?

Larry n'avait pas particulièrement envie de boire, mais il ne voulait pas vexer le poète. De plus, il ressentait une certaine curiosité à connaître l'intérieur de son antre. C'était au-delà de tout ce qu'il aurait pu imaginer...

Altmayer disposait de trois pièces, bourrées d'armures, de drapeaux, de thèmes astrologiques accrochés aux murs, de têtes de Jivaros réduites, de poignards de SS, de casques allemands de 1870, de casques américains, de photos de la dernière guerre, de vieux livres, de séchoirs à cheveux, de patins à roulettes ! Il y avait encore une bicyclette démontée, des pneus de voiture de course, une bombarde moyenâgeuse, des mitraillettes rouillées, la photo de Rita Hayworth en Gilda, et – sur le mur – des plans d'armements pour des villes étranges, futuristes, ressemblant un peu à ceux de Léonard de Vinci !

– ... Assieds-toi, je t'en prie ! (Altmayer poussa trois mitraillettes d'un tabouret. En désignant les armes, il expliqua :) J'écris un poème sur la paix.

Cela allait de soi...

Larry s'installa tandis que le poète débouchait une bouteille de vin blanc. En bon Américain, Larry n'était pas très connaisseur en crus. Mis à part les bordeaux ou bourgognes qu'il pouvait à peu près distinguer des vins de Californie, il ne voyait pas la différence entre les autres... Ce fut Altmayer qui le lui fit remarquer en lui montrant la bouteille.

– ... Le vin de Falerne est un grand cru ! Vieux comme l'Antiquité ! On pourrait le comparer au lacrima-christi ou à la rigueur au malvoisie des Pouilles ! Mais le falerne est plus noble, plus généreux au palais, sa chaleur est...

Larry n'avait retenu qu'une chose.

– Le falerne, as-tu dit ?

– Oui, c'est un vin du Latium. Je crois que ton éducation œnologique laisse à désirer. Une autre fois, je te ferai goûter un frascati et un moscato !

Côté œnologie, Altmayer, lui, se montrait imbattable ! Tout en vidant verre sur verre et resservant généreusement Larry, le poète pérorait :

– ... Tu sais, l'archéologue, dans la vie, les femmes vous trompent ! Le travail vous lâche ! Le vin jamais ! Il ne faut pas que tu sois déçu, aucun de nous ne l'est finalement – même pas la pauvre Zorra qui s'est trompée dans sa prédiction. Allez, va, on a bien rigolé ! Au fond, la fortune, c'est ça – pouvoir manger quand on a faim et boire quand on a soif !

Altmayer débouchait déjà une autre bouteille. Larry sourit, légèrement éméché. N'ayant pas l'habitude de trinquer à jeun, il s'attendrissait sur le poète. Qui l'eût cru à part Pia ? Altmayer était un être délicat. Il craignait que l'archéologue n'éprouvât quelque amertume d'avoir « échoué » dans ses recherches. Larry voulut le rassurer.

– Mais non… Je ne regrette rien, Altie, je t'assure. Moi, je suis comblé ! J'aurais simplement aimé vous apporter quelques sacs de doublons d'or…

– Les voies du destin sont impénétrables ! fit Altmayer, la bouche pâteuse.

Larry se leva.

– Je vais bientôt vous quitter.

Altmayer se méprit.

– Mais non, reste, on va déboucher une autre bouteille !

– Merci pour le verre. Je dois téléphoner à mon bureau car je vais rentrer en Amérique.

– Ça, c'est con… On s'était bien habitués à toi.

– Je vous enverrai des cartes postales de Harvard.

Tout en gagnant la porte, Larry jeta un regard sur les dessins couvrant les murailles.

– Tu as toujours été poète ?

Altmayer enjamba des boîtes de camembert empilées sur une chaise branlante et saisit deux cartons à dessins.

– Non, j'étais architecte !

– Architecte ? répéta Larry, abasourdi.

Il « revoyait » Apollodore de Damas.

Altmayer ouvrait ses chemises pour montrer à son visiteur plans de maisons, de cités, de jardins… Il avait dû épouvanter ses clients avec ses conceptions futuristes. Larry regarda une « maison » cylindrique, construite sur une station orbitale. Parents et enfants, en scaphandre, jouaient à saute-mouton sur de la fausse herbe !

– Dommage que tu aies abandonné, tu avais du talent ! fit Larry, sincère.

Il releva les yeux pour regarder Altmayer.

Il « voyait » de nouveau le poète en Apollodore de Damas. « Il » était vêtu d'une toge gréco-syrienne de goût oriental à filigranes d'or, son grand nez en bec d'aigle ressortant dans son teint olivâtre, sous un bonnet étroit adapté à sa tête frisée, d'où sortaient des boucles de perles accrochées à ses oreilles... Comme à la colonne Trajane, ce fut un flash rapide. Larry ferma les yeux. Quand il les rouvrit, Altmayer avait remplacé Apollodore.

– Veux-tu un autre verre ? proposa le poète surpris de la pâleur de Larry.

– Non, non, merci. Alors, tu as abandonné l'architecture ?

Larry était décidé à en apprendre plus sur cet étrange personnage.

– Eh oui... Les gens étaient trop cons ! Ils voulaient toujours leur pavillon trois pièces-cuisine ! Moi, je voulais leur offrir autre chose. J'ai suivi des cours à Bâle. Tu sais, je suis suisse allemand, ma mère était juive et argentine, mon grand-père russe, et l'une de mes grand-mères chinoise... Maintenant, je suis citoyen de l'immensité ! Tu piges ça... ma mère a disparu à Dachau... Moi, après, j'ai voyagé ! À la suite d'un séjour prolongé aux Philippines, je me suis marié avec une femme de là-bas, son père était chef d'une île ! J'étais fou d'elle. Mais quelle famille ! Le père et les frères m'ont enfermé sur l'île ! J'étais prisonnier, quoi, j'ai trois enfants là-bas ! Mon vieux, après cinq ans de ce régime, j'ai réussi à m'enfuir à la nage ! Les requins ont été polis. Ils m'ont laissé passer... J'ai encore voyagé, et je me suis retiré quelques années en Inde. C'est là que j'ai commencé à écrire, à l'ashram de Sri Aurobindo, à Pondichéry, j'ai compris que tout ce qui a été sera et tout ce qui sera a été... C'est simple !

– ... Tu crois *vraiment* à la réincarnation ? interrogea Larry malgré lui.

– C'est l'évidence même ! Pourquoi ? Cela t'intéresse ?

– Oh, moi... Pas du tout ! se hâta d'affirmer le savant.

Altmayer se rassit pour siroter de nouveau, tout en poursuivant son discours :

– ... Parce que si ça t'intéressait, je connais à Rome un physicien italien diplômé – de Berkeley University, s'il te plaît ! C'est pas n'importe qui. Bernardo Alexandro, on vient du monde entier le consulter. Il fait des séminaires sur la question. Avec lui, tu « plonges » dans ton passé. Alors, si le cœur t'en dit !

– Non, merci... Je n'y crois pas.

– Dommage... Parce que la première fois que je t'ai vu dans l'escalier, j'ai su qu'on s'était déjà rencontrés. Tu étais sur une colline et moi allongé dans l'herbe. Tu me disais : « *Ce que tu fais est indigne de toi ! Tu vas bâtir l'œuvre de ta vie !* » Ça te dit quelque chose, ça ?

– Non, rien du tout ! affirma Larry de plus en plus pâle. (Il respira un grand coup avant d'ajouter :) Bon, merci pour le falerne ! À bientôt, Altie !

– Salut, l'archéologue !
Va où j'étais, vogue !
J'ai aimé notre dialogue !
Reviens souvent en pirogue !
Surtout pas en ethnologue
Mais en parapsychologue !

Altmayer, ravi, éclata de rire et se reversa à boire... Larry lui fit un signe et referma la porte.

Il réfléchit une seconde, monta les marches quatre à quatre et pénétra dans le *penthouse*. Sans regarder autour de lui, Larry se précipita sur le téléphone. Il appela son bureau en PCV. Miss Sybil était à l'autre bout du fil.

– ... Je rentre demain. Non, je ne sais pas

encore par quel vol ! Oui, je m'arrêterai peut-être à New York... Vous pouvez prendre des rendez-vous pour les jours suivants.

– Bien, professeur... Comptez sur moi, professeur...

Miss Sybil roucoulait, ravie. Quand Larry eut raccroché, il appela la TWA, retint une place dans le Rome-New York-Washington. Il se sentait mieux. Il regarda Rome un instant, sous le soleil. Il avait choisi la bonne solution. Ici, il allait devenir fou à lier... Aux États-Unis, il tirerait l'affaire au clair. TOUT était explicable ! Pia viendrait le voir. Ils iraient passer des vacances en amoureux à Key West au bout de la Floride, là où Hemingway écrivait. Ce serait merveilleux. Le téléphone grésilla.

Larry, interrompu dans ses projets idylliques, répondit :

– *Pronto !*

Une voix caverneuse s'enquit :

– *Dottore* Loveberry ?

– Lui-même !

– Vous êtes seul ?

– Qu'est-ce que cela peut vous faire ! rétorqua Larry, étonné.

– Vous êtes seul ? insista la voix.

– Mais oui, et alors ?

– Écoutez bien... Pas un mot à la police, ou vous êtes un homme mort ! TOUT est en notre possession... Si vous voulez le récupérer, partez immédiatement !

Larry ne comprenait rien à ces menaces. Il regarda autour de lui. Les plateaux des tables sur lesquelles devaient se trouver les rouleaux et les tablettes de Pline étaient vides. ON AVAIT VOLÉ LES MANUSCRITS DE PLINE !

14

Les racketteurs

On se bousculait, en cette fin de journée, devant les comptoirs d'enregistrement de la compagnie Alitalia. Larry avait obéi point par point aux racketteurs. Il n'avait prévenu ni la police ni Pia. Pour celle-ci, il lui téléphonerait plus tard, suivant le cours des événements. Larry avait juste griffonné un mot l'avertissant sommairement de son départ impromptu.

Il avait bouclé sa valise à la hâte et quitté le palais sans revoir aucun des habitants.

À cette heure-là, Raffaello faisait encore sa sieste, sinon Larry aurait dû inventer des explications pour lui ! Un taxi maraudait dans le coin, Larry l'avait hélé pour se faire arrêter devant la Bank of America. Sur un coup de téléphone, il avait vidé son compte de Washington, prenant les 5 000 dollars réclamés. Puis il avait gagné l'aéroport Leonardo da Vinci comme la voix caverneuse le lui avait ordonné.

Larry regarda sa montre. 18 h 15... Cela faisait quinze minutes qu'il attendait près d'une colonne, au milieu de la foule. Qu'est-ce que cela signifiait ? Les racketteurs étaient-ils empêchés par un embouteillage, ou avaient-ils changé d'avis ? Larry balançait entre l'angoisse et le sentiment qu'il était l'objet d'un canular. La somme demandée, bien qu'elle lui restât en travers de la gorge, ne semblait pas à la hauteur de la valeur de l'échange... Pour Pline, on pouvait exiger cent fois plus. Les racketteurs étaient soit des ignorants, soit des imbéciles.

Mitraillette au poing, les carabiniers circulaient entre les voyageurs. Ils tenaient des chiens en laisse et dévisageaient tout le monde. Comme dans de nombreuses capitales européennes, les alertes à la bombe s'étaient multipliées à Rome. Les policiers, sur les dents, surveillaient avec soupçon le moindre bagage abandonné.

– À qui est ce sac ?

Un carabinier désignait de sa mitraillette un élégant bagage Vuitton, jaune et brun, posé sur un chariot.

– Il n'est à personne ?... Reculez tous ! On tire dedans !

C'était le chef arrivé au pas de charge.

Ce fut la cohue. Des cris retentissaient dans le hall des départs. « Une bombe ! Une bombe... » Larry, bousculé, fut pris dans les remous.

– Au secours ! Ne tirez pas ! Il est à moi ! Mon Kiki !

Une grosse dame congestionnée dans un ensemble rouge revenait en courant vers son chariot.

– Ce sac est à vous, *signora* ? interrogea sévèrement l'officier des carabiniers.

– Mais oui, c'est mon Kiki !

La dame extirpait du Vuitton un pékinois, qui aboyait, furieux, au nez des policiers vexés. Les gens s'esclaffèrent avec un soupir de soulagement. On se bouscula de nouveau devant les comptoirs.

Larry reprit sa place près de la colonne, bien décidé à ne plus donner que quelques minutes à ses racketteurs.

– C'est toi, Loveberry ?

Une toute jeune fille en imperméable, un béret à la Che Guevara enfoncé sur ses longs cheveux bruns, d'immenses lunettes noires lui cachant la moitié du visage, levait la tête vers lui.

Elle poussait un chariot avec une grande valise marron.

– Oui, c'est moi !

Larry n'osait croire que cette douce enfant fût une terroriste.

– As-tu ton billet pour New York ? s'enquit-elle froidement.

Il dut déchanter. Elle était bien la complice annoncée.

– Je l'ai... avec arrêt à Londres !

– Montre ! ordonna la charmante créature.

Elle devait avoir seize ou dix-sept ans... Larry obéit. Elle prit le billet de ses mains gantées et le lut avec attention.

– Et le reste ? fit-elle, regardant de nouveau Larry.

Il lui tendit l'enveloppe. Va-t-elle avoir le culot de compter ? songea-t-il, abasourdi. Sa curiosité était piquée par ce drôle d'oiseau ! Elle se contenta de lorgner les dollars avant de fourrer le tout dans sa poche.

– C'est régulier ! Je vais faire enregistrer tes bagages !

Larry regarda autour de lui. Il ne pouvait croire qu'elle fût seule. Elle chuchota aussitôt :

– Un fusil est pointé sur toi, alors pas de manigances, mon vieux !

D'un signe du menton, la terroriste lui ordonna de déposer sa propre valise à côté de l'autre sur le chariot.

– Une seconde ! Moi aussi j'ai le droit de voir ce que vous m'apportez !

À cette demande de Larry, elle sembla hésiter, puis obtempéra :

– O.K. ! Tu peux !

Larry entrouvrit rapidement la grosse valise. Les rouleaux et les tablettes étaient bien à l'intérieur sous une couverture pliée en quatre. Il n'eut pas le temps de les compter.

– Cela suffit ! Ils sont tous là, t'en as assez vu ! (Refermant d'un coup sec le couvercle de la valise, elle se faufila jusqu'au comptoir et tendit le billet de Larry à l'hôtesse.) Ce *signore* prend le vol pour New York.

– Vous avez des bagages, *signore* Loveberry ? interrogea la préposée après avoir lu le nom sur le billet.

– Oui, deux valises.

Larry les déposa sur le tapis roulant.

– Votre passeport, s'il vous plaît. Vous voyagez seul, *signore* ?

– Oui.

– Ah ! Il y a un supplément de huit kilos de bagages ! fit l'hôtesse d'un ton désolé. Vous êtes trop chargé, *signore* !

Larry, exaspéré, tendit sa carte American Express.

– ... Merci ! Voici vos numéros de valises et votre carte d'embarquement. Rendez-vous, porte 24, dans une demi-heure. Bon voyage, *signore* !

Larry, toujours agacé, remercia d'un signe de tête. Il se retourna vers la complice des racketteurs. Elle avait profité de cet intermède pour lui fausser compagnie.

Larry était furieux. Il s'était fait avoir comme un idiot par cette gamine. Il partit en courant vers le grand hall de départ. Un chien policier aboya sur son passage. Larry n'y fit pas attention. Il voyait le béret noir de la terroriste apparaître et disparaître dans la foule. Il était bien décidé à la rattraper maintenant qu'il avait les papyrus en sa possession. Des cris retentirent derrière lui.

– Hep ! À qui est cette valise ?

... Devant les comptoirs Alitalia, les carabiniers venaient de découvrir un bagage bleu sans propriétaire. De nouveau, ils faisaient évacuer les voyageurs. Les employés quittaient leurs sièges avec des cris.

– Savez-vous à qui c'est ? hurlait l'officier.

L'hôtesse qui venait de servir Larry répondit en s'enfuyant :

– Au *signore,* je crois, oui, celui-là là-bas. Celui qui part en courant !

Les carabiniers déchaînés se jetèrent à la poursuite de Larry qui zigzaguait dans la foule. Les chiens aboyaient. Inconscient de la chasse à l'homme déclenchée contre lui, Larry gagnait du terrain sur la terroriste. Elle allait filer par le grand escalier descendant vers le hall d'arrivée... Dans un ultime effort, Larry la happa à l'épaule. La fille se retourna avec un cri. Un instant, ils luttèrent en silence. La terroriste se débattait. Son béret glissa, libérant ses longs cheveux bruns. Larry mit la main dans la poche du blouson de la jeune fille. Il arracha victorieusement ses dollars.

– Au voleur ! hurlèrent des passants.

Ils ne voyaient là qu'une pauvre innocente qui se faisait agresser par un grand escogriffe.

– Au secours ! glapissait la jeune fille.

Elle perdit ses lunettes et regarda, désespérée, vers la sortie. Larry suivit son regard...

En un éclair, il « vit » un char romain tiré par deux chevaux qui se garait devant la porte à tambour. Deux jeunes centurions casqués conduisaient l'attelage. C'étaient les jumeaux Maxime et Maxence... Cosimo et Lorenzo...

De stupéfaction, Larry lâcha prise. La jeune fille en profita pour détaler et filer vers la sortie. Larry secoua la tête. Il ferma et rouvrit les yeux. Soudain, tout se remit en place à Fiumicino...

Plus de char romain... mais Larry reconnut devant l'aéroport la camionnette de Raffaello conduite par Lorenzo et Cosimo ! Les jumeaux faisaient de grands signes à leur complice. Elle courait à perdre haleine vers eux.

Remis de sa double surprise, Larry voulut reprendre sa poursuite. Il allait leur passer une de ces volées, aux petits princes ! Larry prit son élan en haut des marches.

– Stop ! Arrêtez ! On tire !

Larry entendit la menace, en même temps qu'il recevait deux coups de crosse sur la tête et... trois carabiniers sur le dos. Il se débattait, à demi assommé, étouffé.

– On l'a... On tient le poseur de bombes !

Larry et les représentants de la loi roulèrent sur le carrelage. Le public tétanisé faisait cercle. Un porteur passait à cet instant avec un chariot métallique bondé de valises, de sacs, de cartons ! Dans la mêlée, les autres carabiniers accourus à la rescousse bousculèrent le porteur. Le chariot déséquilibré fila jusqu'à buter contre les combattants. Dans un bruit infernal, les vaillantes brigades de l'aéroport et l'archéologue distingué roulèrent les uns sur les autres dans le majestueux escalier. Chariot et paquets rebondissaient à chaque marche sur les bras et les jambes entremêlés.

Ce fut ensuite le silence... juste troublé par les roues du véhicule renversé, qui tournaient dans le vide à toute allure. Le public se pencha au-dessus pour regarder.

En contrebas, rien ne bougeait.

15

La clinique Palomba

La clinique Palomba était un endroit ravissant... Construite dans un parc, sur la via Appia Antica, ses heureux malades pouvaient, de leur lit, voir les jardins fleuris descendant en cascade vers les méandres d'une rivière, et entendre le chant des oiseaux montant des massifs de rhododendrons... Ce fut sur ces images idylliques que Larry ouvrit les yeux.

Il avait, suspendues à des attelles, les deux jambes dans le plâtre. Avec une grimace de douleur, Larry réussit à bouger la tête. Il se rendit compte, alors, qu'un pansement entourait son front.

Larry n'était pas seul dans la chambre. Un homme de trois quarts dos était assis auprès de la fenêtre. Larry reconnut Apollodore de Damas, dans l'une de ses toges chatoyantes. Des perles en boucles pendaient à ses oreilles... Jambes croisées, le Syrien se limait les ongles.

– Apollo... comme c'est gentil d'être là ! murmura Larry.

Il ferma les paupières. Quand il les rouvrit, Altmayer venait vers lui, une lime à ongles à la main. Le poète avait revêtu un pantalon de satin noir tuyau de poêle et une chemise de gaucho à franges d'argent. Un anneau d'or pendait à son oreille. Larry se demanda si les reflets du soleil sur les fanfreluches du poète pouvaient lui donner des visions.

– ... Mon pauvre vieux, tu nous as fait une belle peur.

Altmayer se penchait sur le blessé.

– Mais que s'est-il passé ?

Larry tentait de rassembler ses esprits, tandis que le poète déclamait :

– Oui, que s'est-il passé, à l'aéroport ?
Quand je te dis de n'aimer que Terpsichore !
Et tu veux jouer le Cid Campeador !
Ces cons de Pandores ont eu tort !
Ils t'ont pris pour un frascator !
Et dans un furieux corps à corps
Vous avez roulé dans le décor !

Au risque d'arracher le goutte-à-goutte de Larry, Altmayer mimait la scène. Larry fronça les sourcils, sous le pansement.

– Veux-tu être un peu plus explicite ?

Altmayer s'assit sur une chaise.

– Bon... les carabiniers t'ont cassé la gueule ! Ils regrettent, ils se sont gourés. Il paraît que tu as foutu une rouste à une môme qui a filé ! Les poulets n'avaient rien contre toi. Un coup de téléphone anonyme a prévenu Pia à son bureau de... ton accident ! Elle t'a fait transporter ici. Tu as été opéré des tibias par le mec qui répare les footballeurs, le Pr Valmoro. Et, en prime, il t'a recousu la tête ! Ça va ?

– Si on veut... Et mes bagages ? s'inquiéta Larry.

Altmayer se leva pour ouvrir le placard. Il désigna deux valises dont une de couleur marron, celle des « racketteurs ».

– Tout est là ! Tes bagages sont partis faire un petit tour à Londres. Grâce à tes tickets, Pia les a récupérés !

– Tu peux ouvrir... la valise ?

– Laquelle ?
– La marron !
Altmayer obtempéra.
– C'est plein des rouleaux et des tablettes de Pline... Dis donc, ils ont voyagé, depuis l'Antiquité, ceux-là !
Larry poussa un soupir de soulagement.
– Tu peux les apporter près de moi ?
– Tiens...
– Mets-les sur le lit !
– Je ne peux pas à cause de tes guiboles.
– Alors, laisse-les là, par terre, que je les touche. (La main de Larry caressait la valise qu'Altmayer avait refermée.) Mes vêtements sont là ?
– Oui.
– Tu peux regarder dans la poche de ma veste... voir s'il n'y a pas une enveloppe blanche avec des dollars ?
– Beaucoup ?
– Heu... 5 000 à peu près !
– Mazette !
Altmayer fouilla le costume pendu sur un cintre.
– Non, pas de fric... À part ton passeport et ton portefeuille avec tes cartes de crédit, 100 dollars et 10 000 lires, il n'y a rien d'autre !
Larry poussa un soupir ! Dans la foule, un petit malin avait dû lui faucher la rançon. Quelle journée ! Deux jambes cassées ! Une tête fendue ! 5 000 dollars envolés ! Enfin, il ne fallait pas se montrer mesquin, il avait récupéré les précieux papyrus.
– Et Pia, où est-elle ?
Altmayer fit une grimace circonspecte, en revenant, de son pas d'échassier vers le lit.
– *ÇA !*
– Qu'est-ce que « ÇA » veut dire ?

Altmayer soupira :

– Mon pauvre vieux, je crois qu'*elle* t'en veut !

– Et pourquoi ça ? fit Larry, indigné.

C'est la meilleure ! se dit-il. Le poète prit son air discret.

– Nous, ses amis, on ne veut pas se mêler de ce qui ne nous regarde pas. Mais on s'est bien aperçus que Pia en pinçait pour toi... On ne veut pas juger mais toujours est-il que tu filais, sans la prévenir, avec les papyrus... Ça lui a fait une mauvaise impression ! Il faut se mettre à sa place ! Moi, ce que j'en dis... On peut se comprendre entre hommes. Mais avec les femmes !

Larry ne voyait pas comment se sortir de ce pétrin. Expliquer à Pia que ses rejetons l'avaient rançonné lui paraissait impossible. Larry scruta Altmayer. Pouvait-il lui faire confiance ? Tout se brouillait dans sa tête... Au-dessus de lui, il voyait comme dans un nuage le nez en bec d'aigle d'Apollodore de Damas. La main de Larry accrocha la toge argentée de l'architecte.

– ... Écoute, Apollo, il faut m'aider. C'était... une machination de Maxime et de Maxence. Explique à Calpurnia que j'ai dû quitter Rome... sur l'ordre de César...

Une infirmière-major entra soudain dans la chambre. Elle était musclée et moustachue sous sa coiffe rose. D'un ton qui se voulait mielleux, elle susurra :

– Et comment va notre opéré ?

Mais, malgré ses efforts, l'infirmière-major ressemblait à un capitaine de gendarmerie interrogeant un coupable.

– ... Il délire un peu ! fit Altmayer, embarrassé.

– Alors, ne le fatiguez pas ! Sortez, *signore* ! Votre ami doit se reposer ! Et qu'est-ce que c'est que ce désordre, rangez-moi cette valise dans le placard ! En voilà, un laisser-aller... et refermez la porte derrière vous !

Altmayer, terrifié par ce dragon, s'éclipsa.

Armée d'une longue seringue, l'infirmière-major pencha sa lèvre moustachue vers son blessé.

– Je suis la *signorina* Stella, chargée de votre garde... Alors, on est nerveux, *signore* Loveberry ?

Larry émit le soupir d'un condamné. Mercucio, le spadassin de Domitien, le dominait. Son visage couturé grimaçait sous le casque. Larry voyait les mains du traître armées d'un sabre.

– Assassins ! Assassins !

– Qu'est-ce que vous dites, *signore* ?

– Adieu, Apollo... Je vais mourir ! murmura Larry.

– Mais non, *signore* ! Vous allez juste faire un petit somme !

Larry sursauta, avec un gémissement. Mercucio lui enfonçait son sabre dans la fesse gauche... Quelques instants plus tard, il se rendormait.

*
* *

« Ce fut mon esclave numide, Carcos, qui me réveilla... Deux splendides Éthiopiennes étaient en train de me masser. Elles répandaient sur mon corps huiles, parfums et... caresses. Je laissai échapper un soupir. L'une d'elles, la plus hardie, laissait errer ses mains dans les endroits les plus secrets de mon corps. J'étais toujours un homme fort, j'aimais mon épouse et ne voyais aucun mal à ces jeux sensuels. Comme me disait Juvénal : “Un esprit sain dans un corps sain.” L'autre esclave, plus douce, répandait ses cheveux sur ma poitrine; elle me caressait d'une bouche humide qui descendait sur mon ventre. Amusé et excité, je me laissais faire, comme un enfant...

– Psst... Seigneur !

C'était Carcos qui m'appelait. Je relevai la tête.

– Pourquoi me déranges-tu ?

– Ils sont arrivés, Seigneur !

La chair est faible. J'hésitai une seconde à continuer l'exercice si bien commencé. Elles étaient belles, avec leur peau ambrée, légèrement brillante. Leurs yeux écartés me dévisageaient avec une impudence un peu bestiale qui n'était pas pour me déplaire. Elles riaient en retroussant leurs lèvres. Je fus héroïque, je les repoussai avec douceur.

– Allons, jeunes bourgeons printaniers... Donnez-moi mon pagne[1]...

Tandis que l'une des jolies Éthiopiennes arrangeait les lourds plis de ma toge de lin blanc sur mes épaules (il était impossible de s'en draper sans l'aide d'une épouse ou d'une esclave), je ne pouvais m'empêcher de songer : La toge n'est pas un vêtement, c'est un fardeau. Qui donc inventera des tenues pratiques pour les Romains ? L'autre laçait les courroies entrecroisées de mes sandales.

Un jeune et vigoureux portier, natif des bords de l'Euphrate, souleva une tenture. Je lui adressai au passage un geste affectueux. Pourtant le jeune homme ne se méprit point. Il connaissait mes goûts. À l'inverse de nombre de mes contemporains, je n'aimais pas les garçons. J'avais toujours apprécié le corps des femmes et ne connaissais pas de plaisir avec mes semblables. Je me dirigeai d'un pas tranquille vers la cour intérieure.

Les beautés de ma nouvelle *domus* me réjouis-

1. *Feminalia* : « caleçon » romain porté par... les hommes !

saient l'âme. L'*atrium* était lumineux. Je passai le long des fontaines irisées. Les poissons bleus nageaient dans les bassins. Nos esclaves vaquaient en silence à leurs occupations. Ils me saluaient d'un sourire. Ces hommes et ces femmes étaient heureux chez moi. Et c'était ce que je désirais. Après tout, ne valait-il pas mieux être l'esclave d'un bon riche qu'un affranchi pauvre errant dans la ville ? Je ne supportais autour de moi que des individus apparemment libres.

Maxime et Maxence m'attendaient sous les micocouliers.

– Salut à toi, Caius Plinius !

– Soyez les bienvenus à Rome, mes fils ! Comment va la vie ?

– Par le bouclier d'Hercule, fort bien, mon oncle !

C'était ainsi qu'ils m'appelaient, moi, leur tuteur.

– Et comment se porte votre digne mère, Leponia ?

– Toujours mal, toujours bien, mon oncle !

Je tapai dans mes mains pour que l'on servît des rafraîchissements.

– Resterez-vous pour partager le repas avec moi ?

– Si tu nous invites, mon oncle ! fit Maxime.

– La belle et noble Calpurnia n'est pas là ? s'enquit Maxence avec courtoisie.

– Non, elle se repose des fêtes de la proclamation de Nerva, à la campagne.

Assis sur des tabourets d'ivoire sans bras ni dossier, nous parlâmes ainsi un moment de choses et d'autres... Je les regardais, dans leurs tuniques courtes de jeunes hommes qui découvraient leurs jambes musclées. Ils avaient grandi, forci à l'armée. Des adolescents étaient partis en Gaule, deux hommes accomplis en étaient revenus... Ils avaient appris tout leur pouvoir de jeunes mâles : dans la ville de Lyon, ces bougres avaient fait des ravages parmi les épouses des notables indigènes... Des sénateurs étaient venus se plaindre au vieil Empereur. Nerva m'avait appelé au Palatin pour parler de mes filleuls. Les temps étaient bien changés. Mes explications avaient rassuré le doux César.

– Ils sont jeunes, Auguste !

– Ô jeunesse... Belle jeunesse ! m'avait-il répondu.

Après la terreur qui avait régné sous Domitien, on se serait cru revenu au bon temps de la République. Pourtant, en montant maintenant au Palatin délivré, je ne pouvais m'empêcher de ressentir un tremblement, chaque fois, lorsque je rencontrais Mercucio. L'homme des basses besognes n'avait sauvé sa vie qu'en participant à l'assassinat de son ancien maître, Domitien... Un sénateur m'avait raconté la scène d'égorgement du cochon : un haruspice avait prédit à Domitien que la cinquième heure du dix-huitième jour de septembre devait être ensanglantée par sa mort. Le "malheureux", ce jour-là, s'était donc claquemuré dans sa chambre. De toute la matinée, il n'avait point quitté son lit, dissimulant un long glaive sous les plis de sa toge. Un homme aux abois, fût-il un monstre, est toujours pathétique. À la fausse nouvelle que la sixième heure était arrivée, le "condamné" s'était senti mieux. Il avait alors décidé de se lever pour procéder à ses ablutions dans une pièce voisine, oubliant son arme sur sa couche.

Parthenius, son chambellan, qui était de la conspiration, avait retenu l'Empereur : l'intendant Stephanus insistait pour lui communiquer en personne de grandes révélations sur la trahison de certains sénateurs.

– Y a-t-il ce menteur de Pline parmi eux ? aurait aussitôt demandé Domitien.

– Oui, César, Pline aussi ! TOUS T'ONT TRAHI !

... C'était le mot de passe. La tenture s'était soulevée, tandis que Domitien, tout à sa fureur sanguinaire, hurlait :

– Alors, tuez-le enfin, ce Pline qui me nargue ! Tuez-les tous !

Pour mon bonheur, ce furent ses derniers mots... Mercucio s'était précipité avec ses acolytes dans la pièce. Domitien eut l'ultime chagrin de comprendre qu'il tombait sous les coups de ses propres tueurs.

Grâce à ce coup d'État, en tout cas, j'avais donc pu revenir avec mes protégés ainsi que leur mère en toute tranquillité dans Rome. Ils avaient réintégré leurs propriétés, auxquelles Domitien n'avait pas osé trop toucher... La ville se laissait aller à sa joie d'être délivrée de ce tyran. Nerva, un vieux sénateur, célèbre comme jurisconsulte, élu par ses pairs, pratiqua aussitôt une politique d'apaisement. J'étais heureux. Rome se réveillait d'un cauchemar. Nerva collaborait avec le Sénat haï de Domitien, réorganisait les finances, ordonnait de bonnes réformes sociales pour la plèbe. Avec mes amis Tacite, Martial, Juvénal, ceux que l'on appelle les lettrés de Rome, nous pouvions monter au Palatin sans trembler. Apollodore rêvait de recevoir des commandes pour bâtir les plus beaux monuments de Rome. Revenu en grâce, je lui promis mon appui.

Le nouvel Empereur n'avait qu'un défaut : âgé de soixante-dix ans, il n'avait pas d'enfants pour lui succéder. Comme nous marchions dans ses jardins, me prenant par le bras, il me parla un jour du souci que cela lui donnait. Je me permis de lui donner un conseil :

– Adopte un fils, Auguste César !

– Qui donc ? Toi, Caius Plinius ?

Nerva souriait avec douceur sous sa couronne de lauriers.

– Par Zeus, non ! Noble *Imperator,* je ne suis qu'un homme de lettres, pas un homme de pouvoir... Pour rassurer les Romains, tu devrais choisir un homme respectable et respecté de tous, un homme aimé de la plèbe, de l'armée et des patriciens, un homme libéral ne se mettant pas au-dessus des lois !

– Comme tu y vas, Caius Plinius ! Un tel homme existe-t-il à Rome ?

– Il y a de nombreuses années, je fis une tournée d'inspection dans le camp de Fabius Questus et je partis ensuite sur le Rhin. Un soldat, courageux capitaine, organisait la défense de la frontière contre les invasions de Germanie. Il m'impressionna par son calme et sa justice. Il était aimé de ses légionnaires et il ne faisait pas mettre à mort les prisonniers...

– Parles-tu de Marcus Ulpius Trajanus ?

– Lui-même, César !

Nerva sembla réfléchir à ma suggestion.

– Il n'y a qu'un ennui... Il est sans doute d'une famille de chevaliers, mais il est né à Italica, en Hispanie.

– Certes, divin Auguste, rétorquai-je. Mais l'Espagne n'a-t-elle pas été pacifiée par nos troupes voilà trois cents ans ? Assurément, Trajan est issu d'une ancienne famille d'indigènes, mais qui s'est souvent montrée unie avec les Romains. Et puis, tout cela est loin... Il a laissé la Bétique[1] derrière lui. Il s'est marié avec

1. L'Andalousie.

la noble Plotine. C'est un homme juste, bon et respectable… C'est un chef valeureux !

– Tu parles bien, Caius Plinius ! remarqua Nerva.

– Pour un avocat, cela vaut mieux, César !

L'Empereur sourit. Il lâcha mon bras sous les regards envieux de tous.

– Reviens plus souvent au Palais ! Je vais réfléchir à ta proposition… Ah ! Dis à tes protégés – comment s'appellent-ils, déjà ? – Maxime et Maxence Questus, de se calmer un peu… Et puis, fais-les donc revenir à Rome, que l'on s'occupe de leur avenir !

Apollodore m'attendait chez moi. Je le mis au courant de ma conversation avec l'Empereur. Apollodore est plus sage que moi :

– … Tu dois te débrouiller pour prévenir Trajan. Si c'est lui, le prochain Empereur, il faut qu'il sache de qui vient l'idée… Car les idées, ami Pline, c'est de l'or !

Suivant à la lettre son conseil, j'écrivis quelques mots sur un rouleau, que je mis à l'abri dans un tube de cuivre. Je confiai le tout à Carcos, avec l'ordre de ne le remettre qu'en main propre au général Trajan. Celui-ci avait pris ses quartiers d'hiver dans le Nord, aux environs de Vérone. Carcos galopa deux jours et deux nuits. Il m'obéit point par point, et se présenta devant Trajan qui lut ces lignes écrites de ma main :

"Je te salue, Marcus Ulpius ! Cette nuit, je fis un rêve que je communiquai à l'Olympe. Tu étais couronné du laurier et le divin Auguste t'avait adopté. Que la gloire de Jupiter confirme ton succès ! Je suis ton tout dévoué.

Caius Plinius."

Ce n'était pas si mal tourné. La réponse ne se fit pas trop attendre. Carcos revenait, quatre jours plus tard, avec une tablette sur laquelle était griffonné : “Je n’oublie ni le bien ni le mal. Sois béni, Ami.” Par prudence, Trajan n’avait pas signé.

Notre avenir s’annonçait bien. Je laissai Carcos se reposer et puis je l’envoyai à Lyon, en Gaule, pour ramener Maxime et Maxence. Je le pressentais : leur heure de gloire était venue.

*
* *

Allongés sur le *triclinium*, nous prenions tous trois notre repas. J’écoutais, amusé, le récit des exploits des jumeaux en Gaule. Ils me décrivaient Lugdunum[1], capitale des trois Gaules.

– C’est une ville magnifique, mon oncle !

– Nous y avons créé des routes superbes, car les indigènes sont bavards et paresseux !

J’observai Syphax, accroupi dans un coin. Les bras autour de sa tête blond-roux, il semblait dormir. Je lui lançai quelques sesterces.

– Va donc rejoindre Carcos dans le bureau du régisseur !

Le Gaulois souleva ses paupières pour me regarder de ses yeux bleus. Il attendait une confirmation des jumeaux. Maxime éclata de rire.

– Va, idiot ! Fais ce que te dit Caius Plinius !

Syphax sortit comme à regret.

– Avez-vous été contents de lui, en Gaule ? demandai-je en dégustant quelques moules et des huîtres.

– Tu sais, mon oncle, Syphax est comme notre ombre… Il nous suit partout. On le siffle, et il arrive !

– Vous n’avez pas craint qu’il ne s’enfuie pour rejoindre les siens, là-bas ?

1. Lyon.

Je le comprenais tout à coup. C'était peut-être un secret espoir que j'avais eu : débarrasser mes filleuls de leur chien fidèle. Maxime et Maxence échangèrent un coup d'œil ahuri.

– Mais, mon oncle, Syphax est à nous ! Il se ferait tuer pour nous. La Gaule et les Gaulois ne l'intéressent pas !

– J'ai entendu dire qu'à Lugdunum, il y a beaucoup de chrétiens.

La question fit bâiller mes protégés.

– ... Les indigènes, en effet, se rallient au signe du poisson dans la vallée du Rhône. Ce sont des marchands du Proche-Orient qui leur apportent ce tissu de mensonges qu'ils appellent Évangile. Tout cela est d'un ennui !

– D'ailleurs, nous ne fréquentions que la colonie romaine, installée sur le coteau de Fourvière.

– C'est là que vous avez honoré, l'une après l'autre, toutes les femmes des patriciens ? fis-je, amusé.

– Ô Caius Plinius ! Nous avons été sages comme des statues !

... Je les enviais soudain... J'aurais voulu avoir vingt ans moi aussi. J'aimais leur beauté, leur force, leur hardiesse. Je voulais revivre en eux et par eux...

Tout en suçotant les os d'un lièvre cuit au jus, Maxime expliquait :

– Les Gaulois, mon oncle, sont des êtres inférieurs, sauvages, stupides. Notre domination est une bénédiction pour eux. Nous les pacifions. Ils n'arrêtaient pas de se battre entre eux ! Leurs cités, si l'on peut employer ce mot, n'étaient que de misérables cahutes. Grâce à nous, ils construisent des monuments.

– Et leur religion ! reprit Maxence : Des dieux barbares, Tarann et Lug, honorés par leurs druides, misérables sorciers et faux guérisseurs !... Sais-tu, mon oncle, que ces sauvages faisaient des sacrifices humains avant la paix romaine ?

Calmement, je rétorquai :

– Nous avons bien, nous, les jeux du cirque !

Les jumeaux en restèrent suffoqués :

– Mais, mon oncle, ce n'est pas du tout la même chose ! Chez nous, ce sont des prisonniers ou des chrétiens que l'on peut voir dans l'arène...

– Rien n'est jamais la même chose, en ce bas monde, mes fils...

Comme tous les jeunes patriciens, ils méprisaient tout ce qui n'était pas romain. Mes "intuitions" m'avaient sûrement trompé. C'était un sang orgueilleux qui coulait dans leurs veines. Ils étaient fiers, glacés, supérieurs, mes beaux protégés...

Après le repas, nous fîmes une sieste. Je proposai à mes fils, avant ce repos, de les emmener en litière au Palatin. Peut-être pourrais-je les présenter à Nerva. Maxime et Maxence acceptèrent avec joie. Ils n'avaient pas revu la ville depuis longtemps. Élevés sur les calmes rives du lac de Côme, ils connaissaient mal Rome.

Mes porteurs nous firent passer près du stade de Domitien. On préparait activement une course de chars. Les écuries les plus fameuses, les rouge, blanche, verte, bleue, amenaient leurs chevaux piaffants, bêtes aux plus prestigieux pedigrees de l'Empire. Sur le passage des animaux, la populace criait, tout spécialement à l'adresse d'un pur-sang noir :

– Que tu sois vainqueur ou pas, nous t'aimons, Polixodus !

Le cheval noir paraissait comprendre ces déclarations... Il hennissait, retroussant ses naseaux, sa queue relevée par un nœud très serré. Sa superbe crinière était constellée de perles et son poitrail étincelait d'amulettes. Des auriges fermaient la marche des chevaux, qu'ils conduiraient tout à l'heure de leur char. Ils étaient eux aussi follement applaudis par la foule massée sur leur passage. L'un d'eux, un géant nommé Dioclès, qui était d'ailleurs le propriétaire de Polixodus, avait gagné trois mille courses de *biges*[1] et mille quatre cent cinquante de *quadriges*[1]... Mes jumeaux regardèrent passer ce champion, comme de jeunes provinciaux ébahis.

... Dioclès tenait son fouet en main. Des bandes molletières s'enroulaient autour de ses puissants jarrets et de ses cuisses aux muscles saillants. Il portait une tunique verte. Un poignard était suspendu à son côté pour pouvoir, en cas d'accident, trancher les rênes. Autour de lui s'agitait tout un petit peuple de seigneurs, d'entraîneurs, de vétérinaires, de gardes d'écurie, de palefreniers et d'un groupe spécial, les *jubilatores*, qui avaient pour mission d'exciter les attelages de leurs cris joyeux.

Je voulus faire plaisir aux jumeaux.

– Je vais vous présenter ! leur dis-je.

Sortant de ma litière, j'appelai Dioclès, qui m'avait souvent vu dans l'entourage de nos derniers Empereurs. Il s'arrêta pour me saluer tandis que je débitais :

– Salut à toi, ô noble et courageux Dioclès !

– Par la barbe de la Fortune, Caius Plinius, viens-tu assister à ma victoire ? En ce cas, ton stylet doit tracer sur la cire de tes tablettes une épigramme sur mes triomphes !

Le présomptueux – il avait déjà empoché un capital effarant de trente millions de sesterces – ne pouvait imaginer perdre la course. Et il voulait en plus que je mette ma prose à la disposition

1. Chars tirés par deux et quatre chevaux.

de sa gloire ! Quel aplomb ! Comme si j'allais user mon énergie à écrire sur une activité que je considère comme violente et stupide ! Naturellement, je dissimulai mes pensées :

– Sois assuré, ô valeureux Dioclès, que je composerai en ton honneur le plus beau des poèmes !

Il eut l'air enchanté.

– Je te prends au mot, Caius Plinius ! Fais-moi passer à la postérité... Restes-tu pour le spectacle ? Je te ferai donner ma loge !

– Par Jupiter, sois remercié de ton amabilité, mais... je dois partir pour le Palatin où je suis attendu avec Maxime et Maxence Questus.

Les jumeaux saluèrent l'aurige avec un enthousiasme non feint.

Leur jeunesse dut plaire à Dioclès. Il leur donna, de sa main gantée, une tape sur l'épaule.

– Venez me voir demain au Circus Flaminius, ou après-demain au Circus Maximus, jeunes gens. Demandez-moi, je vous ferai donner des places. Vous n'habitez pas ici ?

– Nous venons juste de revenir à Rome, valeureux Dioclès. Mon frère et moi arrivons de Lugdunum ! déclara Maxence.

Cette précision sembla intéresser l'aurige.

J'ai un terrible défaut dans la vie. Je “vois” presque tout. J'entends tout, je me souviens de tout... Ce que je ne sais pas, je l'imagine et ce que j'imagine se révèle être, la plupart du temps, la réalité !

... Pendant cet échange, je “sentis” dans mon dos un regard ! Je me retournai brusquement. C'était Syphax, resté près de la litière. Il adressait un clin d'œil discret à Dioclès.

Qu'avait donc à dire un esclave au plus riche des auriges de Rome ?... Dioclès répondit de façon imperceptible puis, voyant que j'avais perçu leurs signes, il détourna la tête pour s'adresser à un de ses entraîneurs.

– Je suis prêt, Roscus, nous y allons tout de suite ! (Très naturellement, il revint vers les jumeaux.) Si cela vous intéresse, mes jeunes amis, je vous ferai faire un tour de char à toute vitesse, je vous montrerai comment conduire un attelage à dix chevaux... Venez donc me voir dans ma *domus* sur l'Esquilin.

L'aurige s'éloignait déjà avec sa troupe. Les jumeaux, ravis, promirent de venir. Nous remontâmes en litière. Tandis que Maxime et Maxence ne tarissaient pas d'éloges sur Dioclès le géant, mollement balancé par mes porteurs africains, je glissai un regard sous le rideau. Syphax, impassible, marchait à nos côtés. Je me promis d'avoir l'œil sur lui. Je me laissai aller dans les coussins. Le spectacle de Rome ne m'intéressait pas.

Les jumeaux, en revanche, étaient tout excités de retrouver le tumulte de l'*Urbs*.

Par la voie d'Apollon, nous atteignîmes le Forum de César. Des marchands y vendaient à grands cris du vin au jus de figue et des devins interprétaient les songes. Des pelotons de légionnaires sillonnaient la foule qui se pressait là. Les Noirs d'Éthiopie avançaient à côté de géants blonds venus du Nord. Il y avait des hommes d'Arabie, côtoyant nos Romains, des Numides, des Gaulois, des Bretons, des Germains, des juifs, des prêtres d'Isis et de Jupiter... Quelle faune étonnante que celle de notre ville !

Les jumeaux regardaient effrontément les visages des jeunes patriciennes qui, comme nous, circulaient en litière.

... Dans toute cette cohue, nous rencontrâmes Apollodore. Malgré la surcharge pour mes porteurs, il monta avec nous.

En passant devant le nouveau forum que Nerva

achevait de se faire bâtir, Apollodore soupira en me désignant le déblaiement du col du Quirinal.

– Tu vois, ami Pline, Domitien ne faisait confiance qu'à mon rival Robirius... Moi, c'est ici que je voudrais bâtir un forum ! Le plus splendide de tous ! J'ai les plans en tête. Ce serait une succession de marchés et de constructions en gradins ! Entre les bibliothèques, j'élèverais une colonne !

– Comme s'il n'y en avait pas assez, ici ! À quoi servirait ta colonne ? lancèrent les jumeaux avec l'impertinence de la jeunesse.

– À glorifier votre bêtise, petits imbéciles ! décréta Apollodore en riant.

Cela sentait bon les fèves grillées. Il nous planta là tandis que Maxime et Maxence, pas rancuniers, lui criaient :

– Apollo, nous irons voir demain Dioclès courir, viens-tu avec nous ?

Notre ami fit signe qu'il serait occupé et se perdit dans la foule. Quelques instants plus tard, nos porteurs nous déposaient devant le palais impérial... Évitant la grande entrée du nord et son majestueux portique, tout comme la salle du trône aux statues de basalte noir, nous nous dirigeâmes aussitôt vers la *Domus Augustana,* résidence privée de l'Empereur. Nous y trouvâmes Nerva en petite compagnie près d'une fontaine. Nous nous apprêtions à attendre le temps qu'il convenait pour approcher l'Empereur avec discrétion.

Ce fut Nerva qui m'appela.

– Sois le bienvenu, Caius Plinius... Sont-ce là tes protégés ?

– Eux-mêmes, Auguste Nerva, voici les fils de Fabius Questus dont je t'ai parlé... Maxime et Maxence !

– Approchez, jeunes gens... Ma vue est faible.

Le brave Empereur fronça les sourcils, jouant le mécontentement.

– Voici donc les deux diables qui ont échauffé la bonne ville de Lugdunum... Que faire pour calmer leur ardeur ?

Maxime et Maxence se jetèrent aux pieds de l'Empereur.

– Nous voulons mourir pour ton service, César ! lança Maxime.

– Que notre sang rougisse la terre ennemie pour ta gloire ! fit Maxence.

Ils étaient parfaits. Nerva sourit en regardant leurs têtes baissées. J'étais resté légèrement en arrière. Nerva se tourna vers moi.

– Que dirais-tu, Caius Plinius, de les envoyer à l'armée pour les campagnes de printemps ? Ils iraient faire leur apprentissage avec les troupes de Germanie inférieure. À la deuxième légion, par exemple, commandée par le glorieux Marcus Trajanus !

L'Empereur envoyait mes fils vers "mon" candidat au trône des Césars ! Une main sur le cœur, je m'inclinai :

– Que la couronne de lauriers te sied bien, Auguste Nerva, toi qui sais trouver le temps de t'occuper comme un père de tes enfants citoyens romains !

– C'est un plaisir de t'entendre parler, Caius Plinius ! Allez, maintenant, Maxime et Maxence. Relevez-vous, couvrez-vous de gloire et... revenez vivants, c'est ainsi que vous servirez bien Rome !

Le noble Nerva, satisfait de nous trois, se retourna vers les sénateurs qui l'entouraient.

– J'ai eu un présage, cette nuit... Les dieux m'ont conseillé de désigner un héritier sans tarder...

– Oh ! Tu es encore vigoureux, César ! protesta un vieux tribun, blanchi sous le harnais.

– Pas tant que ça, Titulus ! Toi et moi avons vieilli ensemble ! Jupiter m'est apparu. Il va bientôt me faire franchir le Styx et me rappeler dans l'Olympe. Ainsi, c'est lui qui a dicté mon choix...

Les sénateurs se taisaient. Nous entendîmes le croassement d'un corbeau – bon présage : il venait de la droite. Nous savions tous que nous assistions à un moment historique. De sa voix douce, Nerva laissa tomber :

– Mon fils adopté sera... Marcus Trajanus... TRAJAN !

Je sentis le regard de César passer sur moi... L'auguste Nerva remonta avec ses intimes vers le palais. On nous entoura aussitôt. La faveur impériale avait caressé de sa palme les fronts de Maxime et de Maxence.

Ils allaient servir le futur Empereur... »

*

* *

– Avez-vous faim, *signore* ?

– Hon...

Larry se redressa péniblement dans ses oreillers. Une accorte infirmière, toute de rose vêtue, lui apportait le petit déjeuner.

16

Chaud et froid

Larry n'avait toujours pas revu Pia... Une fois lavé par deux jeunes Éthiopiennes qui ressemblaient aux esclaves de Pline, Larry se rasa. Fleurant bon et vêtu d'un pyjama propre, il téléphona à l'appartement de Pia.

Il n'y avait personne. Il attendit l'après-midi et appela la maison d'édition. La secrétaire lui répondit que la princesse était sortie pour un rendez-vous à l'extérieur.

Larry lui laissa le numéro de sa chambre. Il était étonné de ne pas trop souffrir. C'étaient probablement toutes les piqûres et tous les cachets qu'on lui administrait. Il « flottait » dans le flou.

Tout sucre, tout miel, l'infirmière-major Stella vint lui ôter son goutte-à-goutte. Larry ne la confondait plus avec Mercucio. Il fut très aimable avec le dragon. Le soleil inondait sa chambre, il se sentait mieux. Il aurait bien volontiers parlé à Altmayer, mais il ne savait même pas si le poète possédait le téléphone dans son antre.

Enfin, la secrétaire de Pia le rappela avec un message laconique : la *signora* Balatresi était très occupée ! Elle lui faisait demander s'il avait besoin de quelque chose. Dans ce cas, elle le lui ferait envoyer par ses fils... C'était clair et net. Pia prenait ses distances... Outré de tant d'injustice, Larry répondit sèchement qu'il n'avait besoin de rien que d'un peu de calme et de repos de l'esprit ! Il raccrocha, furieux.

Pour se calmer, il demanda son bureau de Harvard. Larry savait bien que l'Italie est le plus merveilleux pays du monde. Mais il avait oublié que son réseau téléphonique est à l'image de ses chansons, c'est-à-dire assez fantaisiste. Il obtint enfin sa communication transatlantique. Il y avait de la friture sur la ligne. Miss Sybil n'entendait rien. Larry devait hurler :

– Je ne rentre pas... J'ai eu un accident ! !

– Vous avez eu un enfant ? répétait miss Sybil.

– Un a-cci-dent ! Deux jambes... ca-ssées !

– Vous allez à Santa Fé ?

– Non... Je suis... immobilisé... à la... clinique !

– Mobilisé... en Belgique !

– À LA CLINIQUE PALOMBA !

– Au Canada ?

Larry renonça. Il raccrocha, encore plus exaspéré. Sa fièvre était montée. Il sonna pour avoir un calmant et commença de remplir les papiers de son assurance américaine « accident ».

Vers les cinq heures de l'après-midi, le chirurgien Ricardo Valmoro, suivi de ses internes, fit son entrée dans la chambre de Larry. C'était un bel homme aux cheveux argentés. Sans trop de surprise, Larry reconnut « son » empereur, Nerva. Entouré de son aréopage respectueux, le grand patron ne fit grâce d'aucun détail de l'opération. Larry n'y comprit rien :

– ... Sur la partie du membre inférieur gauche, la malléole interne et la tubérosité antérieure rejoignant le plateau tibial offraient après une rupture avec violence deux profondes lésions, formées en continuité avec déplacements des fragments, que nous avons immédiatement réduites sous anesthésie; sur le membre inférieur droit c'était plus délicat...

Larry avait simplement la pénible impression que l'avenir lui promettait une petite voiture à perpétuité... Mais Valmoro était lancé. Il faisait son cours. Larry le « voyait » en toge, couronne de lauriers sur la tête, entouré de ses sénateurs. Il n'entendit plus ce que « l'Empereur » disait.

Ricardo Valmoro lui tapa sur l'épaule.

– Tout va bien, *dottore* Loveberry ! Je suis fier d'avoir sauvé un grand archéologue. On peut dire que vous avez eu de la chance ! Quinze jours de clinique... Deux mois de plâtre ! Après, on commence la rééducation. Vous trotterez de nouveau comme un lapin sur vos fouilles ! Savez-vous qu'avec cette mauvaise chute vous auriez pu boiter pour le restant de vos jours ?

Larry sentit qu'il devait faire un effort.

– Je vous remercie, professeur ! J'ai eu, en effet, beaucoup de chance de tomber entre vos mains.

Le chirurgien se rengorgea, tandis que Larry ajoutait tout à trac :

– Y a-t-il un psychologue à la clinique Palomba ?

Valmoro eut l'air surpris.

– Non ! Vous êtes dans un service de chirurgie osseuse !

– Ah ! C'est dommage !

– Bah ! Si vous en éprouvez vraiment le besoin, nous pouvons faire venir un psychiatre de l'asile.

Larry se sentit horrifié à l'idée d'appeler le « médecin des fous ». Il protesta :

– Non, ce n'est pas la peine. C'était juste pour un renseignement !

– Parfait... Si vous avez besoin de quoi que ce soit, la *signorina* Stella est à votre disposition !

L'infirmière-major souriait benoîtement sous sa moustache. Larry remercia et le groupe du patron fila vers une autre chambre. Resté seul, l'archéologue se laissa aller à de noires réflexions. Son état empirait... Cette fois, il avait « vu » la suite du manuscrit sans le lire. Ses hallucinations s'accentuaient : il n'avait qu'à fermer les yeux, se dédoublant, il passait d'une époque à l'autre avec la plus grande facilité.

Larry en était là de sa propre analyse, lorsque la porte s'entrouvrit sur Altmayer et la Lorquetta. Ils apportaient des oranges. C'était vraiment gentil de leur part... Larry se sentait tellement misérable qu'il les accueillit avec chaleur. Il félicita la cantatrice de son élégance. La Lorquetta roucoulait, ravie. Il voulait rester seul avec Altmayer. Larry prétendit soudain avoir besoin de journaux. Bonne fille, la Lorquetta se proposa pour descendre en chercher. Larry l'obligea à prendre de l'argent et la cantatrice enfin s'éclipsa.

En quelques mots, après l'avoir conjuré de garder le secret, il mit Altmayer au courant du racket auquel s'étaient livrés les jumeaux. Le poète résuma la situation :

– C'est emm...

– Exactement ! approuva Larry.

– On ne peut quand même pas dire à Pia ce qu'ont fait ses fils.

– Exactement !

– Et, d'un autre côté, on ne peut pas te laisser victime d'une telle injustice !

– EXACTEMENT ! répéta Larry avec conviction.

Altmayer donna sur les plâtres deux tapes qui firent grimacer Larry.

– Ouille !

Altmayer se méprit.

– Mon pauvre vieux, ne t'inquiète plus... Tu

m'as rendu assez de services dans la vie pour qu'une fois ce soit à moi d'arranger ton coup !

Cela partait d'un bon sentiment, pourtant Larry s'étonna :

– Je te remercie, Altie, mais je ne vois pas ce que j'ai fait pour toi.

– Ah bon ! fit le poète, surpris. Je croyais... j'étais même sûr que tu m'avais beaucoup aidé, autrefois !

Larry ferma les paupières.

*
* *

« Apollodore marchait de long en large dans l'*atrium*.

– Tu es sûr, Caius Plinius, que j'ai la commande ?

– Certain, Apollo, l'Empereur m'a dit qu'il te confiait la construction de son nouveau forum. Il va te le confirmer ce soir au Palatin ! Tes plans lui ont plu... Il veut TA colonne !

Apollodore cessa d'aller et venir pour me serrer passionnément dans ses bras. Je suis un homme froid, toujours un peu gêné par de trop grandes démonstrations.

– Ami fidèle ! Tu m'as sans cesse soutenu dans ma traversée du désert. Tu as toujours eu confiance en moi... Comment te remercier ?

– Remercie ton génie, Apollo, c'est lui qui va élever un monument défiant le temps et la postérité !

– Non ! Je ferai quelque chose pour toi, Pline ! Je ne sais pas encore quoi, mais je veux te prouver ma reconnaissance éternelle !

Apollodore avait le sang bouillant des Orientaux. Avant que je n'eusse pu protester, il s'était entaillé le poignet à l'aide d'un stylet. S'emparant de mon bras, il me fit à moi aussi une petite balafre sanglante. Puis il serra nos mains l'une contre l'autre.

– Tu es maintenant mon frère de sang, Pline ! Où que tu ailles, quoi que tu fasses, quand tu penseras à moi, je serai là ! Je jure de te protéger ! De donner, si besoin est, ma vie pour toi... Devant les dieux, nous serons des frères pour l'éternité !

Bien que je fusse un grand sceptique, je ne pouvais me défendre d'une certaine émotion devant le ton passionné d'Apollodore. Il virevolta dans sa toge chamarrée pour aller s'allonger près du bassin aux poissons. Je fis de même. Nous entendions le souffle du vent dans les micocouliers.

– Et comment vont les jumeaux ? interrogea Apollodore en croquant les dattes fourrées dont il était friand.

– Aux dernières nouvelles, bien ! Je suis content qu'ils aient quitté Rome. Leur amitié avec Dioclès ne me plaisait pas !

– L'aurige ?

– Oui, ce “cocher” les entraînait à conduire des chars à toute vitesse. Tu sais, Apollo, comme les jeunes esprits sont fragiles ! À cet âge-là, ils font des bêtises. (Je baissai la voix.) T'avouerai-je mon inquiétude ? Je crois que ce Dioclès est chrétien !

– Chrétien ! répéta Apollodore.

– Oui. Je suis allé chercher Maxime et Maxence dans sa *domus*, un vrai palais sur l'Esquilin. J'y ai vu des gens simples, que je n'aurais pas cru rencontrer chez ce genre de hâbleur !

– Qu'appelles-tu des gens simples ? fit Apollodore en piochant dans les dattes, de ses mains garnies de bagues.

– Il y avait des femmes et des enfants pauvrement mais proprement vêtus.

– Des esclaves ?

– Non... Près des vignes et des chèvrefeuilles, ils jouaient en liberté.

– Et alors ? Chez toi aussi, les esclaves sont libres de chaînes !

Je secouai la tête.

– Apollo, j'en ai vu prier à genoux !

– Ils présentaient peut-être leurs offrandes aux dieux.

Apollodore avait réponse à tout. J'insistai :

– L'une des femmes avait dessiné le signe d'un poisson !

– Bah ! Toi aussi, tu as des poissons dans ton bassin ! Ce n'est pas pour cela que tu es chrétien. Tu t'inquiètes trop pour tes fils, laisse-les donc vivre, Caius Plinius...

Ma belle, ma sucrée, ma douce Calpurnia nous rejoignait, blanche et dorée comme une colombe. Sans se gêner devant notre ami, elle entoura mon cou de ses bras tendres pour déposer un baiser sur ma nuque. Je frissonnai de bonheur, n'ayant pas honte de montrer à tous mon amour. Apollodore se levait... Allons, il avait raison ! Je me faisais trop de souci pour mes jumeaux.

– Je te salue, Calpurnia; et toi, adieu, ami, à demain... Je vais fignoler mes plans. Quand tu écriras à Maxime et à Maxence, envoie-leur le souvenir de leur vieil Apollo.

– Je n'y manquerai pas ! assurai-je tout en raccompagnant mon visiteur.

– Et où sont-ils, actuellement ?

– Ils font leur service dans l'armée du Rhin... Mais, Apollo, on murmure ici que l'Empereur va partir en campagne... »

*
* *

– … Et je vais leur dire : « Mes lascars, vous vous dénoncez ou je vous botte les fesses ! »

– … ?

– Tu es d'accord ? Eh ! Larry ?

– Hon…

– Ça va ? Tu tournes de l'œil, ou quoi ? Oh ! Tu es tout pâle !

Altmayer se penchait sur le blessé.

– Tu veux que je sonne une infirmière ?

– Non, ça va aller… Donne-moi un verre d'eau.

Le poète fit ce qu'on lui demandait. Larry but avidement et reposa sa tête dans les oreillers. Il n'osait plus fermer les paupières. Il regardait fixement Altmayer.

– Comment s'appelle ton spécialiste du cerveau ?

– Quoi ?

– Tu m'as bien parlé d'un type de l'université de Berkeley ?

– Ah oui ! fit Altmayer en épluchant une orange. Le physicien Bernardo Alexandro ! Il fait un séminaire sur les potentialités de la pensée.

– Tu peux me donner son adresse ?

– Bien sûr ! Cela t'intéresse, finalement ?

– Euh… peut-être. Mais qu'est-ce qu'il vous fait faire exactement ?

Altmayer se renversa en arrière. Comme une grande araignée, il étira ses longues jambes et ses bras grêles.

– Bernardo relaxe la partie physique de ton être pour que l'esprit ait accès à d'autres vérités.

– C'est vague !

– Non, mon vieux ! L'Occident moderne a négligé la nature immortelle de l'âme. Tu es un scientifique et t'es-tu jamais demandé si la conscience a des limites ?

Larry fit la moue :

– Tout ça, ce sont de vieux thèmes chers à papa Freud, qui prétendait, sans l'avoir jamais prouvé du reste, que « les énergies de l'âme sont déplaçables » !

– Ouais... mais il disait aussi que les troubles psychiques sont engendrés par une rétention de sentiments, comme la fièvre par une inflammation interne !

Tout en discutant, Altmayer suçait bruyamment son orange.

– Coucou, mes chéris... J'ai les journaux ô ô ô !

La Lorquetta revenait les bras chargés de revues. Elle les déposa sur le lit de Larry. Sans même fermer les yeux, Larry « vit » l'impératrice Plotine se pencher sur lui.

La sonnerie du téléphone le ramena dans son lit.

Précédant son mouvement, Altmayer répondit :

– *Pronto* ... Ah ! Pia !

Le poète roulait des yeux vers Larry.

– Oui ! Oui ! Oui ! Oui !

Larry se redressa, furieux de n'avoir pas répondu lui-même. Il faisait des signes désespérés pour se faire donner l'appareil. Altmayer, imperturbable, continuait de répéter :

– Non ! Non ! Non ! Non !... Ah ? Oui ? Oui ? Oui ? Oui ?

Larry grinçait des dents. Il avait des goûts de meurtre dans la bouche. Altmayer raccrocha.

– ALORS ? hurla Larry.

Altmayer se rassit en croisant ses jambes de papa faucheux.

– Pia arrive !

– Mais... que... que...

– Les jumeaux se sont dénoncés ! Elle vient te rapporter tes 5 000 dollars !

17

Le retour

– … Jamais ! Jamais…
– Je t'en prie !
– Jamais, jamais je n'accepterai un sou de toi !
– Mais mes fils se sont tellement mal conduits !
– Bah ! Ce sont des enfants ! Il faut bien que jeunesse se passe…
– Ils ont de mauvaises fréquentations !
– À cet âge-là, c'est sûr, il leur faut de bons exemples.
– Si tu ne leur en veux pas trop, tu pourrais les guider !
– Je ferai tout pour eux !
– Tu es si bon ! Oh ! Je voulais les envoyer à l'armée pour les mater !
– Non, surtout pas ! Tu sais, je les aime comme s'ils étaient les miens !
Larry était superbe de magnanimité.
Pia en avait les larmes aux yeux.
– Comment les faire pardonner ? Et dire que tu es dans le plâtre à cause d'eux !
– Oh ! Ce n'est rien… Un petit accident !
– Comme tu es généreux !
Larry était si heureux de retrouver Pia, de respirer de nouveau son parfum, de sentir ses doux cheveux sur sa joue, qu'il était prêt à s'accuser d'être tombé exprès.
– Et cette petite Corinne ! s'exclama Pia.

– Qui ça ?
– Leur complice ! C'est une enfant de seize ans, la fille d'un diplomate suisse, Corinne Dober. Non mais, tu te rends compte du scandale quand ça va se savoir !
Larry s'agita.
– Il faut absolument éviter ça !
– Mais la police ! Tu as porté plainte... Tu leur as donné son signalement ! gémit Pia.
– Moi ? J'étais dans le cirage !
– Justement ! Tu leur as dit qu'une terroriste aux longs cheveux bruns t'avait menacé ! Et qu'elle t'avait extorqué 5 000 dollars. Elle est recherchée !
– Et j'ai parlé des jumeaux, des papyrus ?
– Non, juste de la fille !
Larry réfléchissait.
... Après avoir reçu le coup sur la tête, il avait dû garder assez de lucidité pour éviter de nommer Lorenzo, Cosimo et le manuscrit de Pline. Pour leur complice, par contre, il avait dû vouloir expliquer pourquoi il lui flanquait une correction en plein aéroport.
Larry prit sa décision.
– Appelle le commissaire de police... Je vais arranger cela !
Un long baiser fut sa première récompense. Il saisit l'appareil que Pia lui tendait.
– *Pronto ! Si sono il dottore* Loveberry, pour le commissaire... Hem ?
– Martiali... souffla Pia.
– Martiali ! Ah ! C'est vous, commissaire Martiali ! *Buongiorno, si...* Larry Loveberry, *il signore* de l'aéroport...
– Ah ! Le faux terroriste que nous avons assommé par erreur !
– C'est cela !
– Vous allez mieux, *dottore* ?

– Beaucoup mieux. Je me souviens de tout, maintenant !

– *Bravissimo, dottore !* Je vais vous envoyer un inspecteur pour prendre votre déposition. Vous êtes toujours à la Palomba ?

– Oui. Mais ne m'envoyez personne car j'ai retrouvé mes dollars !

Il y eut un silence dans le téléphone puis le commissaire reprit lentement :

– Vous voulez dire qu'on ne vous a pas volé ?

– C'est ça ! C'était une erreur de ma part. Je me suis trompé !

D'un ton rageur, le commissaire grogna.

– Alors, il n'y a plus de racket ? Plus de plainte ? Plus de terroriste ? Rien ?

– Non, je suis navré pour cette jeune fille. Si vous la retrouvez, présentez-lui mes excuses... Voilà, au revoir et merci pour votre compréhension !

Tandis que Larry tendait le téléphone vers Pia pour qu'elle raccroche, il entendit le policier grommeler vers un collègue :

– Maboul, ce Ricain !

Larry se laissa aller à son bonheur. Il attira Pia dans ses bras. La tête appuyée sur son épaule, elle resta un moment contre lui. Ils échangèrent un long baiser et se regardèrent, éblouis de leur amour.

Soudain, Pia murmura :

– Cette nuit, Larry, j'ai rêvé de Pline !

*
* *

Quelques jours plus tard, Larry, devançant les prédictions du Pr Valmoro, quittait la clinique Palomba sur un brancard. Porté par de solides infirmiers, il réintégra le quatrième étage du *palazzo*. Tous les habitants lui firent un retour triomphal.

Altmayer avait, pour la circonstance, écrit un poème de bienvenue :

Heureux retour, Larry !
Prince de la gentry
Revenant en tilbury
Boire avec nous le sherry
Ou encore mieux un pommery
Au paradis de Balatresi !

Larry voulut remercier le poète, il n'en eut pas le temps. La Lorquetta attaquait le grand air du *Retour du fils prodigue* !

Il est revenu... uu !
Il est arrivé... éé !

Raimondo, de son côté, avait peint un tableau cubiste, totalement incompréhensible, qu'il offrit à Larry. Mazzini avait gravé une médaille à son profil. La Zorra lui avait tricoté un pull-over aussi rouge que ses cheveux. Raffaello et sa digne épouse apportaient salamis et mozzarella, tandis que Giuliano, Giuletta et leurs six enfants montaient avec un bateau de terre cuite, incrusté de coquillages verts, dorés et roses ! Cet objet de leur fabrication était d'une immense laideur, mais la valeur du présent remua Larry au-delà de tout... Il n'avait jamais connu tant de chaleur, au cours de sa vie.

Pia n'était pas en reste. Elle lui avait fait installer un lit spécial dans le salon. En outre, elle lui remit des enluminures de Michel-Ange et une superbe gravure de la colonne Trajane ! Quant aux jumeaux, ils brillaient par leur absence.

Depuis quelques jours, à la clinique, Larry avait eu moins d'« hallucinations ». Maîtrisant sa curiosité, il n'avait plus regardé les rouleaux de papyrus. Larry était persuadé qu'en prenant du recul avec le manuscrit son imagination se calmerait. De fait, à part quelques brèves « visions », Larry s'était éloigné de l'Antiquité.

Allongé maintenant sur le lit devant les terrasses, les jambes légèrement surélevées dans leurs plâtres, Larry, vêtu d'un short et d'un pull-over bleus, sablait le champagne avec ses amis.

Ceux-ci, suivant la coutume, signaient leur nom sur les plâtres. Ils faisaient des dessins. On riait ! S'amusait ! Pia tenait la main de Larry. Ils ne cherchaient plus à dissimuler leur amour. Elle abandonna un instant Larry pour offrir des gâteaux. Larry, amusé, regarda ses plâtres couverts de signatures. Il fronça les sourcils en découvrant des mots latins :

... À mon ami Caius Plinius pour toujours, Apollodore de Damas. Ton épouse Calpurnia. Ton fidèle Carcos. À toi, Fabius Questus. Leponia. Syphax le Gaulois. Cornelius Tacitus.

Larry, stupéfait, releva la tête.

*
* *

Il se tenait allongé près de son bassin au milieu de ses amis en toge. Calpurnia offrait des gourmandises au miel.

D'un pas martial, Maxime et Maxence, vêtus de leurs tuniques courtes et cuirasses de poitrail, pénétraient dans l'*atrium*.

– Voilà deux jeunes gens qui ont beaucoup à te dire !

*
* *

... La voix de Pia ramena Larry dans son époque. Elle tenait Lorenzo et Cosimo par les bras.

Les jumeaux se dandinaient devant l'archéologue. Visiblement, les deux racketteurs ne savaient ni au propre ni au figuré sur quel pied danser ! Larry décida que dans une telle situation, le plus intelligent était de faire l'idiot. Il leur tendit la main.

– Salut, les gars ! Ça va ?

– Hon ! Hon !

– Heureux de vous revoir !

– Hon ! Hon !

– Tout va bien, au lycée ?

– Hon ! Hon !

– Le football, ça marche ?

– Ouais, ça va !

Lorenzo se grattait la tête.

– Heu, et ça... ne te fait pas trop mal ?

Cosimo désignait les jambes de Larry.

– Pas du tout ! Je suis même enchanté, ça me fait des vacances forcées !

Larry eut un petit rire.

Pia revenait avec une ravissante jeune fille. C'était la « terroriste » redevenue une enfant bien élevée un peu confuse.

– Voici Corinne Dober !

Comme avec les jumeaux, Larry serra la main de la jeune fille. La fille de l'ambassadeur se montra fort bien élevée.

– Bonjour, monsieur !

Pour un peu elle aurait fait une révérence.

– ... Bonjour, mademoiselle, ravi de faire votre connaissance ! Excusez-moi de ne pas me lever, mais je suis bêtement tombé !

À ce rappel discret de l'accident, la douce enfant ne rougit même pas. Larry plissa les paupières. Bien sûr, il la connaissait, cette petite ! C'était Lutèce, l'esclave de Leponia... Elle regardait les jumeaux avec admiration. Elle était amoureuse d'eux ! Tous trois se tenaient maintenant au pied du lit... dans leurs tenues romaines.

Pour couper court à ses fantasmes, Larry leur tendit une pointe feutre.

– Signez mes plâtres en souvenir !

Les jumeaux et leur amie s'exécutèrent. Quand ils se redressèrent, Larry découvrit sans trop d'étonnement, inscrits dans le plâtre, à la place de Lorenzo, de Cosimo et de Corinne, les noms de *Maxime*, de *Maxence* et de *Lutèce* !

*
* *

Larry avait appris à se débrouiller avec des béquilles. Le soir venu, il passa dans sa chambre et se coucha.

Dès que toutes les lumières furent éteintes, Pia vint le rejoindre. Ôtant sa chemise, elle se glissa contre lui. Sa joue caressait la poitrine de Larry. Ses lèvres glissaient, humides, sur son ventre. Dire que les plâtres facilitaient les choses serait exagéré ! Mais comme tous les êtres très amoureux, Pia et Larry surent inventer de nouvelles techniques pour se prouver leur passion.

Lorsque leurs sens furent calmés, ils restèrent immobiles, un peu essoufflés, l'un contre l'autre. Larry fit une grimace. Après cette séance non prévue au programme de rééducation de Valmoro, il avait soudain très mal aux jambes. Pia lui tendit un verre d'eau et un cachet. Larry les absorba. Il se sentit mieux. Elle essuya une fine buée sur son front, et murmura d'un ton gourmand :

– Tu ne veux pas continuer ?

Larry se méprit.

– ... Je ne sais pas si je pourrai !

Elle rit.

– Mais non... Continuer de lire la suite !

Sans attendre sa réponse, elle alla chercher la valise, étendit les rouleaux sur le lit. Larry les tria avec hésitation. C'est à peine s'il osait les toucher.

– Pia, j'espérais que cela irait mieux, mais mon état empire de jour en jour...

– Tu as plus mal ? Il faut retourner faire des radios !

Larry se tapa sur le front.

– Non, c'est là-haut que ça va mal ! J'ai besoin d'un lavage de cerveau. Regarde mes plâtres. Qu'est-ce que tu y vois ?

– Des dessins, des signatures.

– Oui, mais lesquelles ?

– « Souvenir d'une civière, ton divin Altmayer. » « Bons baisers de Mazzini ! » « Galia Zorra ! » « Viva Larry ! » « Pia »... « Cosimo »... « Lorenzo ! »

Larry saisit la jeune femme aux poignets.

– Et moi j'ai vu tout à l'heure : Apollodore, Calpurnia, Fabius, Carcos, Maxime, Maxence, Lutèce ! Mais ce qu'il y a de plus terrible... (Larry lorgna ses jambes)... c'est que ça continue ! Tout est écrit en lettres romaines... C'est gravé sur mes plâtres et... dans ma tête ! (Il lâcha Pia.) Alors tu comprends que j'hésite à replonger dans ces manuscrits qui me rendent fou.

Pia, assise sur le lit, réfléchit un instant.

– Ils ne te rendent pas fou ! Ils t'obsèdent, c'est différent ! Moi aussi, du reste, je vois ces personnages la nuit dans mes rêves...

– Oui, mais toi, tu dors… tandis que moi, je les vois éveillé… Ils prennent *vos* places !

– Tu sais, Larry, la différence entre le sommeil psychique et la réalité physique est très mince… Nous vivons tous sous hypnose culturelle !

Larry la regarda, soupçonneux.

– Toi, ma chérie, tu as parlé avec Altmayer ?

– Oui. Cela fait longtemps que j'ai envie d'aller suivre le séminaire de son physicien de l'université de Berkeley. Il paraît que ça s'appelle de l'« activation mentale », mais je ne peux pas me décider à aller faire un voyage à travers ma conscience toute seule… Tu veux venir avec moi ?

Elle appuya sa tête contre l'épaule de Larry.

– Sur mes béquilles, pourquoi pas ? (Il la serrait contre lui, respirant le parfum de ses cheveux. Au hasard, Larry déposa un baiser qui tomba sur le nez de Pia :) Dis-moi exactement ce que tu vois dans tes rêves.

– Eh bien, Pline, c'est toi en toge ! Tu n'as pas changé…

– Oui, c'est cela ! C'est bien moi !

– Apollodore, c'est Mazzini et…

Larry l'interrompit :

– Ah non ! Apollodore, c'est Altmayer !

Pia se redressa.

– Pour moi, c'est Mazzini ! Et Fabius, c'est Raimondo.

– Non, Fabius, c'est Giuliano ! Et Carcos, c'est Raffaello…

– Moi, Carcos, c'est Altmayer !

– Et Maxime et Maxence ? interrogea Larry, agacé.

– Je ne les vois pas ! déclara Pia.

– Comment, tu ne les vois pas ?

– Non, je ne les vois pas !

– Mais tu dois les voir ! C'est Lorenzo et Cosimo, tes fils !

Pia secoua la tête.

Larry insista :

– Mais toi-même, tu es bien Calpurnia, mon épouse ?… Enfin, l'épouse de Pline ?

– Non, pas du tout… Je suis *Solina* !

– Solina ! répéta Larry, stupéfait.

– Oui, Solina, la princesse dace ! répondit Pia, assez satisfaite.

– … Mais tu n'as pas pu la voir ! s'exclama Larry. Nous n'en sommes pas encore arrivés là du manuscrit !

Pia reposa sa tête sur l'épaule de Larry.

– Alors, raconte, mon amour, on verra bien…

18

Trajan

« C'était l'apothéose, la gloire. Pourtant, je ne pouvais me défendre d'une certaine tristesse : l'empereur Nerva était décédé. De mort naturelle, événement fort rare au Palatin. Il s'était éteint comme une chandelle usée...

Nous étions en 851[1] de la fondation de notre ville. Tout en donnant mes ordres de départ, je ne pouvais m'empêcher de me remémorer dans l'ordre les derniers quatre-vingts ans de nos Césars : Tibère, le règne de la terreur; Caligula, le fou assassin; Claude, le brave homme empoisonné par la "chère" Agrippine; Néron, le sanguinaire; en un an, Galba, massacré par Othon, ce dernier "suicidé" par Vitellius, lui-même massacré par le peuple, qui s'était acharné sur son cadavre; un répit : Vespasien instaurant le système de la succession dynastique héréditaire; puis voici le gentil Titus, et le cruel Domitien saigné tel que je l'ai relaté... Je restais perplexe sur notre époque. Étions-nous des sauvages ? Nous, Romains, nous, le peuple le plus évolué de l'Occident ?

C'était la fonte des neiges... Malgré cela, j'avais décidé, dès l'annonce de la mort de Nerva, de rallier le camp de Trajan. Par les courriers

1. 98 après Jésus-Christ.

que je recevais de mes fils, je savais qu'ils avaient, dans le sillage de leur chef, quitté la Germanie inférieure pour venir sur les bords de l'Adriatique, au fond de son golfe, aux environs d'Aquilée[1].

Tenu au courant de la maladie de Nerva, Trajan voulait-il se rapprocher de Rome pour prévenir un coup d'État ? Il avait pourtant été adopté légalement. Personne, parmi les sénateurs, ne contestait son titre. C'était lui l'Empereur, mais il ne le savait pas encore.

Malgré les soupirs de Calpurnia, je me mis en route dès la nuit. Avec un peu de chance, j'arriverais avant le courrier impérial. Pour aller plus vite, je n'emmenais avec moi que Carcos, un palefrenier crétois et deux Mauritaniens, solides gaillards dévoués : les bandits, malgré la surveillance, ne disparaissaient jamais de nos routes.

J'empruntai la *via Flaminia,* très large aux abords de Rome, avec des trottoirs, mais qui allait en se rétrécissant. Nos chevaux galopaient bien sur les blocs de pierre et les graviers, en dépit du manque de moelleux pour leurs sabots et nos postérieurs.

À l'aube, nous dépassâmes un convoi de troupes qui montaient en Germanie. Nous nous arrêtâmes sous un olivier pour nous restaurer de poisson, d'oignons, de pois chiches et de lait de brebis, que Carcos avait eu la prévoyance d'emporter.

La poste impériale nous dépassa durant cette halte. Portaient-ils déjà la nouvelle de la mort de l'Empereur ? Je savais qu'en galopant jour et nuit je pourrais peut-être les devancer aux alentours de Vérone. Je connaissais un raccourci le long de la côte...

1. La future Venise.

Il était temps de se remettre en selle. Demain, je serais criblé de douleurs. Je ne m'étais pas entraîné de tout l'hiver à monter. Comme un paresseux, je ne m'étais promené qu'en litière.

Nous ralentîmes l'allure à la prochaine borne. Il nous restait cinquante milles[1] avant d'arriver. Les bêtes étaient épuisées, nous en changeâmes dans un relais. Sans sourciller, je payai 20 deniers[2] les chevaux, ce qui était beaucoup trop cher. J'allais sortir de l'auberge pour me remettre en selle lorsque j'entendis un cri venant de la salle voûtée.

– Caius Plinius ! Par Baalim, quel bon vent !

Je me retournai et cachai mon frémissement sous un sourire. C'était Mercucio, le tueur, encadré de ses deux spadassins. Qu'allait-il faire sur la route d'Aquilée ? Prévenir Trajan de son héritage, ou mettre fin à son triomphe avant qu'il ne commence ? Qui avait envoyé ce disciple d'Isis vers le nouvel Empereur ?

Je revins vers lui, souriant, l'esprit concentré sur ces questions. Il me prit de vitesse :

– Où vas-tu donc, Caius Plinius ?

– Voir un vieil oncle malade à Vérone. Et toi, ami ?

Le dernier mot avait du mal à passer.

– Porter un message du Capitole à Marseille.

... Le menteur, ce n'était pas la route ! J'étais fixé : Mercucio avait reçu une sinistre mission. Il se levait déjà pour remonter à cheval. Ma tactique avait réussi une fois. À tout hasard, je tentai une deuxième chance.

– Cher Mercucio ! Par Isis et par Serapis, le seul vrai culte, deux amis tels que nous ne peuvent se retrouver pour se séparer ainsi !

1. *Milia passuum* : mille pas : 1 472 mètres.
2. Sesterces d'argent devenus deniers (*denarius*).

... Moi qui prône le détachement pour toutes formes de dévotion aux dieux, et en particulier à ces mystiques orientales : Cybèle, Attis, Mithra, divinités d'Anatolie, de Palmyre, des bords de l'Euphrate ou de l'Égypte !... Quincaillerie auprès de laquelle l'autre religion étrangère, de ceux qui s'appellent « frères chrétiens », semble moins nocive... En tout cas, j'avais tapé juste.

Mercucio se rassit, heureux d'avoir trouvé un autre disciple de la liturgie du Nil.

– Tu as raison, Caius Plinius, nous ne pouvons nous quitter sans boire à nos croyances !

Je tapai dans mes mains pour nous faire apporter du vin. Vers midi, les trois spadassins roulaient sur les dalles, ivres morts. J'étais étonné de la rapidité avec laquelle je les avais soûlés. Moi-même, je titubais à peine.

Je lançai une autre bourse à l'aubergiste en lui "recommandant" mes compagnons. Et je remontai à cheval, sans l'aide de mon palefrenier crétois. J'étais surpris de ma fraîcheur. En approchant de la quarantaine, je devenais sans doute plus solide aux effets du vin.

Sur la route, lancé au galop, Carcos laissa éclater sa joie.

– Tu n'as pas besoin de mon vomitif, Seigneur ?

– Mais non... Tu vois : je frétille comme un poisson !

– Tu n'as donc rien vu, Seigneur ?

– De quoi parles-tu ?

– Je ne voulais pas que tu sois malade comme avec le vin de Falerne... J'ai pu glisser du soporifique dans les coupes de ces trois putois, pas dans la tienne, Seigneur... En outre, tu as bu trois fois moins qu'eux !

J'éclatai de rire.

– Ils vont dormir longtemps ?

– Oui, Seigneur, jusqu'à demain. Tu as tout ton temps !

Je regardai mon Numide avec admiration. Réellement, il est plus intelligent qu'un sénateur romain.

– Fais-moi penser à t'affranchir dès notre retour !

– Je te remercie, Seigneur !

– C'est tout ce que cela te fait de devenir un homme libre ?

– Je ne sais pas ce qu'est la liberté, Seigneur... Alors, je ne peux pas en parler ! dit Carcos.

Pour couper court à un sentiment qui ressemblait à de la honte, je me relançai au galop.

... Je décidai de couper à travers les champs fleuris, le long des falaises. Le paysage était admirable, la mer moutonnait en bas dans les criques. Au loin, trois cavaliers venaient au galop vers nous. Le temps de nous rapprocher, je les reconnus et hurlai :

– Maxime ! Maxence !

– Mon oncle ?

Ils ne s'attendaient pas à me trouver là.

Sans descendre de cheval, nous nous donnâmes l'accolade. Je les regardais. Ils étaient superbes en double exemplaire. Maxence plissait son œil bleu sous son casque. Maxime me dévisageait de ses yeux bruns pailletés d'or. Ils étaient bronzés des pieds à la tête.

– Où allez-vous ?

– À Rome, mon oncle ! Sur l'ordre du général Trajan !

L'héritier de Nerva, sans doute inquiet de ne pas avoir reçu de nouvelles de Rome, envoyait ses jeunes courriers aux nouvelles. Maxime et Maxence portaient le casque à tête d'aigle et une peau de bête recouvrait leurs épaules. Derrière eux, toujours muet, tête baissée, se tenait leur esclave Syphax. Ses cheveux roux étaient éclaircis de mèches plus claires. Comme moi, il prenait des années. Une mouette blanche passa en piaillant dans le ciel bleu au-dessus de nous. Syphax leva les yeux pour regarder son battement d'ailes. Maxime et Maxence firent de même. Le temps, un instant, s'arrêta sur le vol de l'oiseau… Je fus frappé de ce que Calpurnia avait remarqué : leur ressemblance à tous trois : *Maxime, Maxence, Syphax.* Je secouai ces idées folles.

– Faites demi-tour, mes fils ! ordonnai-je.

En quelques mots, je les mis au courant de l'événement qu'attendait Trajan : *la mort de Nerva !*

– Et tu as fait tout ce chemin pour nous prévenir, Caius Plinius ! s'étonnèrent les jumeaux.

– Oui, mes fils !

Ils étaient émus et surpris.

– Allez porter la bonne nouvelle à Trajan… Vous serez les premiers ! Tirez-en toute la gloire possible ! Moi je vous suis, au pas.

Voilà qui remédierait peut-être à mon mal aux reins !

– You ! You !

De la voix, ils excitaient déjà leurs chevaux. Je les regardai galoper vers Aquilée et le succès…

*

* *

… J'arrivai au camp de Trajan en fin d'après-midi. Le nouveau César, entouré de ses officiers, me reçut sous sa tente. Maxime et Maxence étaient de cet entourage… Je leur jetai un regard d'intelligence. De général en chef[1], légat en Ger-

1. Consul préteur.

manie, Trajan devenait l'être le plus puissant de l'Occident, l'empereur de Rome.

J'admirais, en cette occasion, son calme olympien. Il était d'abord un soldat. Et, même avec sa toute nouvelle couronne de lauriers, il paraissait vouloir demeurer un soldat. Je ne pouvais m'empêcher de frissonner : cet homme pouvait désormais, si l'envie lui en prenait, nous faire tous empaler, crucifier, dévorer dans les cirques ! Heureusement, Trajan ne paraissait pas avoir ces cruelles idées en tête. Il avait alors quarante-cinq ans, un mâle visage assez large sans réelle beauté, mais que son expression loyale et ferme avait sculpté de nobles rides. Il m'accueillit avec chaleur.

– Sois le bienvenu, Caius Plinius ! Je pense que tu connais la nouvelle que m'ont apportée mes courriers, Maxime et Maxence Questus ?

– Auguste Trajan ! Comme nous tous, je me réjouis de la puissance que ton bras vainqueur et pacificateur va apporter à Rome !

– Bien parlé, Caius Plinius. Note sur tes tablettes que je prends désormais le titre de César Nerva Trajanus ! Et tu raconteras mes campagnes.

Le murmure approbateur des grands capitaines emplit la tente. Parmi eux, je reconnaissais Cornelius Palma, Publius Celsus, Lusius Quietus le More, le célèbre général mauritanien qui découpait, disait-on, ses ennemis en morceaux pour les dévorer ! Trajan appréciait sa férocité dans les batailles.

Ce "mangeur de petits enfants" était couvert d'une peau de léopard. Des breloques d'or pendaient à ses oreilles. Un diamant était enfoncé dans son nez noir comme le jais. Il me faisait force sourires. Franchement, je m'en serais bien passé !

– Vas-tu rentrer à Rome pour ton triomphe, César ? osai-je interroger.

– Pas tout de suite ! Je réserve les honneurs de l'apothéose à mon père adoptif, le "Divus" feu Nerva... Je veux que des funérailles magnifiques lui soient rendues, comme récompense suprême de l'État à son bienfaiteur. Et je te permets, Caius Plinius, de déclarer par écrit au Sénat que la "preuve la plus décisive de la divinité d'un César réside dans l'excellence de son successeur".

Ce soldat était un fin politique : féliciter Nerva de l'avoir choisi ! Trajan allait nous réserver des surprises.

Avant de se retirer sous la tente de Plotine, son épouse, Trajan tint en effet à me faire savoir qu'il me devait son trône :

– Un présage nous a averti que notre "père" Nerva, dans sa sagesse, appréciait tes pensées, Caius Plinius ! Admirant moi aussi tes lettres et ton érudition, je te donne l'autorisation bienveillante d'écrire, pour la postérité, au fur et à mesure, l'histoire de mon règne. Comme, d'autre part, je sais que tu n'es pas indifférent au sort des fils de Fabius Questus, apprends que, en reconnaissance de la nouvelle qu'ils m'ont apportée avec célérité, je les fais tribuns de la troisième légion, comme le père que tu remplaces et qu'ils ont perdu !

– *Ave Imperator ! Ave Cæsar !*

Trajan se retirait au milieu des saluts de ses fidèles. On m'entourait ! On me félicitait. J'étais devenu l'historiographe du nouvel Empereur et les jumeaux avaient fait un bond spectaculaire dans leur avancement... Je pouvais avoir mal au fessier, je n'avais pas galopé pour rien !

Un cavalier poussiéreux arriva, crevant son

cheval devant la tente de l'Empereur. C'était un jeune cousin de Trajan, Hadrien[1].

Il arrivait trop tard pour donner la nouvelle le premier ! Le dépit se peignit sur son visage. Déjà, à Rome, je n'aimais pas ce garçon pourtant lettré. Je le trouvais ambitieux, faux et arrogant. Ses goûts homosexuels, à la grande mode, je l'ai déjà dit, n'étaient pas les miens. Peut-être était-ce ce qui nous séparait.

Je voyais, surtout, comme écrite sur mes tablettes, la jalousie qu'il éprouvait pour mes fils. Hadrien n'était guère plus âgé qu'eux, quelques années seulement les séparaient. Mes nigauds de jumeaux lui faisaient des amabilités.

... Trajan n'avait pas d'enfants. Adopterait-il, à son tour, Hadrien, son jeune cousin, né dans une famille de chevaliers ? Par Zeus, que la vie à Rome était donc compliquée ! Je venais de franchir un obstacle de taille. Il s'en présentait un deuxième d'envergure. Tout à leur joie d'être nommés tribuns, Maxime et Maxence ne voyaient rien. Ils se laissaient aller à leur bonheur et ne remarquaient pas les regards sournois d'Hadrien.

Doux comme le miel, je m'approchai pour présenter mes respects au cousin de l'Empereur. Les choristes de l'armée venaient donner une aubade. Les échansons nous offraient des coupes de vin.

Je levai ma coupe à la santé d'Hadrien.

– Je te salue, noble et vaillant Publius Ælius ! Fils spirituel de César, héritier des qualités d'Auguste !

J'y allais fort ! Les compliments pourtant sont ce qui fait marcher les plus malins. Hadrien daigna tourner les yeux vers moi.

1. Publius Aelius Hadrianus.

– Caius Plinius ?... Que fait donc ici le plus grand écrivain de notre temps ?

Il faisait comme moi, l'animal !

– Tu me flattes, superbe Hadrien ! Je ne suis qu'un modeste scribe, alors que tu es, toi, à la fois un grand lettré et un valeureux capitaine, dont le courage et la hardiesse valent ceux d'Ulysse !

Je savais qu'il aimait la Grèce, j'avais tapé où il fallait.

– Tu parles d'or, Caius Plinius. Dis-moi, qui sont ces nouveaux tribuns ?

Il me désignait Maxime et Maxence.

– Tes fidèles serviteurs, et... mes fils adoptifs, Maxime et Maxence Questus, qui ne demandent qu'à te servir, comme héritier de César !

J'avais presque chuchoté les derniers mots.

Hadrien comprit qu'il avait des alliés dans la place. Il fit un signe aimable vers mes jumeaux. Ceux-ci s'approchèrent du jeune prince. Ils le saluèrent avec grâce. Je vis qu'Hadrien était troublé par leur beauté. Je me refis du souci. Après les avoir détestés, Hadrien allait-il se mettre à les trop aimer ? J'étais vraiment une mère poule !

– Je vais vous confier une nouvelle ! déclara Hadrien. L'Empereur vous a-t-il dit que nous ne rentrions pas à Rome ?

– En effet, César nous l'a confié ! fit cet étourdi de Maxime.

Un court instant, le visage d'Hadrien se rembrunit.

– Auguste vous a-t-il révélé où nous allions ?

– Non, sublime Hadrien, toi seul es dans le secret des dieux ! dit Maxence, plus diplomate que son frère.

... Le terrible Lusius Quietus s'approchait de notre groupe. Il invitait d'autres capitaines à venir chasser le tigre sur ses immenses propriétés aux confins du désert mauritanien. Je déclinai poliment l'invitation.

Merci, mourir de chaleur et risquer une flèche mal lancée !

Hadrien s'était tu, visiblement exaspéré par le général mauritanien. Après quelques ronds de jambe, Lusius Quietus se dirigea enfin vers un autre groupe. Hadrien attendit qu'il se fût éloigné pour nous confier :

– Nous allons passer l'hiver sur le Danube, non pour y attaquer mais pour préparer la guerre contre les Daces !

Par Junon ! Trajan allait déchirer le traité de paix conclu par Domitien, puis Nerva, avec le roi Décébale. Après une période de paix, la guerre allait reprendre. Trajan voulait rentrer dans Rome en grand triomphateur !

– Quel bonheur, la guerre !

Mes fils se laissaient aller à l'enthousiasme.

– Maxime et Maxence Questus, je demanderai l'autorisation à l'Empereur que vous soyez dans ma légion ! déclara Hadrien.

C'était un autre honneur. Nous saluâmes le cousin de Trajan et quittâmes la tente impériale. Le camp semblait pris de folie. Des cavaliers arrivaient de Rome, d'autres repartaient au galop.

Je multipliai mes recommandations de courage et de prudence à Maxime et à Maxence. J'étais fatigué. Mes fils me conduisirent vers leur propre tente où je pris quelque repos. Je me réveillai en pleine nuit. Maxime et Maxence dormaient. Syphax ronflait à leurs pieds, à même la terre battue. Carcos et mes esclaves étaient couchés les uns contre les autres. À la faible lueur d'une lanterne, je réfléchis puis je commençai à écrire fébrilement sur les tablettes qui ne me quittent jamais.

C'est ainsi que le père du monde, l'Auguste Trajan, règle tout d'un signe de sa tête ! Quand le grand pontife jette ses regards sur la terre et daigne compter les destins humains, parmi ses occupations divines, il dispense de sa main les bienfaits ! Ce dieu respecté de ses hommes, défendant les frontières du Rhin en Germanie, connu pour sa justice, va porter son triomphe en Dacie… Il va soumettre les ennemis de Rome. Car, Trajan, tu es le plus noble, le plus grand ! Tu t'occupes de la terre et pourtant ton triomphe est au ciel des dieux ! Depuis que Jupiter t'a donné la mission de remplir ton rôle à l'égard des insectes du genre humain tout entier !

Toi, Auguste Trajan, tu le remplis. Tu es digne de Zeus qui te l'a confié puisque chacune de tes journées et de tes nuits s'écoulera pour notre plus grand bien et pour ta plus grande gloire !

Et je signai : *Caius Plinius Secundus.*

19

Syphax

Je réveillai Carcos, avec mission d'aller porter ma prose chez l'impératrice Plotine, où Trajan devait reposer.

La réponse ne se fit pas attendre. Un centurion venait me chercher. Il me guida vers la grande tente de l'Impératrice. Deux serviteurs soulevèrent les rideaux. Un huissier m'introduisit dans la “chambre impériale”. Un autre huissier annonça :

– Caius Plinius Cæcilius Secundus.

Enfin, je parus devant Trajan.

Comme n'importe quel plébéien, César était couché dans le vaste lit de camp auprès de Plotine. Il n'avait gardé qu'une tunique à manches courtes et jeté sa toge de laine, déjà bordée de rouge, la couleur des Césars, sur la couche.

Pour se garder de la fraîcheur de la nuit, Plotine avait posé sur ses épaules une écharpe qui enveloppait son maigre buste.

La nouvelle impératrice n'était pas belle et un instant, je compris Trajan de lui préférer souvent de jeunes éphèbes. Mais elle montrait un visage résolu, d'une grande intelligence. Plotine ne régnait pas sur les sens de Trajan, mais sur son esprit.

C'était elle le cerveau du couple. Il faudrait s'en souvenir : Plotine gouvernerait Trajan. La tête appuyée sur un bras, son large visage éclairé par des lampes à huile, Trajan me lança :

– Approche, Caius Plinius... Ton texte m'a plu et Plotine l'a beaucoup apprécié.

Le contraire m'aurait étonné !

Après un regard sur sa femme, Trajan reprit :

– J'ai donc décidé de te nommer, outre préfet du trésor, consul et enfin de te recevoir au collège des Augures.

Pour quelques lignes bien plates, une pluie de bienfaits tombait sur moi. J'étais déjà riche, mais le poste de préfet du trésor allait me permettre de distribuer à qui je voudrais la fortune... Être consul, c'était la gloire, mais augure ! C'était encore mieux. Cette dernière dignité me conférait un pouvoir quasiment sacré ! J'allais avoir le privilège d'interpréter les signes de la volonté céleste, d'instruire les magistrats et l'Empereur en personne de la valeur des auspices...

Pour moi qui ne croyais à rien, c'était d'un drôle ! Si un petit oiseau picorait ses graines de travers, j'annoncerais sérieusement que le présage était bon ou mauvais !

Naturellement, je gardai mon sérieux et me confondis en remerciements, assurant Trajan que j'allais continuer d'écrire pour sa plus grande gloire, associant à celle-ci la divine Augusta.

Le couple impérial était satisfait de moi.

– Il est tard, Caius Plinius. Va, mon ami, déclara Trajan avant d'ajouter : Au fait, mon jeune cousin Hadrien m'a demandé tes fils adoptifs Maxime et Maxence. Je te "révèle" que nous allons partir en Dacie ! Ils seront donc à la deuxième légion, en tête de nos troupes dans la cohorte de cavalerie de la Minerve. Je pense que tu es satisfait, Caius Plinius ?

Que dire à César ? Que c'était là un honneur meurtrier, dont je me serais bien passé pour mes protégés ? Les plus farouches vétérans étaient à la Minerve, qui comptait aussi les plus grosses pertes humaines. La Minerve maniait catapultes et béliers. Ses hommes étaient le fer de lance de l'armée. C'étaient eux qui partaient les premiers sous les flèches et les pierres de l'ennemi ! Pouvais-je ajouter que je me méfiais de son chef, Hadrien ?

Plotine souriait sous ses lourdes paupières. Je pressentis qu'Hadrien était *sa* créature. Je m'inclinai.

– Le noble Hadrien porte dans ses veines le sang bouillant de l'auguste Trajan... Je suis à la fois honoré et rassuré que Maxime et Maxence aient l'honneur d'être nommés dans la plus valeureuse cohorte de l'armée !

Je me retirai l'angoisse au cœur et ne pus dormir de la nuit.

Le lendemain je fis mes adieux à mes fils. Ils n'avaient connu jusque-là que l'occupation pacifique. Ils partaient à la guerre comme on va cueillir les fruits sucrés du jujubier. J'attirai Syphax derrière un baraquement où s'empilaient javelots, boucliers et cuirasses.

– ... Tu me réponds de leur vie sur la tienne ! Si tu t'avises de revenir sans l'un d'eux, je t'arrache la peau vif ! Je te jette dans l'huile bouillante ! Je t'ouvre le cœur en deux !

Pour la première fois, j'entendis la voix de Syphax.

– Tu les aimes presque autant que moi, Seigneur !

L'insolent ! Je demeurai stupéfait de son arrogance. Il allait s'éclipser comme une couleuvre. Je le rattrapai par la ceinture de sa tunique courte.

– Pour qui te prends-tu, maudit Gaulois ?

– Pour ce que je suis, Seigneur... Un vermisseau, l'esclave dévoué de Maxime et de Maxence !

En vingt ans de service, l'homme n'avait pas démérité. Leponia n'aurait jamais laissé partir ses fils sans le Gaulois. Elle lui faisait toute confiance. Je me radoucis.

– Alors, suis-les pas à pas, protège-les dans la bataille ! Préviens-les du danger ! Sois leur ombre !

– Sur mon âme, je le ferai, Seigneur !

Je n'aimais pas beaucoup que ce barbare me parlât d'âme. Les esclaves et les femmes (mis à part Calpurnia), en possèdent-ils une ? Ils ont peut-être une conscience. J'admets qu'ils aient droit à un caractère. Mais l'âme n'est-elle pas citoyenne grecque ou romaine ? Il allait s'éclipser, le bougre, mais je le tenais par sa tunique de chanvre.

– C'est sur ta vie que tu me réponds d'eux !

Un centurion venait avec ses légionnaires pour prendre des javelots. J'attirai Syphax dans un coin plus tranquille.

– Tu n'es pas si bête que tu veux me le faire croire ! Maxime et Maxence ne voient ni la méchanceté ni le danger. Comprends-moi bien, les risques ne sont pas seulement au combat. Ils sont aussi dans le camp de…

Je n'osais prononcer le nom d'Hadrien qui me brûlait les lèvres. J'avais toujours gardé ma place au Palatin en étant prudent… Sous la torture n'importe qui avoue n'importe quoi. Dire un nom peut vous valoir obligation de vous ouvrir les veines – comme le pauvre Pétrone, compromis dans la conspiration de Calpurnius Pison, voilà plus de trente ans. N'aurait-il pas mieux fait, homme de lettres, de continuer d'écrire son admirable *Satiricon* plutôt que se mêler de ce qui ne le regardait pas ? Mais moi, je m'étais engagé vis-à-vis des jumeaux à les protéger. Ce fut Syphax qui me tira d'embarras :

– Tu parles du nouveau chef de Maxime et de Maxence, Seigneur ?

– Oui, murmurai-je faiblement, Hadrien. Qu'ils se méfient, toi-même fais l'idiot. Écoute tout, préviens-les, rapporte-leur une conversation si tu l'entends, comprends-tu ?

Syphax hocha sa tête dorée. Cet homme, libre dans ses forêts gauloises, avait dû être beau. Je sortis une bourse de dix sesterces de mon manteau de voyage et voulus la mettre dans la main du Gaulois. Il recula.

– Sois remercié de tes bontés, Seigneur, n'aie crainte. Je veillerai sur Maxime et Maxence comme s'ils étaient mes propres fils !

À son intonation, j'aurais dû tout comprendre. Mais l'homme est ainsi fait qu'il ne voit que ce qu'il veut voir, n'entend que ce qu'il est prêt à entendre, même si la réalité est devant lui.

– Je te fais confiance. Tu es un brave homme, Syphax. Cela me rassure de savoir que tu pars avec eux !

Pour lui montrer quelque amitié, je lui tapai sur l'épaule.

– Où allons-nous, Seigneur ? interrogea Syphax de son air indifférent.

– L'Empereur brise le traité de paix. Les légions vont marcher sur la Dacie !

– La Dacie, Seigneur ! répéta Syphax.

Il avait pâli.

– C'est vrai, tu connais cette région pour y être déjà allé avec Fabius Questus. Les Daces sont de vrais sauvages, mais de rudes guerriers. En as-tu gardé sur ton corps de mauvais souvenirs ?

Je voulais parler de blessures qu'il aurait pu recevoir au combat...

Syphax s'inclina, gardant la tête baissée.

– Non, Seigneur, la Dacie, c'est loin, je n'en ai gardé aucun souvenir. As-tu encore besoin de moi, Seigneur ?

– Non ! Va rejoindre tes maîtres, Syphax... Attends ! (J'ôtai l'anneau d'or, distinction honorifique des familles de patriciens, gravé à mes initiales, que je porte toujours au doigt.) Prends ceci ! Garde cette bague cachée. S'il y a danger pour eux, tâche de me la faire parvenir dans les plus brefs délais. Je comprendrai... Va, maintenant.

Syphax s'éloigna, de son éternelle démarche inclinée... Je rejoignis la tente de mes fils. Nous nous fîmes nos adieux les larmes aux yeux. Ils m'aimaient presque autant que je les aimais...

Les trompettes de l'infanterie répondaient aux clairons d'airain de la cavalerie et aux sonnettes des cors. Dans tout le camp, les commandements résonnaient. Les éclaireurs se mettaient en mouvement. Trajan faisait partir en avant trois légions, avec leurs consuls, leurs préfets, leurs tribuns, leurs centurions, les préposés aux subsistances, les architectes, les médecins militaires, les chefs de musique, les musiciens eux-mêmes... Tous partaient au pas cadencé sous l'emblème de l'aigle des légionnaires. Ceux-ci étaient chargés de leur barda, porté au bout d'une perche en forme de T, comportant leur gamelle, leurs effets personnels, les outils pour le camp et dix-sept jours de vivres. Derrière les hommes, des mules portaient pour chaque groupe de huit légionnaires l'équipement trop lourd, les rations supplémentaires, les tentes de cuir.

Les hommes avaient tous les nouveaux casques "impériaux" en fer, avec protège-nuque et protège-oreilles.

Comme historiographe de Trajan, je notais

sur mes tablettes tous ces détails que me donnait un vieux centurion au nez tailladé dans les combats. L'infanterie des légionnaires défila devant l'Empereur, centurie par centurie. C'étaient ensuite les vélites de l'infanterie légère, tous des jeunes hommes ! Après eux venait l'infanterie des auxiliaires, composée d'indigènes. Il y avait parmi eux des hommes de tout poil et de toutes les couleurs, allant du blond-blanc des Nordiques au noir de jais des Africains. Tous étaient vêtus de sagums, sortes de casaques ouvertes attachées par une agrafe. La plupart avaient abandonné la cotte de mailles, efficace contre les épieux mais qui n'arrêtait pas la pointe des flèches, pour porter par-dessus la nouvelle cuirasse composée de plaques fixées avec des sangles de fer. Les hommes les avaient mises pour défiler devant l'Empereur, mais à l'étape, tant que l'ennemi ne serait pas signalé par les espions, ils pourraient les plier dans leur paquetage.

Malgré leurs gros godillots, les légionnaires marchaient au pas cadencé. Chaque soldat portait deux javelots, une épée courte à deux tranchants, un bouclier de bois ou de bronze suivant la légion. À leur ceinture pendaient une dague et des lanières de protection.

Tous criaient en passant devant l'Empereur : *Ave Cæsar !*

Les chariots tiraient nos formidables machines de guerre. Les techniques que nous avions empruntées jadis aux armées grecques de la grande période hellénistique avaient atteint, grâce à nous, leur point de perfection. Il y avait bien sûr les béliers primitifs, des crochets pour desceller les pierres des remparts; mais on emportait aussi catapultes, balistes, onagres et scorpions : autant de mécaniques compliquées, de différentes dimensions dont les bras énormes tendus en levier pouvaient lancer des projectiles puissants, franchissant ou démolissant les murs.

Sur place, on construirait le matériel du siège proprement dit. Par précaution, l'armée emportait aussi des baraquements démontés que l'on remonterait sur roues, en les recouvrant de peaux de bêtes fraîchement écorchées, donc incombustibles, pour faire approcher nos soldats à l'abri des flèches et projectiles de l'ennemi.

Le long cri se répétait :

– *Ave Imperator !*

... J'admirais le calme imperturbable de Trajan. Il était devenu dieu hier et ne cherchait pas, ce matin, à nimber ses actes d'un halo surnaturel. Il restait un homme, et je l'en admirais. Lui-même, ayant réglé de loin ses affaires à Rome, se mettrait en route dans quelques jours.

Je l'entendis commander la construction d'une voie qui suivrait la rive droite du Danube. Un de ses tribuns, derrière lui sur l'estrade, osa murmurer :

– César, les caisses sont vides à Rome, il faudrait de l'or !

– Ne t'inquiète pas, Janus ! Je vais en chercher !

À cette réponse ironique de Trajan, je compris soudain pourquoi il ne rentrait pas tout de suite à Rome... Il savait les Daces fort riches. Avec l'or du roi Décébale, s'il arrivait à s'en emparer, Trajan serait Jupiter ! Il tourna son front ceint de lauriers vers moi. Il constata avec satisfaction que j'écrivais et je me promis de faire deux manuscrits : un pour lui à sa gloire, et un pour moi avec la vérité !

Les chevaux piaffaient. C'était au tour de la cavalerie de s'ébranler pour défiler devant l'estrade impériale. Je suis un être pacifique, pourtant j'étais ému de voir passer la grandeur romaine. Mes jumeaux caracolaient derrière leur séduisant et ambigu préfet Hadrien. Ils étaient montés sur de vigoureux chevaux carthaginois. Ils portaient avec fierté le casque à cimier de leur rang, la cuirasse d'écaille, les jambières de métal.

Ils m'aperçurent sur l'estrade. Mon cœur s'arrêta. Je crus que les jeunes fous, oubliant qu'ils défilaient devant César, allaient me héler : "Mon oncle... Ohé ! Mon oncle !" Heureusement, leurs têtes tournées vers nous, ils passèrent dignes, beaux, déjà vainqueurs.

Ils avaient dans leurs mains une lance légère, la fronde, un arc sur l'épaule et des flèches... Mes petits garçons, je les voyais encore nager et pêcher dans les eaux bleues du lac de Côme.

Je me promis, dès mon retour à Rome, d'aller offrir un présent au culte de Mars. Si cela ne faisait pas de bien, en tout cas cela ne ferait pas de mal ! Mais je ne donnerais pas de taureau ou de brebis à sacrifier. Pour apaiser les mânes, j'offrirais au dieu de la Guerre des gâteaux au miel !

Le cortège se terminait par le défilé des corps de troupes montées des indigènes. Dans les derniers cavaliers, fermant la marche sur des mules, j'aperçus Syphax. Maxime et Maxence l'avaient chargé de suivre avec leur équipement. Le Gaulois tenait deux ânes à la bride. Je lui adressai un signe discret. Il se contenta de baisser la tête sous son capuchon, mais nous nous étions compris.

César était rentré sous sa tente. Je restai un moment sur l'estrade à regarder le nuage de poussière jaune qui s'éloignait sous le soleil orange... Le cœur vide, j'allai présenter mes devoirs à César et à Plotine.

– Tu raconteras bien à la plèbe et au Sénat tout ce que tu as vu, Caius Plinius ? insista Trajan.

Cet homme-là avait le sens de la transmission directe de ses actes vers le peuple. Il avait compris avec intérêt que mon art pouvait exercer des actions psychologiques en sa faveur sur Rome. J'aime à “placer” mes amis. Je lui promis que Tacite, Juvénal et même Martial qui était, pour le moment, plus ou moins en exil dans la Gaule cisalpine, se mettraient à leurs écritoires pour louer ses succès.

Comme Trajan et Plotine se montraient de bonne humeur, j'en profitai pour parler d'Apollodore et de son idée grandiose.

– Un nouveau forum ! Des bibliothèques ! Une colonne racontant nos exploits ! Quelle imagination ! Tout cela, par Zeus, me plaît ! Dès notre retour à Rome, Caius Plinius, amène-moi ton architecte à la *Domus Divina* !

C'était ainsi qu'il appelait déjà sa future demeure ! Il était réellement très fort.

Sur le chemin du retour à Rome, je demeurai silencieux. Carcos ne s'en étonna pas. Il me connaissait et ne chercha pas à me détourner de mes idées noires. Nous n'étions plus aussi pressés qu'à l'aller… Nous nous arrêtâmes pour passer la nuit dans une vieille auberge. Mes vêtements étaient salis par les chevauchées. Je ne gardai que ma tunique de corps et demandai à Carcos de porter mes tuniques de dessus à la blanchisserie la plus proche.

Allongé sur ma couche, les bras croisés, ne les décroisant que pour manger, ma foi quand même de bon appétit, un délicieux ragoût de poisson au fromage, plat favori, paraît-il, de Cicéron, que mon Crétois m'avait monté, je réfléchissais à la vie, à la mort, au destin…

Soudain, un vacarme retentit dans l'escalier. Carcos hurlait :

– Non ! Jamais ! Le maître se repose, vous ne passerez pas !

– Ôte-toi de là, chien !

Je bondis hors du lit. Mercucio et ses deux acolytes, blessant mon pauvre Carcos, pénétraient chez moi comme des fous.

– Où est-il, ce Caius Plinius ? Qu'on l'égorge !

Ils grimaçaient, leurs dagues à la main. Je fermai les yeux, ma dernière heure avait sonné ! »

20

Le séminaire

– On ne dort pas ! insistait la voix du maître de cérémonie.

Larry papillota des yeux. Il regrettait de s'être fourvoyé dans ce traquenard. Allongé entre Pia et Altmayer, il ne pouvait bouger. Il avait mal partout. Le plancher était trop dur, le sac de couchage trop mince, l'oreiller trop mou ! Avec une démangeaison dans le dos et sous son plâtre droit, Larry se tortillait pour tenter de se gratter. Une crampe l'avait pris à l'orteil gauche.

Par quelle aberration avait-il accepté de s'inscrire avec Pia et Altmayer pour ces trois maudits jours de séminaire ?

Dès le premier abord, il avait détesté l'animateur et créateur de ce « Centre de recherche sur la pensée de l'être humain » ! Bernardo Alexandro était une sorte de Napoléon : taille moyenne, pète-sec, chauve, très mince, souple, nerveux, avec un beau visage expressif, ne manquant pas de charme, des yeux verts superbes, mais arrogant (estimait Larry), prétentieux, satisfait des « énormités » qu'il lançait.

... La crampe était passée, les démangeaisons aussi. Larry bâilla en silence. Il n'était vautré sur son duvet que depuis deux heures et songeait déjà à filer à l'anglaise. Comment procéder, immobilisé dans ses plâtres loin de ses béquilles ?

Larry jeta un coup d'œil vers Pia. Il se rendit compte avec agacement qu'elle était suspendue aux lèvres du Poléon-Psy-Pérorant au centre de la pièce. Quant à Altmayer, il planait aux anges !

Une vingtaine de gogos séminaristes des deux sexes, de tous les milieux sociaux, de tous les âges et de toutes les nationalités, étaient comme Larry allongés en survêtement sur des sacs, des couvertures, des coussins. C'était la règle d'or de la relaxation !

Pour comble, chacun avait son prénom inscrit sur un autocollant posé sur la poitrine. Si on se parlait, on se tutoyait !

Dans ce grand loft blanc aux moquettes claires, les séminaristes formaient une étoile dont le centre était l'animateur, vêtu lui aussi de blanc comme une vestale et assis en lotus... Larry regrettait d'avoir omis d'emporter du chocolat. En sucer une tablette lui aurait remonté le moral. Mais pendant le cours, on ne mangeait pas ! On ne buvait pas ! Et interdiction d'aller satisfaire le moindre besoin naturel ! La joie ! Il fallait devenir un pur esprit. Larry avait celui de la contradiction. Plus on lui demandait de s'élever spirituellement, plus il se sentait attiré vers la terre : il rêvait aussi d'une choucroute et de bière.

La voix métallique de Bernardo Alexandro scandait :

– Créer, c'est d'abord imaginer ! L'homme doit développer ses capacités d'invention ! Il doit gérer ses compétences, sa vraie matière première ! L'homme des cavernes mourait de froid allongé dans sa grotte... L'homme moderne meurt de stress, assis sur ses compétences inexploitées...

Larry bâilla de nouveau, cette fois-ci bruyamment. Tout ce verbiage était un fatras d'idées reçues. Ces discours étaient entrecoupés d'exercices respiratoires assommants, assaisonnés de gymnastique mentale stupide, où il fallait imaginer être un animal, ou un arbre... des c... quoi !

D'une humeur massacrante, Larry savait qu'il s'était fait piéger dans un traquenard.

Il avait pourtant été assez satisfait d'apprendre que les jumeaux partaient pour huit jours de vacances. Invités par le père ambassadeur de Corinne à faire du bateau sur... le lac de Côme !

Larry aurait Pia à lui tout seul pendant cette période.

« Le » Bernardo continuait de pérorer :

– Nous savons tous que notre cerveau est tragiquement sous-employé. Qui peut dire : « Je connais mon corps et comment il fonctionne... » ? L'homme est un laboratoire de lui-même, travaillant souvent consciemment sa nature, il est par contre totalement inconscient de sa valeur spirituelle...

Une mouche se posa sur le nez de Larry. Il souffla pour la faire s'envoler. En guise de passe-temps, il s'amusa « consciemment » à transposer d'un œil l'image de Trajan sur l'animateur du séminaire. L'œil droit fermé, le gauche voyait Bernardo, l'œil gauche fermé, c'était le droit qui « voyait » l'Empereur.

Le transfert fonctionnait parfaitement. Dans sa toge, couronne de lauriers sur le front, Bernardo Trajanus scandait :

– Romains ! Le corps n'est-il qu'une carcasse ? Pline, réponds à César !

Larry sursauta :

– Que ? Quoi ?

Les yeux plissés comme un Chinois, Bernardo Alexandro pointait l'index vers lui.

– Alors, Larry ? Tu dors, ou tu rêves ? Réponds-nous... ton corps, ce véhicule, ce temple oublié, ce méconnu n'est-il qu'une carcasse pour toi ?

Larry avait horreur qu'on le tutoyât et encore plus qu'on l'interpellât de cette façon. Les prunelles vertes, brillantes, du physicien le transperçaient. C'était comme si ce regard perçant voyait au-delà de la réalité. Soudain mal à l'aise, Larry grommela :

– Ma carcasse est un peu bosselée en ce moment, j'espère trouver un bon carrossier pour réparer les tôles !

Il fit rire tout le monde.

Alexandro insista :

– Et ton moteur, là-haut, il tourne bien ?

– Comme chez nous tous, il y a parfois des ratés ! rétorqua Larry, philosophe.

Bernardo Alexandro l'attaqua bille en tête :

– Et pourquoi n'aurions-nous pas tous des bielles de Rolls à la place de nos vieux pistons, pourquoi ne pas remplacer nos durits qui pètent, laissant exploser nos canalisations... Alors, bonjour, les dépressions, salut, le Valium ! Les somnifères ! Les drogues ! Car nous sommes tous drogués ! Un petit café pour se réveiller ! Un grand whisky pour se soutenir ! Un comprimé pour roupiller !... Moi je vous le dis, cœur qui soupire n'a pas ce qu'il désire !

– Ah ! Ça c'est bien vrai !

Altmayer prenait la parole. On n'est pas sortis de l'auberge ! songea Larry. Enthousiasmé par Bernardo, le poète se lança dans une description alambiquée de ses états d'âme. Il jurait que « sa dimension spirituelle était infiniment supérieure à son alchimie réelle dont il abandonnait la structure physique sans regret, pour promouvoir sa personne morale » !

– Tu es d'accord avec lui, Larry ? interrogea Bernardo à la fin du discours.

L'animateur cherchait à séduire l'archéologue. Il avait dû sentir qu'entre eux se dressait un mur de réticences. En bon psy, pour réussir son séminaire, il devait annihiler ce foyer de révolte.

Larry décida de s'en sortir par une pirouette.

– Là, ça se corse, comme disait mon bisaïeul qui était de Bastia !

Ce fut un fou rire général ! Même Bernardo se tordait.

Larry, très surpris, était devenu le boute-en-train de l'assemblée. Quand tout le monde eut retrouvé son calme, l'animateur proposa une petite « descente ». Beaucoup plus détendu, Larry se laissa aller à la musique et à la voix soudain douce du physicien de Berkeley. Il les faisait respirer par le diaphragme et leur proposait de visionner une fleur. Sans difficulté, Larry créa une rose. Il « plongea » dans son pistil, dans lequel, tout naturellement, Pline retrouva Calpurnia... À l'abri des pétales, ils s'embrassaient amoureusement. Pline sentait la bouche parfumée, la langue et les seins de sa bien-aimée contre lui. Allongés dans leurs toges blanches, sur le doux pollen, le long du bassin aux poissons, sous les six micocouliers, ils allaient faire l'amour quand la voix de Trajan retentit :

– Reviens... et raconte ce que tu as vu.

Rappelé à la réalité, Larry remonta à la surface. On fit un « tour de table ». Chacun décrivait son expérience florale. L'homme d'affaires allemand n'avait vu que du noir, il était « gonsterné ». La coiffeuse milanaise s'était roulée dans les pétales, la vendeuse romaine s'était piquée aux ronces. L'avocat anglais avait déclamé sur l'étamine ! Altmayer avait bu une « rosée » de vodka. Pia, discrète, essaya de faire comprendre, sans le dire expressément, qu'elle avait retrouvé l'homme qu'elle aimait. Sur les pétales, ils avaient eu une étreinte amoureuse... C'était exactement ce que Larry avait « vécu » dans sa rose de l'Antiquité. Quand ce fut son tour de parler, il déclara qu'« il regrettait mais les fleurs lui donnaient le rhume des foins ». Pour le prouver, il éternua trois fois !

Les autres rirent de cette boutade. Bernardo Alexandro lui jeta un regard perçant. Larry savait que le psy savait qu'il mentait. On reprit le cours comme si de rien n'était. À son corps défendant, Larry se sentait plus détendu. Il acceptait maintenant de faire partie intégrante du groupe.

Avec bonne foi, il reconnaissait même la justesse des propos du physicien. Celui-ci avait le mérite de mettre à la portée de tous des vérités dont on ne parlait jamais, même à Harvard parmi les grosses têtes !

– Nous n'avons pas un cerveau ! Mais deux ! La partie gauche et la partie droite, comme en politique ! Et ça tire à hue et à dia des deux côtés dans notre crâne ! Le *côté gauche* nous donne la logique, l'exactitude, le sens ! Pas les sens !... Le *côté droit* nous apporte sentiments, amour, arts, imagination, émotions, joie, peur, couleurs, musique, caresses... Il est bien évident qu'un être sous-développé du côté droit ne peut pas aimer ! Un autre, dont le cerveau gauche ne fonctionne pas, ne paie jamais son percepteur et se retrouve en taule !... L'idéal serait d'avoir nos deux cerveaux qui travaillent autant l'un que l'autre, mais ça, mes petits chéris, personne ne le possède !

» L'être humain a aussi deux consciences. Une qui se souvient de la chose vécue : par exemple la choucroute que l'on a mangée arrosée d'une bonne bière fraîche la veille au soir (Bernardo Alexandro regardait Larry avec un sourire malin)... et les souvenirs inconscients, ceux qu'on ne se rappelle plus, mais qui existent et qui alors qu'on ne s'y attend pas remontent à la surface ! La mémoire est comme un entonnoir dont on ne voit pas la fin ! Car ne vous y trompez pas. Nous sommes parfois branchés sur l'infini, le cosmos, la mémoire de nos ancêtres, la mémoire collective du passé, celle de notre vie utérine ! Et CELLE DE NOS VIES ANTÉRIEURES !

À ce mot, le cœur de Larry se mit à cogner violemment dans sa poitrine.

– Si nous sommes tous ici réunis, c'est pour remonter dans nos souvenirs !

– Oh ! Moi, je n'y parviendrai pas ! À part les bilans, je ne vois jamais rien ! déclara l'homme d'affaires allemand qui s'appelait Helmut.

– Que dis-tu de cela, Larry ? fit Bernardo Alexandro.

– Bah ! Cochon qui s'en dédit !

Ses camarades étaient habitués maintenant aux sorties de l'archéologue. Bernardo Alexandro surenchérit :

– Tu l'as dit, bouffi !

Il lança un clin d'œil vers Pia. Elle mordit sa lèvre supérieure.

– Tu parles, Charles !

Altmayer, mis en joie, lança :

– À la tienne, Étienne !

Larry voulut reprendre l'avantage.

– Merci, monsieur Alexandro, ça c'est du meuble !

On était en plein almanach Vermot. Pendant un moment, on entendit fuser : « T'as raison, Léon ! En voiture, Arthur ! T'es fol, Anatole ! Un peu, mon neveu ! » L'animateur savait, comme pour la récréation, laisser aller le groupe à des plaisanteries de potaches. Tous se tordaient sur leurs sacs de couchage. La coiffeuse pleurait.

La vendeuse se mouchait. L'avocat reniflait. Soudain, Bernardo tapa dans ses mains :

– Un jour, Siggy Freud a dit à Tatav... Jung : « Nos théories sont très intéressantes car nous avons compris vous et moi que nous transportons tous de vieux camemberts dans nos valises... ! »

Là, ce fut du délire. Ils hurlaient de joie... Siggy et Tatav – Sigmund Freud et Carl Gustav Jung ! Larry pouffait autant que ses compagnons. Il sentait contre lui le corps de Pia. Il saisit sa main et la porta à ses dents pour en mordre les doigts avec une douceur vorace.

– Pas de flirt, les amoureux ! protesta Bernardo Alexandro. On n'est pas là pour se papouiller, et puis après tout, comme l'a affirmé Albert (il voulait parler évidemment d'Einstein), le corps n'est jamais que de l'esprit densifié ! Installez-vous confortablement, on monte dans le train... On ferme les yeux... Relâchez vos muscles... Inspirez, expirez fort... Respirez par le diaphragme... Serrez le pouce et l'index... Vous partez...

Comme dans un casque hi-fi, Larry entendait une très belle musique de Mozart qui lui mettait du vague à l'âme... La voix de Bernardo Alexandro résonnait dans sa tête. Sa propre volonté annihilée, il obéissait aux ordres de l'animateur. Il savait où il allait partir et n'en ressentait aucune appréhension, connaissant l'époque qu'il allait rejoindre.

– Respirez avec tout votre corps... Si vous le voulez, vous pouvez respirer par vos pieds... vos mains... votre cœur...

Larry faisait ce que la voix de Bernardo Alexandro lui ordonnait. Il sentait que son rythme intérieur se transformait. Il avait la sensation que son corps, devenant plus lourd, descendait, tandis que son esprit flottait. La voix de l'animateur lui parvenait, de plus en plus lointaine.

– Vous êtes en harmonie avec l'univers, vous plongez dans le réservoir de l'infini. Le malheur, les tourments, la tristesse s'éloignent de vous... Vous faites exactement ce que je vous demande... Vous m'obéissez... Vous vous promenez dans la campagne à une période agréable de votre vie... L'herbe est verte... Les arbres ont des bourgeons...

Larry reçut un choc; il se retrouva à l'âge de dix ans, pique-niquant avec ses parents... C'était une très belle journée, dans le Massachusetts, au bord de l'Océan... Les Loveberry avaient emmené une petite amie de leur fils, Lily. Larry courait avec elle sur la plage. Soudain, il poussa un cri. Il était tombé sur un rocher. Son genou saignait. Il mordait ses lèvres pour ne pas pleurer devant Lily. Elle le regardait, le visage encadré de ses nattes châtaines.

– Larry a mal !

– Larry, mon chéri !

Sa mère arrivait en courant. Larry la retrouvait jeune, belle, mince, intacte. Elle avait trente ans, des cheveux blonds. Elle prenait son fils contre sa poitrine, le berçait. Son père l'aidait à nettoyer l'écorchure. On lui mettait un gros pansement. Les mouettes passaient en piaillant au-dessus de la famille. On remontait en voiture... une vieille Ford pétaradante.

– Quelle belle journée, à part le genou de Larry ! murmurait Mme Loveberry.

On rentrait dans Boston. Son père klaxonnait. Il se retournait vers les enfants. Sa moustache était rousse.

– Alors, ça va, les gosses ? On dépose Lily chez elle.

Larry, dans son « sommeil », eut comme un

sanglot de retrouver ses parents si jeunes. En quittant les États-Unis, il les avait laissés vieux, blanchis, ridés, pleins de douleurs, marchant avec des cannes. Larry haït la nature d'être si ingrate. Il fronça les sourcils presque avec douleur.

La voix de Bernardo Alexandro le rattrapait.

– ... Bon, maintenant, chacun de vous a vu un moment de son passé. Ce n'est peut-être pas celui que votre conscient aurait reconstitué, mais c'est celui que votre inconscient a gardé comme un moment important de votre vie ! Vous voyez une boule de lumière au-dessous de vous, une lumière blanche, bleue, rosée, très brillante... Vous vous laissez aller dedans... Vous entrez dans la lumière... Vous vous en baignez. La lumière vous envahit. Vous abandonnez votre corps dans la campagne, vous montez dans la boule... Vous... partez... dans ce ballon, très haut... à la recherche de votre passé. Vous allez renaître à la vie... Vous remontez le temps de votre voyage mental...

À son grand étonnement, Larry aperçut les corps de ses compagnons allongés à ses côtés. Ils étaient devenus des gisants immobiles. Pia et Altmayer étaient impressionnants, Larry avait envie de les secouer. Lui-même se voyait, avec ses plâtres, allongé comme une statue. Il voulait attendre Pia pour partir avec elle. Il montait, montait seul. C'est du bluff, pensait-il. Mon cerveau droit est trop imaginatif... Il invente... Larry appelait la logique de son cerveau gauche à son secours. Il continuait de monter. Il passait au-dessus de montagnes qu'il n'avait jamais vues. Soudain, il reconnut, pour l'avoir aperçu à la télévision, l'Everest ! Qu'est-ce que je fous là ? songea-t-il, restant logique.

Il planait au-dessus des sommets balayés par les vents. Il entendait des hurlements. Il ressentait une douleur, un étouffement étrange. Il se débattait, manquant d'oxygène. La trop haute altitude, sans doute. Il voulait continuer de voler, mais il était attiré vers le gouffre. Il résistait, rien à faire, il descendait dans un trou noir, humide, chaud.

Maintenant, il ne voulait plus quitter ce nid... Son cœur battait à l'unisson d'un autre... On le tirait par les pieds. Des voix retentissaient.

– Bon Dieu, un siège !

– Vite... Dépêchez-vous ! Elle tourne de l'œil...

– Le gosse ! Le gosse !

– Il vit, le bougre !

On lui tapait, sans façon, sur les fesses.

– C'est un garçon ! Un garçon ! exultait son père.

Larry, essoufflé, voyait pour la première fois la grosse moustache rousse penchée sur son berceau. Sans surprise, il reconnut dans son père Pline l'Ancien.

– On va boire du champagne français pour fêter cela !

– On l'appellera Simon comme mon oncle !

– Ah non ! On l'appellera Larry ! protestait la jeune accouchée, retrouvant des couleurs dans son lit.

La voix très faible, mais toujours perceptible du physicien, parvenait à Larry comme sur des ondes lointaines.

– Je suis sûr que vous avez revu votre naissance et qu'elle n'est pas ce que vous aviez imaginé... Vous êtes revenus sur cette terre l'espace d'un instant pour revivre cet événement important qui est notre traumatisme majeur... Notre vie fœtale a une conscience... à 8 mois... 6... 4... 2... 1... avant même la conception...

Larry ressentit un coup de poignard. Il entendit

un gémissement qui le gêna horriblement. Des souffles mêlés.

– Mon amour... C'est bon... Je t'aime !

Larry comprit que ses parents étaient en train de le procréer. Il ne fallait pas... Il voulait rester dans son « moteur à lumières »... Malgré un grésillement, il entendait, de plus en plus faible, la voix de Bernardo Alexandro.

– Maintenant, vous remontez plus haut, là d'où vous venez... d'où nous venons tous... pour plonger dans vos autres vies passées... Vous allez vous contempler dans le fond des âges... Vous allez rapporter vos secrets cachés...

Larry se mit à trembler. Comme si une fusée l'emportait vers un autre monde. Il avait la sensation d'accomplir quelque chose de sacré. La crainte de la mort disparaissait en lui. Son existence physique lui apparaissait comme transitoire. Lui, l'archéologue, remontant dans le temps, savait qu'il allait vers son passé et celui de l'humanité. Il « nageait » dans un cocon brillant. L'enveloppe qui l'entourait était immatérielle et pourtant, comme lui, faite de matière vivante et vibrante. Il voyait des couleurs admirables, bleu, turquoise, violet, orange... À une vitesse vertigineuse, il passait au-dessus de continents inconnus, de vallées et de montagnes. Sans savoir comment, il « atterrit » dans une forêt. Les arbres étaient tentaculaires.

... Larry était vêtu d'une peau de bête. Il poussait des grognements face à un animal qu'il reconnut sans difficulté pour être un dinosaure. Celui-ci, gigantesque, le chargeait. Il sentait l'odeur pestilentielle de la bête préhistorique. C'est du cinéma ! songeait Larry, qui gardait son libre arbitre. Mon cerveau gauche a tout trié et analysé, il me « rend » les images de mes études !

Il sentit un prodigieux coup que le monstre lui avait porté dans la poitrine. Des hommes et des femmes, hirsutes, sortis des grottes, couraient vers lui. Malgré leur aspect embroussaillé, il les connaissait tous. Ils étaient « sa » famille. Larry s'effondra, il souffrait, gémissait, s'échappait de son corps, repartait... remontait... virevoltait... descendait.

... À sa grande surprise, il se trouva dans une salle pleine de portraits, face à une femme très belle, en robe Renaissance. Un col de dentelle entourait son beau visage émouvant. C'était Pia, les cheveux relevés et frisottés à la mode de Charles Quint. Larry, en pourpoint, chausses bouffantes et bottes, prenait la jeune femme dans ses bras.

Elle gémissait :

– Luigi, ne me quittez pas...

Il regardait par la fenêtre. La cour du palais tout neuf fourmillait de gardes casqués avec leurs hallebardes et de domestiques en livrée. Ils couraient, remplissant des chariots. Larry murmurait :

– Ma douce, ma belle, je dois aller au château Saint-Ange, défendre le pape. Les impériaux sont près de rentrer dans Rome. Ils vont tout mettre à sac ! Vous devez fuir, vous mettre à l'abri, ma colombe, pour notre enfant que vous portez dans votre sein...

Pia pleurait à petits coups. Larry lui murmurait encore :

– Rappelez-vous, mon âme, ma barque vogue vers la plus verte heure de la nuit, bientôt ma vie, mon trésor, atteindra les rives de minuit !

Les sanglots étouffaient la jeune femme. Larry buvait les larmes sur ses joues. Il en sentait la saveur salée sur sa langue. Sur les remparts, il se battait à l'épée contre un condottiere ressemblant à Mercucio. Il s'effondrait, transpercé dans le dos, par un coup de lance traîtresse. Son fils aîné, Paolo, se penchait vers lui.

– Père... père...

Le jeune homme avait les traits de Lorenzo et de Cosimo ! Puis Maxime et Maxence, en Romains, se superposaient à lui... Tout se brouillait. Larry entendait des appels...

– Cela fait trop longtemps qu'il est endormi !

– Détrompez-vous, il ne dort pas ! Il est descendu en rythme alpha ! Son cortex est éveillé... Il vit en ce moment sur une autre longueur d'onde !

– Nous sommes tous « revenus » !

– Oui, mais lui, c'est un sujet exceptionnel !

– Il est en état de grande tension nerveuse !

– Larry, reviens, je t'en supplie !

C'était la voix de Pia. On le secouait. Larry ne pouvait « remonter » ni bouger. Bernardo Alexandro ordonnait :

– Ne le touchez surtout pas ! Son système bioélectrique et somatique est devenu comme celui des lamas en méditation...

– Mais, Bernardo, il est glacé !

– Recouvrez-le de vêtements chauds... Nous devons le laisser tranquille. Pour lui le temps n'existe plus, il est en état supérieur de conscience.

– Mais s'il ne revient pas à lui !

– Il est face à tout ce que le bon sens récuse, hors de l'espace-temps ! Dans un monde qui est le sien propre !

... Larry entendit le long sifflement. Le « voyage » recommençait. Cette fois-ci sans surprise, il atterrit enfin chez lui, dans « son » monde, près de son cher bassin aux poissons, sous les six micocouliers en fleur...

*
* *

« … Carcos m'apportait un message. Comme je l'avais promis, je lui avais rendu la liberté. Il avait choisi de rester, comme affranchi, à mon service. Au fond, j'étais flatté de cet attachement. Il boitillait, le pauvre… La dague de cet imbécile de Mercucio l'avait atteint au flanc droit. Heureusement, la lame n'avait percé aucun organe vital.

Il s'en était sorti avec les soins d'un savant mauritanien, El Babour, installé depuis peu à Rome, qui avait été autrefois le médecin de Fabius Questus. C'était là que je l'avais connu.

El Babour, depuis, avait ouvert une officine dans la capitale. Je l'avais retrouvé avec plaisir : il connaissait bien les herbes et les secrets des plantes. Je m'étais habitué à le faire appeler pour soigner les maux de tête de Calpurnia et la douleur que je ressentais parfois dans la nuque. El Babour n'avait pas son pareil pour piler l'héliotrope, ou pour faire des cataplasmes de mûrier noir qui soulagent immédiatement toute douleur.

Il avait parfaitement réussi avec mon bon Carcos. Après avoir sondé la plaie, il m'avait assuré qu'il ne se ressentirait pas de sa blessure. Je n'avais dû la vie qu'à mon blablabla, en face de Mercucio.

– Par Isis notre mère, tuerais-tu un de tes frères ? lui avais-je dit.

– Tu m'as endormi, traître !

J'avais le poignard de Mercucio sur la gorge. L'hésitation du tueur me sauva.

– Eh quoi, mon "frère" ? Voudrais-tu que le sang sacré d'Osiris retombe sur ton bras ?… Nous sommes de même croyance et…

Pour sauver ma peau j'en avais raconté de vertes et de pas mûres ! Mercucio, convaincu, avait laissé retomber son poignard, ses sbires de même. L'aubergiste et ses esclaves étaient affairés à panser Carcos. Celui-ci avait perdu du sang, mais gardait sa connaissance.

Rassuré de ce côté-là, j'avais décidé de tirer les vers du nez de Mercucio.

– Mon bon ami, je t'ai rendu grand service ! Je ne sais qui t'a envoyé là-bas, et je ne te le demande surtout pas. Mais Trajan, maintenant, est l'Empereur ! C'est lui César, on ne peut plus l'approcher facilement. Tu allais à ta perte. Aujourd'hui tu serais crucifié ! Du reste, je lui ai parlé de toi !

– Tu lui as dit que... ? avait gémi Mercucio.

– Sur "l'honneur", je lui ai signalé qu'il avait un fidèle serviteur, prêt à lui obéir discrètement ! Tout César a besoin de bras à son service ! Ne te laisse plus entraîner par de mauvais esprits... Sois le serviteur de Trajan...

– Vraiment, frère d'Isis, tu as parlé de moi ! Et dire que j'allais te tuer !

La bêtise de Mercucio avait quelque chose d'attendrissant. La pire des brutes peut avoir de bons sentiments ! Nous avons arrosé notre réconciliation, sans potion pour dormir ! Au début de la matinée, je savais tout : une conjuration de quelques sénateurs nostalgiques de la dynastie issue de Jules César[1] aurait voulu empêcher l'adoption de Trajan par Nerva.

Par Jupiter, que Rome était donc compliquée à gouverner ! Qui de nous aurait aimé revoir un Néron ou un Domitien ? Incroyable, il y avait des irréductibles !... J'avais noté dans ma tête les noms des conjurés : Ulpius, Cornutellus,

1. Julio-Claudiens : Auguste, Tibère, Caligula, Néron.

Arrius Antoninus... Tous de noble famille de chevaliers romains outrés que l'Hispanique Trajan pût monter sur le trône de César. Les dénoncer équivalait à les envoyer au supplice. Ne rien dire revenait à être leur complice. Cruel dilemme !

... J'aurais pu, j'aurais dû prévenir Maxime et Maxence par un courrier, pour qu'eux-mêmes bénéficient de la gloire d'alerter l'Empereur ! Je regrette de ne pas l'avoir fait aujourd'hui. Que m'importait la vie de ces hommes ? Rentré à Rome je choisis le "silence éloquent" : je fis des visites en litière pour calmer mes sénateurs sanguinaires. Je leur montrai l'inutilité de leur action et je leur jurai qu'avec Trajan commençait le début d'un âge d'or romain, pour nous tous.

Chez Arrius Antoninus, un enfant d'une dizaine d'années travaillait avec son professeur de grec sur la pelouse avec une remarquable attention. Ce garçonnet m'impressionna vivement.

– Antonin[1], laisse-moi avec Caius Plinius, ordonna son grand-père.

Je plaidai la cause de Trajan, sans savoir que je changeais le cours de l'histoire. Antoninus m'écouta et finit par m'approuver.

Ah ! Si j'avais laissé les sénateurs et leurs héritiers périr sous la vengeance de Trajan... Si je les avais laissés choisir un autre tueur... Si j'avais dénoncé Mercucio... Que de si ! On ne refait pas son destin ni celui des autres !

Apollodore venait me rejoindre. J'étais toujours heureux de sentir sa chaude présence auprès de moi. Virevoltant dans sa toge chatoyante, il vint s'asseoir à mes côtés. Ensemble, nous

1. Antonin le Pieux, né en 86 après Jésus-Christ, empereur, sera adopté par Hadrien, lequel aura été adopté avant par Trajan.

ouvrîmes le tube de cuivre, contenant une lettre. C'était un message de Maxime et de Maxence, qui avait mis de longs jours à me parvenir. Je fis sauter le cachet de cire brune et déroulai la bandelette de laine qui enserrait le rouleau.

Calpurnia vint nous rejoindre.

Je commençai à lire à haute voix : "Oncle bien-aimé, cher Caius Plinius... Douce et généreuse Calpurnia..."

21

Lettre de Maxime et de Maxence

"… Nous allons donc passer l'hiver sur le Danube, continuait la lettre des jumeaux… On dit que l'Empereur ne veut pas attaquer tout de suite. Chaquc jour une marche nous rapproche du but. À l'étape, nous creusons un camp retranché pour éviter d'être surpris en plein sommeil par l'ennemi. Nos légionnaires coupent des arbres, cherchent les points d'eau, parfois nous montons, Maxence et moi, à l'intérieur de la palissade, dans une de nos tours d'observation à toit pointu. Nous voyons le pays au loin qui est beau, verdoyant, vallonné…

Hier, les Bures, qui sont les alliés de ces maudits Daces, ont osé envoyer à l'Empereur, chargé sur une bête de somme, un énorme champignon[1] sur lequel était inscrit en latin : *Delenda Roma !* "Il faut détruire Rome" ! Ces sauvages nous narguent ! Pâle et terrible, le grand Trajan est passé parmi nous sans dire mot. Mais ses regards flamboyants sous son front blême étaient éloquents. Sa vengeance sera sans pitié.

Nous avons eu quelques petites escarmouches pour prendre des villages daces. Ceux-ci sont souvent situés au milieu des lacs. Ils sont formés de huttes rondes au toit pointu. L'Empereur

1. Historiquement exact.

ordonne que, partout, on mette le feu. Avant d'apporter la paix, Rome doit inspirer la terreur !

Les prisonniers, pour la plupart des femmes et des enfants, demandent prosternés leur grâce à César. Les femmes daces sont assez belles avec la peau très blanche, de longues nattes et des yeux noirs. Généreux, Trajan leur accorde la vie et leur permet de partir en esclavage pour Rome.

Pour les hommes, c'est différent. Ceux qui sont pris ont la tête coupée. Leurs faces de barbares sont alors alignées devant l'Empereur et ses officiers. Nous sommes parmi eux, derrière notre chef, le valeureux Hadrien, qui nous montre, chaque jour, un peu plus sa généreuse amitié.

Voilà quelques jours, nous avons eu une bataille qui aurait pu mal tourner. Nous avions reçu l'ordre d'aller prendre une petite forteresse dace, qui semblait abandonnée. Alors que nous traversions une forêt de pins, les lanciers daces poussant des cris sous leurs bonnets ronds nous ont attaqués traîtreusement. À l'abri des arbres, ils nous décochaient des flèches. Nous avons dû reculer, car leurs soldats à pied, vêtus de leurs blouses à longues manches et de leurs larges pantalons, attaquaient avec des faux les jambes de nos chevaux.

L'un d'eux atteignit la malheureuse bête d'Hadrien, qui s'effondra en hennissant. Notre chef, empêtré dans sa cuirasse, allait lui-même tomber sous les coups des barbares.

Maxence et moi, sautant par-dessus un groupe de Daces qui tenaient leur enseigne à emblème de dragon, nous portâmes à son secours. Le cheval de Maxence fut atteint à son tour. Je tendis les mains à la fois à Hadrien et à mon frère, pour qu'ils sautent en croupe derrière moi. Heureusement, Syphax, à qui nous avons donné un bon cheval, nous suivait. Il saisit Maxence par l'épaule et nous repartîmes au galop.

Des flèches effleurèrent nos cuirasses. Les Daces nous poursuivaient avec leurs hurlements terribles. Ils se croyaient vainqueurs. Jaillissant de sous les arbres à la tête de farouches cavaliers mauritaniens, le brave général Lusius Quietus vint à notre secours. Il nous aida à sortir de ce mauvais pas. Vrai, son visage noir, ses peaux de léopard et son courage ont fait merveille.

La nuit descendant, nous comptâmes morts et blessés. Il y en avait beaucoup... beaucoup trop dans le camp romain. Les terribles faux des Daces avaient fait des ravages dans nos rangs. Ce n'étaient que gémissements, jambes et bras coupés... visages tailladés, yeux crevés !

Les plus mal en point de nos légionnaires étaient portés sur des brancards de branchages dans une partie du camp exclusivement réservée aux soins. Les chirurgiens et leurs aides tentaient de réparer les os brisés. Ils enlevaient les pointes de flèches et recousaient les plaies... Dans certains cas, ils achevaient des amputations. La douleur des malheureux était terrible à voir et à entendre.

Pourtant, nos médecins employaient pommades et plantes pour tenter de les soulager...

Maxime, cher oncle, bien-aimée Calpurnia et toi aussi, notre complice, Apollodore, si tu es dans la *Domus Plinius*, a abandonné le stylet que je reprends à sa place dans notre tente, à la lueur d'une lampe à huile. L'empereur Trajan, après cette bataille, permit à ses chirurgiens de se servir de sa propre garde-robe pour panser les blessés... On manquait de tout !

Ce geste d'une telle grandeur enthousiasma les hommes valides et aussi les blessés en état de montrer leur reconnaissance à l'Empereur.

Pour nous, soyez rassurés, à part une bosse à la tête pour Maxime, une légère entaille au bras gauche et une estafilade sur la cuisse pour le valeureux Hadrien, tout va bien !

Nous avons été nommés, grâce à notre chef, aux honneurs devant l'Empereur. Hadrien a tenu à faire savoir que nous lui avions sauvé la vie. Beaucoup pensent qu'il sera l'héritier de son cousin. César nous a remis la couronne de feuilles de chêne prouvant, devant toute la troupe, que nous avions sauvé la vie d'un citoyen de haut rang.

D'autres hommes courageux au combat ont reçu aussi des colliers, des bracelets d'argent ou des médaillons de bronze à porter sur la cuirasse.

Cc fut une belle cérémonie, un peu triste. Mais Auguste sut par des mots appropriés galvaniser ses troupes. Notre brave Syphax aurait mérité sa part de récompense. Mais, bien sûr, une décoration romaine ne peut être attribuée à un esclave.

Cher oncle, douce Calpurnia, dès les beaux jours revenus, nous allons franchir le Danube sur un pont de bateaux. Le lieu a été choisi par les éclaireurs et César l'a approuvé.

Le temps nous semble long sans vous. Nous pensons à nos tendres et bénéfiques conversations sur le lac de Côme. Parfois, sous la lumière du soleil, le grand fleuve Danube ressemble à ses eaux miroitantes et bleues.

Par le même courrier, nous adressons un message à notre respectable mère Leponia, à charge pour elle de transmettre notre affectueux souvenir à nos amis restés à Rome, tels le brave Dioclès et aussi Lutèce, cette fille stupide que nous aimons quand même bien.

La rive droite de la voie du Danube sera bientôt terminée par les barbares que nous employons. Rien ne pourra, alors, nous empêcher de passer. Nous avons beaucoup appris sur ce pays de Dacie.

C'est toi, cher Caius Plinius, qui nous as donné le goût de nous instruire et la curiosité de l'esprit. Les premiers habitants de la Dacie auraient été les Gètes apparentés aux Thraces. Agriculteurs, éleveurs de chevaux mais sachant travailler les métaux, ils seraient d'abord restés sur les bords de la mer Noire. Ils y auraient fondé Tomes[1] où nous espérons bien aller. Ces tribus, peu à peu, seraient devenues assez puissantes pour former un État, voilà deux siècles, sous Burebista. Cet État devint si puissant qu'il était normal que Rome en prît ombrage. À ces raisons stratégiques s'en ajoutent d'autres d'ordre économique. On dit que le souverain de cette région possède le sel, le fer et l'or !

Bientôt, si tout va bien, nous marcherons droit sur Sarmizegetusa, la capitale du roi des Daces, Décébale.

Que Jupiter, cher oncle, douce Calpurnia, vous protège de ses bienfaits ! Nous sommes vos dévoués, respectueux et reconnaissants fils.

À jamais.
Maxime et Maxence." »

1. Future Constantza en Roumanie aujourd'hui.

22

Sarmizegetusa

La bataille faisait rage.

Des deux côtés, on pressentait qu'il s'agissait des derniers combats. Ceux qui ne laisseraient pas de vaincus, seulement un vainqueur impitoyable. La cohorte Minerve avait reçu le redoutable honneur d'approcher, avec les béliers de fer, les remparts de la forteresse pour tenter d'y percer une brèche.

Les catapultes sifflaient en lançant leurs grosses charges qui retombaient à l'intérieur de la cité de Décébale : une ville-citadelle aux murailles massives, puissamment défendue, et devant laquelle Rome faisait le siège depuis trop longtemps.

Suivant la tactique habituelle aux légions romaines, Trajan avait fait tracer, autour de la ville assiégée, une levée de terre.

Les Romains avaient aussi élevé des tours de bois plus hautes que les remparts adverses. Maxime et Maxence y montaient souvent, avec leur chef, Hadrien, pour surveiller l'ennemi.

Les jumeaux étaient fascinés par la capitale de Décébale, plantée sur un haut mamelon. Les jours de calme, les jeunes gens pouvaient voir ses habitants vaquant à leurs occupations dans les rues pavées. Le palais royal, avec ses tours et ses fortins, attirait leurs regards.

Ils avaient aperçu, un jour, à une meurtrière dominant le fleuve, une très belle jeune fille. Elle portait de longues nattes brunes et un bonnet à frange de perles descendait sur son front. Cette apparition leur avait fait forte impression. Ils avaient même cru que la jeune fille leur adressait un signe de son écharpe blanche. Mais l'apparition avait disparu dans la forteresse et ils ne l'avaient jamais revue.

Le matin à l'aube, l'attaque avait été sonnée.

Sous une galerie de bois montée sur roulettes, tirée par des cordes et recouverte de peaux fraîches, Maxime et Maxence, aguerris désormais à ce genre d'exercice, exhortaient leurs hommes à avancer vers le mur. De l'huile bouillante et d'énormes rochers tombaient des créneaux, brûlant vifs ou écrasant les légionnaires qui en approchaient la base sans se protéger.

Rome restait en échec devant les Daces.

Trajan et son armée avaient franchi le fleuve au printemps, mais depuis des mois, ils n'avaient pu s'ouvrir un chemin qu'à coups de boutoir, par des combats aussi rudes et meurtriers de part et d'autre.

Décébale et ses alliés, Bures et autres tribus du Nord, lui opposaient une résistance énergique. Si les autres populations colonisées, Jazyges, Thraces, Marcomans, indigènes de Dalmatie, apprenaient ces difficultés, Rome aurait bientôt des révoltes à mater de tous côtés.

Trajan était donc condamné à gagner sa guerre. Les Daces étaient bien armés. Ils connaissaient les métaux et forgeaient leurs armes dans de véritables ateliers. Trajan rêvait de se les approprier. Peu à peu, comme une énorme colonne de fourmis, les soldats de Rome avançaient en pays ennemi, prenaient des prisonniers et faisaient tomber les unes après les autres les forteresses daces.

Elles étaient alors aussitôt rasées. Ou alors, Trajan y établissait une garnison qui demeurait en arrière pour faire respecter l'ordre romain. L'Empereur se trouvait maintenant devant la dernière forteresse, la plus puissante, dressée sur un rocher quasiment imprenable : Sarmizegetusa, le repaire de Décébale.

Un cri, au-dehors, retentit :

– Regroupez-vous par manipules[1] !

Les cavaliers bures dévalaient une colline au nord du fleuve, prenant à revers les Romains par surprise, tandis que les Daces tentaient une sortie. C'était bien monté ! Maxime et Maxence pensèrent aussitôt à la belle jeune fille, se demandant si ce n'était pas elle qui envoyait des signaux à leurs alliés.

Les jumeaux se voyaient attaqués dans leur abri. Les Daces y pénétraient de tous côtés. Maxime et Maxence les repoussaient à coups de lance et d'épée. Leurs légionnaires se défendaient eux aussi avec énergie. Beaucoup tombaient sous les faux que les Daces maniaient avec dextérité. C'était une arme terrible devant laquelle les Romains ne pouvaient être que terrifiés. À plusieurs reprises, Maxime et Maxence en sentirent le fil sifflant. Un massif cep de vigne en main, Syphax éloignait et parfois réussissait à égorger les Daces qui s'approchaient trop de ses maîtres.

Des rochers écrasèrent une partie de l'abri roulant. Maxime et Maxence durent reculer, évacuer leur galerie en entraînant les Romains survivants. À l'extérieur les vétérans résistaient aux Bures en deux lignes d'assaut. Genoux à terre,

1. Le tiers d'une cohorte, environ deux cents hommes.

ils lançaient les javelots. Les frondes mécaniques décochaient leurs projectiles.

Les légionnaires formaient des cercles en formation de « tortue », boucliers levés de toutes parts, pour résister à l'attaque dace. Les appels, les trompettes retentissaient.

Avec discipline, les cohortes effectuèrent leur repli stratégique. Les Daces se crurent vainqueurs. Ils lancèrent la cavalerie, derrière leur infanterie, vers l'armée romaine. Mais Maxime et Maxence – et leurs hommes – avaient eu le temps de courir rejoindre les autres Romains derrière le fossé d'eau.

Des hurlements retentirent. Trajan avait fait construire, de nuit, toute une ligne de défense, sous des branchages qui, outre les fossés, dissimulaient des « entonnoirs » équipés de pieux pointus, où s'effondraient les chevaux des Daces.

Plus loin, c'étaient des « barbelés » en branchages, tout un système de bâtons armés de pointes, de chevaux de frise, destinés à empêcher l'assiégé d'atteindre les créneaux et les tours romains. Les Daces, empêtrés dans les trous, ne pouvaient résister aux Romains qui les achevaient avant de repartir à l'assaut.

Trajan parut à cet instant. Drapé dans son manteau d'*Imperator* pourpre, il monta au créneau de bois d'une des tours. Au même moment, le roi Décébale, monté sur un pur-sang noir, surgit devant la lourde porte ouverte de sa ville. Il portait une cape chamarrée et le bonnet rond de son peuple, incrusté de pierres et d'or, pour montrer son rang.

Les deux ennemis s'affrontèrent du regard. La présence des chefs redonnait courage aux hommes. Maxime et Maxence bondirent sur leurs chevaux. Au triple galop, sautant par-dessus les pièges qu'ils connaissaient, entraînant dans leur tourbillon les cavaliers de la Minerve, ils galopèrent vers la forteresse.

Les Daces se repliaient. Les survivants rejoignaient leur roi... Les portes de la ville se refermèrent devant les jumeaux.

De part et d'autre, on s'occupa des blessés.

La nuit tomba sur Sarmizegetusa.

Maxime et Maxence avaient jambes et bras zébrés d'écorchures. Syphax les oignait d'une huile à la feuille d'absinthe, quand un décurion mauritanien vint les chercher. Les jumeaux se retrouvèrent devant Trajan, le général Lusius Quietus et Hadrien.

On tenait conseil de guerre.

L'Empereur avait froid. Il était enveloppé d'une toge de grosse laine assez rustique. C'était un homme qui n'aimait pas le luxe. Sans couronne de lauriers, le front soucieux, marchant de long en large, il fit signe à son jeune cousin de prendre la parole.

En quelques mots, Hadrien mit Maxime et Maxence au courant de ce que Trajan attendait d'eux. Les Daces pouvaient encore résister très longtemps. L'attaque du matin prouvait leur force. Ils possédaient munitions et provisions. Certes, les Bures avaient été mis en déroute. Mais les Daces étaient habiles. Ils pouvaient trouver d'autres alliés, peut-être même chez les lointains Parthes.

Il fallait en finir.

Depuis plusieurs jours, Trajan faisait creuser un souterrain[1], long couloir de mine destiné à passer sous les murailles jusqu'à l'intéricur de la ville assiégée. Les officiers du génie avaient prévenu l'Empereur que tout serait prêt le lendemain.

1. *Cuniculus*, littéralement « terrier de lapin ».

... Trajan ordonnait à Maxime et à Maxence de choisir quelques braves pour former un commando d'une douzaine de légionnaires; il ne fallait pas se dissimuler que la mission était très dangereuse. Les jumeaux et leurs hommes seraient déguisés en Daces. On prendrait les costumes sur les morts. S'ils étaient découverts, un sort atroce les attendait dans Sarmizegetusa et Trajan ne pourrait rien pour eux. Le commando devait s'introduire dans la cité, égorger les gardes et ouvrir les portes... Le reste serait pour l'armée romaine.

C'était un grand honneur. Mais c'était aussi une vraie mission suicide. Les Daces n'étaient pas stupides. Ils devaient tout surveiller à l'intérieur de la cité. Peut-être même écoutaient-ils à la surface le moindre bruit venant de sous la terre. Ne savaient-ils pas que les Romains étaient experts à creuser des tunnels ?

... Maxime et Maxence dormirent cette nuit-là avec l'inconscience de la jeunesse. Au matin, ils sélectionnèrent dix hommes, parmi les plus hardis, pour les accompagner. Tous, parmi ces rudes légionnaires, se disputaient l'honneur d'être volontaires pour partir avec eux.

Maxime et Maxence étaient devenus très populaires dans l'armée. Les hommes, superstitieux, pensaient que l'extraordinaire ressemblance de Maxime et de Maxence était de bon augure. Romulus et Remus étaient avec Rome. Avant de se vêtir en Daces, les légionnaires organisèrent dans un baraquement la « danse des sauteurs » qui vouait leur mission à Mars... Pour la plus grande joie de leurs hommes, Maxime et Maxence se mêlèrent à leurs sauts, exécutant la danse guerrière rythmée par un chant sacré. Demain, si les dieux leur offraient la victoire, les soldats remercieraient l'Olympe en élevant un trophée, c'est-à-dire en décorant un tronc d'arbre des armes prises à l'ennemi.

... Jusqu'à midi, tout fut calme des deux côtés. On reprenait son souffle de part et d'autre. Sur l'ordre de Trajan, pour donner le change, des soldats commencèrent de démonter catapultes et fortifications mobiles... Depuis les tours de Sarmizegetusa, les veilleurs daces observaient le va-et-vient des Romains.

Au soir, les jumeaux et leurs hommes se vêtirent en Daces. Les jeunes gens se contemplèrent, en riant, sous leurs blouses à longues manches, larges pantalons bouffants – le visage à demi dissimulé par les bonnets ronds. Syphax les avait aidés à se vêtir. Le Gaulois ne pouvait dissimuler un tic nerveux. Maxime lui donna une bourrade :

– Tu en fais, une tête !

Maxence surenchérit :

– Tu vas nous porter malheur...

Les mains de Syphax tremblaient, tandis qu'il tentait d'attacher les liens de leurs chemises. L'esclave semblait pétrifié de les voir déguisés en Daces. Maxime repoussa le Gaulois :

– Tu m'agaces ! Va te coucher et attends-nous !

– Non, Seigneur !

– Comment, non ?

Maxence était suffoqué.

– Je vais avec vous, mes Maîtres !

– Nous t'ordonnons d'aller dormir !

– ... Caius Plinius m'a ordonné, lui, de vous suivre partout, Maîtres. Je ne peux lui désobéir sinon il m'arrachera les yeux au retour.

Maxence éclata de rire :

– Ce serait bien la première fois que Caius Plinius arracherait quoi que ce soit...

– C'est comme ça, Seigneur, il me tuera si je

vous laisse aller seuls ! répéta Syphax, obstiné.

– Caius Plinius n'est pas ton maître !

– Nous sommes tes propriétaires, Gaulois ! Tu es collant comme un pot de miel... Tête de mule !

Et Maxence lança un coup de pied vers Syphax. Ce dernier évita la correction en sautant de côté. Maxime ajouta une bourrade. Mais la cause était entendue : Syphax abandonna sa tunique pour se vêtir en Dace. Malgré tout, ils étaient attachés à Syphax comme on l'est à un bon animal fidèle.

La nuit était presque tombée. Maxime et Maxence rassemblèrent leurs hommes. Avec Syphax, le commando comptait treize hommes... C'était de bon augure. Rassemblés à l'abri d'une tour de bois, ils attendaient l'ordre de ramper le long des chevaux de frise pour atteindre le tunnel.

Sous la tente impériale, devant Trajan, Hadrien, Lusius Quietus et les principaux tribuns, un prêtre égorgeait un poulet blanc, sans tache, sur un gâteau de miel et de farine salée. Le volatile promptement plumé, l'haruspice arrosa sa chair d'un vin goûté par l'assistance. Après cette libation, le prêtre examina avec une grande attention les entrailles de l'infortuné poulet. Trajan et son état-major attendaient son verdict. Les entrailles, surtout le foie, faisaient bonne impression. Le prêtre brûla le tout sur l'autel et laissa tomber de ses lèvres serrées :

– ... Les dieux, cette nuit, te sont favorables, Auguste César !

Un centurion partit en courant prévenir Maxime et Maxence qui attendaient, camouflés au pied d'un mur de rondins. Les jumeaux savaient ce qu'ils avaient à faire.

... Un feu avait été allumé vers la tour ouest.

Et, sur ordre de l'*Imperator*, les légionnaires démontaient les tentes. Du côté est, la nuit était noire comme de l'encre. C'est là que, suivis de leurs hommes, Maxime et Maxence commencèrent de ramper le long du fossé d'eau. Les jumeaux connaissaient bien les lieux pour les avoir discrètement repérés auparavant. Évitant pièges, pieux et chevaux de frise, ils atteignirent « l'entonnoir » numéro quatre, à mi-chemin des tours romaines et de la muraille dace. Les jeunes gens se laissèrent glisser dans le goulot. Ils avançaient à quatre pattes dans un terrier où il était impossible de se tenir debout, mais dont les parois étaient consolidées par des solives de bois.

Mais Maxime et Maxence n'avaient pas le temps de s'extasier sur le travail de sape des Romains. À un coude élargi du souterrain, ils se trouvèrent devant un décurion du génie. L'homme les attendait, une lampe fumeuse à la main. Sans un mot, Maxime et Maxence s'emparèrent de la lanterne.

Les jeunes gens et leurs compagnons commençaient à se sentir oppressés. Le décurion chuchota :

– Tous les cinquante pieds[1], des roseaux traversent le sol et débouchent à l'air libre, pour que vous puissiez respirer mieux... Allez tout droit, le terrain va descendre, puis remonter... À la fin, vous trouverez une dalle, à vous de la soulever ! Vous serez dans la place !

– Où aboutissons-nous ? interrogea Maxime.

– Dans une écurie, je crois. Que Vulcain et Junon vous protègent !

1. Le pied romain mesurait 294 mm. Il est resté en usage, en France, jusqu'au XIXe siècle où il a été supplanté par le système métrique.

Sur cet encouragement, le décurion prit en rampant le chemin de la sortie. Le commando s'engagea à la queue leu leu dans le boyau qui se rétrécissait. Le chemin sous terre leur sembla interminable. Par places, la glaise, trop hâtivement tassée, s'effritait entre les planches, glissant sur les têtes et les poitrines des hommes. Ils suffoquaient et devaient s'arrêter chacun à son tour pour respirer aux roseaux qui traversaient le sol. Maxime et Maxence avaient l'impression de glisser aux Enfers.

Enfin, le boyau remonta... L'ascension était encore plus dure que la descente.

Les jeunes gens savaient qu'ils venaient de passer sous la muraille d'enceinte. Ils entendaient le souffle rauque de leurs compagnons derrière eux. Alors qu'ils n'espéraient plus y arriver, ils butèrent contre une dalle. Maxime, qui était en tête, tenta de la soulever. Il ne put y parvenir seul. Son frère vint lui prêter main-forte. Ils ahanaient, arc-boutés, sans y réussir... La pierre devait bien peser quatre cents livres[1]. Syphax vint à leur secours. Le Gaulois était d'une puissance extraordinaire.

À eux trois, enfin, ils purent faire tourner légèrement la dalle.

Maxime et Maxence glissèrent un regard par l'intervalle ainsi dégagé dans le sol. Ils se trouvaient bien dans une grande écurie. Une centaine de bêtes y étaient rassemblées autour de leurs mangeoires. Malheureusement, outre les animaux, la place n'était pas vide. Des soldats daces, accroupis, disputaient un jeu qui pouvait s'apparenter aux osselets romains, à cette différence près que chacune des pièces rattrapées sur le dos de la main des joueurs n'était pas en os,

1. Une livre romaine : 327 g.

mais apparemment en or massif. Les hommes riaient. Ils s'interpellaient dans leur langue gutturale.

– Si seulement nous pouvions comprendre ce qu'ils disent ! chuchota Maxence.

Serré entre les jumeaux, Syphax murmura :

– Ils disent que ce sera bientôt la relève !

– Tu comprends donc le dace ? s'étonnèrent les jeunes gens.

– Un peu, Maîtres ! admit Syphax humblement.

Maxime et Maxence n'eurent pas le loisir d'approfondir ce mystère. Une dizaine de soldats daces, armés de lances, venaient remplacer leurs camarades. Ils paraissaient de très bonne humeur, s'administraient joyeusement des tapes dans le dos.

– Que disent-ils ? interrogea Maxence.

– Que les Romains ont peur, qu'ils lèvent le camp... Ils pensent qu'à l'aube Trajan sera parti ! répondit Syphax.

Maxime et Maxence attendirent que les nouveaux gardes aient fait un tour d'inspection, qu'ils aient bu à la régalade dans une peau de mouton, qu'ils se soient installés à la place de leurs camarades pour jouer avec les morceaux d'or. Quand la partie fut bien engagée, Maxime et Maxence firent un signe à Syphax.

La dalle tourna en silence sur leurs têtes.

Suivis de leurs compagnons, les jumeaux jaillirent du trou, glaive en main. Quelques chevaux hennirent. Les Daces relevèrent la tête. Trop tard ! Les Romains se jetaient sur eux, les égorgeant proprement. L'un des Daces toutefois réussit à s'échapper. Il poussa un cri d'alarme. Maxime n'eut que le temps de le rattraper par la blouse pour lui plonger son poignard dans le cœur, déjà une patrouille dace arrivait au trot...

Quand les Daces, armés jusqu'aux dents, pénétrèrent dans l'écurie, tous les corps avaient été repoussés sous la paille. Accroupis, tête baissée, les Romains, en vêtements daces, jouaient aux osselets d'or.

– Tout va bien ? interrogea l'officier.

– Oui, tout est calme ! répondit Syphax dans la langue du pays.

Maxence, épouvanté, aperçut la jambe d'un Dace qui sortait de sous la paille. Il réussit à la camoufler sans se faire remarquer.

– On a entendu un bruit... ! fit le chef, méfiant.

– Nous aussi... C'était un oiseau de nuit, pas une belle fille ! lança Syphax.

Les Daces, amusés par la repartie du Gaulois, se retirèrent en riant. Maxime et Maxence poussèrent avec leurs compagnons un soupir de soulagement.

– Tu nous as sauvé la vie, Syphax !

Mais les jumeaux remirent à plus tard le complément de remerciements. Ils avaient mis au point leur plan : ils chuchotèrent leurs ordres. Leurs compagnons sortirent les uns après les autres par une porte de derrière. Un seul légionnaire restait dans l'écurie. La ville dace était calme. Les habitants, rassurés, devaient dormir. Comme des ombres, les Romains se séparèrent.

Les uns allaient vers les bâtiments des garnisons et le pont du palais royal. Ils savaient tous ce qu'ils avaient à faire. Suivis de Syphax et d'un centurion nommé Decimus, Maxime et Maxence se dirigèrent vers le portail principal. C'était, et pour cause, le mieux gardé. Sur le chemin de ronde, les soldats allaient et venaient. Ils regardaient, intrigués, vers le camp romain qui continuait son déménagement aux flambeaux. Soudain, un cri retentit chez les Daces.

– Le feu aux écuries !

Une haute flamme allumée par le soldat qu'on avait laissé en arrière jaillissait du bâtiment. Les chevaux affolés se sauvaient déjà en hennissant, et envahissaient toutes les ruelles alentour. Les sentinelles du portail principal abandonnèrent leur poste pour courir vers l'écurie.

C'était ce qu'attendaient Maxime et Maxence. Avec Syphax, ils se ruèrent vers les énormes poutres qui fermaient les portes. Un garde, resté à son poste, aperçut ces trois Daces qui s'efforçaient d'ouvrir le portail.

– Hep ! Que faites-vous, camarades ? (Méfiant, il ajouta :) De quelle unité êtes-vous ?

– On doit faire une sortie ! déclara Syphax.

– Je n'ai pas d'ordres du roi !

– Moi, j'en ai ! fit Syphax.

– Donne-les-moi ! reprit le garde.

Pour toute réponse, le malheureux reçut un coup de glaive dans la gorge appliqué par le centurion qui était resté en retrait. Il s'écroula, dans le gargouillement du sang qui jaillissait de sa blessure. Maxime et Maxence d'un côté, Syphax et le centurion de l'autre poussèrent les gigantesques morceaux de bois et de fer qui bloquaient le portail. Enfin, les battants s'ouvrirent.

Les gardes daces revenaient en courant des écuries : sur les créneaux, en effet, on criait à l'alerte… Les premiers légionnaires romains, dissimulés derrière la muraille, s'engouffraient dans la brèche ouverte par Maxime et Maxence. Déjà, les archers romains se mettaient en position. Ils abattaient les Daces un par un. Ceux-ci reculaient avec l'énergie du désespoir. Enfin, les hommes de la Minerve, Hadrien en tête, pénétraient dans la ville.

– Au château, vite ! Trajan veut le roi vivant ! ordonna le cousin de l'Empereur, reconnaissant Maxime et Maxence sous leur costume dace.

Toujours suivis de Syphax et du centurion Decimus, les jeunes gens se frayèrent un chemin parmi les combattants au corps à corps, vers le palais de Décébale. Ils devaient parfois se faire reconnaître des Romains, qui n'auraient pas hésité à abattre ces quatre Daces-là. Par précaution, les jeunes gens et leurs camarades ôtèrent les bonnets ronds qui leur camouflaient le visage. Les gardes du palais avaient été égorgés par six des compagnons des jumeaux. Les portes n'étaient pas fermées. On se battait dans les grandes salles voûtées.

Un colossal escalier de pierre montait vers une galerie. Les deux frères distinguèrent des gardes royaux daces qui couraient dans cette direction. Toujours accompagnés de Syphax et de Decimus, Maxime et Maxence grimpèrent quatre à quatre derrière eux. Ils débouchèrent dans une immense salle aux portes ouvertes et ce qu'ils virent les laissa pétrifiés d'horreur...

... Couronne d'or sur la tête, le roi Décébale était assis sur son trône, au bout d'une longue table, entouré de ses princes et de sa garde personnelle. Tous levaient des coupes incrustées de pierres précieuses. Avant que les jumeaux n'eussent pu faire un geste, dans un silence total, Décébale et ses vassaux buvaient le contenu de leurs coupes et... retombaient instantanément en arrière, les yeux vitreux.

– Vite ! hurlèrent Maxime et Maxence. Il faut chercher des secours.

Syphax s'était approché d'un prince dace dont la coupe avait roulé à terre. Il la renifla.

– Trop tard, Maîtres... Ils ont bu le terrible

poison des Daces. Rien ne les rappellera à la vie !

Hadrien et ses officiers pénétraient à leur tour dans la salle funèbre, découvraient les cadavres... Maxime et Maxence, écœurés, ressortirent soudain glacés, ils durent s'appuyer à la muraille pour retrouver leur souffle.

Un groupe de femmes affolées courait à l'étage au-dessus. Les jeunes gens bondirent à leur suite. Une lourde porte incrustée de clous d'or allait se refermer. Maxime et Maxence la poussèrent du genou. Des suivantes criaient. Les jumeaux s'engouffrèrent dans une pièce ovale. C'était un oratoire, où deux femmes se tenaient en prière. Elles priaient à genoux, les mains jointes, tournant le dos à la porte, tête baissée, comme offrant leur cou au glaive. Maxime et Maxence s'approchèrent de ces créatures dont les costumes perlés attestaient la haute naissance.

– Vous êtes nos prisonnières... Mais n'ayez aucune crainte, les Romains ne tuent pas les femmes !

L'une des Daces, une noble personne altière, aux cheveux noirs mêlés d'argent sous un bonnet à frange dorée, se redressa, frémissante. Elle fit face à ses vainqueurs, les fustigeant dans un latin parfait :

– Non, Romains au cœur de pierre, assez lâches pour vous déguiser en Daces... Vous ne les tuez pas, vous les emmenez en esclavage pour accomplir vos plus basses besognes !

Sous l'affront, Maxime et Maxence blêmirent. Ils allaient lui répondre, quand ils s'arrêtèrent, trop surpris pour parler.

... L'autre femme se redressait à son tour. C'était la belle jeune fille au bonnet perlé qui les avait tant troublés en agitant son écharpe blanche à une meurtrière. De près, elle était encore plus belle que de loin. Son teint nacré ressortait entre ses nattes brunes. Ses yeux noirs pailletés d'or jetaient des flammes, et des larmes coulaient sur ses joues diaphanes. Elle joignit les mains :

– Ayez pitié, tuez-nous, Romains, plutôt que de nous faire subir la honte d'un sort indigne !

Maxime et Maxence se récrièrent :

– Sur Jupiter, nous répondons de votre vie et de votre honneur ! Vous êtes sous la protection de Maxime et de Maxence Questus. Qui êtes-vous ?

– ... Je suis la princesse Daria, la propre sœur de Décébale, lança avec mépris la plus âgée des deux femmes. Et voici ma nièce, Solina... Ma pauvre enfant, adieu... Ne crois pas aux promesses de ces Romains, c'en est fait de nous !

Sur un geste de Maxime et de Maxence, les deux princesses furent emmenées, avec respect mais autorité, par Decimus et d'autres légionnaires qui les avaient rejoints. Les suivantes, encadrées par des soldats, rejoignirent en sanglotant leurs maîtresses.

Tête baissée, Syphax marchait juste derrière ses maîtres. Ceux-ci entouraient les princesses daces. Soudain, Daria, regardant Syphax, murmura entre ses dents, en latin :

– C'est bien toi, le Gaulois ? Je te reconnais... Que sont donc devenus ma pauvre Bula et l'enfant ?

– ... Tu te trompes, noble princesse ! Je ne sais pas de quoi tu parles ! répondit Syphax.

Il s'éloigna aussitôt de la sœur de Décébale sous le regard intrigué des jumeaux qui avaient tout entendu.

*
* *

Trajan investissait la ville. Il entrait en *Imperator* sur son cheval blanc.

Tel Scipion Émilien détruisant Carthage, il allait abattre à jamais Sarmizegetusa.

Ce fut le moment que choisit l'historiographe de Trajan pour arriver… après la bataille !

23

Après la bataille

Larry poussa un gémissement. Il voulait remonter, revenir à la vie, quitter ce monde barbare et magnifique. Il ne le pouvait pas. Son esprit était entraîné dans « l'entonnoir » du passé.

Très loin, il entendait des voix, celles de « son » présent. Il avait l'impression d'être parti depuis des siècles. Sa volonté était annihilée. Il se laissa aller dans le réservoir infini de son subconscient. Avec un plaisir douloureux, il se glissa de nouveau dans la toge de Pline.

*
* *

« Je me rongeais les sangs depuis des mois à Rome.

Le Tibre avait débordé. Il faisait froid. Un vent infernal sifflait jour et nuit. J'étais de mauvaise humeur. Mes fils me manquaient ! J'avais décidé, d'un coup, de partir voir ce qu'il se passait sur le Danube.

... Calpurnia m'accompagnait. Je n'aimais pas être séparé d'elle. Elle était bonne cavalière, mais une litière nous suivait au cas où elle serait fatiguée. Nous avions quitté Rome en grand équipage depuis quatre-vingts jours.

Le voyage me paraissait sans danger. Nous traversions des pays pacifiés par l'Empereur et je ne pouvais qu'admirer l'organisation romaine. Déjà, les habitants de ces contrées lointaines apprenaient notre langue. Nous allions de citadelle dace en citadelle dace investies par les nôtres. J'y retrouvais souvent d'anciens compagnons des légions de ma jeunesse.

Mon affranchi, Carcos, se montrait précieux dans un tel voyage. Il prévoyait tout, les étapes, les provisions, les changements de chevaux. À Viminacium, je confiai Calpurnia à la garde de Plotine. L'Impératrice y était restée, en arrière, sur le Danube. Après avoir présenté mes devoirs à la noble Augusta, je quittai ce "Camp des Dames", protégé par la légion de la IVe Flavia.

Un grand pont de pierre sur le Danube avait été construit sur les ordres de l'Empereur. Je le franchis avec Carcos, deux esclaves mauritaniens et mon Crétois. Nous arrivâmes, au matin, en vue de Sarmizegetusa. De loin, j'aperçus les volutes de fumée du camp romain et de la cité dace, montant dans le ciel d'azur. Le cœur battant, mortellement inquiet, imaginant déjà les vautours tournoyant au-dessus des tours de la cité, je me fis reconnaître d'un tribun. Il m'expliqua succinctement les événements qui venaient de se produire au cours de la nuit même.

Je n'eus pas à donner les noms qui me brûlaient les lèvres. Ce fut ce tribun qui les prononça :

– ... Maxime et Maxence Questus, tes fils adoptifs, Caius Plinius, se sont couverts de gloire !

– Ils... ils vont bien ? fis-je, prêt à refuser une mauvaise réponse.

– Je le crois !

Le tribun me donna deux centurions qui me conduisirent à l'intérieur de la cité.

Il y avait des cadavres partout dans les rues, pour la plupart des Daces. Nos soldats les ramassaient pour les jeter dans les feux... Je suis un être délicat, je mis un foulard devant ma bouche pour me protéger de cette infecte odeur de cochon grillé. Au nombre de tous ces morts, je pouvais constater que les assiégés s'étaient courageusement battus. Les survivants daces passaient, tête basse, enchaînés, assurés que les Romains qui les poussaient hors de la ville allaient les passer au fil de l'épée. Devant ces longues colonnes de visages blêmes, cherchant à conserver leur fierté, je ne pouvais m'empêcher de les plaindre.

– Que vont devenir tous ces prisonniers, allez-vous les tuer ? demandai-je aux centurions qui me guidaient.

– Le glorieux Trajan va les ramener à Rome avec le butin pour son triomphe. Les Daces valides se battront dans les cirques, pour le plaisir du peuple !

Ce sort atroce me paraissait pire que la mort.

Nous pénétrâmes dans le palais de Décébale. Je me retrouvai face à l'empereur Trajan, entouré de son état-major. Drapé dans sa toge blanc et rouge, Trajan visitait, songeur, la forteresse de son ennemi.

Il est triste de perdre une bataille, mais la victoire même d'une guerre a toujours un goût amer de cendres... Ce fut Lusius Quietus, "le mangeur de chair humaine", qui m'aperçut le premier. Sa tête noire à demi cachée sous sa peau de léopard, il s'écria, moqueur, en agitant ses breloques d'or :

– Caius Plinius ! Quelle surprise ! Tu arrives après la bataille !

Cette boutade me fut très désagréable, d'autant plus que cet hypocrite d'Hadrien se mordait la lèvre pour ne pas rire.

Heureusement, Trajan m'accueillit avec une grande mansuétude :

– Ah ! Mon historiographe ! Viens, Caius Plinius ! On peut dire que tu tombes bien, tu vas avoir de quoi écrire !

Son bras amicalement passé sous le mien, César m'entraîna vers la salle du trône. Je n'avais pas pris la coupe d'eau, le fromage et le fruit de mon petit déjeuner. Mes cheveux se hérissèrent sur ma tête. À jeun, je ne m'attendais pas, certes, à l'ignoble spectacle de tas de morts renversés en arrière, bouche ouverte, avec leurs regards de poissons crevés.

... Nous ne sommes que peu de chose ! C'était donc cela ce grand roi, l'ennemi de Rome, Décébale – ce pantin désarticulé aux yeux blancs, au rictus ridicule, aux doigts mous ? J'eus un hoquet. Je crus que j'allais vomir tripes et boyaux au bras de l'Empereur. Finalement, c'était une bonne chose de n'avoir rien avalé...

Trajan ne disait mot, fasciné lui aussi par la scène. Je l'entendis pousser un profond soupir, puis il ordonna :

– Mettez le feu aux corps de ces barbares !

Ce furent ses seules paroles. À mon grand soulagement, nous sortîmes de ce tombeau.

Trajan abandonna mon bras.

Dans la grande galerie, perdu dans le cortège de César, mon cœur battit : mes fils vêtus en Daces – mûris, élargis, vainqueurs – approchaient, encadrant des prisonniers. J'étais soulagé de les voir vivants, fier d'entendre Trajan les féliciter ainsi que leurs compagnons de la réussite de leur mission. Mais ils ne m'avaient toujours pas aperçu.

Je me fis tout petit, pour ne pas les troubler. Je voyais Syphax et deux femmes daces. La plus jeune me parut trop belle et un vieil instinct me rendit méfiant.

– Que désirez-vous comme récompense, jeunes gens ? À l'avance, je vous l'accorde ! déclara Trajan.

Maxime et Maxence lui “présentèrent” leurs prises.

– Auguste César, nous avons promis un sort digne d'elles à ces parentes du roi que tu viens de vaincre ! fit Maxime.

Trajan hocha sa couronne de lauriers.

– Accordé !

Daria, la sœur de Décébale, ferait partie de la maison de César et serait sous sa protection. Je m'aperçus qu'Hadrien lorgnait la princesse Solina. Maxence devança son chef.

– Tu as demandé ce qui nous ferait plaisir, Auguste Trajan ? Nous aimerions, Maxime et moi, ramener Solina comme notre prisonnière personnelle...

Aïe, mon instinct ne m'avait pas trompé, les ennuis commençaient ! Trajan détailla la jeune et jolie Dace. Hadrien fit un geste pour attirer à lui l'attention de son cousin. Trajan n'avait pas son pareil pour feindre d'ignorer. Il était mécontent, je l'appris plus tard, contre son parent qui n'avait pu empêcher le suicide collectif de Décébale et de sa cour. Il est vrai que si Trajan avait ramené Décébale à Rome attaché à son char, le triomphe de l'Empereur aurait été encore plus complet.

– Maxime et Maxence Questus, César est satisfait de vous, la prisonnière vous est accordée ! Au fait, jeunes Romains, une surprise vous attend... Je vous autorise à saluer !

L'Empereur me désignait derrière lui. Avec ses officiers, il s'éloigna, nous laissant, mes fils et moi, face à face. Nous ne nous saluâmes pas en fiers patriciens, nous nous embrassâmes comme des plébéiens, les larmes aux yeux.

Les jumeaux n'en revenaient pas.

– Caius Plinius... Mon oncle ! Toi ici !

Des prétoriens revenaient, sur l'ordre de l'Empereur, chercher la princesse Daria. Elle devait être emmenée prendre son service auprès de l'impératrice Plotine. Les deux princesses daces se serrèrent longuement dans les bras l'une de l'autre. Des larmes coulaient sur leurs joues. Ému de leur douleur, je murmurai à l'intention de Daria :

– Noble princesse, Calpurnia mon épouse est auprès de l'Impératrice. Crois bien que nous ferons tout, elle et moi, pour adoucir ta captivité.

La princesse dace d'abord me toisa d'un regard méprisant. Puis son expression s'adoucit.

– Merci, Romain, de respecter l'honneur du vaincu...

Elle passa, sublime de grandeur.

... Les légionnaires vidaient la ville de son contenu. Vases précieux, bijoux, aiguières d'or, pierres chatoyantes, couronnes incrustées s'entassaient devant les tentes de Trajan.

L'*Imperator* avait fait investir les mines d'or de Décébale et ses ateliers de métaux précieux. La richesse de ce pays était immense. Grâce à ces prises, Trajan allait rendre sa puissance à Rome.

Des chariots bourrés à craquer, encadrés par les prétoriens, prenaient déjà le chemin de Viminacium, le "Camp des Dames", où l'Impératrice attendait son époux.

Trajan avait donné l'ordre d'évacuer Sarmizegetusa. Tout ce qui pouvait avoir quelque valeur avait été sorti de la ville. Pour impressionner les populations, les Romains abattraient les murailles et brûleraient l'ancien palais de Décébale… Après une journée épuisante, le soir venu, je voulus m'installer sous la tente de mes fils.

Las ! La place confortable était déjà prise… L'endroit avait été offert par mes damoiseaux à la tourterelle dace et à ses suivantes ! Je répugnais à retourner dans la ville morte. Il nous fallut dormir à la belle étoile, sur une terre infestée de moustiques. Moi qui aime mes aises, j'étais servi !

Je pressentais que la prisonnière allait transformer mes conquérants en pantins…

*

* *

Le lendemain, Trajan regagnait Viminacium pour retrouver son épouse, l'auguste Plotine. Mes fils et moi faisions partie de l'escorte impériale. Je n'avais pas beaucoup vu Syphax. J'avais même l'impression qu'il me fuyait.

Pourtant, les jumeaux m'avaient décrit son courage lors de la prise de la ville… Il aurait dû n'attendre de moi que des félicitations.

Mes nigauds de fils chevauchaient tout le temps autour de Solina. Ils ne savaient que faire pour se rendre agréables. Ces “terreurs” couraient lui chercher de l'eau, lui cueillaient des fruits, tenaient son cheval par la bride – bref, cherchaient à lui faire oublier leur condition de vainqueurs.

Méprisante, elle ne daignait pas leur jeter un regard.

Tout en chevauchant, je réussis à attirer Maxime près de moi pour lui faire raconter la prise de Sarmizegetusa. Tandis qu'il parlait, il ne cessait de lorgner Maxence qui faisait le joli cœur avec la princesse sur la route. Ce fut ainsi que j'appris que Syphax les avait sauvés en parlant dace !

– Syphax parle dace ? répétai-je.

– Le plus curieux, mon oncle, reprit Maxime, c'est que la princesse Daria a reconnu Syphax !

– Comment ?

De stupéfaction, j'arrêtai mon cheval.

– Oui, elle lui a demandé des nouvelles d'une certaine Bula !

– Bula ?

Ce nom ne me disait strictement rien. Mes yeux allaient de Syphax à Solina en revenant vers Maxime et Maxence. J'étais vraiment perplexe.

*
* *

À Viminacium, l'ordonnance de la cour de César était moins stricte qu'à la *Domus Divina* du Palatin. Nous étions encore en campagne. L'*Imperator* s'était installé dans un château du roi dace. Le cérémonial des réceptions était des plus simples.

Trajan avait tenu parole : la princesse Daria était correctement traitée. Plotine semblait même éprouver quelque amitié pour elle.

Le soir, pour nous distraire, Trajan nous donnait à écouter les chants des choristes et à regarder les entrechats des danseuses... Un de ces soirs-là, Hadrien, Lusius Quietus et les généraux les plus valeureux étaient allongés autour de César et de Plotine.

Ces longs spectacles me fatiguent. Je fis signe à Calpurnia de ne pas bouger et je me levai discrètement de mon lit de table consulaire, très bien placé, que les huissiers m'avaient attribué. J'avais aperçu la princesse Daria, debout, parmi les femmes de Plotine. M'étant approché d'elle, je la saluai civilement et l'attirai derrière une colonne. Je lui demandai d'abord si elle n'avait besoin de rien. D'un ton digne, la princesse dace me répondit que son Dieu unique lui offrait cette épreuve, en rédemption de ses péchés !

Encore un ennui en perspective... Daria était chrétienne et refusait de s'en cacher. Je feignis de n'être pas affecté par sa réponse. Je lui recommandai seulement une extrême prudence. Bien sûr, Trajan était assez large d'esprit. Par un rescrit, il s'apprêtait même à ordonner "... de ne pas rechercher les chrétiens, mais s'ils sont dénoncés et passent aux aveux alors, *en ce cas*, il faut les punir[1]" !

– ... Il ne faut pas aller au-devant du martyre, noble princesse ! Je suis certain que ton Dieu n'exige pas ce sacrifice !

Elle se montra touchée de ma sollicitude. Je lui dis que Solina était tombée sur de bons maîtres, mes fils...

– Ils sont trop jeunes ! trop riches ! trop séduisants ! déclara-t-elle seulement.

Cette femme et moi étions du même avis.

Au centre de la salle, nains et bouffons lançaient leurs habituelles plaisanteries. Trajan et ses invités se tordaient. Personne ne faisait attention à nous. Mais, par prudence, je fis quelques pas avec Daria vers une galerie déserte.

– Princesse Daria, aie confiance en moi... Je ne suis pour toi qu'un Romain, un de ceux qui ont abattu le royaume dace ! Mais je te jure que je ne veux que ton bien, et celui de Solina.

Plantant son regard brillant sur moi, Daria déclara :

1. Exact. Rescrit de Trajan à Pline lorsqu'il sera légat.

– En effet... Je ne crois pas que tu sois un homme trop mauvais !

Enhardi par ce jugement, j'allai plus loin :

– Princesse Daria, qui était Bula ?

Elle ne parut ni surprise ni gênée.

– Ah ! Le Gaulois t'en a parlé ? Bula était ma sœur de lait, une merveilleuse créature. Dans la première guerre avec Rome, celle de Domitien, elle fut faite prisonnière et emmenée en esclavage à Rome... D'après ce que je pus savoir, elle n'avoua jamais aux Romains qu'elle avait été élevée avec moi, avec mon frère Décébale, mon autre frère Duriaso, le père de Solina... car Bula était aussi notre sœur bâtarde, fille elle-même de notre nourrice !

Je n'étais pas autrement choqué de cet imbroglio familial. J'en avais vu d'autres, autour de moi, chez les patriciens.

Daria continuait :

– ... Bula, à Rome chez son maître, qu'elle suivait partout, se fit passer pour une simple paysanne dace. Il s'appelait Fabius Questus, et vint en Dacie, sous Domitien... Une nuit, je m'en souviendrai toujours, un Gaulois, esclave lui-même, celui de tes fils maintenant, réussit à ramper dans les bois et à passer les lignes romaines pour gagner les nôtres. Il me donna un message de Bula : elle attendait un enfant, *leur* enfant, car elle s'était unie, en captivité, avec ce barbare de Gaulois ! L'homme était beau, elle l'aimait à ce que je compris mais leur enfant serait lui aussi un esclave ! Tous deux voulaient fuir les Romains. Mais la grossesse déjà très avancée de Bula lui interdisait de faire une trop longue marche... Nous organisâmes donc un rendez-vous nocturne, le lendemain soir, sur un bras du Danube. Le Gaulois repartit vers le camp romain avec mes instructions. Les cavaliers de mon frère et moi étions au rendez-vous, mais Bula ne vint pas, ni le Gaulois ! Nous attendîmes longtemps. J'envoyai des espions rôder autour du camp romain. Ils apprirent que le consul Fabius Questus fêtait la délivrance de sa femme. Il avait eu des fils. Quant à moi, je n'eus plus jamais de nouvelles de ma pauvre Bula... ni du Gaulois que j'ai retrouvé après notre défaite. Je pense qu'elle est morte en couches avec son enfant... Sinon, elle serait venue !

Une flûte égrenait des notes, accompagnant la voix d'un chanteur qui louait les victoires de César. Je murmurai :

– ... Si j'apprends quelque chose sur Bula, je te promets, princesse Daria, de te le faire savoir. Merci de ta confiance et n'hésite pas à demander mon aide en cas de besoin. Mais... qu'est devenu le père de Solina ?

– Il est mort avec les autres princes et mon frère, Décébale !

Sur ces mots, Daria rejoignit les femmes de Plotine. Et moi, je regagnai mon lit de table auprès de mon épouse. Calpurnia s'agitait, nerveuse.

– Où étais-tu donc, Caius Plinius ? me demanda-t-elle avec impatience.

Maintenant, des artistes venus de Rome jouaient, pour le plaisir de tous, une pantomime sacrée. Je chuchotai à Calpurnia :

– Je reviens !

Et, sans attendre la permission qu'elle n'avait pas envie de me donner, je filai hors de la salle vers une terrasse. Je respirai l'air frais qui montait du Danube. La clarté se faisait peu à peu dans mon esprit. Mais cette clarté était si noire que j'en frissonnais...

Comme par un fait exprès, mes fils escortant leur "prisonnière" venaient assister à la fête. Ils y avaient été conviés par Trajan. Ils ne me virent pas dans l'ombre de la terrasse. Je les regardai passer – superbes, altiers, royaux tous les trois. Leur ressemblance enfin me sauta aux yeux. La belle Dace s'humanisait au contact de ses propriétaires. Hautaine, elle était déjà dangereuse... mais je remarquai les regards adoucis qu'elle lançait à tour de rôle vers mes fils. Elle était superbe, fine, gracieuse, dans la robe drapée qui était désormais sa tenue. Ses nattes séparées par une raie étaient relevées en couronne sur le front.

– Prends garde à la marche, princesse ! prévint Maxime.

– De la lumière pour la princesse Solina ! ordonna Maxence.

Des esclaves accoururent avec des torches. Solina, entre mes jumeaux, redoublait d'éclat.

– Merci, Maxime, oh, Maxence, j'ai un peu froid ! se plaignait-elle.

Mon fils appela Syphax qui suivait derrière, toujours tête baissée. Sur un geste de son maître, le Gaulois voulut poser un châle sur les épaules de Solina. S'emparant de la pièce de soie chamarrée qui descendait jusqu'à terre, les jumeaux la disposèrent avec amour autour du cou de la jeune princesse dace. Elle les remercia d'un sourire ensorceleur. Ils se jetèrent l'un à l'autre un regard de rivalité... Ils pénétrèrent, sans m'avoir vu, dans la salle impériale. Hadrien se leva pour venir au-devant de Solina. Ils étaient tous pris dans sa magie... Syphax s'accroupit dans la galerie pour attendre ses maîtres.

Je sortis de l'ombre et m'approchai du Gaulois.

– Viens !

Avec une hésitation, le Gaulois m'emboîta le pas. À mon ton, il ne pressentait rien de bon. Je regagnai l'extrémité de la terrasse, loin des oreilles indiscrètes. Une torche allumée nous éclairait. M'asseyant sur un banc de pierre, je lançai sèchement :

– Ainsi, tu n'as pas eu besoin de te servir de mon anneau...

Syphax se méprit.

– Non, Seigneur... Le voici, je te le rends.

– Garde-le, on ne sait jamais. Ce soir, ce que je veux, ce que j'ordonne, ce que j'exige... c'est toute la vérité sur Maxime et Maxence !

Pour la première fois, Syphax ne baissa pas la tête sous mon regard. Il ne chercha même pas à me résister. Fataliste, il murmura :

– J'ai toujours su, Caius Plinius, qu'un jour tu devinerais...

– Assieds-toi, lui dis-je plus doucement.

Le Gaulois prit place à mes côtés. D'un ton monocorde, il me raconta la mort de Bula, l'échange des enfants, ses fils jumeaux prenant la place de la fille de Fabius Questus. Au fond, tout cela, je l'avais pressenti. Mais la suite, je ne l'aurais jamais imaginée :

– La fille de Fabius et de Leponia était donc mort-née ?

Syphax secoua la tête.

– Le Maître le croyait, comme le savant docteur El Babour et comme moi aussi... Sur l'ordre de Fabius Questus, j'ai emporté le petit corps pour le brûler. Mais alors que j'étais en train de préparer un bûcher, l'enfant s'est mise à crier... la rapporter au Maître aurait provoqué un drame épouvantable. Il aurait été capable, soudain pris de rage, de tuer mes fils... J'ai donc demandé à Lotrix, une Gauloise comme moi, de dire que c'était son enfant ! Elle est morte depuis... Qui se soucie des filles d'esclave ? Nous avons appelé l'enfant Lutèce... Et nous l'avons élevée au quartier des parias...

Ainsi c'était pis que tout ce que j'avais pu imaginer…

Maxime et Maxence, fils d'une Dace et d'un Gaulois, n'avaient pas une goutte de sang romain dans leurs veines. Ils étaient même les neveux bâtards de ce Décébale qu'ils avaient abattu.

Je poussai un soupir… Mon pauvre ami Fabius – songeais-je – était bien coupable d'avoir ordonné un tel échange au médecin. Syphax l'était aussi, d'avoir accepté ce "marché". Pour lui, encore, je pouvais comprendre : que peut faire un esclave face à la volonté du Maître ? Mais comme la vie avait dû être terrible pour Syphax ! Combien de coups de pied avait-il reçus de ses fils ? En même temps, les voir riches patriciens, quelle récompense cela avait dû être pour le paria gaulois ! Mais Fabius Questus, mon ami qui idolâtrait les jumeaux, comme s'ils avaient été de sa chair, comment avait-il pu vivre malgré ce terrifiant secret ?

– Fabius a-t-il appris un jour que Lutèce était sa fille ?

– Jamais, Seigneur !

– Et Leponia ?

– Elle non plus, la pauvre, n'en a rien su… Elle avait perdu connaissance pendant l'échange des enfants, elle a toujours cru ce que le Maître lui avait dit : qu'elle avait mis au monde deux fils, pas une fille !

… Ainsi, la petite Lutèce, l'esclave souffre-douleur de Leponia, se trouvait être la vraie héritière de la fortune des Questus… et mes jumeaux n'étaient que des fils d'esclaves, donc esclaves eux-mêmes !

Fabius étant mort, il ne restait que trois personnes à connaître le secret : Syphax, le médecin El Babour et maintenant moi… Je me serais bien passé de ce "cadeau empoisonné" ! Le monde, cette nuit, en Dacie, avait basculé. Et voilà qu'en plus Maxime et Maxence se jalousaient pour les beaux yeux de leur cousine !

La tête enfiévrée, je me levai pour marcher le long de la balustrade de pierre. Un oiseau de nuit poussa un cri qui retentit jusque dans les bois lointains... Comment devais-je agir ? Rendre à Lutèce ce qui revenait à Lutèce – cela revenait à rejeter Maxime et Maxence dans les rangs des esclaves. Certes, une fois qu'ils auraient été reconnus fils d'esclaves, je pouvais les affranchir et les adopter... Mais quelle honte pour eux ! Leur orgueil supporterait-il cette épreuve ? Je ne le pensais pas... Depuis leur prime enfance, Maxime et Maxence avaient été élevés en patriciens dorés. Nous avions, tous, fait leurs quatre volontés ! La douleur qu'il me faudrait leur infliger en leur apprenant que leur père était cet esclave qu'ils avaient coutume de rudoyer me révoltait. Je les aimais trop pour accomplir cette cruauté.

– Caius Plinius... Mon oncle ! Mais où te cachais-tu ?

Maxime et Maxence venaient me chercher sur la terrasse. Ils durent voir à mon visage que quelque chose n'allait pas. Aussitôt, ils se retournèrent vers Syphax.

– As-tu mécontenté Caius Plinius, chien ? demanda Maxime.

– Non, Maître !

– C'est sûr... ?

Maxime était prêt à lui flanquer quelque coup de pied dans les jambes. Je me hâtai de rassurer les jumeaux.

– Tout va bien, mes fils... Je demandais simplement à Syphax de me raconter de nouveau la prise de Sarmizegetusa ! Va, mon brave Syphax... (D'un geste amical, je renvoyai le père de mes fils. Puis, prenant les jumeaux chacun par un bras, je les entraînai pour marcher sur la terrasse. Il me fallait être très prudent et ne donner que de petits coups de pouce au destin. Je commençai par le principal :) J'ai beaucoup réfléchi, et je crois que ce serait une bonne idée d'affranchir Syphax...

– Mais, cet idiot, il ne veut pas ! s'exclamèrent Maxime et Maxence.

– Il vous a sauvé la vie ! Cet homme a droit à la liberté !

– Il ne saura pas quoi en faire ! déclara Maxime, péremptoire.

– Il est trop bête pour en profiter ! surenchérit Maxence.

– Peut-être, mais regardez mon ex-esclave, Carcos... il est libre de me suivre maintenant depuis qu'il est affranchi. Croyez-moi, libérez Syphax dès votre retour ! Je suis certain qu'il choisira de rester auprès de vous...

– Il a beaucoup plus que trente ans d'âge[1]...

– Je vous aiderai à tourner la loi ! promis-je.

– Bah ! Après tout, si tu penses que c'est bien, nous le ferons, mon oncle ! Tu es d'accord, frère ? interrogea Maxence.

– Bien sûr. Si cela peut faire plaisir à Caius Plinius, affranchissons Syphax...

Je respirai un peu mieux. Sans le savoir, mes jumeaux venaient de devenir les fils d'un affranchi. C'était déjà ça de gagné...

À l'autre cas, maintenant :

– ... La vie, mes fils, est un étrange récit qui se lit au fur et à mesure des gouttes que le destin nous permet de goûter...

Les jumeaux se lancèrent un coup d'œil amusé.

1. Une loi d'Auguste avait fixé l'âge d'affranchissement entre dix-huit et trente ans, pour refréner les « abus » de libérations !

Ils ne se gênaient jamais pour moquer les propos philosophiques du vieux barbon que j'étais.

Imperturbable, je continuai :

– … Nous buvons parfois de l'hydromel, souvent du vinaigre ! Les dieux vous ont accordé la victoire, je pense que vous feriez une autre action louable en libérant Lutèce.

Toutes ces circonlocutions pour en arriver là ! Maxence et Maxime éclatèrent de rire.

– Ah ça, mon oncle, tu veux affranchir tout le monde, ce soir !

– Pas seulement ce soir ! protestai-je. Vous connaissez mes opinions sur le sujet.

– Quelle drôle d'idée ! Pourquoi Lutèce ? interrogea Maxence.

– Elle n'a pas pris part à la guerre, que je sache ? surenchérit Maxime.

– Non, bien sûr, mais cette jeune fille est très méritante, j'ai fait un rêve prémonitoire et j'ai vu qu'elle devait être libre pour accomplir son destin…

Après l'échange d'un autre coup d'œil circonspect, les jumeaux bougonnèrent à tour de rôle :

– Nous ne pouvons rien te refuser, mon oncle ! Va pour affranchir Lutèce… Mais la malheureuse ne sait rien faire que recevoir les piqûres d'épingle de notre mère !

– Je l'adopterai ! dis-je.

– Quoi ?

– J'adopterai Lutèce… Vous avez bien entendu.

– Mais pour quoi faire, mon oncle ? s'exclamèrent Maxime et Maxence, stupéfaits.

– Pour donner à un être humain une chance de s'élever !

Nouveau regard lourd entre mes fils. Mon cœur battit plus fort. Avaient-ils compris ? Ils me prirent par les bras pour m'entraîner dans un coin plus sombre de la terrasse.

– Cher oncle, nous saurons garder notre langue, mais prends garde... Il y a des espions partout...

Je n'y comprenais rien... Dans le terreau du massif de rosiers, Maxence dessina un poisson qu'il effaça aussitôt. Mes fils croyaient donc que j'avais adopté la nouvelle religion. C'était bien mal me connaître. Ma seule religion est, ne sera jamais que de respecter la vie, l'être humain, et même nos animaux domestiques; d'aimer le soleil, mes amis, ma douce épouse, la nature, les vergers au printemps, le chant des oiseaux et les bateaux sur la mer. Je voudrais bannir de ce monde la souffrance, la maladie, la misère et la cruauté des hommes pour leurs semblables ! Si c'est cela être chrétien, alors je le suis naturellement. Sinon, je ne suis qu'un citoyen romain et je voudrais que, sur mon urne funéraire, fussent gravés ces simples mots : "Voici les cendres d'un homme de bonne volonté"... Mais moi qui, en général, ne suis pas trop embarrassé pour parler, je ne savais pas comment détromper Maxime et Maxence... Je changeai donc de sujet.

– ... Leponia, votre mère, a beaucoup vieilli. Elle peut mal prendre la présence de Solina, une prisonnière dace, dans sa *domus*... Rappelez-vous que Domitien a accusé les Daces d'avoir assassiné votre père ! Et au fond, Leponia, trop atteinte, n'a jamais su l'entière vérité ! Si vous le voulez, Calpurnia et moi hébergerons la princesse Solina. Elle n'est pas une esclave ordinaire. Tiens ! fis-je, comme frappé d'une idée, vous pourriez venir aussi vous installer chez nous ! Vous seriez plus libres que chez la bonne Leponia. Elle ne m'en voudra pas ! assurai-je.

Je n'en étais pas si sûr. Leponia serait furieuse de se voir séparée de ses fils chéris. Ma proposition plut aux jumeaux. Ils avaient toujours aimé demeurer chez moi. Solina, ils le sentaient, serait ainsi en terrain neutre. Quant à moi, j'étais satisfait. J'aurais tout mon petit monde sous la main et je pourrais essayer d'éviter les catastrophes...

Les chants s'étaient tus. Maintenant, les invités de César s'égaillaient dans les salles. Calpurnia vint nous rejoindre sur la terrasse. Ma douce bien-aimée était d'une humeur exécrable, parce que je l'avais abandonnée toute la soirée.

Escortée d'Hadrien, Solina passait dans ses voiles, superbe et hiératique. Aussitôt, Maxime et Maxence nous plantèrent là, pour filer à leur suite. Je n'augurais rien de bon d'une rivalité entre mes fils et l'héritier de Trajan.

Je m'apprêtais à aller enfin me coucher avec Calpurnia, quand un préfet du prétoire vint me chercher : l'Empereur me faisait savoir que j'avais à rejoindre son auguste personne. J'abandonnai donc, encore une fois, Calpurnia et suivis le prétorien. C'était plus fort que moi, j'avais toujours une appréhension à ces convocations impériales. Je n'avais pas tort...

Je trouvai Trajan et Plotine, allongés dans leur chambre. Ils étaient entourés de Lusius Quietus, d'Hadrien (qui avait dû abandonner Solina à mes fils) et de quelques autres intimes.

– Nous t'attendions pour commencer, Caius Plinius ! fit Trajan.

C'était on ne peut plus aimable.

– Approche, ami, viens ici... près de moi !

Bigre, j'étais plus que jamais dans les bonnes grâces impériales. Un esclave poussait un tabouret sous mon fessier. Je me retrouvai, au premier rang, assis contre le lit de Trajan et de Plotine.

– Caius Plinius, reprit Trajan, tu vas juger de mes écrits !

L'Empereur se fit apporter des rouleaux et il commença de nous lire le récit qu'il avait rédigé, lui-même, de sa guerre en Dacie... Au bout de trois minutes, nous bâillions tous "intérieurement". Trajan était un bon général, mais sa description de la grande catastrophe historique qui avait frappé le royaume dace consistait à énumérer des chiffres, en accumulant les fautes de syntaxe : "*Moi, disposant de IXe Seytica, et de la Ve Macedonica, bien ramenez de Haute-Mésie... Et puis faisant veunire la XIe Claudia de Pannonie... Ô quelle je pouvai ajoutez si je voulai une infanterie lourde, de vingt centuries d'Arménie, rejoignent sur le Danube la Xe Gemina... J'avai lever quatre légions de quatre mille hommes ô quelle si besoin étai, je pouvai redisposez de la Ire Italica ramenez à marche forcé... N'oubliant pas qu'à mez effectiffes je pouvai puisé dans les 273 000 citoiens romains mobilisables, les 85 000 soldats des colonyes et nos aliez qui pouvaient se monté si mes calculs sont exacte à 294 000...*"

J'allais finir par tomber de mon tabouret quand Trajan m'interpella :

– ... Je sais bien que je ne suis pas un écrivain comme toi, ô Caius Plinius ! Mais que penses-tu de mon récit ?

Il quêtait le compliment.

Je sentis peser sur moi les regards de l'assistance. Trajan n'était pas à proprement parler un illettré. Mais il n'était qu'un soldat dont la vie avait surtout été occupée à guerroyer.

Je me levai... autant pour me réveiller que pour gagner le temps nécessaire pour élaborer la réponse appropriée.

– Auguste César ! Si j'étais tout à fait sincère, je te dirais... (Je marquai une pause. On entendait les mouches voler. Trajan fronça les sourcils.)... que tu dois abandonner le trône de Rome, pour te consacrer à l'écriture ! Tes récits passionnants, au style parlé si vivant, me rendent jaloux de ton talent, car leur lumière me rejettera dans l'ombre...

J'y allais un peu fort. Trajan n'était pas idiot. Allait-il gober toutes mes flatteries ? Mais l'homme est ainsi fait que, paria ou *Imperator*, il préfère les compliments à la vérité. Un sourire éclaira le visage marmoréen de l'Empereur.

– ... Merci de tes encouragements, Caius Plinius ! (Il se retourna vers sa femme :) Là, n'avais-je pas raison, Plotine : Caius Plinius dit toujours la vérité ! C'est un homme à qui on peut faire confiance. Sois loué de ta sincérité, ami, et vous autres prenez-en de la graine ! Dorénavant, Caius Plinius, j'écrirai tous les jours, et tu auras le soir la primeur de mes récits !

J'en transpirai d'effroi.

... Nous reprîmes le chemin de Rome. Trajan m'aimait de plus en plus. Toutes les nuits, à l'étape, j'avais droit à ma dose de chiffres, exacts au demeurant. Maxime et Maxence, eux, étaient de plus en plus amoureux de Solina. Hadrien aussi. Heureusement, les trois matous se surveillaient férocement. Calpurnia, énervée, me boudait. La princesse Daria m'évitait. Syphax me fuyait.

Seul, mon bon Carcos restait le même.

*
* *

Un événement heureux survint enfin, alors que nous regagnions Rome. Nous passions une rivière à gué, mais les pluies formaient des tourbillons. Je suivais à cheval le chariot qui transportait les bagages personnels de l'Empereur.

Soudain, un remous, plus fort que les autres, prit les roues...

Les centurions claquaient du fouet sans pouvoir faire avancer les bêtes. Au milieu des cris, l'attelage se renversa sur le côté.

J'aperçus l'écritoire de César et ses précieux rouleaux qui... partaient au fil de l'eau. D'un geste, j'aurais pu tout sauver. Pour la gloire de Trajan, je n'en fis rien ! Mieux, je poussai mon cheval dans les remous et, d'un coup de pied, j'enfonçai à jamais dans la boue les gribouillis informes de l'*Imperator*.

... Pendant quelques jours, sous la tente de Trajan, on versa des larmes. Je pleurai avec l'Empereur ses Mémoires, l'encourageant vivement à “recommencer son récit” ! Peu à peu, Trajan se calma et chargea son historiographe de prendre sa suite. Je lui assurai que mon style ne valait pas le sien !

Il s'en montra fort satisfait. Comme nous approchions de Rome, Trajan oublia ses démangeaisons littéraires et ne pensa plus qu'à son triomphe[1]. »

1. Trajan avait effectivement écrit lui-même l'histoire de cette guerre en Dacie. Son manuscrit se perdit à jamais.

24

Le triomphe

Larry pousse un gémissement rauque. Il doit revenir... MAINTENANT... Sinon, il le sent, il le « sait »... son esprit va partir pour toujours.

– Je veux... Moi... Il faut... murmure-t-il faiblement.

Mais une autre volonté le guide, une voix le pousse au bout de lui-même :

– Va... Continue à remonter ton passé... Tu ne seras délivré que lorsque tu auras tout revécu... Revis par ta pensée... N'aie pas peur...

– J'ai mal... mal... gémit Larry.

– Mon Dieu, j'ai peur ! Fais-le revenir, Bernardo, je t'en prie !

C'est la voix de Calpurnia !

– Pas question... Il a le « cul par-dessus tête »... Il a la chance d'être entré dans le septième paramètre des états supérieurs : c'est le déverrouillage de la mémoire...

– Mais je n'entends plus son cœur.

– Il est à quarante pulsations, ne t'inquiète pas, Pia. Il tient le coup. Il a atteint l'état d'extase des yogis. Sa température baisse et va baisser encore. Il sera en hibernation naturelle, voyant le satori ou le septième ciel. Peut-être nous entend-il, mais il ne peut réagir directement à nos voix. Il est trop loin : le passé, le présent et sans doute le futur se présentent dans sa conscience au même instant. Il ne peut plus faire la distinction entre le moi, le surmoi et le monde. Son esprit n'a plus de barrières !

– Mon Dieu ! Tout cela m'épouvante ! C'est trop...

– Son paysage mental va se transformer du tout au tout. Il aura l'impression, à son retour, qu'un voile s'est levé de sa tête.

– Que veux-tu dire, Bernardo ?

– Il aura compris que *nous sommes immortels*. Et ça, pour un gars comme lui, c'est dur à ... *avaler* !

– Il... est glacé...

Les voix s'éloignent.

– Re... met... tez-lui... des... cou... ver... tu... res...

Larry se laisse aller dans le tourbillon du « moteur à lumières »...

*
* *

« Les cris retentissent dans Rome tout entière. Revêtu du costume de Jupiter – tunique pourpre brodée d'or, toge chatoyante, souliers dorés, sceptre d'ivoire surmonté d'une aigle, couronne de lauriers sur le front – et visage fardé de rouge à la manière des Étrusques, Trajan incarne pour tous les Romains le dieu de l'Olympe.

Debout sur son char d'or, tiré par quatre chevaux blancs, César goûte l'hydromel du triomphe. Rome en folie acclame le vainqueur.

... Je fais partie du cortège des consuls et des patriciens. C'est une idée de César pour que je note tout. Un honneur dont je me serais bien passé, car je n'aime pas la foule, ni les cris, ni le bruit, ni la poussière... Carcos dirige mon char.

Apollodore est venu me rejoindre. Il est heureux. Il a obtenu sa commande. Trajan a donné les crédits pour la construction d'un forum et d'une colonne immortelle racontant ses exploits. L'Empereur veut que ce monument soit plus beau encore que les pyramides d'Égypte !

– Tu as l'air soucieux, Caius Plinius, remarque Apollodore.

Je mordille mes lèvres. Impossible de parler au milieu de ces hurlements.

– *Ave Cæsar !...* Gloire à Trajan notre père ! Divin *Imperator*, sois béni de la patrie ! Noble vainqueur... Tu reviens vers tes enfants ! Grand pontife, nous sommes tes fils !

Le cortège s'est formé au Champ de Mars. Il nous a fallu attendre des heures, sous le soleil, avant de nous ébranler. Quand je pense à notre itinéraire, il me vient des boutons de fièvre, j'ai envie d'abandonner tout de suite... Nous allons rentrer dans la cité par le forum boarium, rendre un hommage à Hercule, patron hellénique des triomphateurs, dans le temple de l'Ara Maxima, puis défiler dans le Grand Cirque, cheminer le long de la Voie sacrée, traverser le centre palpitant de notre ville, l'endroit où Sylla, Caton, Cicéron, César, Auguste, Tibère et tant d'autres s'imposèrent ou décidèrent du destin de Rome : notre forum[1]. Puis nous gravirons la montée du Capitole. Sur notre passage, les portes des temples seront ouvertes pour que toutes les divinités puissent participer au triomphe de Trajan... Après le siège du Sénat, nous passerons devant la basilique Æmilia, puis la Maison des vestales, ces pauvres filles condamnées à la chasteté. Elles offriront à Trajan le feu sacré de la ville. César passera sous l'arc triomphal d'Auguste... Enfin, nous pourrons aller nous coucher bien courbatus, aveuglés de poussière.

En tête du cortège, viennent les magistrats, les sénateurs, les joueurs de cor et... le butin !

1. Le Forum romain.

Une longue théorie de porteurs, chargés des statues, des vases d'or, des monceaux d'armes, des monnaies de Décébale, d'enseignes figurant les dragons daces, le Danube maîtrisé et les forteresses abattues, défilent au pas.

Le peuple s'égosille devant toutes ces richesses rapportées à Rome. Je ne peux m'empêcher de penser aux princesses Daria et Solina, qui doivent paraître dans le cortège des vaincus. C'est la loi. Par égard pour leur noble naissance, elles ont eu droit à une litière. César exhibe ses prisonnières : il y a cinquante mille hommes qui défilent à pied sous les hurlements et les quolibets. Certains seront vendus à l'encan, les autres iront aux jeux des cirques.

Pour l'instant, après le butin de guerre, voici les victimaires qui conduisent les animaux destinés au sacrifice. Les taureaux blancs aux cornes dorées, les biches et de douces brebis. Malgré mon amour des animaux, je soupire d'aise que les temps aient changé : la coutume voulait autrefois que ce fussent les principaux prisonniers qui fussent ainsi immolés. Époque primitive s'il en fut, où le vaincu était saigné pour le bonheur de Jupiter !

Qu'aurait fait Trajan de Décébale s'il l'avait pris vivant ? L'aurait-il traité correctement ? Ou le roi des Daces aurait-il été exécuté comme Jugurtha lors du triomphe de Marius ? Ou comme Vercingétorix le Gaulois mort dans la terrible prison Mamertine, dont le nom seul me donne le frisson... Combien de malheureux, conjurés de Catilina, compagnons de Caius Gracchus, y furent torturés ! Voilà quelques dizaines d'années seulement, deux individus étranges, Paul et Pierre, qui se disaient apôtres du "fils de Dieu", sont morts décapités, crucifiés ou égorgés dans la prison d'État. Si elle est véridique, cette histoire de Pierre et de Paul me met toujours mal à l'aise.

Elle se serait produite pendant les terribles persécutions de Néron contre les chrétiens. Mon oncle connaissait le chef des geôliers qui gardaient ces deux hommes. L'un, Pierre, n'était qu'un pêcheur galiléen, peut-être un innocent illuminé : il parlait d'un dieu unique et de bonté (je ne suis pas contre !). Ce pauvre hère avait exercé son activité apostolique en Palestine, à Antioche, puis à Rome, pendant de longues années. Il aurait été un vieillard respecté dans la communauté chrétienne pour avoir connu "le roi des chrétiens" et répété ses paroles.

L'autre, Paul de Tarse, aurait eu des visions sur la route de Damas. Il se serait fait une grande réputation en affirmant avoir vu le fantôme de celui qu'ils appellent Christ ! Ce Pharisien, citoyen romain, aurait alors abandonné un avenir brillant pour vivre comme un mendiant à Chypre, en Asie Mineure, en Macédoine, en Grèce, et porter la bonne parole de leur dieu, ce Jésus-Christ mort sur la croix. Quelle force pousse donc des hommes comme eux à mourir pour leur croyance ? Avant d'être emmené pour la crucifixion, l'humble pêcheur galiléen aurait fait jaillir une source dans la prison Mamertine (le chef des geôliers vit ce miracle de ses propres yeux. Dix ans plus tard, cet homme rude en tremblait encore). Pierre fit alors une curieuse cérémonie, consistant à bénir avec l'eau le front des soldats qui allaient le conduire à la mort, à leur pardonner et à les remercier puis, entraîné trop vivement, le vieil homme se cogna la tête dans la muraille et y laissa l'empreinte de son front[1]... Les soldats le crucifièrent, à ce qu'on m'a dit, tête en bas, par charité, pour que la mort vienne plus vite.

1. On peut encore voir le « trou » formé par la tête de saint Pierre à la prison Mamertine.

Apollodore me pousse du coude.

– Voici ton épouse, Caius Plinius !

En effet, tandis que nous traversons le Grand Cirque sous les vivats, j'aperçois Calpurnia en compagnie de Leponia – et derrière la patricienne son esclave Lutèce. Elles se tiennent toutes sur une estrade, parmi le public privilégié.

Ma décision est prise. Il fait trop chaud ! J'abandonne à la sortie mon char entre les mains de Carcos, avec mission d'aller le remiser ainsi que les bêtes. Et je file avec Apollodore, un peu surpris, rejoindre les femmes... Nous gagnons l'ombre du dais. Un esclave nous offre un tabouret. La vie est belle ! Je respire et me rafraîchis. Calpurnia se montre heureuse que je l'aie rejointe et Leponia nous fait mille amabilités. Si Trajan est prévenu de ma défection, je lui expliquerai que j'ai préféré assister au spectacle pour mieux raconter son triomphe.

De fait, je vois beaucoup mieux d'ici. Les prisonniers finissent de passer dans un nuage de poussière. Les cris redoublent. Voici une foule de *ludiones*, ces acteurs à la mode étrusque. Ils dansent au son des lyres et se contorsionnent de façon comique. Ils entourent le char de Trajan. Le peuple hurle sa joie et son enthousiasme.

Juste derrière l'*Imperator*, voici ses généraux, ses officiers. Certains d'entre eux ont la tête rasée et portent le bonnet de l'affranchi. Ils étaient les prisonniers de Décébale et l'armée romaine les a délivrés.

Les légionnaires entourent leurs chefs. Ils chantent des couplets où se mêlent éloges et remarques satiriques : pour éloigner "la jalousie des dieux, il est nécessaire de railler les triomphateurs" ! C'est la tradition.

La foule rit. Des images de sexes masculins sont accrochées aux chars des vainqueurs. Leponia, soudain, crie à mon adresse :

– Les voilà, Caius Plinius !

Son regard de mère a distingué tout de suite Maxime et Maxence. Dans leur char, nos fils répondent aux vivats de la foule. Comme Lusius Quietus et comme Hadrien, ils ont revêtu les ornements triomphaux : toges rouges et couronnes de lauriers. Trajan a voulu que tous ses tribuns et ses consuls portent comme lui le costume du triomphe. Finalement, si l'Empereur se révèle mauvais écrivain, c'est un homme de bien qui accepte de partager sa gloire.

– Longue vie aux jumeaux nourris du lait de la louve[1] !

Le peuple acclame Maxime et Maxence plus fort qu'Hadrien. Le cousin de Trajan passe, hautain, dédaigneux, raide comme une statue. Mes fils saluent, remercient le peuple, rient de toutes leurs dents. Debout dans le même char, ils se tiennent par les épaules... De nouveau, je les sens unis comme les deux doigts de la main. Même taille, même visage, mêmes gestes. Et ils sont pour la plèbe romaine les vivantes incarnations de Romulus et de Remus.

Maxime et Maxence nous ont repérés sur l'estrade. Ils nous adressent un signe de tête. Ils saluent leur mère, leur famille. Le peuple se retourne vers notre loge, nous acclame d'avoir de tels fils... L'enthousiasme est à son comble.

Le cortège s'immobilise au centre du cirque, ce qui engendre une bousculade. Les chevaux ruent. Il faut attendre que la longue colonne s'étire de nouveau. Je devine les regards amusés de Maxime et de Maxence en me découvrant assis à l'ombre auprès des femmes.

Le cortège s'ébranle de nouveau... Syphax,

1. Allusion à la légende selon laquelle les jumeaux Romulus et Remus, fondateurs de Rome, auraient été nourris par une louve.

libéré, marche en toge derrière ceux qui ne sont plus ses maîtres mais ses patrons. Rien ne le distingue plus d'un citoyen romain. À la troisième génération, sa "descendance" pourra même exercer des droits politiques ! Il avance fièrement, le Gaulois, derrière ses fils. Pour la première fois, je lui vois redresser la tête... Demain, je le ferai inscrire sur le registre du censeur. Son affranchissement sera régulièrement prononcé. Je suis content de moi.

Maxime, Maxence et leur père par le sang vont disparaître en direction du forum. Je ne peux m'empêcher de regarder derrière moi la petite Lutèce, si fine, jolie et discrète, derrière la grosse Leponia. Elle dévore des yeux mes jumeaux, la pauvre enfant ! Elle bat des mains, se laissant emporter par l'enthousiasme. Lequel aime-t-elle ? Les deux ?

– Vive Maxence et Maxime Questus ! crie-t-elle.

Leponia la rabroue.

– Tais-toi donc, fille stupide... Ce n'est pas à toi de nous faire remarquer... Reste à ta place !

Des larmes montent aux beaux yeux noisette de Lutèce. Et si je criais à la matrone : « Arrête, Leponia... C'est ta fille ! » Avec la prescience des femmes amoureuses, Calpurnia devine ma nervosité. Elle me tapote la main. Apollodore, toujours diplomate, complimente Leponia sur ses fils. Que sait-il exactement, l'architecte ? Il est malin, ce diable de Syrien ! De plus, il est l'intime du médecin El Babour. Ce dernier lui aurait-il avoué la substitution des enfants ?

Comme par un fait exprès, j'aperçois, dans une loge près de la nôtre, le médecin mauritanien, avec une famille de patriciens. Il me salue. Je lui retourne ses civilités. El Babour, et pour cause, sait la vérité. Mais il ne sait pas que je la sais aussi. J'en ai des vapeurs.

Leponia, vorace, mange un gâteau aux figues. Son visage rond comme la lune est fardé à la mode : blanc à la craie sur le front, lie-de-vin sur les pommettes et les lèvres, cendre noire autour des yeux. Heureusement que nos esclaves peignent Calpurnia avec plus de discrétion ! Je n'aime guère ces maquillages outrés si appréciés de nos femmes aujourd'hui. Un peu d'ocre sur les pommettes, un peu de corne pilée pour rendre ses dents brillantes, quelques frisures dans le chignon, ma Calpurnia reste, pour mon plaisir, telle que la nature l'a faite : sublime !

J'observe la grosse Leponia. C'est curieux, cette femme qui a été toute sa vie en mauvaise santé semble, l'âge venant, de plus en plus vigoureuse. Elle m'apostrophe, vindicative :

– Qu'est-ce que c'est que cette nouvelle lubie de Maxime et de Maxence : ils veulent affranchir Lutèce ? Pour Syphax, à la rigueur, je comprends : il est allé à la guerre et s'y est bien conduit... Mais cette petite oie blanche ! À trop affranchir les esclaves, le maître perd son autorité.

Elle en étouffe de rage, la "bonne" Leponia. Comment ? On va donc lui retirer son souffre-douleur ?

Hypocrite, je multiplie les courbettes, tout en promettant d'offrir à la place de Lutèce deux jolies Numides. Lutèce, repliée sur elle-même, ne dit mot, comme si cette conversation ne la concernait pas.

Les cris, à présent, redoublent... Fièrement entourées de gardes, voici que passent dans leur litière les princesses Daria et Solina. Belle, touchante Solina, noble Daria... La plèbe sait qu'elles sont de la famille de Décébale. Des excités, en haut des gradins, trouvent qu'elles sont vraiment trop bien traitées. Tout en lançant leurs quolibets, ils jettent des fruits pourris vers les prisonnières daces. Des pêches atteignent Solina et Daria au visage. Elles se protègent de leurs mains… Je me lève et crie à l'adresse des plus enragés de ces spectateurs :

– Vous n'avez pas honte, lâches !

… Pour toutes munitions, je ne dispose que des gâteaux aux figues de Leponia. À sa grande rage, je les lance vers les gradins supérieurs. Apollodore me prête main-forte en riant… Mais, du coup, c'est sur nous que tombent maintenant, dru, les fruits pourris. Leponia et Calpurnia hurlent, tout en se protégeant de leurs châles de lin. Le scandale est à son comble. Un géant bondit sur notre estrade.

– Attends, Caius Plinius !

C'est Dioclès, l'aurige. Sa présence de "poids" va nous aider contre la populace en furie. Dioclès brame :

– Taisez-vous donc, cruelle vermine !

– Mort aux chrétiens ! hurle-t-on des gradins.

Bigre, ça va mal ! J'aurais préféré me passer de l'aide de Dioclès. Apollodore surenchérit :

– Il n'y a pas de chrétiens ici ! Juste des Romains, fiers de l'être !

– Tais-toi, maudit Syrien !

– Juif… ! Esclave ! Chrétiens ! Chrétiens ! Chrétiens ! scande la foule.

Des coups de fouet claquent… Attirés par les cris, Maxime et Maxence sont revenus à pied au centre du cirque. Aidés de Syphax, ils dégagent la litière des princesses sous les huées. Mais, peu à peu, la foule versatile applaudit de nouveau ses héros. Je n'y tiens plus : bondissant dans l'arène et gagnant à mon tour le centre du cirque, je rejoins mes fils pour saluer les deux prisonnières. C'est un défi à la populace. Mais mon geste, comme celui de Maxime et de Maxence, ne soulève que des applaudissements. Plusieurs patriciens se lèvent à leur tour, descendent et m'imitent. Apollodore se joint à nous... C'est encore bon d'être romain ! Les princesses daces ont droit au respect. Je crie :

– Honneur au courage, malheureux !

À ma voix, il se fait un grand silence... pour quelques instants le peuple, maté, se tait. Puis, soudain, on acclame les princesses !

J'ai agi comme un gamin de vingt ans... content de moi malgré tout, je reviens m'asseoir avec Apollodore dans notre loge. J'y retrouve ma chère Calpurnia... mais elle se montre vexée.

– Tu viens de m'humilier, Caius Plinius ! me dit-elle d'un ton sec.

Il n'y a rien à faire, ma bien-aimée est jalouse de Daria. Pour la calmer, je baise le haut de son bras avec ostentation.

Le calme est revenu dans le cirque. Les divers corps d'armée passent au milieu d'un nuage de poussière. Dioclès nous quitte. Je lui vois faire un signe à Lutèce. L'aurige connaît donc ma future fille adoptive ! Il enjambe une balustrade et se dirige vers un groupe dans lequel je reconnais Mercucio... Cela fait bien longtemps que je ne l'ai vu, celui-là !

Une brusque bouffée de regret me souffle que j'aurais dû confier à Carcos le soin de faire dormir à jamais le tueur à gages. Enfin, ce qui est fait est fait... Mercucio me salue civilement, de loin. Je lui réponds poliment. Et, soudain, je regarde les uns après les autres tous ces êtres que relie un fil invisible. Maxime et Maxence, Solina et Daria, Syphax, qui sortent maintenant du cirque sous les ovations... Lutèce et Leponia, El Babour, Dioclès, Apollodore, Mercucio, Calpurnia et... moi. La chaleur est torride. Et pourtant, je frissonne, envahi par cette pénible impression que nous sommes tous dans la main du destin. »

*
* *

... Larry respire à pleins poumons les odeurs de l'Antiquité. À la vision des choses, il a peu à peu ajouté la faculté d'éprouver toutes ses sensations du passé : le goût, l'ouïe, le toucher, la vue... et maintenant, l'odorat.

Il respire les relents des lampes et des torches fumeuses, le remugle des poussières soudain soulevées par le défilé, la puanteur des détritus des rues, à laquelle se mêlent les parfums opiacés des barbiers, le fumet des saucisses dans les échoppes des rôtisseurs, l'arôme des vins lourds coulant des jarres des cabaretiers. Il avance dans la bousculade romaine, comme dans le souk de quelque bazar. La foule, bruyante, grouillante et bigarrée, se presse autour d'un charmeur de vipères.

Les jardins fleuris exhalent de merveilleux arômes aux abords des maisons des riches. Mais au bout des cloaques, dans les fosses à ordures, là où les mégères viennent vider leurs chaises percées et, quelquefois même, abandonner grâce à une loi barbare leurs nouveau-nés[1], les effluves sont infects. Littéralement asphyxié, Larry recule. Il « vole » vers le centre de la ville. Là, une odeur sauvage, âcre, bestiale le prend à la gorge à proximité du cirque : la sueur et le sang des combattants... Des cris répugnants, terribles, retentissent.

Des bêtes mugissantes noient l'arène d'un sang pourpre.

1. Cette loi, grâce au christianisme, sera abolie en 374 après Jésus-Christ.

25

La chasse

« … Ainsi, les fêtes succèdent aux fêtes. Des duels féroces, antinature, réjouissent la populace. Dans l'arène, les ours se battent contre des buffles… Vainqueurs, ils se retournent vers les éléphants… Puis ceux-ci chargent les rhinocéros, pour être attaqués par les hippopotames de Nubie ou les lions de Mésopotamie. Envoyées à prix d'or de nos provinces soumises à Rome, toutes ces bêtes excitées par les hommes s'affrontent dans les cirques, se transpercent, se déchiquettent, se mordent, s'arrachent des lambeaux de chair vive.

Le sable de l'arène ruisselle de sang. Les gradins tremblent sous les chocs de ces géants.

Nous avons été invités – Maxime, Maxence, Apollodore et moi – par Trajan à venir prendre place sur les sièges de marbre de la loge impériale recouverte d'un dais pourpre, entourée d'aigles d'or.

C'est une "faveur" dont je me serais bien passé, mais à laquelle je ne pouvais me soustraire.

L'impératrice Plotine et les femmes de son entourage assistent aussi au hideux spectacle. Parmi ses suivantes, se trouve la princesse Daria à qui l'épouse de l'Empereur s'attache chaque jour davantage, et aussi Solina, venue avec ma bien-aimée Calpurnia. Trajan, au premier rang, paraît s'amuser beaucoup. Comme la plupart des patriciennes, Plotine semble satisfaite. Elle agite son mouchoir à fleurs.

Hadrien est assis derrière son cousin. Il lui parle souvent à l'oreille. Comment un homme aussi instruit peut-il trouver plaisir à regarder cette boucherie ? Il est habile, Hadrien, et sa faveur remonte. S'il continue de la sorte, ce sera lui le futur Empereur. Couvert de lauriers, Trajan tourne à demi la tête : il sourit, tout en discutant avec son cousin des mérites de tel fauve et de tel autre. Trajan tourne son regard vers nous pour vérifier si Maxime, Maxence, Apollodore et moi apprécions la boucherie. Le Syrien se tient hiératique, on ne peut savoir ce qu'il pense. Je le crois pourtant aussi écœuré que moi. Quant à Maxime et à Maxence, ils s'inclinent sous le regard de César. Ils feignent de sourire, ravis. Peut-être le sont-ils, après tout ? La jeunesse se montre cruelle quelquefois. Apollodore remue ses boucles d'oreilles. J'ai du mal à cacher mes pensées. Calpurnia, je le sens, est près de tourner de l'œil. La princesse Daria s'évente nerveusement. Le teint de Solina est très pâle. Pour l'honneur des Romains, je voudrais, ô combien, que ce genre de "distractions" n'existe pas !

J'ai la crainte que de toute notre admirable civilisation – celle de nos routes, de nos aqueducs, de nos villes, de nos monuments, de nos lois, de notre Sénat –, il ne demeure dans le souvenir des hommes que les tueries et le goût aberrant de notre peuple pour ce genre de spectacles. Trajan, aujourd'hui, va offrir 2 246 bêtes à son peuple, demain 2 243 pour ces *munera*, ces jeux du cirque qu'il lui donne en "cadeau".

... Un rhinocéros vient de prendre un éléphant au flanc. Sa corne le laboure. L'éléphant barrit de douleur. Le peuple s'esclaffe sur les gradins. Une voix d'homme crie :

– À mort, le chrétien !

Et la foule de scander :

– Éléphant chrétien ! Éléphant chrétien !

... Un lion d'Abyssinie rugit et se jette sur un ours. Un hippopotame s'enfuit, poursuivi par un éléphant. Trajan éclate de rire. Mais la foule trouve que le spectacle ne va pas assez vite. L'Empereur réclame un arc. Il tire de sa loge sur les bêtes. Hadrien l'imite. Sur un geste de l'Empereur, mes fils sont bien obligés de prendre des arcs. On me propose une arme. Je la refuse, prétextant avoir mal au bras. Apollodore fait de même.

Les animaux, en bas, dans l'arène, mugissent de douleur, transpercés de flèches. Des hommes, protégés par des grilles, lancent des javelots dans les flancs palpitants des mastodontes. C'est l'hécatombe. La foule hurle :

– Gloire à César !

Trajan se rassied, satisfait.

Ce carnage m'a donné des haut-le-cœur. Je n'ose même plus lever les yeux vers Calpurnia, Daria ou Solina. Nous appelons les Daces des barbares, mais ne sont-ce pas eux les vrais civilisés ? Apollodore, pour me distraire, essaie de plaisanter. Maintenant, tandis que des nègres tirent les cadavres des bêtes hors de l'arène, d'autres esclaves munis de râteaux retournent le sable de l'arène aux accents d'un orchestre qui a attaqué une musiquette. Les flûtes répondent aux trompettes stridentes, les cors à l'orgue hydraulique. Trajan nous observe, Apollodore et moi.

– Es-tu satisfait du spectacle, l'architecte ? Et toi, ton avis, Caius Plinius ?

Apollodore et moi approchons de l'Empereur. Nous l'assurons du plaisir que nous avons pris au spectacle... Et dire que cela va durer jusqu'au crépuscule ! Mais je souffre plus qu'Apollodore. Son côté fataliste oriental, que je ne possède pas, le protège. Tous les genres vont y passer. Je connais malheureusement par cœur, à l'avance, le déroulement de la suite du spectacle...

... Les gladiateurs vont faire leur entrée, exhibant leurs muscles enduits d'huile. Il y aura là les Sammites, suivis de leurs valets portant leurs boucliers; les Thraces qui manient les poignards; les rétiaires avec leurs filets et leurs tridents. En outre, dix mille prisonniers daces valides vont lutter, paire par paire, en corps à corps, à l'épée, dans une eau pleine de serpents dont on va inonder le cirque. L'imagination de mes concitoyens en ce domaine est sans limites. Les malheureux, condamnés pour la plupart, font déjà le tour de l'arène, vêtus de la chlamyde[1] de pourpre et d'or.

Ils s'arrêteront devant la loge impériale. Levant la main droite vers César, ils lanceront le salut lugubre que j'exècre : *Ave Imperator, morituri te salutant*... "Salut, Empereur, ceux qui vont mourir te saluent."

Puis les combats commenceront. Lorsque les vaincus ne seront que blessés après s'être bien battus, chaque spectateur agitera son mouchoir et lèvera un doigt en l'air en criant à l'Empereur :

– *Mitte*... "Renvoie-le..."

Trajan, alors, obéissant à la plèbe, lèvera aussi son pouce. Le ou les vaincus épargnés quitteront l'arène vivants.

Dans le cas contraire, si l'on veut la mort du vaincu, chacun abaissera son doigt, en criant :

– *Iugula*... "Égorge-le..."

Trajan, en ce cas, renversera le pouce. Il ordonnera :

– *Pollice verso*...

Le malheureux gladiateur n'aura plus qu'à

1. Manteau court agrafé sur l'épaule.

tendre la gorge au coup de grâce de son vainqueur. Le peuple hurlera de bonheur. Les patriciennes, à ce jeu, comme toujours se montreront les plus enragées. Elles pousseront des cris stridents, sanguinaires, au comble de l'excitation. Même les pures vestales participeront à l'hystérie collective.

Il est clair que ce sont nos Empereurs eux-mêmes qui flattent ces goûts meurtriers du peuple. Nos Césars croient avoir trouvé le plus puissant des instruments d'autorité[1], dans cet ignoble usage des gladiateurs... Moi qui ne rêve que de l'eurythmie des jeux grecs, de course à pied, de lancer du disque, de tir au javelot, de poésie, de musique, on ne peut pas dire que je sois ici à mon affaire !

Trajan bavarde avec son cousin, puis il se penche pour parler avec l'impératrice Plotine. Celle-ci regarde Hadrien avec une tendresse suspecte. Elle lui a fait épouser Sabina, petite-nièce de Trajan. Mais la malheureuse jeune femme n'est pas souvent au palais du Palatin. Je me demande soudain si Hadrien n'honore pas la vieille Plotine à la place de Trajan trop préoccupé par les jeunes gens. Pour moi, cet Hadrien, malgré toute son intelligence, incarne à présent la cour, ses intrigues; il navigue dans ces turpitudes comme un poisson dans l'eau.

Plotine acquiesce à ce que lui dit Hadrien tout en souriant. Il se trame quelque chose.

... Pour me distraire, Apollodore me parle de son chantier. Les fondations sont déjà en terre. Il m'invite à venir visiter ses travaux.

Trajan, soudain, appelle Maxime et Maxen-

1. Les combats de gladiateurs commencèrent en 264 avant Jésus-Christ. Ils finiront sous les empereurs convertis d'abord avec Constantin en 326 après Jésus-Christ puis complètement en 404 par un édit d'Honorius.

ce... Un genou en terre, les jumeaux écoutent tour à tour César et Hadrien.

Tous ces conciliabules m'inquiètent... Je voudrais m'approcher pour écouter ! Impossible... Mes fils sortent de la loge impériale sans un regard pour Apollodore ni pour moi. Hadrien les suit de près.

Trajan me fait un signe amical.

– Tu vas avoir une surprise, Caius Plinius ! me crie-t-il.

Mon cœur bat plus fort dans ma poitrine : je n'aime pas les surprises que me réserve l'Empereur.

... Pour l'instant, on pousse dans l'arène un condamné à mort – un bandit du nom de Selouros. Apollodore me chuchote :

– Cela va être lamentable !

Le bandit hurle, se traîne, supplie. En vain, il se trouve vite ligoté sur un pilori. On lâche sur lui panthères et léopards affamés. L'homme, certes, est un assassin. Malgré tout, je le plains. Dans les tribunes, déjà, les femmes poussent leurs cris pour exciter les fauves.

Plotine observe le spectacle froidement. Ma Calpurnia détourne la tête. Daria et Solina, j'en suis sûr, prient, les mains jointes.

L'assassin hurle de désespoir. Un fauve lui arrache une jambe. C'est la curée. Les cris du malheureux cessent rapidement. Les fauves traînent ses restes dans le sable et les dévorent. Mais la plèbe s'ennuie. Elle n'est pas venue pour ce spectacle médiocre. Sur les gradins, on commence à se laisser aller à la fureur. Les tomates pleuvent, les lazzis aussi :

– C'est tout ce que tu as à nous proposer, César ? ... Ton assassin est minable... Tes fauves nous ennuient... Des chrétiens ! Des chrétiens !

Trajan, grand organisateur des plaisirs, se lève. De ses bras étendus, il fait signe qu'il va parler.

La foule murmure encore puis progressivement le silence s'instaure. Il faut écouter l'Empereur.

– Romains... le noble Hadrien, mon cousin, va vous offrir en personne une *venatio*... Dans cette chasse, il va lutter loyalement en compagnie de nos jeunes patriciens Maxime et Maxence Questus, valeureux soldats qui ont, avec nous, vaincu les Daces... À celui qui aura abattu le plus de têtes, César, par avance, accorde la récompense qu'il voudra...

La foule, ravie de la nouveauté, scande le nom de César.

– Trajan ! Trajan ! Gloire à notre père ! Gloire à notre Dieu !

L'*Imperator* satisfait se rassied... Moi, je défaille. Pour me réchauffer de son amitié, Apollodore me pousse du coude. Mon regard croise ceux de Calpurnia et de Solina. Nous nous comprenons... Solina ne cherche même pas à cacher son inquiétude... De ses dents très fines, elle déchiquette son mouchoir. Je suis fixé, elle les aime tous deux !

Mais, dans l'arène, les serviteurs s'agitent déjà. À leur tête, j'aperçois un "maître de cérémonie" bien inquiétant : Mercucio. Il a su devenir un des sbires de Trajan. C'est ainsi : les empereurs passent, les hommes de main restent. Je crois qu'il en est de même dans tout pouvoir.

Les nègres du cirque embellissent l'arène d'un décor sylvestre. Ils y installent bosquets, arbres, faux murs, tourniquets et torches allumées. Maxime, Maxence et Hadrien, casque sur la tête, fouet à la main, bandes molletières autour des jarrets, pénètrent à cheval dans l'arène. Ils en font le tour sous les acclamations. Les serviteurs les arment d'arcs, d'épieux, de lances et de poignards. Malgré la chaleur, je suis glacé. Les servants du cirque sortent. Une meute de chiens écossais rejoint les cavaliers.

Les trois jeunes hommes vont mimer d'abord la chasse… Les chiens aboient : par un couloir souterrain, les aides de Mercucio font sortir taureaux, ours, panthères, lions, léopards et tigres. Hadrien, Maxime et Maxence bandent leurs arcs et tirent. Trois animaux tombent. Le peuple compte chaque coup. Les cavaliers bondissent par-dessus les murs, tournoient autour des animaux sauvages. Les chiens excités les poursuivent. Le "jeu" consiste, bien sûr, à en abattre le plus grand nombre, mais non sans que le chasseur prenne des risques.

Hadrien met pied à terre le premier. On le découvre redoutable dans cette lutte brutale. Maxime et Maxence l'imitent. Un lion, fou furieux, se jette sur mes fils. Maxence le transperce de sa pique. Une tigresse désespérée saute vers Maxime. Celui-ci l'arrête d'un coup de poignard… Hadrien abat un ours de son épieu. Les trois jeunes gens sont poursuivis par des panthères noires. Ils sautent par-dessus un mur pour se mettre à l'abri.

Mes fils bandent leurs arcs et tirent. Les bêtes roulent dans le sable. Hadrien a raté une proie. Il court derrière un bosquet, attend l'animal blessé et l'achève d'une deuxième flèche. Les chiens écossais "poussent" les lions vers mes fils. Ceux-ci décochent leurs flèches… Maxime et Maxence ont chacun deux points d'avance sur Hadrien. Le cousin de Trajan en reprend un en abattant une panthère de sa lance.

– Sans armes ! Sans armes ! scande le peuple.

L'excitation du public est à son comble.

Les chasseurs rejettent donc arcs, lances et poignards… Ils doivent mettre un point d'honneur à redoubler le danger par leur audace. Mes fils courent dans l'arène, poursuivis par deux taureaux furieux. Pour la plus grande joie du public, ils excitent ces bêtes irritables avec des étoffes rouges.

La foule hurle de rire. Maxime et Maxence sautent devant les animaux mugissants et, au dernier moment, se dérobent avec agilité, s'effacent sur le côté pour laisser passer les monstres furieux emportés par leur élan.

– Gloire aux frères Maxime et Maxence Questus ! scande la foule.

Hadrien, de son côté, lutte avec un ours. Il l'assomme à coups de poing sur la tête. Son courage est certain, mais ce sont Maxime et Maxence qui font le spectacle avec les taureaux. À mon corps défendant, je me prends à sourire. Mes fils se dérobent à l'atteinte des fauves massifs en escaladant un mur. Sautant à la perche, ils reviennent devant les taureaux ahuris, ils repartent derrière un tourniquet... Maxime, soudain, se trouve nez à nez avec un grand lion à pelage fauve. Il l'arrête en lui jetant son manteau sur les yeux. Mais il n'a plus d'armes. Le lion secoue sa crinière brune, pour se débarrasser du manteau. Maxence accourt au secours de son frère. Armé d'un tison enflammé, il l'enfonce dans la gueule du lion. Brûlée à mort, la bête s'effondre dans de violentes convulsions...

Trajan, enfin, fait signe que c'est la fin de la *venatio*... Les trois chasseurs ont le droit de se servir de nouveau de leurs armes. On leur rend leurs chevaux. Ils tournent dans l'arène en abattant par des traits bien ajustés ce qu'il y reste de vivant.

La chasse se termine par une ovation délirante du peuple. Couverts de sueur, éclaboussés du sang des fauves, les trois jeunes gens remontent vers la loge impériale.

Apollodore me dit à voix basse :

– Tu vois, Caius Plinius, tu avais tort de t'inquiéter...

Il a raison, Apollodore... Je suis trop mère poule. Il va bien me falloir admettre que mes poussins sont devenus des coqs. Mercucio présente les comptes : le vainqueur est Maxence qui a tué à lui seul douze bêtes, Maxime onze. Hadrien n'en a abattu que dix... Maxime prend assez bien de n'avoir que la deuxième place. Mais Hadrien est blême de rage. Son orgueil incommensurable ne supporte pas de se voir classé derrière les jumeaux.

Trajan s'adresse au vainqueur :

– ... Tu as loyalement gagné, Maxence Questus... Rome est fière de son fils ! Alors, que veux-tu comme récompense ?

Maxence met un genou en terre.

– Gloire à toi, Auguste César... Permets-moi de libérer notre prisonnière, la princesse Solina, et de l'épouser !

À cette demande de son frère, Maxime a du mal à cacher son trouble. Hadrien mord ses lèvres minces. Trajan paraît surpris. Son regard gris, enfoncé dans ses orbites, erre sur les femmes.

– Ah ! Solina la Dace... Mais ne te l'ai-je pas déjà donnée ? s'étonne l'Empereur.

– Oui, Auguste Trajan, répond Maxence sans se démonter. Sois-tu loué pour tes bienfaits innombrables, ta justice et ta clairvoyance ! Ta générosité nous a en effet accordé, à mon frère et à moi, cette femme en esclavage... Mais ta bouche impériale a dit que le vainqueur de la chasse gagnerait ce qu'il voulait ! Voilà, Noble et Puissant César, je désire libérer la princesse Solina et... l'épouser !

L'Empereur fronce les sourcils sous sa couronne de lauriers. Visiblement, Trajan ne comprend rien. Je devine le cheminement de ses pensées : Pourquoi cette demande ? Ce garçon a chez lui cette belle esclave. Il peut en jouir de toutes les façons que lui réclament ses sens. Qu'a-t-il à faire de l'épouser ? Libérer cette Dace est une chose... Mais donner à un Romain l'autorisation de l'épouser peut créer un précédent dangereux. Seuls les citoyens romains ont le droit de contracter mariage entre eux.

Je regrette déjà ce coup de folie de Maxence. Si seulement je pouvais parler à Trajan seul à seul ! Mais la demande a été formulée devant toute la cour. Trajan hésite... Il a donné sa parole. Il tranche, bougon :

– Tu peux libérer la Dace, si tu le veux !

Maxence plisse son œil bleu turquoise. Il a encore le front d'insister lourdement :

– Mais puis-je aussi l'épouser, Noble César ?...

– J'ai dit : libère ta Dace !

Trajan lui tourne le dos. Il n'a pas donné l'autorisation du mariage. Hadrien esquisse l'ombre d'un sourire qui ne m'augure rien de bon.

Le spectacle continue. L'orchestre joue pour l'entrée des gladiateurs. Mes fils viennent se rasseoir entre Apollodore et moi. Sans pouvoir échanger un mot, nous devrons encore subir des combats pendant des heures.

Une "sportule" particulièrement riche met face à face en trois fois mille deux cent deux paires de Daces, soit deux mille quatre cent quatre gladiateurs. Daria et Solina sont obligées de regarder les leurs s'étriper, s'égorger, se massacrer. Ce spectacle doit leur être insupportable !

Au crépuscule, Trajan, qui se montre de nouveau de très bonne humeur et veut frapper les esprits de sa bonté, rend en bloc la liberté aux survivants.

– Du chrétien ! Du chrétien ! redemande la foule qui n'est pas encore rassasiée.

On lui offre un homme, noble d'allure, qui se dit l'évêque d'Antioche.

– Ignace ! Ignace[1]... Aux fauves !

1. Saint Ignace, martyr vers 107 après Jésus-Christ à Rome.

Les lions, fatigués, n'ont même plus faim. Ils tournent, indifférents, autour de leur proie attachée au pilori. Je vois les yeux de cet homme levés vers le ciel. Il n'a pas peur, il ne crie pas. Il prie. Je l'entends distinctement dire : "Mes frères, mes sœurs, je suis le froment de Dieu, il faut que je sois moulu par la dent des bêtes, pour devenir le pain immaculé du Christ... Pardonnez-leur... Aaah... Pardonnez !" Un lion enfin lui arrache la tête d'un coup de patte. Apollodore me chuchote que c'était un lettré dans son pays. Quelle tristesse de voir mourir ainsi un érudit ! Je regarde Maxence et Maxime. Ils sont blêmes. Connaissent-ils cet homme ? Ignace... Je me souviendrai de son nom.

Nous sommes tous épuisés. La nuit est enfin tombée. Nous quittons le cirque pour rejoindre nos litières...

*

* *

Sur les coussins, Apollodore chercha à me dérider. Je restai taciturne. Calpurnia, épuisée, ne disait mot, Solina non plus. Les jumeaux nous suivaient à cheval. Mes esclaves déposèrent Apollodore devant sa demeure.

Je lui promis d'aller le voir le lendemain sans faute sur son chantier.

Lutèce et Syphax nous attendaient dans l'entrée de ma *domus* : ils nous apprirent que Leponia était morte, brusquement, dans l'après-midi.

Mes fils éprouvèrent un chagrin sincère et profond de la mort de leur mère. Lutèce, accablée, pleurait elle aussi la disparition de celle qui l'avait tant fait souffrir.

C'était peut-être la voix du sang qui lui dictait son désespoir. Pauvre petite ! El Babour avait assisté aux derniers instants de Leponia : la matrone, trop gloutonne, avait succombé après avoir avalé des dizaines de truffes cuites dans l'huile, une vulve entière de truie apprêtée avec des fèves, un morceau de lard au becfigue et des prunes confites dans le vin de Damas !

Moi qui recommande toujours la frugalité, j'étais édifié : une laitue, trois escargots, un œuf, quelques olives et oignons suffisent à Calpurnia et à moi pour notre repas – surtout si un lecteur de beaux textes grecs nous nourrit l'esprit tandis que nous nous rassasions le corps.

– Je lui ai administré un émétique à base de poudre d'œillet, mais la potion n'a rien pu faire, Seigneur Caius Plinius ! La noble Leponia s'est étouffée !

El Babour se préparait pour sortir. Je le retins par la toge.

– Cela fait quelque temps que nous ne nous sommes vus, savant El Babour. J'apprécie ton dévouement pour nos familles.

– C'est bien normal, Seigneur. Je t'assure que j'ai fait tout ce qui était humainement en mon pouvoir pour rappeler Leponia à la vie !

Croyait-il, parce que j'étais avocat, que j'allais lui réclamer une bourse de sesterces pour le décès de sa cliente ? Je savais que certains malotrus s'attaquent ainsi au médecin ayant perdu son patient. Loin de moi cette idée saugrenue !

– Dis-moi... Tu étais bien, déjà, le médecin de Fabius Questus ?

– En effet, Seigneur Plinius !

Je lui offris du vin au miel et m'en servis moi-même une coupe.

– Puisse la noble Leponia traverser le Styx sans encombre ! fit El Babour en buvant.

– Bien sûr ! Finalement, la pauvre, c'est juste qu'elle soit morte entre tes bras. Toi qui l'as aidée autrefois à donner la vie !

– Oui, Seigneur Plinius... Merci à toi !

El Babour reposa sa coupe. Il se montrait pressé de partir, à présent. Je le retins avec fermeté.

– Tu lui as fait le plus beau des cadeaux, autrefois, en lui offrant deux enfants vivants !

El Babour pâlit affreusement.

– Seigneur, c'est bien vieux, tout cela !

– L'âge de Maxime et de Maxence.

– Oui... oui... c'est un beau souvenir !

Il voulut s'échapper. Ma poigne l'en empêcha.

– Qui est au courant, en dehors de toi ?

– Je... Seigneur Plinius... je ne sais pas de quoi tu parles.

– Tu le sais très bien, je veux les protéger ! Je te demande simplement si quelqu'un d'autre que toi était au courant, disons des circonstances de la naissance de Maxime et de Maxence.

El Babour claquait des dents. Il tomba à genoux.

– Seigneur, aie pitié ! Vingt-cinq ans... depuis vingt-cinq ans, je vis dans la terreur que ne soit révélé ce que nous avons accompli... Ce n'était pas ma faute...

– La fillette était morte ?

– Oui, Seigneur, je le jure, sans un souffle de vie !

Il ne savait donc pas, pour Lutèce...

– D'où venaient les jumeaux ?

– Je ne sais pas, Seigneur Plinius, et je... j'ai tout oublié !

Le médecin était terrorisé. Je répétai :

– ... Tu n'as pas répondu à ma question. Quelqu'un d'autre était-il au courant ?

– À part Fabius Questus qui est mort, Seigneur, et le Gaulois qui ne parlera pas, non, Seigneur... personne ! La sage-femme Quintila a bien eu des soupçons, mais elle doit être morte elle aussi. Ou alors elle est très vieille maintenant et n'a plus toute sa tête... Tu n'as rien à craindre de ce côté-là...

– Quintila ? répétai-je.

Voilà que la sage-femme me tombait dessus !

– Où habite-t-elle, celle-là ?

– Je ne sais plus, Seigneur ! Il y a quelques années, elle avait encore une activité dans une *insula* derrière le cirque de Caligula, mais je l'ai perdue de vue...

Si j'avais été sage, je n'aurais pas laissé le médecin filer comme ça... J'aurais dû confier à Carcos le soin de sa santé. Mais on ne se refait pas. Je songeai : Cet homme a tout à gagner à se taire... Et je le fis raccompagner chez lui par un de mes Numides.

Pendant quelques jours, nous fûmes très occupés par les cérémonies funèbres. On fit brûler le corps de Leponia. Nous effectuâmes les offrandes rituelles pour apaiser les mânes. Je ne sais pas prier des dieux auxquels je ne crois pas. J'espérais simplement que Leponia avait trouvé un sommeil éternel paisible auprès de Fabius. Elle voulait que ses cendres reposent devant le lac de Côme.

Nous partîmes, Maxime, Maxence et moi, en petit équipage, avec seulement quelques esclaves et Carcos et Syphax pour tout organiser. Je dois dire que ce fut un voyage très agréable. Nous étions sans femmes. Nous chevauchions en devisant affectueusement. Syphax était comme toujours discret, efficace. Je ne sentais pas sa présence.

Jamais mes fils ne me furent aussi proches. Maxime, résigné, semblait avoir abandonné Solina à Maxence. Je pensais que j'avais tout prévu, sauf que je vieillirais. À force de m'inquiéter, peut-être même que je radotais un peu. Je n'avais aucune raison de me faire du souci pour les jumeaux !

Il faisait un temps superbe. C'était le début de l'été. Le soleil brillait d'une douce chaleur. Les jours étaient longs. Après avoir fait placer une statue à l'endroit où reposait Leponia, nous passâmes quelques jours dans ma propriété.

Nous nous baignâmes dans les eaux bleues du lac... Souvenir des jours heureux, les deux frères réunis jouaient, rivalisaient de force, d'adresse et de vitesse. Finalement, j'étais encore en forme. En tout cas, avec une grande gentillesse, Maxime et Maxence me le faisaient croire en se laissant battre sur de courtes distances. Assis sur le rivage, le vrai père de mes fils nous regardait de son air de chien fidèle. Nous rentrâmes pleins de joie et de projets à Rome, pour les calendes[1] de juin.

Solina avait disparu. »

1. Premier jour du mois.

26

Métaphores

– … Il revient à lui !

Larry écarquilla les yeux. Tous les membres du groupe, assis en tailleur, mains ouvertes, paumes tendues, faisaient cercle autour de lui – y compris Pia et Altmayer.

– Ne remue pas encore ! ordonna Bernardo Alexandro. Laisse-nous te donner encore nos fluides car ton expérience a été la plus dure !

« *Bullshit !* » eut envie de marmonner Larry. Il restait sceptique quant à l'existence et surtout à l'action des radiations humaines. Il n'en était pas moins surpris de se retrouver dans son siècle. Son « voyage » avait été si lointain qu'il ne croyait même plus tout à fait à sa vie actuelle. Une terrible fatigue le terrassait… Progressivement, à sa grande surprise, il commença à ressentir des picotements un peu partout dans son corps. Une chaleur irradiait en lui. Les forces lui revenaient. Il sentit aussi son sang qui circulait sous sa peau.

Il dut finalement admettre que, après tout, les fluides réunis des membres du séminaire le « rechargeaient » comme des accus. Il avait même l'impression que son corps augmentait de volume. Quand les couleurs revinrent à ses joues, Bernardo Alexandro lui permit enfin de s'asseoir… Il eut le droit de boire un grand verre d'eau, et il se rapprocha de Pia. Elle jeta sur lui un regard grave et lointain.

Altmayer faisait une drôle de tête. Ils s'adossèrent, tous les trois, contre la cloison pour écouter les autres raconter, à tour de rôle, leur expérience. Bernardo était « diabolique » pour susciter la confession de ses « séminaristes ». Bien sûr, chacun, au début, se montrait réticent à se livrer, ayant un peu peur d'être pris pour un illuminé. Mais le physicien de Berkeley n'avait pas son pareil pour inspirer confiance...

– ... Ne vous y trompez pas, ce que vous avez vécu n'est pas une expérience supranormale. La plongée dans des vies antérieures n'est jamais qu'un outil thérapeutique. Vous guérirez tous vos troubles physiques et psychiques en allant rechercher les traumatismes que vous avez pu subir dans d'autres vies. En cela, nous sommes des précurseurs, car ce sera la thérapie de demain !

La plus courageuse pour commencer le récit de son expérience fut la coiffeuse, Giulia... Brusquement, Larry reconnut en elle le médecin El Babour.

Giulia raconta qu'elle avait été brûlée pour sorcellerie. Elle avait encore envie de hurler de douleur au souvenir des flammes du bûcher qui lui avaient léché les pieds... Elle se prend pour Jeanne d'Arc, voulut ironiser Larry, de mauvaise foi. Pourtant, cette femme simple décrivait avec un luxe de détails surprenants et véridiques les costumes des gardes, du bourreau, des inquisiteurs. Elle avoua, les larmes aux yeux, que, depuis sa petite enfance, elle avait une peur irraisonnée du feu. Elle ne supportait pas la vue des flammes dans une cheminée sans avoir une crise de nerfs.

– Eh bien, te voilà délivrée ! Tu sais maintenant pourquoi tu as la phobie du feu ! déclara

Bernardo. Et c'est tout... ou as-tu vécu une autre vie ?

Giulia prit un air gêné. Elle répondit qu'elle s'était retrouvée aussi au temps des Romains, mais dans le corps d'un homme et... cela la troublait. Elle jeta un regard rapide vers Larry et ne donna pas d'autres détails.

Ce fut au tour de l'avocat barbu, Carlo, de se livrer. Il expliqua qu'il avait vécu une vie passionnante sur le continent de l'Atlantide. Là encore, cet homme d'apparence tranquille donna une foule de renseignements sur la civilisation fastueuse, l'évolution, les monuments et le lieu où se trouvait l'île immense de ce continent disparu... Il avait « survolé » l'océan Atlantique. Selon lui, les cités disparues de l'Atlantide se trouvaient dans le « triangle des Bermudes ». Il y avait été un savant. Et, il en était sûr, ses « machines » fonctionnaient encore, attirant dans les parages des Bermudes bateaux et avions comme des aimants gigantesques... Il voulait prévenir l'armée pour éviter d'autres accidents !

Sommes-nous tous dingues ? songea Larry, perplexe.

Carlo raconta le terrible cataclysme atomique qui avait submergé les villes des Atlantes. Il se dit terrorisé par l'eau. Il n'avait jamais pu seulement traverser une piscine.

– ... Désormais, dit Bernardo, tu le feras sans crainte, car tu sais maintenant que tout cela se passait dans une autre vie. Et c'est tout ce que tu as vu ?

Carlo déclara avoir été certainement, depuis, un général romain, peut-être même un empereur. Il s'était vu dans une bataille, et assis sur un trône...

Larry, à cet instant, le reconnut pour Hadrien, mais un Hadrien beaucoup plus âgé, bien longtemps après la mort de Trajan, et s'étant laissé pousser la barbe[1].

... La vendeuse de colifichets, Sylvia, déclara avoir été une femme celte. Elle se mit à s'exprimer dans un dialecte ressemblant au gallois, langue que personne ne connaissait, à part Larry qui en possédait quelques notions. Cette femme simple paraissait sincère. Elle se montrait la première surprise de savoir utiliser ce langage inconnu. Jamais elle n'avait voyagé en Bretagne, ni en Irlande, ni au pays de Galles, pays où se sont le mieux conservés les vestiges de la langue celtique... Elle décrivit les armes, les parures, la statuaire religieuse qu'elle avait vues au cours du premier millénaire avant notre ère.

Larry, sur ces points, était à son affaire. Doutant malgré tout de la sincérité de la vendeuse, l'archéologue lui posa une question piège.

– Tu as vu les guerriers celtes avec leurs boucliers ronds ?

Sylvia hocha la tête.

– Oui... j'ai bien côtoyé ces guerriers, mais... je suis sûre que leurs boucliers étaient de forme ovale... en bronze ! Il y avait, par contre, incrustés, trois ronds noirs au centre de ces boucliers, de dimensions différentes, avec des courbes, des entrelacs...

Larry se mordit la joue. Cette ornementation en courbes des armes celtes était en effet tout à fait typique. Elle schématisait dans la symbolique celte le dynamisme. Il n'y avait pas si longtemps, il avait pu étudier les fameux boucliers celtes retrouvés à Battersea, dans le Surrey...

Il s'inclina, battu... Comment cette femme modeste aurait-elle pu truquer à ce point ?

1. Hadrien fut le premier empereur romain à se laisser pousser la barbe, soit pour cacher une cicatrice, soit pour éviter la corvée du *tonsor*.

Sylvia ajouta qu'elle avait été transpercée par une lance. La douleur avait été horrible. Elle précisa qu'elle souffrait toujours du dos dans son travail d'aujourd'hui... Mais maintenant, la douleur s'était envolée. Elle en riait de surprise... Ce coup de lance « revécu » l'avait délivrée de son mal.

Bernardo Alexandro l'incita à se livrer encore.

Elle jeta un regard vers Larry et se contenta de déclarer qu'elle s'était sans doute réincarnée aussi à l'époque romaine... Elle pensait qu'elle était alors un écrivain mais... tout se brouillait dans sa tête.

Au geste qu'elle fit, Larry l'identifia pour Juvénal. Je suis encore plus dérangé que tous ces gens-là ! pensa-t-il, accablé.

L'homme d'affaires allemand, Helmut (« celui qui ne voyait que du noir »), ressemblait pour Larry à Décébale. Il avoua, les larmes aux yeux, qu'il s'était retrouvé au XVIIIe siècle à bord d'un voilier dans la mer des Sargasses. L'emblème de la tête de mort flottait au plus haut mât !

Et allez donc ! Voilà le capitaine Blood ! Où est sa jambe de bois ? pensa Larry, exaspéré. Soudain, il ne voulait plus croire un mot de ces discours : ce gros Allemand était un simulateur. Pirate dans la mer des Caraïbes ! Et puis quoi encore ?

Poussé par Bernardo Alexandro, Helmut poursuivit son récit. Avec ses boucaniers, il avait livré une bataille contre une frégate britannique. Soudain, Helmut regarda longuement Larry. Le désignant du doigt, il l'accusa formellement :

– C'était toi, l'officier anglais ! Tu m'as fait pendre haut et court au bout d'une vergue !

– Moi ! fit Larry, suffoqué.

– Oui, toi ! insista Helmut avec agressivité.

– Bah ! Si tu écumais les mers en volant et trucidant, c'est tant pis pour toi, mon vieux ! lança Larry sèchement.

Il ne se sentait pas mécontent du tout d'avoir fait régner l'ordre sur la planète au XVIIIe siècle.

– ... Ce n'était pas une raison pour me faire pendre sans jugement ! reprit Helmut en prenant ses voisins à témoin.

Larry eut envie de lui flanquer son poing dans la figure. La discussion allait tourner au vinaigre. Bernardo Alexandro y mit le holà :

– Attention, mes enfants, je vous mets en garde ! Ce que vous avez découvert en état de « descente » intérieure était bien sûr la reproduction visuelle de votre passé, et d'une certaine vérité. Mais votre cerveau actuel conserve aussi ses souvenirs d'aujourd'hui. Il garde le droit d'interpréter et de vous faire voir des visages imprimés à votre insu dans votre subconscient...

Le maître de cérémonie prit un temps... Les « séminaristes » soudain matés se taisaient, un abîme s'ouvrait devant eux que le physicien leur faisait découvrir. Larry, cependant, toujours raisonneur, voulut mettre les points sur les *i.*

– ... Est-ce à dire que tout ce que nous voyons est vrai sauf ce qui ne l'est pas ?

– Eh oui, mon vieux ! Nous gardons toujours notre libre arbitre. Comprenez bien ceci : le subconscient est *filtré* par notre cerveau, nos muscles, notre mémoire, notre existence actuelle. Il ajoute donc ses propres nuances, ses couleurs...

– Si bien qu'on ne peut être sûr de rien ? interrogea Pia en se mordillant le poing.

– Il faut malheureusement toujours laisser une certaine liberté d'interprétation à ce que nous fournit notre intelligence actuelle, admit Bernardo Alexandro. Vous avez pu revivre les scènes exactes de votre passé. Mais, comme au cinéma, vous mettez des traits sur les êtres qui peuvent ne pas avoir été exactement ceux des individus que vous avez côtoyés au cours de vos vies successives... Ces êtres aimés ou détestés, depuis lors, ont pu passer sur d'autres paliers d'ondes ! Et vous ne les reverrez jamais au cours de vos existences futures !

On aurait entendu une mouche voler.

– Et si nos prétendues vies n'étaient que des *métaphores* ? lança soudain Larry.

– Des *métaphores* ! répéta Bernardo Alexandro. (Il en suffoquait.) Tu t'es souvenu de ta naissance ! De ta vie fœtale ! Et tu appelles ça des *métaphores* ! Tu as contemplé le fond des âges : *métaphores* ? Tu as rapporté des secrets cachés ! Encore des *métaphores*... À ton aise... Mais, si après avoir fait tant de *métaphores* tu te sens mieux, comme délivré de ton passé, alors tous ensemble, faisons des *métaphores* !

Larry sentait bien qu'il avait exagéré. Comme saint Thomas, il refusait la vérité s'il ne la voyait pas dressée, réelle, devant lui.

Bernardo Alexandro se désintéressa de l'archéologue pour se tourner vers un gros marchand de lunettes niçois, Jean-Noël. Celui-ci raconta très simplement qu'il s'était vu dans une autre galaxie. Et voilà *Star Trek* ! Il ne manque que les oreilles de Mr Spok, songea Larry. Jean-Noël donna beaucoup de détails sur sa planète : ses dimensions étaient à peu près semblables à celles de la Terre, mais les arbres y étaient bleus, les fleurs violettes et les hommes rouges, sous l'effet de deux soleils très proches... Jean-Noël s'était vu dans un train qui planait à toute vitesse, sans roues. C'était un vaisseau spatial qu'il conduisait. Pour finir, il s'était perdu sur une planète noire... Il pensait y être mort !

Quoi qu'il en fût, Larry était ébranlé par le calme de ces gens. Ils ne semblaient ni surpris de leurs propres visions ni gênés de les raconter devant tout le monde.

Je suis trop compliqué ! pensa-t-il.

Il plissa les yeux. Jean-Noël lui évoquait soudain Dioclès, l'aurige.

C'était maintenant au tour de Pia de s'exprimer. Ce qui était stupéfiant pour Larry, c'était que les visions de la jeune femme recoupaient les siennes à quelques différences près. Pia s'était retrouvée en femme de la Renaissance. Elle décrivit la même scène que celle que Larry avait vécue. Puis, remontant plus loin, elle déclara avoir été une princesse dace emmenée en esclavage : Daria, sœur d'un roi !

– Pas du tout ! protesta Larry ! Tu étais ma femme ! Enfin celle de Pline... Ton nom était Calpurnia !

– Non, j'étais Daria ! soutint Pia mordicus.

– Mais tu ne sais pas ce que tu dis ! Il y a quelques jours, tu affirmais être Solina ! L'amour des jumeaux ! Alors que pas du tout, tu étais Calpurnia, la femme de Pline ! s'obstina Larry.

Pia secoua la tête :

– Non ! Maintenant j'en suis certaine, je n'étais pas ta femme ! Enfin pas cette fois-là ! Je n'étais pas non plus Solina. J'étais une chrétienne se nommant Daria !

– C'est trop fort de changer d'idées comme ça ! On n'a pas le droit de bousculer le destin... D'abord, tu n'as pas fini le manuscrit de Pline, et moi ça me chambarde tout !

Larry était furieux contre Pia. Cela tournait à la scène de ménage. Bernardo, diplomate, déclara qu'il se produisait toujours des périodes de chaos conceptuel, qu'il n'était pas si simple de revivre ses vies antérieures. Tout voyageur de l'astral ressent des confusions au retour !

– Alors, il faut nous donner un guide Michelin ! déclara Larry, très désagréable.

Pia se mit à bouder et elle s'éloigna de lui. Larry en ressentit un vif dépit. Altmayer profita du silence qui s'ensuivit pour prendre la parole :

– ... Moi, je pense être parvenu à la dernière vie de mon karma car mon âme s'est suffisamment purifiée au cours de mes réincarnations successives !

Le poète, décidément, n'était bloqué par aucun complexe. Mais Larry ressentait à son endroit une grande indulgence. Il s'installa sur un coude pour écouter à son aise la suite du discours d'Altie. Cela risquait d'être long. Celui-ci repartait déjà :

– ... Mes vies ont été passionnantes ! Pertinentes ! Excitantes ! Sémillantes ! Prédominantes ! Poignantes ! Bouleversantes ! Rugissantes ! Angoissantes ! Resplendissantes !

Larry devina que le poète n'attendait que ce moment pour faire son grand numéro. Il avait dû le fignoler.

– ... Oui, mes amis, j'ai revu dans toute sa splendeur mon savoir caché et même perdu dans l'Égypte antique de la IIIe dynastie !

Pour son humilité, quelle glorieuse immodestie !

Altmayer s'était levé. Devant l'auditoire subjugué, il mimait à la perfection les personnages égyptiens, tout en déclamant :

– Du grand pharaon Djoser à qui j'édifiai un [complexe funéraire,
J'étais, je l'avoue, le génial architecte !
Penseur, moraliste, élu au rang de dieu : [Imhotep !
Pour rendre éternel le tombeau de mon [maître,
Je conçus un monument ne pouvant dispa- [raître.
Par nos esclaves je fis empiler sept masta- [bas[1],

1. Tombeau égyptien en forme de parallélépipède aux pans légèrement inclinés.

Pour offrir à Pharaon un sanctuaire digne
[de ses combats !
Un escalier monumental montait jusqu'aux
[astéroïdes
Je peux dire que, moi, Imhotep, j'inventai
[les pyramides...

Des applaudissements spontanés crépitèrent. Les « séminaristes » étaient subjugués... Altmayer, ravi de son effet, courba sa grande taille maigre pour saluer, comme au théâtre. Il avait en tout cas détendu l'atmosphère.

Bernardo lui fit relater tous ses souvenirs d'Imhotep, architecte à la cour du pharaon Djoser. Larry dut convenir que le récit d'Altie était stupéfiant, quoiqu'il se méfiât encore. Altmayer était certainement le plus grand menteur et truqueur de la terre. Soudain, le poète demanda un feutre et du papier. Sous les yeux des « séminaristes » admiratifs, il se mit à tracer un texte hiéroglyphique en jurant qu'il n'avait jamais appris cette écriture de l'Ancien Empire, et que ceci était le début d'un recueil sapiental d'Imhotep[1].

Larry, troublé, examina ces oiseaux, cette femme, ce soleil, une main, un homme, la lune. Il était le seul à comprendre cette écriture et traduisit tout haut :

– « Moi, Djoser Rê, Dieu-Soleil qui l'a enfanté par le pouvoir d'Horus créateur, accorde à Imhotep devenu dieu guérisseur un temple consacré à sa personne. »

Larry soudain redevenu méfiant interrompit l'écriture hiéroglyphique du poète.

– Tout cela est bien joli, mais ça ne prouve rien ! Je ne veux pas dire que tu mens, Altie, mais tu peux avoir appris ces signes même à ton insu et...

1. 2778 avant Jésus-Christ.

Outré, Altmayer se rebiffa :

– Comment peux-tu m'accuser d'une chose pareille, Larry, alors même que nos vies n'ont cessé de se rencontrer ? Tu étais, je le jure, le pharaon Djoser. Et moi, j'étais ton confident Imhotep ! Nous nous sommes quittés dans le cosmos, pour nous retrouver ensuite... Souviens-toi !

– Non, je ne me souviens de rien ! fit Larry, buté.

– Quelle ingratitude ! Moi qui me tenais à côté de toi pour te soutenir pendant les jeux de Trajan.

Bernardo Alexandro plissa ses yeux de chat siamois.

– *Les jeux !* répéta Larry, abasourdi.

– Oui ! Les *munera* du cirque ! Ceux de Trajan. Nous étions assis l'un à côté de l'autre pour voir le spectacle, assez dégoûtant, ma foi ! Nos vies terrestres se côtoient, Larry ! Après l'Égypte, je suis redevenu un grand architecte, car tels étaient mes karmas à l'époque : bâtir des monuments humains. Mon nom était Apollodore de Damas. Toi, tu étais Pline le Jeune. Je me suis réveillé ou, du moins, je suis « remonté » dans notre temps... alors que nous étions tous les deux devant *ma colonne* !

– TA colonne !

– Oui... Je... (Altmayer frappa sa tête d'oiseau de proie.)... Tiens, je peux te donner une preuve : Maxime et Maxence se sont battus dans l'arène avec Hadrien pour... Solina !

– Mais tu me voles mes visions ! s'exclama Larry. Tu n'as pas le droit !

– Je ne te vole rien du tout, ce sont les miennes aussi !

Bernardo Alexandro intervint :

– ... Et si c'était votre passé commun que vous reviviez, tout simplement ?

– Mais ce n'est pas possible ! On ne peut pas partager les souvenirs comme ça... bougonna Larry.

– Je te trouve très égoïste ! lança Altmayer.

Il était réellement mécontent.

– ... Tu as dû continuer de lire en cachette le manuscrit de Pline et ça t'a tourné la tête ! lança Larry.

– Je n'ai rien lu du tout, mais toi ça t'est monté au cerveau ! Tiens, j'ai une autre preuve ! Solina a disparu, et tu vas t'offrir la princesse Daria... Oh ! pardon, Pia ! s'excusa Altmayer.

– Cesse de parler à tort et à travers, Altie !

C'était à Pia de se montrer vexée.

– Pia a raison ! (Larry était enchanté de trouver un prétexte pour se rapprocher d'elle.) Tu dis n'importe quoi, Altie ! (Il retourna la tête vers Pia.) Tu sais, je n'ai jamais regardé cette femme...

– Ça, je n'en suis pas si sûre ! lança Pia toujours pincée.

On était en plein délire.

– Écoute, tu ne vas pas me faire une scène de jalousie à deux mille ans de distance ? protesta Larry.

– Le nombre d'années ne change rien à l'affaire !

– De toute façon, je me demande ce que ça peut faire, puisque tu ne veux pas être Calpurnia... Si je t'ai trompée, c'est avec toi !

Pia s'apprêtait à répondre quand Bernardo Alexandro tapa dans ses mains.

– Votre numéro est parfait, mes petits... mais on a encore beaucoup de choses à voir ! À toi le crachoir, l'archéologue ! Tu as dû voir de drôles de trucs, non ?

– Cela va prendre un bout de temps ! prévint Larry.

– On t'écoute, mon vieux !

Larry prit son inspiration et commença son récit d'une voix d'abord étouffée. Il ne fit abstraction de rien, ni de sa naissance, ni de sa vie d'homme des cavernes, ni de celle qui s'était déroulée pendant la Renaissance, ni, surtout, de son existence romaine sous la toge de Pline. Cette réincarnation, si « réincarnation » il y avait, semblait lui avoir donné sa destinée la plus importante... Progressivement, son ton s'affermissait. Tout étonné de ne ressentir aucune gêne, et au contraire d'éprouver une sorte de joie exhibitionniste à déballer ses sentiments, il révéla aux membres du séminaire tout ouïe les événements qu'il avait vécus sous le règne de Trajan et les concordances de ses souvenirs avec certains de ceux qui l'entouraient.

... Larry parla ainsi pendant plus d'une heure. Il était redevenu un brillant conférencier. Personne ne l'interrompit une seule fois. Son auditoire était sous le charme. Lorsqu'il se tut en évoquant l'épisode de la disparition de Solina, la nuit était largement tombée... Après un long silence, le maître de cérémonie proposa de prendre un bol de soupe aux légumes, ce que les « séminaristes » affamés acceptèrent avec joie. Ils mangèrent d'abord dans un silence absolu : leur participation émotionnelle avait été si forte qu'ils ne pouvaient plus communiquer entre eux.

Puis ils recommencèrent à parler, doucement, en se présentant les uns les autres. Larry découvrit ainsi que, parmi les membres du séminaire, figuraient également un agriculteur, un commissaire de police et une dame qu'il soupçonna de faire commerce de ses charmes. Tous ces êtres, venant d'horizons très différents, affichaient le même comportement. Ils avaient accompli quelque chose de sacré et voulaient en garder le souvenir au plus profond d'eux-mêmes.

Altmayer évita Larry. Il lui en voulait un peu. Pia resta distante.

Après le « souper », Bernardo Alexandro fit une conférence passionnante sur « l'activation mentale ». Son objectif était de prouver que les ondes du cerveau, bien dirigées par un inconscient positif, offraient succès et bonheur, alors qu'un inconscient négatif apportait misère et malheur :

– ... Le petit père Coué disait : « Entre l'imagination et la raison, c'est toujours l'imagination qui gagne ! » Nous avons deux consciences, une de jour, une de nuit. Quand nous dormons, l'inconscient veille ! Mais où va-t-il, celui-là, pendant notre sommeil ? Et nous avons deux systèmes physiologiques, un système conscient, qui nous permet d'ouvrir ou de fermer la main si nous le décidons; et un système inconscient qui, par exemple, nous donne la chair de poule – que nous ne pouvons décider d'avoir ou d'arrêter. Nous n'utilisons ordinairement notre inconscient que pour faire des bêtises. Il faut au contraire faire travailler cet inconscient pour nous aider. Mettons l'inconscient à notre botte ! LA PLONGÉE DANS LES VIES ANTÉRIEURES N'A POUR BUT QUE DE SAVOIR QUI NOUS SOMMES, D'OÙ NOUS VENONS, PEUT-ÊTRE OÙ NOUS ALLONS, en descendant du conscient en ondes alpha; en thêta nous dormons, et après, c'est le coma ! La mort physique et la vie de l'âme... Je vois des petits malins, comme toi, Larry, qui ont envie de me poser la colle : « Qu'est-ce que l'âme ? Décris-la-moi ! » Comme personne ne peut décrire l'âme, nous restons sceptiques ! Toi, Larry, tu estimes en scientifique que si une chose existe, on peut l'expliquer. Je regrette, mais c'est faux : si un non-voyant te demande de lui décrire le rouge et le vert, bonjour, les difficultés ! (Bernardo Alexandro, très « acteur », imitait une explication.) Le rouge, eh bien, c'est... et le vert ? Le rouge, c'est la couleur du sang ! Et le vert celle de l'herbe... Enfin on démarre au vert et on stoppe au rouge ! Avec ça, il sera bien avancé, votre aveugle ! Et si un sourd veut savoir ce qu'est la musique ! Racontez-lui donc la *Neuvième* de Beethoven ! Impossible. La communication a ses limites... Il y a des sensations et des visions incommunicables pour ceux qui ne possèdent pas la clé. C'est la même chose pour l'immortalité et nos réincarnations. Il nous *manque la clé* ! On peut tout expliquer jusqu'à un certain point. Les ondes existent... Pourtant, on ne les voit pas ! Les sentiments existent, on ne les touche pas ! Je dirais que l'âme, c'est le *moi* transparent et supérieur de chacun de nous. La mort : le monde invisible d'où nous revenons pour nous réincarner... Ce stage n'est pas de la magie ! Il est seulement destiné à améliorer nos possibilités, nos sensibilités, nos sensations, nos mouvements, à découvrir votre vraie personnalité, votre force, votre équilibre... À trouver la plénitude pour obtenir une meilleure qualité de vie !

Il était maintenant minuit passé. Bernardo Alexandro proposa d'aller dormir :

– ... Demain, nous continuerons nos chemins initiatiques...

Tous les « séminaristes » se souhaitèrent le bonsoir. Ils gagnèrent calmement les petites cellules qui leur étaient attribuées pour se reposer. Le physicien retint Larry qui s'éloignait sur ses béquilles.

– Si tu es d'accord, Larry, demain, je te mettrai sous hypnose.

Larry fronça les sourcils.

– Je refuse les drogues artificielles.

– Il n'en est pas question... Aie confiance en moi, je veux seulement t'aider car la séance d'aujourd'hui a été dure pour toi, je le sais...

– Je ne sais même pas, moi, si ce que j'ai vu est vrai ! fit Larry en haussant les épaules.

– Tu le sauras, je te le jure ! (Bernardo Alexandro eut un geste familier. Le geste de Trajan passant amicalement son bras sous celui de Pline...) Va dormir, maintenant...

*

* *

Larry Loveberry, cette nuit-là ne trouva pas le sommeil. Il était à la fois surexcité et très abattu. Allongé dans sa cellule, il entendait, venant de la couchette voisine, la respiration régulière de Pia. Il l'enviait de pouvoir dormir si paisiblement. Larry se tourna avec difficulté sur le côté.

Ces bon sang de plâtres l'exaspéraient. Ses jambes allaient mieux, mais ça le démangeait là-dedans à en devenir enragé. Il réussit à glisser, non sans difficulté, un fil de fer recouvert de plastique entre son plâtre et sa peau. Cela lui fit du bien de se gratter, ça l'apaisa un peu... Pendant un moment, le cerveau vide, il se livra à cette occupation aussi délicieuse qu'animale.

Enfin soulagé, il abandonna son fil de fer pour regarder Pia au clair de lune. Elle était belle et pulpeuse dans sa chemise de dentelle. Tendant les doigts, il caressa ses cheveux soyeux. Il aurait donné cher pour savoir où l'inconscient de la jeune femme se trouvait à cet instant même.

Dans son sommeil, Pia remua, se rapprochant de la présence masculine. Larry soupira d'aise. Il prit la jolie tête de Pia contre sa poitrine. Il respirait son parfum.

Il se sentait à la fois très proche et très loin de la femme qu'il aimait. Le temps n'existait plus. Il entendit un coq chanter.

27

Fatalitas

« … Le coq d'un jardin voisin me réveilla en sursaut. J'avais dû m'assoupir deux heures. J'étais trempé de sueur. Calpurnia dormait, fraîche, rose, calme, sur notre couche. Je me levai très doucement.

J'entendais déjà le branle-bas matinal de nos armées d'esclaves. Les yeux encore bouffis de sommeil, ils commençaient de s'ébattre, éponges et balais de palmes vertes en main, pour nettoyer les cours, faire briller les pilastres, frotter les corniches.

Cette rage de propreté, ordonnée par Carcos devenu intendant en chef, me fatiguait. Mais il fallait, paraît-il, occuper nos gens ! Tout ce tintamarre ne réveillait pas Calpurnia. Elle avait de la chance. J'aurais dû demander à Apollodore de me construire un couloir de séparation entre notre chambre et les pièces où retentissait le vacarme de l'aube.

Je passai dans mon alcôve de toilette, fis quelques ablutions – un peu d'eau froide sur le visage – et je procédai à quelques soins corporels. En fin d'après-midi, j'irais, comme d'habitude, extirper ma fatigue dans mon *balneum* privé. Sans appeler Carcos, j'enfilai mon sous-vêtement, puis mes tuniques de lin que je serrai autour de ma taille par une ceinture. Enfin, j'arrangeai les plis de ma toge comme je pus.

Il fallait que j'agisse sans tarder. Depuis trois jours, Maxime et Maxence, suivis de leur fidèle Syphax, couraient tout Rome à la recherche de Solina. Mus peut-être par un pressentiment, ils n'avaient pas voulu que Trajan fût prévenu. Je joignais, comme je pouvais, mes efforts à ceux de mes fils, mais nos espoirs s'amenuisaient. Solina semblait s'être évaporée.

Au début, nous avions pu penser qu'il s'agissait de quelque caprice de femme. Mais au fur et à mesure que le temps passait, notre inquiétude grandissait. Je faisais mille suppositions. Parmi celles-ci, je n'osais demander aux jumeaux si l'un d'eux, avant son départ, n'avait pas brusqué Solina. Peut-être même les deux ensemble ? Ils étaient de jeunes patriciens ayant le droit dc s'amuser. Après tout la princesse dace était leur esclave !

J'eus la réponse à cette question sans l'avoir cherchée. Le deuxième soir, auprès du bassin aux poissons, Maxime et Maxence un peu honteux m'avouèrent qu'ils avaient respecté la vertu de la jeune fille. Maxence lui avait demandé officiellement de l'épouser. Elle avait accepté à la condition qu'il devînt chrétien ! Elle n'acceptait de se marier qu'en échangeant les serments de la nouvelle foi.

Après avoir été rassuré, j'étais encore plus épouvanté. Je n'étais pas loin de penser, à l'instar de Trajan, que ces garçons faisaient bien des histoires pour une Dace.

J'orientai donc nos recherches vers des familles que je supposais chrétiennes et ayant pu donner asile à Solina. C'était une mission ardue. Ces hommes, ces femmes et leurs enfants ne vivaient pas dans un quartier défini. Ils n'avaient pas de ghettos organisés, contrairement à ces pauvres juifs tellement détestés par mon ami Juvénal. Quand il parlait d'un juif, cela le rendait hystérique. Cette aversion me faisait sourire. Juvénal se montrait bien trop passionné dans ses haines. Moi, j'aimais bien les juifs et je n'avais rien a priori contre les chrétiens. Mais ces derniers restaient très difficiles à trouver : ils étaient partout et nulle part dans la ville. Ils vivaient apparemment comme tout le monde, fréquentant les thermes et les basiliques, exerçant tous les métiers possibles.

La seule façon de les identifier résidait dans le fait que les chrétiens ne portaient pas de toilettes tapageuses et que les hommes ne juraient plus par Bacchus ou par Hercule. Je savais aussi qu'ils se rassemblaient, pour célébrer leur culte secret, dans des demeures isolées... On parlait aussi de catacombes où ils auraient eu le droit d'enterrer leurs morts, mais je ne savais en découvrir les entrées.

On racontait les choses les plus invraisemblables sur ces chrétiens. Leur prêtre, lors de leurs offices, disait : "Ceci est mon corps ! Ceci est mon sang !" Il mangeait et buvait ensuite, et les participants faisaient de même... Était-ce un rite cannibale ? Ces chrétiens, comme on le disait également, immolaient-ils des enfants pour honorer leur Dieu ? En tout cas – fort heureusement – après les terribles persécutions néroniennes, nous vivions désormais des temps relativement calmes. Grâce au rescrit de Trajan, les chrétiens n'étaient plus persécutés ni molestés dans les rues. Il fallait seulement qu'ils ne fussent pas dénoncés.

Bien sûr, s'il survenait par malheur quelque cataclysme, une inondation, ou une épidémie, le peuple était toujours prêt à se retourner contre eux, à réclamer leur châtiment collectif pour apaiser les dieux romains. Ils ont bon dos, dans l'Olympe… Mais c'est ainsi : la collectivité se retourne toujours contre la minorité en l'accusant d'exciter la vengeance du ciel. Ô bêtise humaine !

Surmontant ma réserve naturelle à l'égard des chrétiens, je montai, un soir, trouver Dioclès dans sa belle demeure sur l'Esquilin. Je voulais essayer de le sonder, savoir si l'ancien aurige pouvait me faire pénétrer en milieu chrétien. Comme un cheveu dans le ragoût, je tombai en pleine réunion secrète. Dioclès n'eut pas l'air de se méfier de moi. Au contraire, il m'entraîna au milieu d'une trentaine de chrétiens qui s'appelaient "frère" et "sœur". J'étais comme toujours simplement vêtu. Ils se méprirent, me croyant des leurs, et me donnèrent, aussi bien les hommes que les femmes, ce qu'ils appellent le baiser de paix !

Je savais que cette embrassade entre les deux sexes prêtait à confusion dans l'opinion romaine, mais il me faut admettre que je ne trouvai là rien de licencieux. Après tout, il existe peut-être à Rome des hommes et des femmes chastes ! Par contre, je trouvai au bout de la salle Maxime, Maxence, Lutèce et Syphax. Les yeux modestement baissés, ils me baisèrent la joue en m'appelant "frère" !

Allons bon, j'étais désormais le "frère" de l'esclave père de mes fils, celui de ma nouvelle fille adoptive, et enfin de mes jumeaux, dont j'étais l'"oncle". La vie vous réserve de ces surprises ! J'apprenais ainsi ce que je pressentais confusément depuis longtemps. Ils étaient tous chrétiens !

Comment Maxime et Maxence s'étaient-ils laissé entraîner dans cette religion extravagante ? J'avais pensé, naïvement, qu'il s'agissait d'une mode, d'un caprice de jeunesse dorée voulant se distinguer des autres patriciens. Je me disais que ces nouvelles idées leur passeraient. Mes deux vaillants tribuns s'étaient distingués au service de Rome. J'espérais qu'ils continueraient leur carrière militaire avec le même succès. Pas du tout ! Ils ne voulaient plus tuer ! Ça encore, je pouvais le comprendre. Mais ils avaient décidé qu'après leur "baptême" ils se consacreraient entièrement à leur foi !

Je n'eus pas besoin de les pousser dans leurs retranchements. Ils me confièrent l'affaire sans difficulté. C'étaient Lutèce et Syphax qui avaient été les premiers convertis. Maxime et Maxence le savaient – sans encore pratiquer leur culte. Puis Solina était entrée dans leur vie. La Dace et la petite Lutèce s'étaient rapprochées l'une de l'autre au nom de leur foi. Sœurs de religion, la princesse esclave et l'esclave patricienne, au lieu de s'étriper pour les beaux yeux de mes fils, priaient à genoux ! Elles se disaient, les deux petites folles, prêtes à mourir pour leur croyance. Mieux, il me semblait qu'elles recherchaient le martyre. Elles avaient contaminé mes jumeaux. Pour la première fois de ma vie, j'entendais la voix de Lutèce me déclarer fermement sa foi et celle de mes fils.

– Chaque jour, vers Dieu, nous faisons monter nos prières, avec le sacrifice non sanglant et pur au regard de l'Être suprême, de nos actes de piété, d'humanité et d'offrande de notre martyre !

Je ne suis pas contre la bonté ! Mais cette rage de vouloir souffrir m'écœurait. Sous mon toit, sans que j'en eusse rien su, mes fils, au lieu de faire l'amour avec de belles filles dévouées à leur mâle sensualité, faisaient leurs prières à un Dieu unique... J'en appris de belles, ce soir-là ! Au plaisir que de jeunes hommes pouvaient tirer de prostituées, Maxime et Maxence préféraient maintenant le jeûne, les mortifications, l'aumône et la chasteté !

À genoux avec leurs "frères" et "sœurs", mes

deux nigauds priaient avec ferveur. C'était, paraît-il, le texte d'un de leurs "papes", Clément[1] :

Seigneur Dieu tout-puissant, pardonne-nous nos péchés et nos injustices, nos chutes et nos égarements, ne dénombre pas les fautes de tes serviteurs et de tes servantes, mais purifie-nous de la pureté de ta vérité.

Pouvais-je faire un scandale ? Je me tenais à genoux comme les autres, mais, moi, je me sentais accablé. Je me pris la tête à deux mains.

– Frère, me chuchota Dioclès, j'ai toujours su que tu viendrais un jour nous rejoindre...

Une coupe circula dans le rang des fidèles. Dioclès me la tendit. Je bus du vin "bénit", et croquai un morceau de pain "consacré". Franchement, je ne voyais pas de mal à ce frugal repas !

– Haut les cœurs, rendons grâce à Dieu !

Les fidèles se redressaient. Je fis de même. Mes jumeaux, illuminés, venaient vers moi les mains tendues.

– Mon oncle ! Tu es des nôtres, maintenant !

Les prenant à part dans le jardin, je les tançai vertement :

– ... Je ne comprends rien à vos simagrées ! Je suis venu à la recherche de Solina pour vous rendre service. Et je tombe en plein dans votre foire ! Si je n'ai pas fait de grabuge, c'est bien pour vous !

Sous mon algarade, Maxime et Maxence baissaient la tête.

– Mon oncle, Solina n'est pas dans la communauté chrétienne, sinon nous le saurions !

– Bon, alors, on va filer d'ici, et vite ! (Je baissai la voix :) Mais, par Jupiter, vous ne vous rendez pas compte du danger ! Et si vous êtes dénoncés, bougres d'idiots !

1. Clément Ier (saint), mort en 97, pape de 88 à 97 après Jésus-Christ.

– Nous mourrons ! firent-ils en chœur.

– Je vous préfère vivants, répondis-je sèchement.

Syphax et Lutèce se rapprochaient de nous.

– Venez ici, chère sœur, cher frère !

Maxime prit la main de Syphax pour la baiser. J'étais édifié. Maxence fit de même avec Lutèce. Le Gaulois baissait les yeux, très gêné de ces démonstrations faites en ma présence. Maxime se frappa la poitrine.

– Mon oncle... quand nous pensons, Maxence et moi, à notre arrogance et à tous les coups que nous avons donnés à notre malheureux frère Syphax, nous devons nous meurtrir et expier nos péchés.

On passait d'un excès à l'autre.

– Cher frère !

Et Maxime comme Maxence embrassaient le Gaulois sur les joues. Celui-ci était au supplice.

Je remarquai qu'à moi on ne me baisait pas la main !

Lutèce dut sentir mon agacement. Elle se pelotonna contre moi.

– Caius Plinius, moi, je le sais bien, tu te comportes en chrétien chaque jour de ta vie !

Je lui pinçai le nez.

– Nigaude, tu ne sais pas ce que tu dis... Allons, venez tous, je vous ramène !

L'aube blanchissait l'horizon. Nous quittâmes la demeure de Dioclès. Il me sembla apercevoir, de ma litière, deux hommes qui se camouflaient sous une voûte. Des espions ? me demandai-je... Je ramenai le pan de ma toge sur ma tête et fis de même pour Lutèce. Les jumeaux et Syphax suivaient à cheval.

Je rentrai dans ma *domus* bien soucieux et ne pus y trouver le sommeil.

*
* *

– Déjà levé, Caius Plinius ? s'étonna Carcos en me voyant pénétrer tout habillé dans l'*atrium*.

– Un jour, je tordrai le cou de ce maudit coq ! Que font les garçons ?

– Ils dorment, Seigneur !

– Bon, ne les reveille pas...

Chrétiens, mais le sommeil lourd, pensai-je.

J'observai mon admirable horloge à eau, véritable merveille du progrès, qui lançait des cailloux en l'air tout en émettant des sifflements à chaque changement d'heure. Les flotteurs de la clepsydre indiquaient qu'on était à l'*hora secunda*[1].

– Je ne rentrerai que pour l'*hora nona* ou *decima*[2], lançai-je à Carcos.

– Tu veux ta litière, Seigneur ?

– Non, j'irai à cheval... tout seul !

Je n'avais pas envie de parler. Sans être chrétien, il faut bien adresser quelques mots à ses esclaves ! Or, ce matin-là, je n'étais pas d'humeur à causer !

*
* *

Malgré l'heure matinale, je montai au Palatin. J'avais mes grandes et petites entrées dans la *Domus Divina*.

Comme chez moi, les esclaves, commandés par des affranchis, nettoyaient avec rage les marbres des cours. Les huissiers me connaissaient. Ils soulevèrent les tentures sur mon passage.

Une troupe hétéroclite de serviteurs de Trajan

1. De 5 h 42 à 6 h 58.
2. De 14 h 31 à 15 h 46 et de 15 h 46 à 17 h 02.

s'affairait. Les uns apportaient ses tuniques du palais, ses toges de ville et ses grandes tenues de parade. César montrait des goûts simples. Tout en évitant la morgue et l'apparat, il était bien obligé de sacrifier aux marques de splendeur dont sa personne, à Rome, faisait l'objet.

Les femmes de Plotine passaient avec la garde-robe de leur maîtresse, ses diadèmes, ses breloques, ses pendentifs. Coiffeuses et barbiers arrivaient avec leurs pots de pommade, leurs boîtes à fards et leurs tiges de fer à friser.

Je leur emboîtai le pas et gagnai les appartements privés de César.

Un ultime huissier me demanda d'attendre. Il revint peu après. Trajan acceptait de me recevoir. Je pénétrai dans la pièce. L'Empereur était encore couché. Je notai avec satisfaction que Plotine n'était pas auprès de lui.

On m'avait bien dit qu'ils ne partageaient plus la communauté du lit conjugal. Un bel éphèbe nu s'éloignait vers une terrasse. J'en déduisis que c'était là le dernier caprice musclé de l'Empereur.

– Que t'arrive-t-il, Caius Plinius, de si bon matin ?

– Sois béni des dieux, Auguste Trajan... Que la rosée te baigne de sa fraîcheur durant tout ce jour !

Trajan allait toujours droit au but.

– Assieds-toi, me dit-il en désignant un tabouret au bout de sa couche. Alors, que veux-tu ?

– La justice, Grand César ! J'ai tout lieu de croire que Solina, la Dace, a été enlevée à mes fils, Maxime et Maxence Questus. Elle est leur bien et ils l'ont loyalement gagnée de ta main bienfaitrice.

– Encore cette Dace ! s'exclama Trajan en se levant... Enlevée, dis-tu ?

J'aperçus les poils de ses jambes velues. Je connais bien César. Il avait l'air ennuyé.

– Je le crains, Auguste Trajan.

– Et si cette esclave s'était enfuie tout simplement ? Tu sais quel serait son châtiment.

– Pourquoi serait-elle partie, Noble César ? Maxence, avec ta permission, l'a déjà affranchie... Elle est donc une citoyenne libre.

Trajan marchait de long en large. Il semblait soudain pressé de se débarrasser de moi.

– Bon... Ne t'inquiète pas, Caius Plinius. Tu sais que Plotine et moi avons de l'affection pour toi. Tout sera fait pour retrouver cette fille !

– Elle sera rendue à mes fils ? osai-je insister.

– Bien sûr... Tu écris actuellement ?

– Oui, Divin César. Je termine pour ta plus grande gloire ton panégyrique immortel !

Un sourire éclaira sa figure de marbre.

– Ça, c'est bien, continue, Caius Plinius... Sois inspiré... et béni de Jupiter...

Je quittai Trajan avec la désagréable impression de m'être fourvoyé dans un traquenard. Les détachements de serviteurs préposés aux bains, aux massages, aux soins du corps; ceux affectés aux épingles, aux perles de l'Impératrice; ceux chargés de la vaisselle d'or et d'argent de l'Empereur convergeaient tous vers les appartements des souverains.

J'hésitais à décider si j'irais présenter mes devoirs à Plotine quand j'entendis un appel discret venant de derrière une colonne. Un nain me faisait signe de le suivre. Sans plus réfléchir, je lui emboîtai le pas. Il me conduisit par des escaliers en colimaçon dans une partie discrète de la *Domus Divina* que je ne connaissais pas. Nous montâmes deux étages. Nous étions sous les combles. Le nain souleva une tenture. Je me trouvai dans une petite pièce sombre n'ayant pour meubles qu'un modeste grabat et un escabeau. Une femme se tenait là debout, me tournant le dos. Elle se retourna. C'était la princesse Daria.

– Merci, Rosarius ! murmura la prisonnière dace.

Le nain s'éclipsa aussitôt, nous laissant seuls, elle et moi.

– Nous nous trouvons dans la chambre de Rosarius... C'est un ami, il fait le guet, nous n'avons rien à craindre. J'ai appris que tu étais dans le palais, Caius Plinius, et j'ai prétexté un malaise devant Plotine pour m'éclipser de son service...

La princesse Daria me fit un signe de la main. Je pris place sur le tabouret. Elle s'assit en face de moi sur le grabat. Elle était pâle et superbe dans ses voiles.

– Princesse Daria, que se passe-t-il ?

Un certain trouble m'envahissait d'être seul avec cette femme que j'admirais.

– C'est toi qui me demandes cela, Caius Plinius ? Solina a disparu et tu ne m'as pas prévenue !

– Ne m'accable pas ! Nous la cherchons assidûment depuis trois jours. Je ne voulais pas t'inquiéter.

Elle noua fébrilement ses mains l'une contre l'autre.

– Ne pas m'inquiéter ! Moi qui pensais que tu n'étais pas comme les autres Romains, Caius Plinius ! Tu es aussi dur et impitoyable que les tiens !

– Tu es injuste, princesse Daria, protestai-je. Je viens de demander à César d'intervenir personnellement pour retrouver Solina.

Elle blêmit et porta les mains à son cœur.

– Oh, non ! Tu n'as pas fait cela ?

– Mais si...

– Ah ! Caius Plinius... Quel crime tu viens de commettre !

– Un… crime ? répétai-je, stupéfié par la brutalité du mot.

Elle froissait nerveusement ses voiles.

– Oui ! Tu es un criminel, Caius Plinius. Il ne fallait pas parler à Trajan. J'ai tout compris chez Plotine ! C'est Hadrien qui a enlevé Solina !

Je demeurai un instant comme assommé par cette révélation… Comment n'y avais-je pas pensé ? Hadrien avait trouvé tout naturellement cette façon de se venger de mes fils. Et moi, j'avais foncé tête baissée, en homme d'honneur – mais comme un imbécile – parler de l'affaire à mon souverain ce matin.

Bien sûr Trajan savait ! Voilà pourquoi il avait l'air si ennuyé de ma requête… Il n'approuvait probablement pas Hadrien, je connaissais leurs dissensions. Mais à choisir entre son cousin et nous, l'Empereur ne balancerait pas longtemps… La princesse Daria se mit à sangloter sur le grabat.

Désespéré par sa douleur, je lui pris les mains et vins m'asseoir à côté d'elle.

– Sur mon âme, princesse Daria, je te jure de sauver Solina, de la retrouver ! Je forcerai Hadrien à la rendre à Maxence. Je t'en prie, ne pleure plus, non, Daria… Regarde-moi, aie confiance. Je te respecte, je t'aime… Je te désire…

Je ne savais plus ce que je disais. Je la tenais dans mes bras, la serrais, la palpais, cette femme me rendait fou. Je brûlais pour sa chair. Elle ravivait mes sens émoussés. Elle était chaude et pulpeuse. Une femme dans la richesse de l'âge, ferme comme un beau fruit mûr. Un instant, elle chercha à me repousser, puis soudain embrasée, à son tour, elle m'attira contre elle. Me regardant droit dans les yeux, elle murmura :

– Tu sais que je suis chrétienne ? Ô Dieu unique, pardonne-moi mon péché !

Et, avec une passion fougueuse, elle me rendit mes baisers... Je relevai ses voiles, je pris connaissance et possession de son merveilleux corps doux, si féminin, trop longtemps privé d'homme... Tels deux adolescents fiévreux, nous oubliâmes tout sur le grabat du nain. Une merveilleuse chaleur envahissait nos reins. Nous nous aimâmes en silence, mêlant nos souffles, dans la crainte, à chaque instant, d'être découverts – ce qui exacerbait notre désir.

Daria me rendait mes baisers avec une soif et une passion dont je ne l'aurais jamais crue capable. Elle se tendait, s'offrait, belle et impudique. Des lames de fond partaient de mon ventre vers le sien. Je m'enfonçais en elle comme un barbare. Elle me recevait, je la martelais de mon amour. Elle me brûlait, me provoquait, me mordait – et doucement, soupirait en silence.

Le sang battit plus fort à nos tempes... Au point culminant, nous poussâmes ensemble le même gémissement de plaisir.

Il était temps... Au-dehors, Rosarius sifflait. Je rajustai rapidement ma toge. Daria fit de même avec ses voiles. Elle me prit la main.

– Retrouve Solina, Caius Plinius, je t'en adjure ! Sors-la des griffes d'Hadrien et... reviens ! Reviens vite !

Elle avait murmuré ces derniers mots avec une intonation plus chaude.

– Je t'aime... Aie confiance en moi ! murmurai-je en sortant.

Les femmes de Plotine montaient avec du linge vers le dernier étage. Le nain me conduisit, sans encombre, par d'autres escaliers, d'autres couloirs dérobés jusqu'aux cours du rez-de-chaussée.

Au moment de nous séparer, je le retins :

– Si je veux la revoir ?

– Fais-moi demander par le bouffon Honorius.

Et le nain s'éclipsa... Au moment de quitter

le Palatin, je vis Hadrien qui arrivait, superbe, conduisant son char. *Fatalitas !*

Je l'évitai avec soin. Je n'étais pas en état, ni physique ni moral, de l'affronter. Je devais d'abord prendre le conseil d'un ami... »

28

La colonne Trajane

« … La tête encore fiévreuse et les jambes molles, j'enfourchai mon cheval et descendis vers les travaux, au bas de la colline, au cœur de l'*Urbs*. En arrivant par le sud près des chantiers – ils formaient un cirque –, je demeurai saisi par l'ampleur des bouleversements accomplis sur le site. Le "trou" était une véritable fourmilière. Cinq mille hommes, de toutes races et de toutes couleurs, travaillaient sur ce gigantesque complexe qui allait relier le forum de Trajan à celui d'Auguste. Tout avait été déjà bousculé. L'éperon de la colline du Quirinal, qui s'avançait vers le Capitole, avait été nivelé par des machines – boutoirs, poussées sur des chariots. De grands échafaudages, composés de pieux et de planches emboîtés les uns sur les autres, entouraient les monuments en construction. Au long de ceux-ci, des cages élévatrices, soutenues par des cordes, fonctionnaient grâce à des cylindres à roues. Les travailleurs prenaient place à l'intérieur pour monter ou descendre à volonté avec l'aide de contrepoids. Cette invention était tellement astucieuse pour transporter des charges énormes que je restai un moment à l'admirer…

Corniches, toitures de marbres rares, armatures de bois, portiques démontés, fûts de colonnes traînés sur des rouleaux par des bœufs, piliers, pierres polies affluaient sur les divers emplacements où s'effectuaient les travaux de finition. Pour accroître la résistance des bâtiments, des pavements et des mosaïques, des "compagnons" fabriquaient les ciments dont ils avaient le secret : un mélange de débris de tuiles et de chaux[1].

L'immense chantier était divisé en quatre secteurs. En dépit des difficultés, des accidents du sol et du voisinage des autres monuments, le Syrien Apollodore avait fait jaillir du sol un ensemble harmonieux, groupant un superbe forum, vaste esplanade déjà dallée, qu'entourait une rangée de colonnades convergeant vers un portique. Des bœufs, en ce moment même, tiraient un socle sur lequel serait posée, au centre de la place, une statue équestre de l'Empereur en bronze doré.

Des marches de marbre jaune montaient à ce qui deviendrait la basilique Ulpia, du nom de la famille Ulpius dont était issu l'empereur Trajan... J'avais vu les plans d'Apollodore, et cent fois il m'avait raconté son rêve de bâtisseur. La basilique était encore à ciel ouvert, entourée d'échafaudages, mais j'en devinais l'immense entrée hypostyle – c'est-à-dire dont le plafond serait soutenu par des colonnes – et les cinq magnifiques nefs pavées de marbres de Luna.

J'avais confié la bride de mon cheval à un gamin qui, moyennant trois as, allait me le garder.

J'avançais ébloui, mais prudent, au milieu du chantier, me garant prestement sur le côté pour laisser passer les mulets tirant les marbres de Toscane, de Grèce ou de Numidie, et les esclaves en pagne qui portaient madriers et blocs de pierres. Tuiles, briques, plomb, argent, cuivre,

1. En fait, le ciment romain garde en partie le secret de sa recette.

étain des Cassitérides[1] et ambre de la Baltique étaient apportés pour être entreposés dans des hangars.

Des chars apportaient les porphyres de nos déserts d'Arabie. D'autres, étroitement surveillés par des soldats, contenaient l'or de Dacie, grâce auquel Trajan pouvait faire effectuer ces travaux...

Les coups de fouet des gardiens claquaient sur l'échine des mules et, parfois, sur le dos des hommes. Pourtant, l'ambiance du chantier n'était pas sinistre. Une odeur âcre de sueur y régnait; mais il me semblait que ces hommes, jusqu'aux esclaves eux-mêmes, éprouvaient de la fierté pour l'œuvre qu'ils accomplissaient.

J'avisai des charpentiers et leur demandai s'ils savaient où je pourrais trouver l'architecte en chef, mon ami Apollodore. Ils m'envoyèrent vers des entrepreneurs de démolition. Au milieu du vacarme, le chef de ces hommes comprit ma question. Il m'indiqua de la main le niveau inférieur de la basilique, où s'allongeaient parallèlement les rectangles de deux bâtiments jaillissant de terre. Là, des maçons me renseignèrent à leur tour... mais je me perdis dans un hangar. Des métallurgistes du fer et du bronze me remirent sur le droit chemin. Finalement, un ébéniste me servit de guide. Il m'entraîna vers un baraquement où je trouvai Apollodore entouré de ses élèves.

– Caius Plinius, toi ici, enfin ! Quelle bonne surprise !

– Il est plus difficile de te trouver que de chercher un osselet dans une botte de foin !

Apollodore me présenta à ses jeunes architectes, ses disciples.

– Voici Caius Plinius, le plus grand écrivain de son siècle !

1. Îles Sorlingues ou Scilly anglaises.

– Tu me flattes, Apollodore.

Nous nous fîmes toutes ces politesses, et bien d'autres, devant les élèves respectueux. Après avoir donné ses ordres pour un portique dont les bas-reliefs ne lui plaisaient pas, Apollodore m'entraîna pour me faire visiter un majestueux hémicycle de brique, adossé à la colline, qui allait devenir “les marchés de Trajan”.

Les échafaudages étaient encore en place. Mais les cinq étages des bâtiments étaient déjà construits.

– ... Tu vois, Caius Plinius, expliqua mon ami, les yeux brillants, il va y avoir ici cent cinquante boutiques. Ce sera le plus grand marché de Rome. De plain-pied sur la rue, se vendront fruits et fleurs. Au premier étage se trouveront entreposés les vins et l'huile. Au deuxième et au troisième niveau, on débitera les poivres et toutes les capiteuses épices d'Orient. Au quatrième, des salles d'apparat pour les bureaux de l'assistance impériale seront aménagées. Au cinquième et dernier étage, il y aura les viviers du marché aux poissons que je fais relier directement aux aqueducs : l'un d'eau douce viendra des lacs, l'autre d'eau de mer viendra d'Ostie !

J'étais littéralement fasciné par ces travaux, certain qu'Apollodore allait marquer son temps d'une des cimes de l'art. Les proportions de l'ensemble étaient si heureusement combinées que je ressentais une impression de noblesse à les contempler.

– C'est admirable, Apollodore, tu bâtis le miroir sublime de notre civilisation... Celui qui nous donnera une raison de rester fiers d'être romains !

– Tu n'as encore rien vu ! Viens ! fit mon ami en souriant.

Il me guida au milieu des gravats.

– Regarde bien, Caius Plinius, cela te concerne. Ici, ce seront les bibliothèques.

Il me désignait les échafaudages qui entouraient les deux bâtiments en forme de rectangle que j'avais déjà aperçus de loin. À tous les étages, les hommes travaillaient comme des fourmis. Les grandes cages manœuvrées par les contrepoids apportaient sans cesse portiques et statues.

– L'un des bâtiments sera affecté aux livres grecs, l'autre aux volumes latins. Tu vois cette frise, là-haut, où les ouvriers spécialisés font les finitions ? Juste au-dessous du chapiteau, la décoration consistera en une série de bustes représentant les écrivains s'étant acquis une grande renommée dans les deux langues... Toi, Caius Plinius, tu seras là dans cette niche, au centre.

J'étais flatté et bêtement ému. Il m'avait réservé la meilleure place. Tacite en serait ivre de jalousie ! J'en eus les larmes aux yeux. Apollodore ne lâchait pas mon bras. Je voulais aller entre les deux bibliothèques pour voir tout ce que son imagination avait pu inventer.

– Non, ne regarde pas... pas encore.

Comme un prestidigitateur, il me fit tourner les talons et m'entraîna vers un escalier, montant jusqu'à des terrasses qui n'avaient pas encore de parapets.

– Fais attention à ne pas tomber ! me prévint-il obligeamment.

Arrivé en haut, je poussai un cri d'admiration devant le spectacle. Dans l'étroit quadrilatère qui séparait les bibliothèques, sur un piédestal formé d'un cube de pierre à la forme parfaite, s'élevait la merveille des merveilles, encore entourée d'échafaudages, mais prête à défier le temps et le monde : la colonne Trajane !

Je restai sans voix, anéanti par tant de beauté... Les marteaux des sculpteurs se répondaient les uns aux autres. Les peintres ajoutaient leurs couleurs sur les visages des statues et des groupes dont ils avaient déjà la base.

– Aucun modèle n'a jamais existé d'une œuvre pareille, Apollodore, et je crois qu'il n'en existera jamais !

Bien que des passerelles et des plates-formes fussent encore disposées autour du fût de marbre, cette partie de la colonne comprise entre sa base et son chapiteau, je pouvais en percevoir la pureté tout aérienne.

– ... L'élévation totale, avec le socle et la statue d'or de Trajan, mesurera 128 pieds[1] de haut. Et j'ai inventé un petit "quelque chose" de plus, cher Caius Plinius ! Le diamètre n'est pas identique tout au long du fût : ma colonne est renflée aux deux tiers de sa hauteur – tu vois, ici – afin d'éviter l'illusion de concavité qu'engendrerait sa hauteur... De même, les panneaux sculptés sont de plus en plus grands à mesure qu'ils s'éloignent de l'observateur situé à la base ! Je veux faire là le plus original, le plus beau et le plus important *volumen*[2] qui ait jamais été réalisé...

– Mais comment as-tu fait ?

– Je te livre mon secret... C'est comme aux osselets : j'ai fait empiler et cimenter dix-sept cylindres de marbre de Carrare évidés pour laisser la place à un escalier intérieur. Maintenant, mes plus habiles statuaires achèvent de sculpter quarante-quatre panneaux disposés en spirale montante et qui racontent l'histoire de la campagne de Dacie...

– Ce sera complètement terminé... bientôt ?

Apollodore agita les perles de ses oreilles.

1. 38 mètres. La colonne fait également 3,70 mètres de diamètre.
2. Feuilles manuscrites enroulées sur elles-mêmes – d'où le mot "volume" désignant un livre.

– Bientôt, mon fils... Viens !

Il m'entraîna de nouveau. Nous dévalâmes la terrasse pour gagner la base de la merveille. Les travailleurs saluaient l'architecte au passage. Apollodore me fit glisser la tête à l'intérieur de la colonne.

– Tu vois l'escalier en colimaçon ? Nous ne pouvons aller par là car les hommes polissent cent quatre vingt-cinq marches qui montent au balcon carré du sommet... Quarante-trois fenêtres sont percées pour l'éclairage intérieur, on ne les verra pas, car je les fais cacher par les sculptures des tambours... Oh ! Et puis je voulais te faire la surprise plus tard, mais viens ! N'aie pas peur !

Le Syrien, ravi de ma stupeur, m'entraîna vers une des grandes cages qui grimpaient au sommet des échafaudages. Ne voulant pas montrer ma terreur du vide, je fermai les yeux. Ce "monte-charge", très bien manœuvré, nous déposa au sommet de la colonne. Dominant mon vertige, j'admirai le point de vue sur la Rome de nos Césars : la colline du Capitole et le temple de Jupiter brillaient comme des joyaux sous le soleil; les palais immaculés du Palatin, le Colisée, les amphithéâtres, les temples, les cirques, les arcs de triomphe, les forums – tous ces admirables monuments, recouverts des marbres les plus précieux, s'étendaient à nos pieds. Oui, Rome était vraiment la plus belle ville du monde !

Nous redescendîmes lentement par les échelles installées à l'intérieur des échafaudages. À chaque étage, on sculptait, on polissait, on peignait... Dans un bruit de ciseaux, de burins, de grattoirs, de pointes, de styles et de marteaux, une armée d'artistes "ciselaient" la colonne Trajane. Comme dans un immense livre ouvert, les victoires de Trajan sur les Daces étaient exaltées avec talent, et même génie : plus de cent scènes sur quarante-quatre panneaux se raccordant entre eux relataient les divers épisodes de la bataille...

Je songeai que si ce colossal rouleau – Apollodore avait à juste raison parlé d'un *volumen* – était déroulé, il ferait une longueur d'au moins 600 pieds[1]. Les plaques sculptées avaient une largeur de 3 pieds et demi[2].

Nous passions derrière les sculpteurs; parfois ils relevaient la tête, pour demander un conseil à leur architecte. Passionnés par leur travail, ils se remettaient prestement à fignoler leurs scènes... L'originalité de nos artistes résidait, outre un grand sens de l'observation, dans les portraits. Je savais que des masques de cire étaient coulés, parfois, sur les visages pour approcher le plus possible les ressemblances. Partout, dans les tableaux de bataille, je reconnaissais Trajan, sa curieuse figure aux lourdes bajoues, sa coiffure ramenée en avant qui accentuait encore la force et la largeur de son visage.

Partant à la tête de leurs troupes, je retrouvais aussi Lusius Quietus le More, le courageux Cornelius Palma, et... Hadrien ! Rien ne manquait : les tours d'observation romaines, les cours palissadées, les signaux de feu, les divinités daces devant le fleuve, le champignon insolent des Bures, les prisonniers barbares (facilement reconnaissables à leurs blouses), les lanciers, les archers, les cuirassiers... les villages daces en flammes – et Trajan, sur son cheval, pardonnant aux vaincus, le château royal de Décébale écroulé, le roi dace et ses princes autour d'un grand chaudron, buvant leurs coupes de poison. Il y avait aussi la file des vaincus quittant leur patrie avec femmes, enfants et troupeaux. Il

1. 200 mètres.
2. 1 mètre.

s'agissait bien du plus beau et grand volume, un vrai livre sculpté de notre temps.

La finesse de l'exécution, les prouesses techniques nécessaires pour raccorder les sculptures entre elles à la jonction des tambours demeuraient pour moi autant de mystères que je ne voulais même pas essayer de comprendre. Nous étions arrivés, maintenant, à mi-chemin de la colonne.

– Dans mille générations, on parlera encore de ta gloire, Apollodore, murmurai-je, la gorge serrée par les émanations des colorants végétaux – les indigos, les safrans, les colchiques dont les peintres se servaient pour les fresques.

– C'est à toi que je dois d'avoir pu élever ce sanctuaire de la puissance romaine ! me dit Apollodore. Regarde, Caius Plinius : tu feras partie de l'éternité avec tous ceux que tu aimes...

Et, me serrant le bras autant pour me prouver son affection que pour m'éviter de buter dans un pot d'argile, Apollodore me poussa à côté d'un vieux sculpteur, qui achevait de polir un panneau de marbre. C'était comme si la vie bougeait sur ces sculptures. Les personnages, la scène étaient si ressemblants que je ne pus m'y tromper.

– Architecte ! Je rêve ?

– Ce sera notre secret, écrivain ! Personne, à part toi et moi, n'en saura jamais rien...

Apollodore souriait. Violemment ému, je détaillai les sculptures du tambour. Debout dans leur char, Maxime et Maxence entouraient Solina. Ils étaient fiers et beaux, mes guerriers, “illuminés” par un soleil flamboyant. Solina avait les cheveux dénoués. Tous trois tournaient le dos à la guerre. Ils semblaient s'évader vers des champs verdoyants et paisibles. Un cavalier monté sur une mule les suivait. Il ressemblait à Syphax. À califourchon sur une branche de micocoulier, dominant les personnages, un patricien serrait sous son bras deux rouleaux de papyrus. Du doigt pointé en avant, il désignait aux jumeaux un point dans le lointain, peut-être une route. Ce Romain, c'était moi, Caius Plinius ! La belle créature qui s'adossait au tronc, la tête légèrement levée, était Calpurnia. Comment ce diable d'Apollodore avait-il pu ainsi nous croquer et rendre si bien nos ressemblances ?

Dans sa main, Calpurnia tenait un grand ményanthe, un trèfle à sept feuilles, qu'elle tendait au compagnon de sa vie... C'était une très belle composition, paisible et douce, au milieu de toutes ces images de guerre... Un autre personnage que j'aurais reconnu entre mille, grand, maigre, efflanqué, était assis sur une colline, les jambes croisées. Hiératique, avec ses grosses perles aux oreilles, il ressemblait à un Égyptien. C'était bien sûr Apollodore lui-même, veillant sur nous tous.

– Merci, architecte... Merci, ami ! dis-je simplement.

Nous finîmes de redescendre les échafaudages sans dire un mot de plus. Apollodore m'entraîna vers la baraque où j'avais eu tant de peine à le trouver. Ses jeunes disciples étaient partis surveiller les travaux des chantiers. Apollodore demanda à un esclave de Cyrénaïque[1] de nous apporter une jarre de vin de Rhodes. Restés seuls, nous nous assîmes au milieu des plans et bûmes ce délicieux breuvage, paillé et miellé.

Je me sentais tout ragaillardi. Reposant sa coupe vide, Apollodore m'interrogea :

– Alors, écrivain, que se passe-t-il ?

M'assurant que personne ne pouvait nous entendre, je révélai l'enlèvement de Solina à mon ami. Je passai toutefois sous silence ma

1. Aujourd'hui, une partie de la Libye.

séance amoureuse avec la princesse Daria, mais ce que je ne disais pas, il me sembla que le regard malin de mon ami syrien le lisait en moi…

Il réfléchit profondément et longuement. Puis il agita ses boucles d'oreilles. Prenant un stylet, il le trempa dans l'encre végétale rouge qui lui servait à établir ses plans, et il se mit à dessiner.

– … Dans de telles circonstances, je crois, en conscience, que je me dois de trahir le secret professionnel. J'ai construit la *domus* du personnage en question… Ici au nord-ouest, il existe une ouverture secrète ! »

29

Ad vitam æternam

« ... La nuit était tombée. Je savais que nous commettions une folie. Maxime, Maxence, Syphax, Dioclès et moi étions aplatis dans un fossé, le long d'un mur aveugle de la *domus* d'Hadrien. Les jumeaux avaient absolument voulu s'adjoindre l'aide de l'aurige chrétien.

J'étais écrivain, historiographe, avocat, questeur, tribun, préfet, augure, et peut-être bientôt légat impérial – bref un honorable citoyen romain, au-dessus de tout soupçon. Pour le bonheur de mes fils, j'agissais comme un bandit. Pis encore, le nez aplati dans la glaise et le cœur battant, je trouvais dans cette équipée un plaisir certain. Apollodore nous avait indiqué le bon chemin. Le côté nord-ouest de cette immense propriété sur la *via Appia* ne faisait l'objet d'aucune surveillance.

Nous aperçûmes, de loin, Hadrien qui partait, aux flambeaux et en grand équipage, pour un festin auquel j'avais d'ailleurs été convié moi aussi au Palatin. Je m'étais excusé auprès de César en prétextant une mauvaise fièvre...

La voie était libre. Nous bondîmes vers la porte basse. La poigne formidable de Dioclès fit sauter la barre de fer qui la fermait comme un fétu de paille. Je ne regrettais plus la présence de l'ancien conducteur de chars. Nous entendions les conversations des esclaves venant de leur quartier. Des chiens aboyaient mais ils étaient sans doute rentrés aux chenils – du moins fallait-il l'espérer.

Jambes nues, vêtus de simples tuniques serrées à la taille, nous avancions prudemment entre les bassins et les bosquets des jardins... Un esclave passa sans nous voir. Il portait des amphores vers la cour des cuisines. De bonnes odeurs provenaient des fours. Nous emboîtâmes le pas au serviteur. N'ayant aucune raison de se méfier, il pénétra dans une réserve. Nous fîmes comme lui. L'homme déposa ses amphores. Il n'eut pas le temps de pousser un cri en nous découvrant soudain dans son dos. D'un coup sur la nuque, Dioclès endormit le pauvre hère sur la paille.

Je ne pus m'empêcher de murmurer :

– Tu es chrétien et cela ne t'empêche pas de frapper un esclave ?

– C'est pour la bonne cause, Caius Plinius ! Dieu seul me voit et connaît mes pensées !

C'était pratique... Après un bref conciliabule, nous prîmes chacun une jarre sur l'épaule. À la queue leu leu, tels des serviteurs, nous nous dirigeâmes vers les cours intérieures.

Comme toujours dans une *domus*, il n'y avait aucune fenêtre extérieure. La porte principale était gardée par des serviteurs. Nous contournâmes la demeure pour nous glisser à l'arrière, dans un petit vestibule qui conduisait à un sanctuaire domestique. C'était l'heure de la *cena* : les esclaves se rassasiaient. Nous prîmes un autre couloir.

Au nombre de lampes à huile et de torches, on devinait être dans la demeure d'un homme très riche. C'était mieux éclairé que chez moi. Pour avoir la paix, à défaut de lui donner des pouvoirs politiques, Trajan couvrait son jeune cousin de l'or de Dacie... Tête baissée, j'admirais les colonnades, les statues, les carrelages, les mosaïques et les bassins qui ornaient la demeure d'Hadrien. L'hypocrite débauché avait du goût !

Comme nous traversions l'*atrium*, un intendant affranchi nous héla.

– Hep ! Où allez-vous ?

– Sur l'ordre que nous a donné le maître, avant son départ, nous allons porter du vin dans le *triclinium* ! répondit avec à-propos Maxence en contrefaisant à la perfection l'accent des esclaves de Cirta[1].

L'intendant, supposant qu'Hadrien ramènerait des compagnons de beuverie, nous laissa passer. Maxime et Maxence qui étaient en tête hésitèrent un instant. Je leur fis un signe. Par les fenêtres intérieures qui s'ouvraient sur les cours, j'apercevais à main gauche la salle à manger.

Si Solina était bien retenue prisonnière ici, elle devait l'être dans une des chambres à coucher. Je regardai vivement le plan d'Apollodore. Comme tous les architectes de notre temps, il construisait les *domus* sur un plan immuable. Nous longeâmes la bibliothèque, le "bureau" du propriétaire, des pièces de service, un atelier de tissage, puis les thermes domestiques. Après le *triclinium*, nous arrivâmes enfin aux chambres. Un homme était assis dans le couloir qui longeait la cour, devant une porte fermée.

C'était Mercucio.

Un regard à mes fils et à nos compagnons. Nous nous étions compris. Je me camouflai la figure derrière ma jarre, les autres en firent autant. Mercucio ne se méfia pas de cinq esclaves portant leur chargement. Nous fîmes mine de le saluer pour le dépasser. Dioclès fermait la marche. Son poing formidable s'abattit sur la tête du scélérat. J'entendis ses os craquer...

1. Capitale de la Numidie devenue Constantine. Aujourd'hui Qacentina (Algérie).

Syphax fit sauter la barre des deux vantaux de bois qui donnaient accès à la pièce. Tandis que Dioclès tirait Mercucio par les pieds, nous nous précipitâmes à l'intérieur. À notre entrée intempestive, Solina se redressa, éperdue.

Elle se tenait allongée sur un lit somptueux au bois incrusté d'écailles de tortue et de bronze niellé d'or. Elle n'avait pour tout vêtement qu'un pagne et un drapé[1] sur la poitrine.

– Maxime ! Maxence ! Je savais que vous ne m'abandonneriez pas entre ses griffes.

Splendide malgré sa pâleur, Solina se jeta dans les bras de mes fils.

– Solina... Solina... répétaient mes chers idiots.

Ils paraissaient aussi bouleversés de récupérer leur chère princesse que de la retrouver si déshabillée.

– Une affreuse matrone m'a enlevé mes vêtements pour m'empêcher de fuir.

Maxime et Maxence se récrièrent devant une telle ignominie. Solina était superbe, à demi nue avec ses cheveux dénoués. Je ne pus m'empêcher de détailler l'exquise cambrure de sa chute de reins et l'élégance souveraine de ses longues jambes. Une seconde, j'excusai la folle passion d'Hadrien.

– Ce monstre vous a-t-il brutalisée ? interrogea Maxime.

– Il m'a menacée de se venger sur vous si je n'étais pas docile ! avoua Solina.

Nous n'avions pas le temps de nous expliquer davantage. Je les bousculai tous trois...

– Il faut filer d'ici...

Syphax, toujours prévoyant, avait emporté dans sa tunique une pèlerine. Solina s'en enveloppa. Dioclès poussa le corps de Mercucio der-

1. *Strophium mamillare*, ancêtre du soutien-gorge.

rière le lit. Je ne voulus même pas savoir si cette barrique de suif, cet exécuteur de basses œuvres était vivant ou mort...

Reprenant nos jarres et entourant Solina, nous sortîmes prudemment dans le couloir, pour repasser dans les cours et l'*atrium*. Les esclaves, leur repas fini, chantaient une douce mélopée. Ce fut avec une facilité dérisoire que nous nous glissâmes hors de la *domus* d'Hadrien.

Nos chevaux étaient restés dans un petit bois, à la garde de Carcos. Suivant le plan établi, nous nous séparâmes aussitôt. Solina et Syphax suivirent Dioclès qui possédait aussi une discrète villa dans les champs à l'ouest d'Ostie. La princesse se cacherait là. Elle y serait en sécurité, gardée par Syphax. A priori, personne n'irait la chercher dans cet endroit désert. Le Gaulois avait ordre d'attendre de nos nouvelles.

Pour réapparaître en ville, il fallait que le temps passe, qu'Hadrien oublie son caprice, qu'il soit envoyé à la guerre que Trajan préparait contre les Parthes. Ainsi, nous connaîtrions la paix à Rome ! Quand nous rentrâmes dans l'*Urbs*, Maxime, Maxence, Carcos et moi, l'aube se levait.

La journée du lendemain se passa très agréablement.

Maxime et Maxence vaquèrent à leurs occupations, comme si de rien n'était. Sur mes conseils, ils allèrent se montrer au Palatin et ils firent une visite sur le chantier d'Apollodore pour le rassurer.

Je montai à la *Domus Divina*. J'aperçus Hadrien à qui je fis des ronds de jambe. Son regard altier semblait vouloir lire en moi. Je n'ai pas mon pareil pour faire l'idiot. Lui dissimulait parfaitement sa rage. Il ne pouvait savoir qui avait fait le coup.

Hadrien me détestait instinctivement, peut-être

parce que Trajan me montrait de l'amitié. César et Plotine étaient partis avec une partie de la cour, au temple de Jupiter sur le Capitole, offrir le sacrifice d'une brebis. J'en profitai pour contacter le bouffon Honorius. Sur ma demande, celui-ci appela le nain Rosarius.

Comme la veille, le petit homme m'entraîna dans le dédale des escaliers secrets. J'attendis dans le réduit, le cœur battant. Après un temps qui me parut une éternité, Daria accourut me retrouver. En quelques mots, je la mis au courant pour Solina. Elle me remercia à sa façon… en m'entraînant sur le grabat.

Nous nous aimâmes avec encore plus de passion que le jour précédent. Je prenais goût au magnifique corps de la princesse dace, comme à un fruit exotique et juteux. Affamé, voluptueux, insatiable, jamais rassasié, je plantais mes dents dans sa chair ferme, savoureuse et sensuelle. Je la léchais et la dévorais avec le plaisir d'un épicurien. Avec délectation, je m'enfonçais en elle jusqu'à atteindre les sommets d'une jouissance pleinement partagée.

*
* *

À l'aube, Calpurnia vint me réveiller dans la chambre voisine de la nôtre. J'avais prétexté un violent mal de tête pour dormir seul, craignant sa perspicacité de femme amoureuse. Son expression grave m'inquiéta aussitôt. Nous étions bien loin pourtant d'une scène de jalousie : sur ordre de Trajan, des prétoriens venaient me chercher. Ils m'attendaient.

Tandis que Carcos m'aidait à me vêtir, je tentai de réfléchir posément en interrogeant mon serviteur.

– Les soldats ont-ils demandé Maxime et Maxence ?

– Non, Seigneur.

– Moi tout seul ?

– Oui, Seigneur !

Je respirai… Cette convocation de l'Empereur avait peut-être un tout autre objet que Solina.

– Bon, laisse dormir les jumeaux… Inutile de les inquiéter.

– Ils ne sont pas là, Seigneur.

– Que me dis-tu ?

– Non… Ils ne sont pas rentrés de la nuit… Ni Lutèce !

Celui qui n'a jamais eu d'enfants ne saurait me comprendre… Mais c'étaient des adultes maintenant. Je ne pouvais quand même pas les surveiller tout le temps, et attendre leur retour, à l'entrée, avec un gourdin.

Calpurnia, les yeux humides, me dit un au revoir qui ressemblait à un adieu. Un peu agacé, je lui fis remarquer qu'on n'en était plus au temps de Néron ou de Domitien. On n'assassinait plus pour un oui ou un non, sur ordre du Palatin. Je recommandai toutefois à Carcos de courir prévenir Apollodore de ce qu'il m'arrivait. Puis j'allai rejoindre les prétoriens qui m'attendaient dans l'*atrium*.

Encadré par les cavaliers, tout en cheminant sur ma monture, dans Rome qui se réveillait, je tentai d'interroger un centurion. Il ne savait rien. César lui avait simplement ordonné de ramener au plus vite Caius Plinius !

Après tout, c'était peut-être pour me remettre la médaille du plus grand menteur de ce siècle…

*

* *

À la *Domus Divina*, un huissier m'avertit que l'Empereur était dans la chambre de l'Impératrice. Cela ne me plut qu'à moitié. Un huissier souleva la tenture, tandis qu'un autre m'annonçait.

Trajan était encore dans sa vaste niche dorée, couché dans le lit impérial avec Plotine. Celle-ci avait le visage ingrat, mais satisfait, de l'épouse enfin comblée. Deux grandes baies ouvraient sur un péristyle, entouré de nymphées aux formes ovoïdes.

– Heureux sont mes yeux, dis-je, de pouvoir contempler ta gloire immortelle, Valeureux César, et celle de l'Auguste Plotine dans la beauté de la rosée du matin !

À mon compliment, Trajan se redressa pour faire usage de son vase de nuit en argent serti de pierres précieuses. Je détournai pudiquement les yeux afin de ne pas voir l'impérial instrument.

– Ne me fatigue pas avec tes fadaises, Caius Plinius !

Par Zeus, cela se présentait mal !

– Quel est tout ce scandale ?

L'Empereur se levait complètement. Il se saisit d'une tunique que lui tendait un esclave à genoux sur les marbres polychromes.

Je pris ma figure étonnée et naïve.

– Pardonne-moi, César, de ne pas saisir tes divines paroles, mais de quel "scandale" s'agit-il ? Mes écrits sur ton règne flamboyant auraient-ils eu le malheur de te déplaire ?

J'étais sûr qu'il allait me parler de Solina. Trajan eut l'air un peu perplexe devant mon "innocence". Tout en se livrant aux mains de son barbier, il bougonna :

– Tes "fils" ont été arrêtés, cette nuit, chez des chrétiens !

Je vis la chambre impériale basculer autour de moi.

– ... Que me dis-tu là, César ?

Je n'avais pas besoin de simuler la stupeur !

Au risque de se faire trancher la gorge par le fer du rasoir, Trajan se tourna vers Plotine.

– La vérité, Caius Plinius ! Je n'apprécie pas tous ces ennuis ! Allons, dis-lui tout, Plotine.

Comme désolée, l'Impératrice me lança, doucereuse :

– Hélas, Caius Plinius, tu sais que l'Empereur et moi t'avons en amitié... Malheureusement, une dénonciation a été déposée chez notre valeureux cousin Hadrien...

Le traître tient donc sa vengeance ! me dis-je...

– Tu connais, Caius Plinius, la position de l'Empereur sur la question : dans son extrême bonté, Trajan ordonne de ne point rechercher les chrétiens, mais s'il y a preuve, alors ! (Plotine fit un geste fataliste de son bras de poule maigre.) Tes fils adoptifs Maxime et Maxence Questus ont été surpris chez l'ancien aurige Dioclès, en train de se livrer avec tout un groupe à leur religion païenne !

Après le supplice du feu du rasoir à vif, Trajan se laissait passer de l'eau fraîche sur son visage carré. Tandis que le barbier l'essuyait, il me lorgnait de côté. Ma mine dut lui faire pitié car il tapa dans ses mains. Un esclave m'apporta une coupe de vin. Je la bus sans même me demander si elle contenait du poison.

– Assieds-toi, Caius Plinius ! m'ordonna Trajan en me désignant un escabeau d'ivoire. Je ne t'en tiens pas rigueur, car je sais que tu ne portes pas, toi, les chrétiens dans ton cœur... Mais il y a pis...

Qu'allait-il donc m'apprendre que je ne susse déjà ?

– Une sage-femme du nom de Quintila aurait formellement reconnu que Maxime et Maxence Questus ne sont pas les fils du patricien Fabius Questus, mais des enfants échangés au moment de leur naissance ! La vraie fille de Fabius

Questus et de Leponia serait mort-née… Cette accusation est, tu t'en doutes, extrêmement grave… Il va donc y avoir enquête, sur deux chefs d'accusation : usurpation d'identité et pratique d'une religion qui conteste la structure et l'ordre immuable de Rome…

Un gouffre s'ouvrait à mes pieds. Tout ce pour quoi j'avais lutté, menti, triché était découvert. Il n'était pas besoin de lire le grec pour deviner qu'Hadrien avait dû faire une enquête. El Babour séduit par son or n'avait pu retenir sa langue. Oh, comme je m'en voulais de n'être pas allé chez la sage-femme du cirque Caligula ! Il aurait fallu l'égorger, cette matrone, tout comme le médecin mauritanien. Quel piètre Romain j'étais, incapable de tuer ! En fait, c'est Fabius Questus lui-même qui, à l'époque, aurait dû se charger de la basse besogne… Vingt-cinq ans plus tard, j'étouffais de fureur contre lui.

Allais-je m'évanouir devant César ? Il ne m'avait pas dit un mot de Solina. Je réussis à articuler :

– Auguste César, je te rends grâce pour ta noble générosité… Je suis certain que l'enquête rendra justice à mes fils Maxime et Maxence Questus. S'ils sont innocents, qu'ils soient relâchés… Si, par malheur, ils étaient coupables de ces crimes, je ne demande qu'une chose…

À ce mot, les sourcils de l'Empereur se froncèrent. Je poursuivis :

– … Que le châtiment de Rome soit exemplaire !

Ces paroles stoïques eurent l'heur de plaire à Trajan.

– C'est bien, Caius Plinius… C'est bien. Mais ceci n'est plus ton affaire, ni la mienne. Remettons-nous-en au jugement du tribunal.

J'avais entendu dire qu'un procurateur du nom de Ponce Pilate avait prononcé en Judée à peu près les mêmes mots lors de l'inculpation de ce roi des chrétiens – le dénommé Jésus qui nous causait aujourd'hui tant d'ennuis. "Je m'en lave les mains." C'était facile !

Plotine, de sa couche, me dévisageait, les yeux à demi fermés. Cette femme était pour moi une énigme. Je me sentais de plus en plus mal. Au silence de Trajan, je compris que l'audience était terminée.

Comment me lever, pour exécuter une sortie digne de ma réputation d'élégance et d'esprit ? J'étais avachi, anéanti sur mon escabeau. Un huissier me tira d'affaire en annonçant :

– Apollodore de Damas demande à être reçu par le divin César !

– Qu'il entre ! fit aussitôt Trajan d'un ton joyeux.

Sans un regard pour moi, l'architecte pénétra dans la chambre impériale avec de longs rouleaux sous le bras. Sa toge de soie froufroutait à chacun de ses pas et les breloques de ses oreilles dansaient sous son bonnet carré. Trajan lui tendit les mains.

– Approche... viens ici, généreux, talentueux et grand artiste de mon règne !

Bigre, la faveur de mon ami montait aussi vite que la mienne descendait.

Pendant un moment ce ne furent que compliments, caresses et mots d'amitié des souverains pour Apollodore. Ce dernier déroulait devant eux des ébauches de statues. Le Syrien voulait l'avis "artistique" de César et de Plotine. Elle en roucoulait, la poule maigre !

– ... On nous a dit grand bien des travaux, Apollodore. Nous t'y rendrons visite incessamment.

Apollodore avait mis l'Empereur de bonne humeur. Augusta, à son tour, se leva pour aller faire ses ablutions du matin. Ses femmes étaient entrées dans la pièce et l'entouraient en babillant. Dans le groupe, j'aperçus Daria, mais je ne pus lui faire parvenir de message.

La chambre impériale se remplissait comme une volière. Un chambellan vint rappeler à l'Empereur qu'on l'attendait dans la salle du Conseil de la Couronne. Deux serviteurs apportèrent à l'Empereur sa toge prétexte bordée de rouge. Il posa lui-même sa couronne de lauriers sur son front.

– Reviens vite, mon bon Apollodore, César est content de toi ! Va, Caius Plinius, tu auras de nos nouvelles sous peu !

Le ton de César pour moi avait été plus bref. Je sortis à reculons, suivi de l'architecte. Les courtisans affluaient dans les galeries d'apparat aux colonnes de marbre jaune et violet. Nous descendîmes les étages pour chercher quelque solitude dans les jardins. Je saluai au passage quelques figures de connaissance. Mon visage, à moi, devait être bien défait. J'avais l'impression qu'on me regardait déjà comme un pestiféré.

Apollodore m'entraîna vers le grand bassin intérieur. Un petit pont reliait une île et le temple de Minerve. Nous étions seuls.

– Apollodore, murmurai-je en m'adossant au parapet, il se passe des choses terribles...

– Je sais... Ils sont à la prison Mamertine ! »

30

La foire au passé

Depuis la fin du séminaire, Larry n'était plus le même homme : lui, le scientiste, l'athée, le sceptique, avait enfin admis en son for intérieur que la réincarnation pouvait exister !

L'hypnose dans laquelle le physicien Bernardo Alexandro l'avait plongé avait donné des résultats pour le moins surprenants : l'archéologue était « descendu » encore plus profondément dans le passé de son ancien moi; mais depuis qu'il était revenu, il avait perdu le pouvoir de repartir à volonté. Larry avait beau fermer les yeux, se forcer, se crisper, vouloir retrouver Pline, il ne voyait, n'entendait plus rien.

Alors qu'il s'était pris pour un fou de confondre la réalité et la vie de Pline le Jeune, il se lamentait maintenant de n'être plus que Larry Loveberry.

Rentré au palais Balatresi, Larry s'était aussitôt plongé avec Pia et Altmayer dans la fin du manuscrit. À leur grande stupeur, le dernier rouleau de Pline se terminait par ces mots : *Apollodore m'apprit que mes fils étaient à la prison Mamertine !*

Larry et ses compagnons en restaient sur leur faim : qu'était-il advenu des jumeaux ? Pline était-il mort subitement ? Ou la suite du manuscrit avait-elle été égarée au cours des siècles ?

Altmayer et Pia tentaient de descendre en ondes alpha pour aider Larry à retrouver le fil conducteur. Impossible : eux aussi étaient revenus. Ils ne voyaient plus rien. Quant aux autres habitants du palais, ils se montraient insensibles à ces recherches dans le monde invisible. Ils avaient d'autres chats à fouetter dans le monde matériel !

Pia, un peu inconsidérément, avait autorisé ses amis à montrer les « fouilles » de Larry. Ce fut Raffaello qui, le premier, transforma sa boutique en pizzeria à l'enseigne de « Pline le Jeune ». Devant le succès de l'épicier, Giuletta et son mari chômeur, Giuliano, commencèrent à faire visiter discrètement – au début en tout cas – les ruines du jardin, en montrant pour quelques lires la « baignoire » de Pline le Jeune. Peu à peu, le quartier prenait un aspect nouveau. Des écriteaux apparurent aux alentours du palazzo Balatresi annonçant avec des flèches : *Venez visiter la vraie maison de Pline le Jeune avec des guides diplômés* : la Zorra, la Lorquetta, Raimondo, Mazzini auraient été bien en peine de montrer leurs diplômes aux touristes qui commençaient d'arriver par cars entiers dès le matin. 2 000, 4 000, 6 000, 8 000, 10 000 lires la visite complète. Les prix ne cessaient de grimper...

La pluie d'or annoncée par la Zorra tombait enfin sur les « bohémiens » du palais. Pline le Jeune devint une véritable entreprise. Rentrés du lac de Côme, et pas du tout gênés par la présence de Larry, les jumeaux s'étaient mis de la partie. Même Altmayer, « le pur esprit », délaissait sa poésie pour descendre recevoir sa manne d'or.

Tout en faisant sa rééducation au rez-de-chaussée du palais, où on avait installé ses appareils de gymnastique, Larry entendait par les fenêtres ouvertes les plus scandaleuses énormités :

– Voilà le bureau où Pline écrivait ses romans ! affirmait la Lorquetta.

– C'est là qu'y rangeait tous ses costumes ! faisait Giuletta devant une colonne, mitraillée par des touristes allemands.

– *Ach, ja ! ja !*

– Il dormait là dans un lit à baldaquin avec sa dame, la belle Calpurnia ! déclarait Raffaello, qui abandonnait parfois la *Pizzeria Pline* pour mettre son grain de sel dans la vie du héros.

– L'Empereur souvent venait le voir en carrosse !

– Ils s'asseyaient là, tous les deux, et y causaient !

– C'était Jules César ? interrogeait une Belge.

– Non, madame... Trajan ! rétorquait Mazzini.

Enfin, une chose vraie ! Et tandis que Larry, allongé jambes en l'air, pédalait contre des poids, ça recommençait :

– Voilà les plumes d'oie avec lesquelles Pline écrivait, affirmait sans sourciller Giuliano.

Ses six enfants les proposaient aux visiteurs.

– Oh ! J'en veux une ! s'écriaient plusieurs touristes luxembourgeois.

– Voilà... 5 000 lires !

– Pline n'écrivait pas avec un « poinçon », sur des tablettes ? s'étonnait un Anglais, un peu plus au courant que les autres.

– Parfois... cela arrivait, déclarait Giuliano sans se démonter, mais vous savez, un tel homme, il écrivait avec tout !

– Une pointe Bic ! s'esclaffait un Français rondouillard.

Les touristes ravis achetaient les plumes arrachées la veille sur les croupions de pauvres poules égarées dans le coin. Les marginaux avaient le sens du commerce. Ils vendaient de tout : des cailloux, des morceaux de bois, des épingles de mercerie, des morceaux de cotonnades trempés dans du thé pour les vieillir, affirmant qu'il s'agissait de morceaux de toges de Pline.

Aidé d'un potier du quartier, Raimondo se mit à fabriquer des bustes de l'écrivain romain. Il y en avait de toutes les dimensions et ils se vendaient comme des petits pains, jusqu'à 50 000 lires ! Larry, épouvanté, s'aperçut que les « artistes » avaient donné à Pline ses propres traits.

Sentant instinctivement qu'ils avaient besoin d'une caution, les bohémiens racontaient à qui voulait l'entendre qu'un grand archéologue, réincarnation de Pline, était venu spécialement de Harvard pour découvrir leur site ! Les journalistes affluèrent. Larry fut bien obligé de les recevoir dans le *penthouse*. Avec Pia, il répondit aux interviews, minimisant, cherchant à rectifier les bobards de leurs amis. Une fièvre de Pline s'emparait de la ville.

« *Le plus célèbre archéologue américain sur les traces de Pline le Jeune...* » « *Larry Loveberry va écrire un livre de sa vie passée !* » « *Larry Loveberry est la réincarnation de Pline le Jeune !* » « *Le marquis de Saint-Germain et Larry Loveberry étaient déjà Pline le Jeune.* »

Les journaux du monde entier, même les très sérieux *Newsweek* et *Time*, en firent des gorges chaudes en des articles que Larry jugea tendancieux ou en tout cas peu scientifiques. Les TV vinrent filmer l'archéologue dans la *domus* de Pline.

Il marchait de mieux en mieux, n'ayant plus besoin pour se déplacer que d'une canne. Pia, ravie, découvrait à côté de lui la célébrité. Elle adorait être photographiée, recevoir, être filmée. Elle séduisait tout le monde, répondant à ravir à toutes les questions. Des éditeurs montaient les étages du palazzo pour demander à Larry d'écrire ses souvenirs de l'époque romaine. Un New-Yorkais fit même le voyage pour lui proposer 200 000 dollars. Larry discuta longtemps, effaré par une telle somme. Puis il reconduisit l'éditeur américain à la porte du *penthouse* en lui déclarant qu'il n'était pas prêt. Il devait réfléchir.

Pia, énervée, lui rappela qu'elle était éditrice et que s'il se décidait « enfin » à adapter le manuscrit, c'était à elle qu'il devrait le remettre. Ce serait la fortune ! Larry et Pia eurent ainsi une vraie dispute. À tort ou à raison, Larry estimait que rouleaux et tablettes, même si c'était lui qui les avait écrits voilà deux mille ans, ne lui appartenaient pas vraiment.

– Ah oui ? Et à qui appartiennent-ils alors ? lança Pia, vindicative.

– Selon ma déontologie, à l'humanité ! rétorqua Larry.

Elle choisit de se montrer fort désagréable.

– Eh bien, moi, dans ma déontologie, je me contrefiche de l'humanité ! Je m'assieds dessus. Ce n'est pas l'humanité qui élève mes fils, qui leur achète leurs baskets, et qui fait réparer mes toitures. Moi, j'ai toujours été seule à me battre, on ne m'a jamais aidée, alors, pour une fois ! M… !

Sous-entendu : si la richesse est à portée de la main, pourquoi ne pas la saisir et la partager à deux ? Larry était choqué de cette façon de voir les choses. Il tenta de ramener Pia à la raison.

– … Comprends-moi, Pia. Je n'ai rien à voir dans tout ce cirque ! La *Pizzeria Pline* et les stylos du grand homme, j'en suis écœuré. Je ne peux pas empêcher tes « protégés » de pratiquer ces commerces éhontés, mais bientôt ils vont installer des autos tamponneuses dans la cour, des stands de barbe à papa, le Grand Huit et les miroirs déformants de César !

– Et alors, quel mal y aurait-il à cela ? Les

touristes sont contents et mes protégés, comme tu dis, pour une fois nagent dans le bonheur…

– Oui, en racontant des énormités et en vendant les épingles de nourrice des couches-culottes Lotus bleu !

– Oh ! Zut et zut ! C'est trop fort d'être jugés par quelqu'un qui a toujours vécu bien gras et bien nourri dans les nuages du passé.

– Bien gras et bien nourri ? répéta Larry, outré.

– Parfaitement ! Tu n'as jamais connu le danger ! Ta petite vie de professeur a toujours été bien organisée et tranquille. Tu ne sais pas ce que c'est que d'avoir peur du lendemain.

– Mais c'est *toi* qui me juges ? Tu n'en as pas le droit… Tu ne sais rien du tout de ma vie et des dangers que j'ai courus à ramper dans les boyaux des pyramides !

– Oh si ! Tu n'as pas changé ! Tiens, même à l'époque de Pline, tu faisais travailler les autres, tu te servais de tout le monde… Il n'y a qu'à te lire… Tu faisais, comme maintenant, de l'autosatisfaction !

– Ça, c'est trop fort !

– Pas du tout et cinq mille esclaves pour toi tout seul…

– Cinq cents, rectifia Larry.

– Cinq cents ou cinq mille, c'est du pareil au même.

– Pas du tout.

– Si !

– Non !

– Mon pauvre Larry, tu me déçois beaucoup.

– Eh bien, toi aussi !

– Moi, j'avais besoin d'un homme pour partager les difficultés de la vie.

– Et moi, j'avais besoin d'une femme compréhensive qui m'aide à comprendre les embûches du passé.

– Parlons-en, de ton passé, il est pas joli-joli…
– Là, tu dépasses les bornes !
– Finalement, tu as toujours été un menteur.
– Si c'est ton opinion, alors adieu !

Et Larry quitta la pièce en claudiquant. Il claqua la porte derrière lui. Pia ne vint pas le rejoindre la nuit suivante. Le lendemain matin, Larry faisait sa valise. Il quittait le palais comme un voleur sans avoir revu personne et prenait l'avion pour les États-Unis. Il laissa un mot à Pia, lui déclarant succinctement que le manuscrit était à elle, qu'elle en fasse ce qu'elle voulait.

*
* *

Larry reprit son poste à Harvard, mais le cœur n'y était pas.

Miss Sybil, aux anges d'avoir récupéré son patron, avait beau multiplier tasses de café et *cookies* à toute heure, Larry ne se déridait pas. Sombre et glacé, il donnait ses cours, recevait les visites d'autres archéologues, préparait un voyage au Mexique sur la civilisation précolombienne des Mayas.

Vingt fois, il eut la tentation d'appeler Pia. Mais la dernière scène avait laissé des traces. Comme elle ne donnait pas signe de vie, Larry résista à son envie d'entendre sa voix.

Il regrettait cette dispute et n'était pas loin de s'accuser d'avoir été trop intransigeant. Mais il se jetait dans le travail, voulant oublier ce qu'il avait vécu.

Une nuit, il « aperçut » Maxime et Maxence galopant toge déployée au vent sur la route pavée de Rotomagus[1]. Que faisaient-ils par là ? pensa Larry en se réveillant. C'était la première

1. La future ville de Rouen.

fois, depuis la fin du séminaire, qu'il « voyait » un passage de l'Antiquité.

Il refusait de donner des interviews ou de parler à qui que ce fût de sa découverte. Miss Sybil avait ordre de renvoyer tout le monde. L'éditeur new-yorkais brisa le barrage et revint à la charge. Larry l'éconduisit de nouveau, poliment mais fermement.

Il parachevait sa rééducation tous les jours dans la salle de Buck Travers, un vieux copain, ancien joueur de basket-ball, devenu excellent kinésithérapeute.

– Dans un mois, tu danses le french cancan, Larry ! affirma Buck en massant vigoureusement les cuisses de l'archéologue.

– ... Téléphone pour le Pr Loveberry.

Un assistant de Buck apportait l'appareil portatif vers la table de massage.

– Allô, Larry ?

– Altie ?

– Ça va, Larry ?

– Oui... Ça va !

– Hon... Pia ne t'a pas appelé ?

– Non.

– Et toi tu ne l'as pas appelée ?

– Non !

– Alors, tu ne sais pas...

Il y avait de la friture sur la ligne. Larry haussa la voix.

– Je ne sais pas quoi ?

– Le... le petit est à l'hôpital.

– Quel petit ?

– Cosimo... un accident de moto !

Larry regarda sa montre. Il pouvait encore prendre l'avion du soir.

Le lendemain matin, il débarquait à Rome. Altmayer l'attendait en djellaba violette. Ils se serrèrent dans les bras l'un de l'autre.

– Dis donc, l'archéologue, tu es prêt à danser

le french cancan ! fit le poète en admirant les progrès de Larry.

– Oui, c'est ce qu'on m'a déjà dit !

Larry n'avait qu'un sac de voyage. Les deux amis se dirigèrent aussitôt vers la sortie.

Raffaello et sa camionnette maudite les attendaient devant la bouche d'incendie.

– *Buongiorno, dottore*...

Larry savait ce qui l'attendait. Il jeta son sac au milieu des pizzas et monta, résigné, dans le véhicule infernal. Les trois hommes se serrèrent à l'avant.

– Alors, comment va-t-il ? interrogea Larry tandis que Raffaello démarrait sur les chapeaux de roues.

– Ô *dottore*, il a toujours pas repris connaissance ! répondit le directeur de la *Pizzeria Pline* en hochant la tête avec tristesse.

– Il est dans le coma ?

Altmayer soupira.

– Ils appellent ça perte prolongée de conscience, mais ça revient au même...

– Où est-il ?

– À la clinique Palomba, *dottore* !

– Et Pia, comment va-t-elle ?

Altmayer soupira deux fois.

– Ah ! là ! là ! Elle est sonnée, mais courageuse. On l'entoure tous du mieux qu'on peut...

Raffaello interrompit le poète :

– Surtout à cause du prince Lorenzo !

– Il a été blessé aussi ?

– Il est en tôle ! confessa Altmayer.

– Quoi ?

– Oui, en prison, si tu préfères... Les petits ont déconné... Ils étaient partis avec les membres d'une secte...

Raffaello intervint :

– ... Une bande de jeunes connards, oui, sauf votre respect, *dottore*.

– Vol de voiture, poursuite, Cosimo s'est enfui en moto, il a percuté un arbre de plein fouet. Lorenzo a foutu sa voiture dans un magasin de cristaux et poteries d'art, tout a été cassé ! Il a été rattrapé par la police et ils l'ont mis en cabane, de même que la petite Corinne Dober avec qui ils ont fait le coup... Ah, ces jeunes, mais où ont-ils la tête ?

– Ils étaient drogués ? interrogea Larry, prêt à tout entendre.

– Apparemment non ! Ils avaient juste dû trop boire. Mais pour faire relâcher Lorenzo, il faut payer les dégâts du magasin – donner une caution quoi –, 300 millions de lires, dont Pia n'a pas le premier sou...

– Elle sait que j'arrive ?

– Non... on ne lui a rien dit !

*

* *

Pia non plus ne dit rien en apercevant Larry dans le couloir ripoliné de la clinique.

Elle était pâle et fatiguée par une nuit de veille auprès de Cosimo. Ses lèvres articulèrent : « Larry », mais aucun son ne sortit. Il la reçut dans ses bras. Pia posa le front sur son épaule. Larry la serra fort contre lui.

– Là, tout va bien, mon amour, tout va s'arranger ! Je t'aime, je suis là ! On est tous les deux... On va lutter tous les deux ensemble...

Pia releva les paupières. Ses prunelles mordorées étaient remplies de larmes.

– Larry, tu es venu ! Larry, tu es quelqu'un de si bien, je m'en veux tant... Depuis que tu es parti... *tout va mal* !

L'après-midi même, Larry téléphona de la clinique à l'éditeur new-yorkais.

– … J'ai réfléchi. J'accepte de signer le bouquin aux conditions indiquées.

– Parfait ! Je vous envoie un collaborateur avec le contrat. Nous sommes bien d'accord : il nous faut la vie secrète de Pline et vos preuves de réincarnation.

– O.K. ! Et… n'oubliez pas le chèque !

Ensuite, Larry se mit en rapport avec l'avocat de Pia.

– Vous aurez la caution de Lorenzo Balatresi sous trois jours…

Même avec le décalage horaire, Larry n'avait pas sommeil. Il passa la nuit à la clinique avec Pia. Adossés à des oreillers, ils regardaient dans le lit voisin l'enfant qui luttait contre la mort, immobile dans l'entrelacs des tuyaux qui lui apportaient la survie.

Soudain, Larry, épuisé, ferma les yeux…

31

La prison Mamertine

« … Maxime et Maxence connaissaient désormais le secret de leur naissance.

J'avais "acheté" le droit de les rencontrer à la prison Mamertine. Tout en me rendant dans ce lieu terrible, je songeais que les cachots avaient dû mettre à cruelle épreuve leur fierté de jeunes patriciens qui n'avaient connu jusque-là que la puissance ou le luxe.

La chaleur, dans les souterrains, était suffocante, les odeurs putrides. Comme ils devaient souffrir de la promiscuité et de leurs chaînes ! Le cœur étreint, j'observais maintenant leurs mâles et beaux visages meurtris par les fouets des gardiens. Mais le pire, c'était cette lueur de détresse dans leurs regards.

Le décurion m'avait dit, en faisant disparaître ma bourse de sesterces :

– Vous n'avez pas longtemps pour parler, je prends de gros risques… Et toi aussi, Caius Plinius…

Les risques, je m'en moquais. Tout ce que je voulais était sauver mes fils.

– Toute cette histoire est-elle vraie, Caius Plinius ? interrogea Maxime.

Je hochai la tête.

– Nous ne sommes donc pas les fils de Fabius Questus et de Leponia ? insista Maxence.

– Non… non, mais…

Maxime soupira :

– Toutes ces années où nous avons usurpé une place qui n'était pas la nôtre !

– Cela n'est pas votre faute, vous êtes innocents... innocents de tout ! protestai-je véhémentement.

– Pourquoi ne nous as-tu rien dit sur notre naissance, mon oncle ? me reprocha Maxence.

– Parce que, moi aussi, je l'ai su trop tard : les jeux étaient déjà faits.

– Tu aurais quand même dû nous avertir, Caius Plinius. Nous avions confiance en toi, tu ne devais pas participer à cette lamentable supercherie.

Et voilà ! C'est encore ma faute, songeai-je avec amertume.

– Sais-tu qui était l'infortuné enfant dont nous avons pris la place ? Est-il mort ?

J'eus la tentation – je l'avoue – de mentir encore. Puis je confessai piteusement :

– C'était Lutèce. Le nouveau-né paraissait mort. Syphax l'a sauvée, élevée, il n'a rien osé révéler pour vous protéger.

– Lutèce ! répétèrent Maxime et Maxence, assommés par cette nouvelle révélation.

Ce coup du sort était difficile à avaler : Lutèce qu'ils avaient toujours "gentiment" rudoyée, Lutèce dont ils avaient pris la place, le nom et la fortune...

La jeune fille parut à cet instant, amenée elle aussi à ma demande par le décurion vénal. Elle se jeta dans les bras de Maxime et de Maxence. Un instant, ils restèrent embrassés tous trois.

– Lutèce, murmura Maxence, nous sommes bien coupables ! Tu étais la fille de Fabius et de Leponia.

– Quelle importance, mes frères, de toute façon nous serons livrés aux bêtes demain. Nous mourrons ensemble pour notre foi.

Elle les contemplait, illuminée de bonheur. À genoux, ils se mirent à prier leur Dieu.

– Non, arrêtez ça ! fis-je, exaspéré. Ce n'est pas le moment ! Votre Dieu, demain, ne pourra rien pour vous sauver de la cruauté des hommes et des griffes des fauves. Apollodore et moi avons payé les gardes. Cette nuit, on sciera les barreaux de vos soupiraux ! Carcos vous attendra avec des chevaux. Je serai là aussi... à minuit... Vous pourrez fuir !

– Et Syphax, notre père... Et Solina ?

– Ne vous inquiétez pas pour eux ! Ils se trouvent en sécurité. Dès que j'ai su votre arrestation, je leur ai fait quitter la retraite de Dioclès. Ils vous attendent dans une villa qu'Apollodore possède près de la mienne en Laurentes. Je n'ai pas osé les installer chez moi, ce n'était pas assez sûr. On peut me surveiller, tandis qu'Apollodore est devenu le chéri de César et de Plotine...

– Brave Apollodore... murmura Maxime. Comme il est courageux !

J'avais envie de dire : “Et moi donc !” Je m'abstins d'une telle mesquinerie pour continuer :

– À Ostie, vous prendrez un navire de commerce que nous avons affrété pour la Gaule.

Le prix que m'avaient demandé le capitaine et le pilote du bateau pour emmener les fugitifs était à proprement parler vertigineux. Avec cela, j'aurais pu construire au moins deux *domus* ! Le risque, il est vrai, était considérable. C'était un bon bâtiment de forme arrondie, manœuvré par cinquante rameurs. En quelques jours, mes fils seraient hors d'atteinte, sur la *Mare Nostrum*[1], entre la Corse et l'Italie... Le *magister navis* avait ordre de les déposer à Forum Juli[2]. De là

1. La Méditerranée.
2. Fréjus.

ils se perdraient dans la colonie de la Gaule Narbonnaise.

– La Gaule ! Le pays de notre vrai père ! répéta Maxence, troublé.

– Oui, là-bas, vous serez en sécurité. Syphax pense qu'il a encore une famille tribale vers Rotomagus.

– Une famille de... Gaulois ! reprit Maxime, perplexe.

J'avais mal pour eux. Ils s'étaient crus de l'essence supérieure de la terre, fils de Zeus, divins Castor et Pollux, *romains* : ils n'étaient que des Gaulois, de ces "barbares" qu'ils avaient tant méprisés, et ils ne savaient pas encore qu'ils étaient aussi daces. Avec lâcheté, je décidai de laisser à Syphax le soin d'achever de leur dire la vérité. Solina se trouverait avec eux. Elle saurait probablement mieux que moi panser leurs plaies.

– Et Dioclès... Et tous nos frères chrétiens ? Nous ne pouvons les abandonner ainsi ! protesta Maxence.

... Et moi, je n'étais pas Jupiter ! Je ne pouvais faire sortir tout le monde de prison ! Ma dernière bourse de sesterces y passa. Le décurion accepta d'aller chercher Dioclès.

L'aurige avait été supplicié, pour lui faire avouer ses crimes, dénoncer mes fils et tous leurs complices chrétiens. Deux gardes l'amenèrent. Ils devaient le tirer à même le sol : une de ses jambes en effet était à demi arrachée. Flagellé, torturé, son visage, ses bras, son dos n'étaient plus que lambeaux de chair vive.

– Dioclès ! Frère, dans quel état ces bourreaux t'ont-ils mis !

– Je n'ai rien avoué ! murmura le géant en s'effondrant dans les bras de Maxime et de Maxence.

J'accourus pour les aider à le soutenir.

– Puis-je faire quelque chose pour toi ? fis-je assez stupidement.

– Non, Caius Plinius ! J'ai hâte, maintenant, d'expier mes péchés. J'ai fait preuve de trop de cruauté dans ma vie : je voulais toujours vaincre, tuer parfois, et je regrette le mal que j'ai fait. J'ai trop aimé la vitesse sur les pistes, rien ne me résistait... Pardon, Seigneur ! Je désire mourir comme notre Christ crucifié sur la croix, pour devenir le froment de Dieu...

L'air du cachot était irrespirable. Tous ces gens demeuraient pour moi une énigme : ils étaient fous à lier.

– Dioclès, Caius Plinius veut nous faire fuir en Gaule ! Mais nous ne t'abandonnerons pas, pas plus que nos autres frères ! promirent Maxime et Maxence.

J'étais furieux. M'étais-je donné tant de mal pour entendre un tel tissu d'âneries ?

– Non, non, mes jeunes frères ! soupira Dioclès. Dieu ne réserve pas le même sort à tous ses enfants. Si vous n'avez pas été suppliciés, c'est parce que, dans sa sagesse divine, le Tout-Puissant voulait vous épargner...

Son Dieu avait bon dos ! C'était surtout l'or qu'Apollodore et moi avions déversé sur les centurions de la Mamertine qui avait évité poteau, supplice et flagellations à mes jumeaux. Pourtant je disposais d'un allié dans la place en la personne de ce même Dioclès. J'étais bien décidé à en profiter :

– ... Vous avez entendu Dioclès, mes fils ? Dis-leur, l'aurige, qu'ils peuvent partir sans remords vers une nouvelle vie ! insistai-je, penché sur le corps palpitant du malheureux.

– Caius Plinius a raison, dit Dioclès. Allez, Maxime et Maxence... Allez porter la bonne parole en Gaule. Fondez des églises comme l'a fait Paul de Tarse, rendez-vous de communauté en communauté, répandez le christianisme comme le feu sur le maquis. Allez trouver les pauvres et les humbles ! Renversez, avec fraternité, les barrières sociales et culturelles... Dieu aime l'amour ! Prenez femme, soyez-lui fidèle et procréez des fils. Élevez chrétiennement vos enfants, faites-les puiser dans les trésors de la foi, inculquez-leur une saine discipline spirituelle... et faites-en des hommes libres d'honorer notre Père à tous. Que maîtres et esclaves, riches et pauvres, patriciens et philosophes se rassemblent et se fondent dans la communion de la fraternité chrétienne...

Dioclès se tut, épuisé par l'effort. Je devais admettre que les propos de cet illuminé, même si je ne les partageais pas, ne manquaient pas de grandeur. À genoux autour de lui, Maxime, Maxence et Lutèce murmurèrent la prière des premiers maîtres de leur Église : ... *Seigneur Dieu tout-puissant, pardonne-nous nos péchés et nos injustices, nos chutes et nos égarements, ne dénombre pas les fautes de tes serviteurs et de tes servantes, mais purifie-nous de la pureté de ta vérité.*

Le décurion cupide revenait déjà chercher ses prisonniers. Maxime, Maxence et Lutèce me quittèrent les yeux pleins de larmes sans me promettre de venir au rendez-vous que nous leur avions préparé avec Apollodore... Je restai seul un moment avec l'aurige. Il s'était allongé sur la paille nauséabonde. Accroupi près de lui, je ne pus m'empêcher de lui murmurer :

– Malheureux, avec de telles idées, c'est que tu aimes la mort... Comment est-ce possible ?

– Détrompe-toi, Caius Plinius, me répondit-il. J'aime la vie, je l'ai même trop aimée, mais cet amour de la vie ne me fait pas craindre la mort... Car, au bout de cette mort, il y a la vie éternelle...

– Et s'il n'y avait rien, Dioclès ? Si, après

tout, tu n'étais qu'un corps livré en pâture aux fauves ?

Dioclès parvint à sourire et secoua doucement sa tête sanglante :

– … Après ma mort, il me sera donné enfin d'arriver à Dieu… Je suis son esclave, mais la mort fera de moi l'affranchi de Jésus-Christ, son fils, en qui je ressusciterai ! Va, Caius Plinius, et ne t'inquiète pas : Maxime et Maxence te rejoindront, je m'y engage…

Je quittai, bouleversé, ce pauvre moribond ensanglanté, que j'avais connu comme l'un des plus beaux hommes de Rome.

*
* *

Vers une heure du matin, j'attendais toujours avec Carcos et les chevaux.

– … Les petits maîtres ne viendront plus, chuchota mon Numide. Il faut partir, Seigneur ! C'est trop dangereux pour toi.

Désespéré, je le suppliai :

– Non, non… Attendons encore un peu ! Laissons-leur une chance…

Soudain, des silhouettes jaillirent au coin de la ruelle. D'émotion, je fermai les yeux. Quand je les rouvris, Maxime, Maxence et Lutèce se tenaient devant moi.

– Dioclès vient de mourir dans nos bras ! murmurèrent les jumeaux.

L'instant d'après nous étions à cheval. Nous sortîmes de Rome sans encombre, par une porte dont une fois de plus j'avais acheté les gardes. Apollodore nous attendait dans sa villa, avec Solina et Syphax. Nous nous fîmes des adieux déchirants, assurés que nous étions tous de ne jamais nous revoir sur cette terre. Quant à leur vie éternelle, je n'y croyais guère…

Au petit matin, nous les accompagnâmes jusqu'au bateau, à Ostie... Du rivage, je pouvais voir, à la rambarde de bois, les deux couples enlacés : Maxence et Solina, Maxime et Lutèce. La prison, tout comme la révélation des circonstances de leur naissance, les avait changés. Graves, quoique sereins, ils me regardaient frissonner, enveloppé dans ma toge, sur le quai.

– ... Merci, mon bon oncle, merci, sois béni ! Tu nous manqueras, Caius Plinius...

C'était ma plus belle récompense. Syphax, heureux père, souriait. Il leva la main dans ma direction. J'aurais juré qu'il dessinait dans l'air un signe de croix, le signe des chrétiens. Le soleil fit briller son doigt. Il portait à l'annulaire l'anneau d'or que je lui avais donné jadis. Ce lien, cette promesse entre nous de protéger "mes" jumeaux subsistait... Allons, là-bas, en Gaule, tout, peut-être, s'arrangerait ! En tout cas, les "enfants" se trouveraient en relative sécurité.

Je pouvais être content de moi – si l'on peut dire, en de telles circonstances : j'avais réussi à les soustraire à la vengeance d'Hadrien. Quant à Trajan, j'en faisais mon affaire ! Au fond, j'étais bien sûr que l'Empereur ne serait pas mécontent de leur "disparition". Il n'était pas homme à les poursuivre de sa haine. Tout ce scandale l'avait plutôt gêné.

Quant à moi, j'allais aussi m'éloigner de Rome pendant quelque temps. Ma principale tristesse serait de me séparer de Daria, mais il valait peut-être mieux qu'il en fût ainsi. Je m'attachais trop à elle... Le moment était venu d'accepter de César ce poste de légat en Bithynie[1]. Trajan voulait que j'aille mettre de l'ordre là-bas. Il s'y manifestait, disait-on, trop de chrétiens remuants.

1. Région et royaume "absorbé" par Rome, dans le nord-ouest de l'Asie Mineure où Pline fut légat.

J'étais, à n'en pas douter, l'homme de la situation... À mon retour, si je revenais jamais de ce pays lointain, je tenterais de me faire envoyer officiellement en Gaule.

À Maxime et à Maxence de se faire une nouvelle vie, loin de Rome. Ils m'avaient juré de m'envoyer des nouvelles, par le truchement de voyageurs chrétiens. Je me rendais compte soudain que toute une migration d'adeptes de la nouvelle religion grouillait d'Orient en Occident. Aucune force armée ne peut rien contre les idées !

Les vents étaient favorables. Les voiles s'éloignaient déjà sur la mer, les rames frappaient en cadence l'écume des vaguelettes bleues. De mes fils, couple extraordinaire, caprice de la nature, à la gémellité parfaite, je ne distinguais déjà plus le visage. Ils n'étaient plus que des silhouettes. Je devais déjà imaginer leurs traits nobles et mâles... Les prunelles noires de Maxime, les yeux vairons, bleu et brun, si étranges et beaux de Maxence.

Désespéré, j'essuyai une larme qui n'avait rien de romain sur ma joue.

– Allons, Caius Plinius... Ils reviendront ! chuchota mon fidèle Apollodore.

– Non, non ! Jamais... Je le sais, je le pressens...

– Mais tu iras les voir !

– Oui, c'est cela, soupirai-je... J'irai à la recherche d'inconnus en Gaule. Ô Apollodore, c'est toute ma vie qui s'en va, j'en ai le cœur brisé ! Et s'il leur arrivait malheur ?

D'un geste très affectueux, l'architecte mit son bras autour de mes épaules.

– .... Non, Caius Plinius, tes fils sont protégés par le trèfle à sept feuilles !

Il me secoua violemment.

– Regarde ! Mais regarde donc... »

32

La dernière preuve

–... Regarde ! Mais regarde ! Il a ouvert les yeux, il nous reconnaît. Ô Larry, il est sauvé...

Larry se redressa brusquement. Des infirmières s'affairaient autour de Cosimo. Pia, éperdue, à genoux, tenait la main de son fils.

– *Ché... rie...* articula le jeune homme. (Il souriait à sa mère. Soudain, il regarda Larry, fronça les sourcils, et cligna ses yeux vairons.) Salut, Caius Plinius ! murmura Cosimo, mi-sérieux, mi-ironique.

– Salut, emmerdeur ! fit Larry penché sur lui.

– Tu... dois... en avoir marre de nous ?

– Un peu, mais c'est comme le choléra, difficile de s'en débarrasser ! admit Larry, souriant.

– Et... Lorenzo ?

– Ne t'en fais pas, mon amour, Larry s'en occupe, chuchota Pia.

– Il... est... amoché aussi ?

– Non, il est juste choyé par l'État, dit Larry.

– En... prison ?

– Oui, mon trésor, mais Larry va le tirer de là.

– Et... Corinne ?

– Elle aussi... Je prends les choses en main, affirma Larry.

Il se sentait prêt, comme Hercule, à porter toute la bande sur ses épaules.

– Tu ne sais pas quoi, Larry ? murmura Cosimo... Tu devrais épouser *Chérie* !

Sur ces mots il renversa la tête en arrière.

– Mon Dieu ! cria Pia.

Un médecin était entré dans la chambre. Il prenait déjà le pouls de Cosimo.

– Tout va bien, *signora* ! Ne vous inquiétez pas... Il faut simplement le laisser reposer, maintenant. Rentrez chez vous...

*
* *

Larry et Pia, titubant de fatigue, quittèrent la clinique Palomba. Ayant regagné le palazzo, de la terrasse fleurie, ils contemplèrent un long moment l'aube rose qui se levait sur Rome.

– ... J'ai pris une grave décision, murmura Larry, les mains appuyées sur la rambarde de fer forgé.

Pia leva la tête vers lui, attendant la suite.

– ... J'ai décidé de planter là mon travail, l'archéologie, les fouilles, les conférences... Je vais quitter Harvard, pour me consacrer à la recherche sur les phénomènes de réincarnation et les vies antérieures. Mais je veux le faire scientifiquement avec des milliers de personnes, « cobayes » volontaires, et des ordinateurs, notant fidèlement leurs réponses et leurs visions. Il faudra tout trier, tout analyser avant de déposer des conclusions sur le sujet. Je vais bazarder la bicoque que j'ai à Georgetown pour ouvrir un cabinet, ici, à Rome. Je suis sûr que Bernardo Alexandro sera coopératif, c'est un être exceptionnel et je lui dois beaucoup. Nous pourrions échanger nos données, collaborer pour prouver la réalité de la réincarnation ! Au fond, je veux consacrer ma vie, désormais, à démontrer avec l'aide de la science que le rêve jusque-là impossible de l'homme est vrai : *NOUS SOMMES TOUS DES IMMORTELS,* nous endormant dans la mort, nous réveillant dans le cosmos, pour, ensuite, revenir et revivre sous diverses formes, peut-être même sur d'autres planètes, dans d'autres galaxies...

Larry se montrait lyrique, enflammé. Pia découvrait un autre homme, vibrant, prêt à se battre pour démontrer désormais tout ce qu'il avait toujours nié jusque-là. Il continua.

– Si tu veux, Pia, nous travaillerons ensemble pour prouver nos théories. Et si tu es d'accord, mon amour, nous ferons ce que, dans sa grande sagesse, Cosimo a proposé...

Pia s'abattit dans les bras de Larry.

– Idiot chéri, tu n'aurais pas pu commencer par là !

*
* *

Les jumeaux étaient donc sortis, l'un de la clinique, l'autre de la prison d'État, grâce à la royale caution versée par Larry. En venant payer pour la libération de Lorenzo, il avait eu la désagréable surprise de se retrouver nez à nez avec le commissaire Martiali – celui-là même qui l'avait arrêté à l'aéroport et à qui Larry avait déclaré sans vergogne au téléphone qu'on ne lui « avait finalement rien volé ». En le reconnaissant, le commissaire s'était frotté les mains.

– Ah ! Ah ! Comme on se retrouve, *dottore* Loveberry !

– C'est un vrai plaisir, commissaire ! avait tenté de plaisanter Larry.

Martiali, ravi, contemplait le chèque... à transmettre au juge d'instruction afin qu'il libérât Lorenzo.

– Alors, à bientôt, *dottore* !

– Je ne suis pas si sûr que nous aurons l'occasion de nous rencontrer de nouveau ! avait fait Larry mi-figue, mi-raisin.

– Bah, vous devriez le savoir : tous les chemins mènent à Martiali.

Le commissaire, visiblement, se retenait pour ne pas éclater de rire.

Larry, soudain, trouva qu'il ressemblait fort au décurion véreux de la prison Mamertine... Il était rentré songeur au palais. Une bonne nouvelle l'y attendait : l'ambassadeur suisse avait récupéré lui aussi son cher trésor de fille et il était – Dieu merci ! – reparti vers ses montagnes enneigées. Pia et Larry engagèrent alors une grande conversation sur l'avenir des jeunes princes Balatresi. Larry proposa de les éloigner de leurs « mauvaises relations ». Ne pouvait-on pas les envoyer étudier, sérieusement, dans une petite université du Colorado, dont un sien cousin se trouvait être le président ?

Pia eut un mot admirable :

– Mais... et s'ils font des bêtises ?

*

* *

Un beau matin, pour finir, Pia, Larry, Altmayer et tous les marginaux du palais Balatresi (Giuletta, Giuliano, la Lorquetta, la Zorra, Mazzini, Raimondo, dans de riches habits neufs et clinquants, Raffaello en tête, avec un panier rempli de pizzas... « pour la route, y donnent rien à croûter dans ces engins »...) accompagnèrent Lorenzo et Cosimo à l'avion pour Denver.

Pia refoulait courageusement ses larmes.

– T'en fais pas, *Chérie*... On va pas faire les imbéciles. Ça nous suffit comme ça... promit Lorenzo.

– ... Et toi, Larry, tu la rends heureuse ou sinon gare à toi ! menaça Cosimo en riant.

Très à l'aise, les jumeaux, en jean et baskets, se dirigèrent vers la douane, l'un avec sa guitare sur l'épaule, l'autre deux raquettes de tennis à la main. Même taille, mêmes gestes, même allure : il existait entre Lorenzo et Cosimo – indiscutablement – un partage mystérieux, une complicité instinctive et une connaissance de l'autre, totale, complète se situant au niveau biologique mais aussi spirituel.

Larry se sentit bêtement ému de les voir partir. Dans un flash, il revit Maxime et Maxence en tuniques courtes, sur leur char près de Rotomagus...

Le douanier rendait leurs passeports aux jeunes gens. Larry cria :

– On ira vous voir avec votre mère pour Noël !

– O.K. ! On espère bien !

Et les jumeaux levèrent les pouces en signe d'acquiescement avant de disparaître dans la salle d'embarquement.

La « famille » des héritiers Balatresi contempla l'avion qui s'envolait dans le ciel bleu parsemé de cumulus... Puis tout le monde rentra, tassé dans la camionnette et la petite Fiat, au palais. La queue des touristes s'allongeait dans la ruelle et aux alentours du palais. Raffaello se fit copieusement eng... par son épouse d'être resté parti si longtemps. Il releva aussitôt ses manches pour enfourner ses pizzas. Les autres, pour la joie des touristes, organisèrent les visites de la « chambre à coucher » et de la « salle de bains » de Pline !

Larry prit Pia et Altmayer à part :

– Maintenant, je vais mieux... Ce soir, nous allons chercher MA dernière preuve !

33

Le trèfle à sept feuilles

La « Machine à écrire[1] » éclairait la nuit de sa blancheur immaculée. À deux heures du matin, il se déroulait d'étranges événements aux alentours du gigantesque « Vittoriano », ce gros gâteau de pierre calcaire élevé à la gloire de Victor-Emmanuel II et appelé par les Romains eux-mêmes de tous les noms d'oiseaux.

Quelques rares véhicules de noctambules venaient de la via Dei Fori Imperiali. Dans le crissement de leurs pneus, ils effectuaient un tour de la place, pour se diriger vers la via di San Marco ou la piazza Venezia. D'aigus rires féminins provenaient de voitures décapotables. Il faisait beau et même chaud. Une nuit romaine digne de la *Dolce Vita* !

À première vue, tout semblait calme dans ce quartier parmi les plus aérés de la capitale italienne. Pourtant, un observateur attentif aurait pu remarquer, de l'autre côté de la place, à quelque cent mètres des escaliers majestueux du « Pâté blanc », dans l'obscurité du trottoir et du forum qui se trouve en contrebas, une certaine agitation. D'étranges lueurs clignotaient par ins-

1. Appellation familière par laquelle les Romains d'aujourd'hui désignent le monument du roi Victor-Emmanuel II qui assura l'unité italienne au XIXe siècle.

tants sous les plastiques protégeant la colonne Trajane.

Trois individus (des pilleurs d'antiquités ?), après avoir enjambé les balustrades, étaient descendus dans le trou du forum, pour s'introduire parmi les échafaudages de réfection. Deux silhouettes masculines butèrent dans des seaux et des brosses, au milieu des poutrelles métalliques.

– *Shit !*

– *Merda !*

– Arrêtez de jurer, tous les deux ! Vous allez nous faire piquer ! chuchota une voix féminine.

Un car de police urbaine accomplissait son habituel tour de place, nonchalamment. Les lampes électriques des malfaiteurs s'éteignirent aussitôt. Le véhicule des *carabinieri* s'éloigna vers le palazzo Colonna. Les torches se rallumèrent sans vergogne. On aurait pu croire que la colonne était occupée par des fantômes – ceux de l'entourage de Trajan.

– Bon... Faut grimper, maintenant.

– J'ai déjà le vertige...

– N'y pense pas, vieux ! Donne-moi plutôt un coup de main, j'ai encore les guibolles un peu raides !

Pia, Altmayer et Larry reprirent leur difficile escalade vers le sommet. Vêtus de survêtements de sport sombres, chaussés de baskets, les trois « aventuriers » se hissaient, au gré des échelles branlantes, de poutrelle en passerelle... Ils s'arrêtaient souvent pour détailler les bas-reliefs. Larry soupirait d'excitation en apercevant à la lueur de sa torche, telle une gigantesque bande dessinée déroulée devant lui, la guerre de Dacie.

– Quel livre ! quel *volumen* ! s'extasiait l'archéologue.

Il reconnaissait le gros champignon des Bures, les villages daces à proximité du Danube, les tours romaines, les diverses phases des batailles,

les combats au corps à corps, les lanciers, les soldats daces armés de leurs faux, les lourds cuirassiers romains à cheval, les prisonniers en blouses et pantalons larges... et aussi, le palais de Décébale s'écroulant dans les flammes... Larry retrouvait dans la réalité de cette voluptueuse nuit romaine toutes les confirmations des visions colorées de sa vie antérieure.

De plus en plus fiévreux, il bouscula ses compagnons : ils n'allaient pas assez vite à son gré.

– Pia, Altie ! Allons, du nerf ! Vous vous remuez ? Ça va ? Vous voyez quelque chose ? Cherchez, nom d'une pipe !

Pia protesta avec une tendre fermeté :

– Mais, Larry, il y a tellement de sculptures qu'on ne trouvera jamais dès ce soir ce que tu cherches !

– Autant essayer de découvrir une aiguille dans une botte de foin ! maugréait Altmayer.

Son vertige augmentait. Des sueurs glacées l'avaient pris et il se sentait de plus en plus mal. Le poète regrettait amèrement de s'être laissé entraîner dans cette équipée de fous.

– Nous aurions dû attendre ! Demander l'autorisation !

Sans écouter les jérémiades d'Altmayer, Larry, qui avait gagné une passerelle supérieure, s'exclama :

– Venez vite ! Je viens d'arriver devant Décébale et ses princes... ils vident leurs coupes de poison ! Oh ! Il n'y a pas à dire, le roi dace, c'est Helmut tout craché, l'Allemand du séminaire !... Bon sang, et voici Trajan à cheval... Oh ! Il ressemble bien à Bernardo Alexandro ! Même allure, même majesté, tiens, même le regard ! Tu es d'accord, Pia ?

Larry éclaira de sa torche le visage énergique de l'Empereur. Pia, essoufflée, venait tout juste de le rejoindre.

– Heu ! Oui, peut-être... Mais la coiffure est différente !

Pia voulait ménager Larry. Altmayer, par contre, ne se gêna pas.

– Moi, je ne trouve pas du tout qu'ils se ressemblent, ah ça non ! Ils n'ont rien de commun. Bernardo n'a pas un visage large comme celui de Trajan. Du reste, il a l'air plus intelligent que ton César !

Le poète se montrait vraiment d'une humeur exécrable. Larry l'ignora.

– On va arriver, vous verrez... Encore un petit effort, allez, hop ! Passez par là ! Donne-moi la main, Pia... À ton tour, Altie !

Pour tenter de redonner de l'enthousiasme à ses troupes défaillantes, et les guibolles tout à fait souples désormais, Larry aidait ses compagnons du geste et de la voix. Ils s'élevaient lentement mais sûrement de plus en plus haut au-dessus du sol.

– Oooh, que je n'aime pas ça ! hoquetait Altmayer. Je suis sûr qu'on est bien à quinze mètres !

– N'y pense pas, je te l'ai déjà dit, conseilla Larry.

– T'en as de bonnes, je vois tout tourner ! Ah ! Quelle horreur ! Je vais être coincé... Sans pouvoir ni descendre ni monter !

– Mais non, Altie, je te soutiendrai.

– Aaah, Larry !

Pia avait raté un barreau. Elle gémissait, accrochée dans le vide à une poutrelle. Larry se précipita. À plat ventre, il lui tendit la main. Arc-bouté, il tenait bien Pia, mais son poids l'entraînait. Il se mit à glisser, lui aussi, vers le trou noir.

– Altie... viens ! hurla Larry.

Le poète, épouvanté, obéit, à quatre pattes.

– Seigneur... mais qu'est-ce que... je fais ici ?

– Tiens-moi à la taille ! ordonna Larry.

Altmayer, fermant les yeux, obéit. Il avait plus que jamais l'air d'une grande araignée.

Larry, soutenu, hissa fermement Pia. D'un geste, un coup de reins où il mit toute sa force, il tira la jeune femme du vide : elle se retrouva allongée sur la passerelle. Tous trois reprirent leur souffle, affalés contre les seaux.

– On... On devrait redescendre ! hoqueta Altmayer.

– Mais non, on est presque parvenus au but... Ça va mieux, Pia ? Allez, on fait attention où on met les pieds, et on y va... On y est presque !

Larry, tenant cette fois-ci Pia par la main, reprit son escalade. Arrivé à mi-chemin du sommet, il se reprit à détailler chaque panneau.

– Merci, on est là pour huit jours ! ronchonna Altmayer.

Larry, soudain exaspéré de ses jérémiades, se retourna :

– Bon, eh bien, redescends, mon vieux, et attends-nous en bas !

– Je ne peux plus bouger !

– Alors, reste ici ! Après tout c'est TA colonne !

– Tu crois ?

– Bien sûr... Tu as bâti la merveille des merveilles, et tu n'arrêtes pas de râler !

– Mais c'est que...

– Domine ton vertige... Ce n'est qu'une illusion. Si tu étais à cinquante centimètres du sol, ce serait la même chose. C'est toi qui l'as construite, cette bon Dieu de colonne, si tu veux qu'on le prouve, au lieu de pleurnicher, aide-nous donc à retrouver le panneau secret d'Apollodore !

Larry y allait un peu fort, mais Altmayer ne se formalisa pas. Les mains autour de la tête pour ne pas voir le vide, le poète se mit à psalmodier :

– Oh, ce n'est pas difficile !
Si mes pieds sont de l'argile,
Ma mémoire est un fossile !
Cherche après le campanile...

– ... Qu'est-ce que tu racontes, Altie ?

– Il dit que c'est après le campanile ! répéta Pia.

Laissant là Altmayer pour qu'il reprenne son souffle, Larry entraîna Pia sur la passerelle supérieure. Avec minutie, il approcha sa lampe pour détailler les panneaux. Il s'agissait d'une divinité du fleuve, qui regardait les Romains en train de franchir le Danube sur un pont de bateaux. Un peu plus loin, un barbare dace gisait sur le sol avec une massue. Les mains levées, il suppliait Trajan qui s'approchait de lui. C'était ensuite un village dace situé au milieu d'un lac, avec ses huttes rondes. Des femmes et des enfants à genoux demandaient grâce aux vainqueurs.

Larry en avait la gorge serrée. Soudain, il poussa un cri... Le combat recommençait. Les retranchements ennemis étaient attaqués. La colonne des assiégeants s'élançait à l'abri de la « tortue ». Monté sur une tour-campanile de bois, un homme désignait du doigt l'horizon. En fait, il montrait le tableau suivant.

– Voilà ton campanile ! cria Larry, fiévreux. Viens, viens vite, Altie !

Larry tournait autour du « volume », suivi de Pia. Il monta encore un degré.

– Ça y est... Dieu du ciel, c'est bien ça ! c'est bien ça que j'ai vu !

Dominant sa peur, Altmayer avait réussi à monter rejoindre ses compagnons. Tous trois regardèrent le panneau bien éclairé par leurs torches lumineuses... Deux jeunes gens, répliques exactes l'un de l'autre, debout dans un char, s'éloignaient en compagnie d'une très belle jeune femme aux cheveux dénoués. Un homme plus âgé suivait à cheval. Sur la colline, « l'architecte », avec son bonnet, ses boucles d'oreilles et ses plans, contemplait son œuvre. À califourchon sur une branche d'arbre, « l'écrivain », deux rouleaux sous le bras, regardait nostalgiquement les jeunes gens partir. À ses pieds, une femme, la tête à demi levée vers lui, tenait dans sa main un trèfle !

Larry, Pia et Altmayer se tinrent immobiles. Ils ne pouvaient même pas parler. Ils s'assirent en tailleur devant le tableau, chacun voulant s'assurer de sa propre ressemblance avec « son » personnage.

Pline, sur sa branche, avait à n'en pas douter les traits de Larry. Apollodore, long et maigre, était bien Altmayer. Les jumeaux montraient des analogies avec Lorenzo et Cosimo. Et Calpurnia ? C'était elle, peut-être, qui était la plus ressemblante avec sa bien-aimée... Quant à Solina, c'était plus difficile : elle se tenait bien dans le char, mais de trois quarts dos.

Ce fut Pia qui brisa le silence :

– Comme c'est étonnant !

– Oui, murmura Larry. Il n'y a pas de doute, c'est bien nous tous !

– Enfin, s'agissant de toi, Larry, ce n'est pas évident ! Pline a la bouche plus charnue et les joues plus rondes, déclara Altmayer qui avait vraiment, ce soir-là, l'esprit de contradiction.

– Mais Pia ressemble tellement à Calpurnia !

– Moi, je ne me reconnais pas, avec cette résille, décida Pia. Et puis le nez, ce n'est pas ça...

– Non, pas du tout, tu as les narines plus fines ! décida Altmayer.

– Et toi donc ? Apollodore a le nez plus busqué... Ses yeux sont...

Larry les coupa.

– Mais vous êtes fous ! C'est criant de vérité. La théorie de Bernardo Alexandro est la bonne :

nous emportons la mémoire de nos gènes pour nous réincarner ! Regardez Maxime et Maxence, quelle ressemblance, eux c'est bien Lorenzo et Cosimo ! s'extasiait Larry.

Pia l'interrompit :

– … Je trouve que ce serait plutôt Syphax…

– Syphax ?

– Le père des jumeaux Maxime et Maxence… Remarque bien que je m'y attendais un peu… C'est Silvio !

– Silvio ? répéta Larry.

– Oui, mon mari, Silvio Balatresi, le père de Lorenzo et de Cosimo ! C'est bien lui tel que je l'ai vu dans l'Antiquité… Quel prodige !

Pia se montrait très émue. Larry se taisait, offusqué de retrouver le premier époux de son amour dans son ancien passé. Il avait envie, maintenant, de manger son potage tout seul. Un peu snob, il était vexé que Pia se fût incarnée autrefois en compagnie de l'esclave gaulois !

Altmayer changea de sujet.

– Mais vous trouvez que Calpurnia tient un trèfle à sept feuilles ?

Larry compta.

– Oui, il y a bien sept feuilles !

– Moi, je n'en vois que six ! déclara Altmayer.

– Et moi cinq, fit Pia.

– Vous êtes drôles, il peut se faire que certaines feuilles aient été cassées ou usées au cours des siècles… protesta Larry.

– Maintenant, j'en compte huit, avec ce petit brin-là ! rectifia Pia qui s'était penchée sur l'image.

– Cela pourrait même faire neuf… ajouta Altmayer.

– De toute façon, dit Larry, c'est un ményanthe à pétales soudés. Pline l'a bien dit. Moi, je recompte… Un, deux, trois, quatre, cinq, six, et sept. Il n'y a pas à sortir de là…

C'est un trèfle à sept feuilles ! affirma-t-il, buté.

Il commença à prendre des photos au flash. Pia pencha la tête. Elle mordilla sa lèvre supérieurc.

– On dirait plus un souci qu'un trèfle.

– Mais qu'est-ce que tu vas encore chercher là ?

– Je t'assure… Comment on dit ça en latin ?

– *Solsequia*… petit tournesol.

Altmayer prit la parole :

– Vous n'y êtes pas du tout, tous les deux… Ce n'est ni un trèfle ni un souci… C'est une marguerite ! Croyez-en un poète… Je vous dirai même plus :

Ô fleur de la nuit
De la famille des rosacées
Merveilleuse et splendide spirée
Aux espèces sauvages et cultivées !
La reine des prés !
LA REINE DE MINUIT !

Pia poussa un cri.

– Répète ça, Altie !

Elle lui pinça le bras.

– Eh là ! Tu me fais mal, princesse ! Moi, je vous dis, simplement, sur mon honneur de poète, que ce n'est pas un trèfle ni un souci : c'est une reine des prés, c'est très connu, une fleur qui s'ouvre la nuit !

– Larry, Larry, fit Pia d'une voix soudain aiguë… Il y a une reine au palais… dans… dans la salle des gardes au… et…

En un éclair, Larry avait compris.

– Bon sang, il faut y aller tout de suite.

Altmayer commençait aussi à deviner. Il oublia son vertige. Tous trois redescendirent, aussi vite qu'ils le pouvaient, les échafaudages. Ils ressortirent des bâches en plastique, à la base de la colonne. Des coups de sifflet, des cris retentirent.

– Haut les mains, voyous… On les a, commissaire !

*
* *

– Alors, mes gaillards, on pille ?

Le commissaire Martiali marchait de long en large. Il s'arrêta devant Larry.

– Je vous l'avais bien dit qu'on se retrouverait, *dottore* !

– Je vous assure que vous vous méprenez, commissaire... C'est tout simple...

Pour la énième fois, Larry tenta d'expliquer les raisons qui les avaient poussés – au mépris de toutes les lois – à escalader nuitamment la colonne Trajane.

– Nous voulions seulement photographier quelques panneaux pour nous assurer de la véracité des costumes antiques ! Nous n'avons rien volé... et... et... au contraire...

Larry s'empêtrait. Pia crut arranger les choses en se nommant : princesse Balatresi. Mais visiblement, le commissaire Martiali considérait ces aristos dégénérés comme la lie de la société.

Altmayer voulut aider ses amis.

– Ô divin commissaire
  De Rome tu es la mère...

– ... Mais il me traite de pédé ! hurla Martiali.

Ils avaient passé les bornes. Voyant rouge, le commissaire flanqua princesse, archéologue et poète dans son panier à salade qui les conduisit au « violon ».

Ils passèrent le reste de la nuit derrière les grilles, au milieu des prostituées, des souteneurs, des drogués en manque et de deux jeunes braqueurs, au demeurant fort sympathiques, bien qu'ils eussent dévalisé une banque et tenu quarante personnes en otages. Les détenus étaient tassés les uns contre les autres. Avec la chaleur, l'odeur était insoutenable.

Larry fermait les yeux. Il pouvait se croire parmi les chrétiens de la prison Mamertine. Le décurion Martiali allait et venait dans le couloir...

... Ce fut Raffacllo qui les sortit de là au matin. Le directeur de la *Pizzeria Pline*, en grand homme d'affaires, répondit sur l'honneur des personnes de Larry, de Pia et d'Altmayer. Il offrit sa caution morale et matérielle. À quoi il ajouta... un panier de pizzas pour les policiers – ce qui finit de tout arranger. Martiali, calmé et bon prince, daigna libérer les pilleurs avec un simple : « N'y revenez plus ! »

– Comptez sur nous, commissaire !

Larry et Altmayer, heureux de s'en tirer à si bon compte, croyaient pouvoir filer tranquillement, sales et pas rasés. Pia était toute défaite, après une nuit pareille. Mais une meute de journalistes les attendait à la sortie.

– Professeur, pourquoi avoir violé la Trajane ?

– Est-il vrai que vous vous prenez toujours pour Pline le Jeune ?

– Les Ricains ont-ils décidé de piller nos monuments ?

– Êtes-vous fou ?

– Princesse Balatresi, soutenez-vous Loveberry ?

– Ferez-vous de la prison ?

Larry saisit la main de Pia et, avec Altmayer, ils coururent vers la camionnette de Raffaello. La meute des journalistes tenta de les poursuivre, mais l'épicier cascadeur les sema dans les ruelles. Pour la première fois, Larry était ravi de la témérité au volant de Raffaello. Ils purent enfin se barricader dans le palais.

Après avoir pris un solide petit déjeuner et s'être douchés pour se débarrasser des vapeurs de la nuit, Larry, Pia et Altmayer prévinrent leurs amis de l'événement qui se préparait. Ils descendirent tous dans la salle des gardes.

La statue grandeur nature de Marguerite d'Anjou, fille de René le Bon, roi de Naples et de Sicile (apparenté par les femmes aux princes Balatresi), trônait là, abandonnée aux outrages du temps, sur son socle de marbre ébréché, dans un coin sombre de la vaste pièce.

Cette noble princesse, quoique devenue reine d'Angleterre, bien que s'étant illustrée par son courage lors de la guerre des Deux-Roses, avait eu sa couronne brisée, le nez cassé, une oreille arrachée et un bras coupé par les spadassins durant le sac de Rome. La pauvre, dans sa misère, n'avait plus rien de royal. Pourtant, dans sa main gauche, immuable sur les plis de sa robe de pierre, Marguerite d'Anjou tenait la tige d'une fleur...

– C'est bien la même fleur que celle de la colonne Trajane, un trèfle à sept feuilles ! insista Larry, armé d'une loupe.

– Non, c'est une marguerite.

– C'est un souci...

– Ce serait plutôt une rose.

– Bon Dieu ! mais c'est une reine des prés !

Sans prêter la moindre attention aux protestations de ses compagnons, Larry grimpa sur la statue qu'il prit à la taille. Avec une immense délicatesse, comme prêt à danser avec elle, il appuya un à un sur les pétales. Rien ne remuait chez la reine de la nuit.

– Fais un effort, cocotte ! supplia Larry.

– Tourne ! conseilla Altmayer.

– Visse ! firent la Zorra et la Lorquetta.

– Appuie ! gémit Mazzini.

– Tire ! conseilla Pia.

– Pousse ! cria Raimondo.

Larry faisait tout ce qu'on lui demandait en même temps. Mais aussi il se répétait inlassablement la phrase magique : « Ma barque vogue vers la plus verte heure de la nuit. Bientôt ma vie, mon trésor... atteindra les rives de minuit ! »

Minuit ! Minuit ! Minuit ! Larry, soudain éclairé, « sonna » sur la septième feuille de ce qui était pour lui un trèfle et pour Altmayer une reine des prés. Il sonna les douze coups, de douze pressions successives. Et comme si la statue de Marguerite n'avait attendu que cela depuis des siècles, le socle se mit à tourner sur lui-même.

Tout le monde se mit à crier en même temps :

– Le trésor ! Il est là !

Larry se retenait au cou de Marguerite. De joie, il déposa deux baisers sonores sur les joues de marbre jauni.

– ... Merci, ma belle ! Tu es une brave fille !

Puis l'archéologue écarta ses compagnons pour sauter dans la cache secrète. Il en rapporta aussitôt un coffre de cuivre martelé qu'il déposa aux pieds de Pia.

– Madame, ceci est à vous avec mon amour !

La jeune femme, entourée de ses amis fébriles, s'agenouilla. Le couvercle s'ouvrit sans difficulté. Sur un lit de velours élimé, il n'y avait plus qu'un papier jauni. Pia le prit précipitamment, puis, comme si elle ne pouvait supporter d'en prendre connaissance elle-même, elle le tendit à Larry. À voix haute, il lut :

– « Désolé, mes chers descendants ! Étant dans la misère, j'ai fait tourner les guéridons. L'esprit de Luigi est revenu et m'a indiqué son trésor. J'ai tout dépensé ! Merci à mon ancêtre, dont je suis, paraît-il, la réincarnation vivante, d'avoir été si prévoyant. Grâce à ses joyaux, je me suis bien amusé sur cette terre, et j'espère continuer aux cieux, avant de revenir ici-bas ! Bon courage à mes "héritiers" car il leur faudra travailler !

Gaetano Balatresi

Rome, ce 27 septembre 1831. »

On aurait entendu une mouche voler.

– … Larry ! Larry… murmura Pia. Rappelle-toi le séminaire. Tu t'es vu en Luigi Balatresi, moi aussi j'étais avec toi ! Oh ! Si c'est vrai, tu t'es volé toi-même en redevenant Gaetano…

Et soudain, contre toute attente, Pia éclata de rire. Larry se mit de la partie, Altmayer pouffait, Mazzini et Raimondo se tordaient, la Zorra et la Lorquetta gloussaient.

Quand Raffaello pénétra dans la salle des gardes pour annoncer : « Il y a trois cars de visiteurs pour Pline », les saltimbanques, pris de folie, se roulaient aux pieds de la reine de minuit sur le sol poussiéreux.

*

* *

Quelques jours plus tard, après une visite à Bernardo Alexandro, Larry remontait vers le *penthouse*. Il croisa Giuletta qui venait d'installer un nouveau « pensionnaire » dans l'appartement resté vide, près de celui de Mazzini. La porte basse de ce lieu avait été nettoyée de ses toiles d'araignées.

– Qui vient d'arriver ? interrogea Larry distraitement.

– Vous vous souvenez, *dottore*, le jour de votre arrivée, je vous avais prévenu que nous attendions quelqu'un… C'est une cousine à la princesse Pia, la *signora* Clara Toscana… Elle fait des tapisseries d'art !

Larry soupira. Pia avait dû encore recueillir une paumée. Au moment où il passait devant la porte du gourbi, celle-ci s'ouvrit sur une grande jeune femme brune, étrange et belle. Larry la dévisagea, tétanisé.

Sans paraître remarquer sa stupeur, elle lui tendit la main.

– Vous êtes Larry, je suis Clara, la cousine de Pia… Heureuse de vous rencontrer, elle m'a tant parlé de vous que j'ai l'impression de vous connaître déjà ! Mais… nous ne nous sommes pas déjà vus ? insista-t-elle en dévisageant son interlocuteur.

La pâleur de Larry s'accentua… Clara ressemblait trait pour trait à la princesse dace, la Daria de l'Antiquité, *sa* Daria…

– Non, non, je vous l'assure, *signora*, nous ne nous sommes jamais rencontrés ! JAMAIS VUS ! affirma Larry avec force.

Et il prit ses jambes à son cou, sous le regard choqué de Clara : ces manières d'Américain faisaient fi de la plus élémentaire courtoisie.

Larry grimpa quatre à quatre vers son *penthouse*. Les cheveux éclairés par les derniers rayons du soleil, Pia rangeait des livres dans la bibliothèque. Larry, très agité, s'approcha d'elle. Il la prit aux épaules.

– Que dirais-tu de partir pour la Grèce ?

Pia se retourna.

– En vacances ?

– Si tu veux, mais de longues vacances, mon amour… Une année sabbatique. J'ai besoin de réfléchir, d'écrire, de travailler dans le calme, de couper tout avec le reste du monde, de ne plus voir personne que toi et moi !

– Quel programme… soupira Pia.

– Mais, tu veux bien ?

– … Bien sûr que je veux !

D'un geste gracieux, elle mit les bras autour de son cou, et ils échangèrent le baiser éternel des êtres très amoureux… La voix des « guides » montait vers les terrasses :

– Le stylo de Pline, *signori* et *signore*, c'est 5 000 lires !

Larry serra Pia contre lui.

– Mon amour… J'ai encore besoin de mille

réincarnations pour t'aimer comme tu le mérites.

Pia posa la tête sur son épaule.

– Pour l'instant, occupons-nous de cette vie, Larry Loveberry ! Et nous avons déjà beaucoup à faire !

Rome, à leurs pieds, se diluait dans la brume, rose de chaleur. C'était la fin de l'été. Le vent tourbillonnant faisait voler les premières feuilles mortes.

ÉPILOGUE

C'est grâce à Peter, mon ami le peintre anglais des Canaries, que je pus retrouver Larry et Pia à Délos. Ils vivaient au bord de l'eau avec Altmayer, dans une maison de pêcheur.

Tous trois me racontèrent leur histoire, avec beaucoup de simplicité. Altmayer faisait la cuisine, Pia tapait à la machine, Larry terminait la traduction de son manuscrit sur Pline le Jeune.

Il me permit de le lire, pour en faire ce roman. Bien sûr, j'ai préféré changer les noms des personnages de notre époque... Pour Pline, Maxime et Maxence, il y a eu depuis longtemps prescription. Et César ne saurait plus, du moins je l'espère, nous jeter dans la fosse aux lions !

L'amour de Larry et de Pia était merveilleux à voir. Ces deux êtres semblaient illuminés par leurs existences antérieures. C'est à leur contact que, moi aussi, j'ai commencé de vraiment croire à la *réincarnation*.

Comme Larry, comme Pia et leur ami Altmayer, j'ai suivi, plus tard, le séminaire du physicien Bernardo Alexandro. Je dois beaucoup à cet homme sage que je tiens pour un grand précurseur du XXIe siècle.

La vision de mes vies précédentes a bouleversé le paysage mental de mon incarnation actuelle.

En espérant avoir dominé cette crainte ancestrale de la mort et avoir communiqué cet espoir à mes lecteurs, je peux terminer en affirmant comme Boris Vian : « *Tout ce que j'ai écrit là est vrai, car je l'ai totalement imaginé !* »

Rome-Paris-Mykonos
1987
J.M.

PRINCIPAUX OUVRAGES CONSULTÉS

– *Rome impériale et l'Urbanisme dans l'Antiquité*. - Léon HOMO, Albin Michel.

– *La Vie quotidienne à Rome à l'apogée de l'Empire*. - Jérôme CARCOPINO, Hachette, 1939.

– *L'Art et l'Homme*. - René HUYGUE, Larousse.

– *Histoire universelle illustrée des pays et des peuples*. - Édouard PETIT, Quillet, 1913.

– *Tacite*. - J.-J. LAUGIER, Éditions du Seuil.

– *Empire romain « Architecture universelle »*. - Gilbert PICARD, L'Équerre.

– *Les Villes romaines*. - Pierre GRIMAL, P.U.F.

– *La Vie quotidienne à Rome*. - Jérôme CARCOPINO.

– *Histoire romaine « MOMMSEN ». La Monarchie militaire*, R. Laffont.

– *Les Jardins romains au Ier siècle de l'Empire*. - P. GRIMAL.

– *Les Voies romaines*. - .R. CHEVALIER.

– *La Religion romaine à l'apogée de l'Empire*. - H. COLIN.

– *La Civilisation de l'Antiquité et le Christianisme*. Collection « les Grandes Civilisations ». - M. SIMON.

– *Le Christianisme dans l'Empire romain*. - M. MESLIN.

– *L'Empire romain*. Collection « Peuples et Civilisations ». - L. HALPEN et Ph. SAGNAC.

– *La Civilisation romaine*. Collection « les Grandes Civilisations ». - BLOCH.

– *Guide romain antique*. - Hachette.

– *Les Gallo-Romains*. - P.U.F.

– *Histoire politique et psychologique de la religion romaine*. - BAYET.

– *La Vie quotidienne des Gaulois*. - Hachette.

– *La Vie quotidienne des chrétiens*. - Hachette.

– *La Vie quotidienne en Gaule pendant la paix romaine*. - Hachette.

– *Le Forum romain et les forums de César, Auguste, Nerva, Trajan*. - DUTERT.

– *Panégyrique de Trajan*. - Collection « les Belles Lettres ». - J. BUDE.

– *Atlas historique de la France depuis César jusqu'à nos jours*. - LONGNON.

– PLINE LE JEUNE, *Lettres - Panégyrique*. - Bédé.

– TACITE, *Annales*. - Bédé.
– MARTIAL, *Épigrammes*. - Bédé.
– PÉTRONE, *Satiricon*.
– *PLINE L'ANCIEN, Histoire naturelle*.
– QUINTILIEN, *Institution oratoire*.
– JUVÉNAL, *Satires*.
– SUÉTONE, *Vie des douze Césars*.
– *La Rome des Césars*. - Leonardo B. dal MASO.
– *Catalogue des objets gallo-romains*. Université Jean-Moulin-Lyon. - J.-Cl. BEAL.
– PLATON, *Lois*.
– OVIDE, *Fastes*
– SÉNÈQUE, *De la brièveté de la vie*.
– TITE-LIVE, *Histoire romaine*.
– VESPASIEN. - L. HOMO, 1949.
– *La Villa Adriana*. - R. LANCIANI, 1906.
– *Recherches sur l'alimentation gallo-romaine*. - P.-M. DUVAL, 1952.
– *À table avec César*. - P. DRACHLINE et Cl. PETIT-CASTELLI, Sand, 1984.
– *Études sur la religion romaine*. - P. BOYANCE, 1972.
– *Les Trophées romains*. - G.-Ch. PICARD, 1957.
– *Les Bas-Reliefs romains* - E. COURBEAUD, 1899.
– *Précis de l'art antique*. - Ch.-Cl. VAN ESSEN, 1960.
– *Manuel d'archéologie romaine*. - R. CAGNAT et V. CHAPOT, 1916-1920.
– *Roman Sculpture from Augustus to Constantin*. - ESTRONG, 1907.
– *Les Bijoux antiques*. - E. COCHE de la FERTÉ, 1956.
– *La Peinture romaine*. - A. MAIVRI, 1953.
– *Les Fouilles de Saint-Pierre à Rome*. - EKIRSCHBAUM, 1961.
– *Roma Antica*. - G. LUBLI, 1929-1934.
– *Architettura romana*. - G.T. RIVOIRA, 1921.
– *The Roman toga*. - L.M. WILSON BALTIMORE, 1924.
– *Hôtels, restaurants et cabarets dans l'Antiquité romaine*. - TKLEBERY, 1957.
– *L'Amour à Rome, la femme romaine*. - P. GRIMAL, 1980.
– *Le Monde des Romains*. - J. BEAUJEU, 1955.
– *Atlas historique*. - L. DELAPORTE, Drioton, 1937.

Littérature

extrait du catalogue

Cette collection est d'abord marquée par sa diversité : classiques, grands romans contemporains ou même des livres d'auteurs réputés plus difficiles, comme Borges, Soupault, Goes. En fait, c'est tout le roman qui est proposé ici, Henri Troyat, Bernard Clavel, Guy des Cars, Alain Robbe-Grillet, mais aussi des écrivains tels que Moravia, Colleen McCullough ou Konsalik.

Les classiques tels que Stendhal, Maupassant, Flaubert, Zola, Balzac, etc. sont publiés en texte intégral au prix le plus bas de toute l'édition. Chaque volume est complété par un cahier photos illustrant la biographie de l'auteur.

ADAMS Richard	**Les garennes de Watership Down** 2078/**6**★
ADLER Philippe	**C'est peut-être ça l'amour** 2284/**3**★
	Les amies de ma femme 2439/**3**★
AMADOU Jean	**Heureux les convaincus** 2110/**3**★
AMADOU J. et KANTOF A.	**La belle anglaise** 2684/**4**★ (Novembre 89)
ANDREWS Virginia C.	Fleurs captives :
(voir aussi p. 26)	**-Fleurs captives** 1165/**4**★
	-Pétales au vent 1237/**4**★
	-Bouquet d'épines 1350/**4**★
	-Les racines du passé 1818/**4**★
	-Le jardin des ombres 2526/**4**★
ANGER Henri	**La mille et unième rue** 2564/**4**★
ARCHER Jeffrey	**Kane et Abel** 2109/**6**★
	Faut-il le dire à la Présidente ? 2376/**4**★
ARTUR José	**Parlons de moi, y a que ça qui m'intéresse** 2542/**4**★
AUEL Jean M.	**Les chasseurs de mammouths** 2213/**5**★ et 2214/**5**★
AURIOL H. et NEVEU C.	**Une histoire d'hommes / Paris-Dakar** 2423/**4**★
AVRIL Nicole	**Monsieur de Lyon** 1049/**3**★
	La disgrâce 1344/**3**★
	Jeanne 1879/**3**★
	L'été de la Saint-Valentin 2038/**2**★
	La première alliance 2168/**3**★
AZNAVOUR-GARVARENTZ	**Aïda Petit frère** 2358/**3**★
BACH Richard	**Jonathan Livingston le goéland** 1562/**1**★ Illustré
	Illusions / Le Messie récalcitrant 2111/**2**★
	Un pont sur l'infini 2270/**4**★
BALZAC Honoré de	**Le père Goriot** 1988/**2**★
BARBER Noël	**Tanamera** 1804/**4**★ & 1805/**4**★
BARRET André	**La Cocagne** 2682/**6**★ (Novembre 89)
BATS Joël	**Gardien de ma vie** 2238/**3**★ Illustré
BAUDELAIRE Charles	**Les Fleurs du mal** 1939/**2**★
BEART Guy	**L'espérance folle** 2695/**5**★ (Décembre 89)
BEAULIEU PRESLEY Priscilla	**Elvis et moi** 2157/**4**★ Illustré
BECKER Stephen	**Le bandit chinois** 2624/**5**★

BELLONCI Maria	**Renaissance privée** 2637/**6**★ (Août 89) Inédit
BENZONI Juliette	**Un aussi long chemin** 1872/**4**★
	Le Gerfaut des Brumes :
	-Le Gerfaut 2206/**6**★
	-Un collier pour le diable 2207/**6**★
	-Le trésor 2208/**5**★
	-Haute-Savane 2209/**5**★
BEYALA Calixthe	**C'est le soleil qui m'a brûlée** 2512/**2**★
BINCHY Maeve	**Nos rêves de Castlebay** 2444/**6**★
BISIAUX M. et JAJOLET C.	**Chat plume - 60 écrivains parlent de leurs chats** 2545/**5**★
	Chat huppé - 60 personnalités parlent de leurs chats 2646/**6**★ (Septembre 89)
BLIER Bertrand	**Les valseuses** 543/**5**★ (Juillet 89)
BOMSEL Marie-Claude	**Pas si bêtes** 2331/**3**★ Illustré
BORGES et BIOY CASARES	**Nouveaux contes de Bustos Domecq** 1908/**3**★
BOURGEADE Pierre	**Le lac d'Orta** 2410/**2**★
BRADFORD Sarah	**Grace** 2002/**4**★
BROCHIER Jean-Jacques	**Un cauchemar** 2046/**2**★
	L'hallali 2541/**2**★
BRUNELIN André	**Gabin** 2680/**5**★ & 2681/**5**★ (Novembre 89) Illustré
BURON Nicole de	**Vas-y maman** 1031/**2**★
	Dix-jours-de-rêve 1481/**3**★
	Qui c'est, ce garçon ? 2043/**3**★
CALDWELL Erskine	**Le bâtard** 1757/**2**★
CARS Guy des	**La brute** 47/**3**★
	Le château de la juive 97/**4**★
	La tricheuse 125/**3**★
	L'impure 173/**4**★
	La corruptrice 229/**3**★
	La demoiselle d'Opéra 246/**3**★
	Les filles de joie 265/**3**★
	La dame du cirque 295/**2**★
	Cette étrange tendresse 303/**3**★
	L'officier sans nom 331/**3**★
	Les sept femmes 347/**4**★
	La maudite 361/**3**★
	L'habitude d'amour 376/**3**★
	La révoltée 492/**4**★
	Amour de ma vie 516/**3**★
	La vipère 615/**4**★
	L'entremetteuse 639/**4**★
	Une certaine dame 696/**4**★
	L'insolence de sa beauté 736/**3**★
	Le donneur 809/**2**★
	J'ose 858/**2**★

	Le Seigneur du Fleuve 590/**3*** **Pirates du Rhône** 658/**2*** **Le silence des armes** 742/**3*** **Tiennot** 1099/**2*** *Les colonnes du ciel :* **1-La saison des loups** 1235/**3*** **2-La lumière du lac** 1306/**4*** **3-La femme de guerre** 1356/**3*** **4-Marie Bon Pain** 1422/**3*** **5-Compagnons du Nouveau-Monde** 1503/**3*** **Terres de mémoire** 1729/**2*** **Bernard Clavel Qui êtes-vous ?** 1895/**2*** *Le Royaume du Nord :* **-Harricana** 2153/**4*** **-L'Or de la terre** 2328/**4*** **-Miséréré** 2540/**4***
CLERC Christine	**L'Arpeggione** 2513/**3***
CLERC Michel	**Les hommes mariés** 2141/**3***
COCTEAU Jean	**Orphée** 2172/**2***
COLETTE	**Le blé en herbe** 2/**1***
COLLINS Jackie	**Les dessous de Hollywood** 2234/**4*** & 2235/**4***
COMPANEEZ Nina	**La grande cabriole** 2696/**4*** (Décembre 89)
CONROY Pat	**Le Prince des marées** 2641/**5*** & 2642 /**5*** (Septembre 89)
CONTRUCCI Jean	**Un jour, tu verras...** 2478/**3*** (Août 89)
CORMAN Avery	**Kramer contre Kramer** 1044/**3***
CUNY Jean-Pierre	**L'aventure des plantes** 2659/**4*** (Octobre 89)
DANA Jacqueline	**Les noces de Camille** 2477/**3***
DAUDET Alphonse	**Tartarin de Tarascon** 34/**1*** **Lettres de mon moulin** 844/**1***
DAVENAT Colette	**Les émigrés du roi** 2227/**6*** **Daisy Rose** 2597/**6***
DEFLANDRE Bernard	**La soupe aux doryphores ou dix ans en 40** 2185/**4***
DHOTEL André	**Le pays où l'on n'arrive jamais** 61/**2***
DICKENS Charles	**Espoir et passion (Un conte de deux villes)** 2643/**5*** (Octobre 89)
DIDEROT Denis	**Jacques le fataliste et son maître** 2023/**3***
DJIAN Philippe	**37°2 le matin** 1951/**4*** **Bleu comme l'enfer** 1971/**4*** **Zone érogène** 2062/**4*** **Maudit manège** 2167/**5*** **50 contre 1** 2363/**3*** **Echine** 2658/**5*** (Octobre 89)
DORIN Françoise	**Les lits à une place** 1369/**4*** **Les miroirs truqués** 1519/**4*** **Les jupes-culottes** 1893/**4***

DUFOUR Hortense	**Le Diable blanc (Le roman de Calamity Jane)** 2507/**4**★
DUMAS Alexandre	**La dame de Monsoreau** 1841/**5**★
	Le vicomte de Bragelonne 2298/**4**★ & 2299/**4**★
DUNNE Dominick	**Pour l'honneur des Grenville** 2365/**4**★
DYE Dale A.	**Platoon** 2201/**3**★ Inédit
DZAGOYAN René	**Le système Aristote** 1817/**4**★
EGAN Robert et Louise	**La petite boutique des horreurs** 2202/**3**★ Illustré
Dr ETIENNE J. et DUMONT E.	**Le marcheur du Pôle** 2416/**3**★
EXBRAYAT Charles	**Ceux de la forêt** 2476/**2**★
FIELDING Joy	**Le dernier été de Joanne Hunter** 2586/**4**★
FLAUBERT Gustave	**Madame Bovary** 103/**3**★
FOUCAULT Jean-Pierre & Léon	**Les éclats de rire** 2391/**3**★
FRANCK Dan	**Les Adieux** 2377/**3**★
FRANCOS Ania	**Sauve-toi, Lola !** 1678/**4**★
FRISON-ROCHE Roger	**La peau de bison** 715/**2**★
	La vallée sans hommes 775/**3**★
	Carnets sahariens 866/**3**★
	Premier de cordée 936/**3**★
	La grande crevasse 951/**3**★
	Retour à la montagne 960/**3**★
	La piste oubliée 1054/**3**★
	Le rapt 1181/**4**★
	Djebel Amour 1225/**4**★
	Le versant du soleil 1451/**4**★ & 1452/**4**★
	Nahanni 1579/**3**★ Illustré
	L'esclave de Dieu 2236/**6**★
FYOT Pierre	**Les remparts du silence** 2417/**3**★
GEDGE Pauline	**La dame du Nil** 2590/**6**★
GERBER Alain	**Une rumeur d'éléphant** 1948/**5**★
	Le plaisir des sens 2158/**4**★
	Les heureux jours de monsieur Ghichka 2252/**2**★
	Les jours de vin et de roses 2412/**2**★
GOES Albrecht	**Jusqu'à l'aube** 1940/**3**★
GOISLARD Paul-Henry	Sarah :
	1-La maison de Sarah 2583/**5**★
	2-La femme de Prague 2661/**4**★ (Octobre 89)
GORBATCHEV Mikhaïl	**Perestroïka** 2408/**4**★
GOULD Heywood	**Cocktail** 2575/**5**★ Inédit
GRAY Martin	**Le livre de la vie** 839/**2**★
	Les forces de la vie 840/**2**★
	Le nouveau livre 1295/**4**★
GRIMM Ariane	**Journal intime d'une jeune fille** 2440/**3**★
GROULT Flora	**Maxime ou la déchirure** 518/**2**★
	Un seul ennui, les jours raccourcissent 897/**2**★
	Ni tout à fait la même, ni tout à fait une autre 1174/**3**★

2625

Composition Communication à Champforgeuil
Impression Brodard et Taupin
à La Flèche (Sarthe) le 23 juin 1989
1379B-5 Dépôt légal juin 1989
ISBN 2-277-22625-4
Imprimé en France
Editions J'ai lu
27, rue Cassette, 75006 Paris
diffusion France et étranger : Flammarion